태초에
행동이
있었다

「이 도서의 국립중앙도서관 출판예정도서목록(CIP)은 서지정보유통지원시스템 홈페이지(http://seoji.nl.go.kr)와 국가자료공동목록시스템(http://www.nl.go.kr/kolisnet)에서 이용하실 수 있습니다.(CIP제어번호: CIP2016021959)」

태초에 행동이 있었다

ⓒ박홍규 2016

초판 1쇄 발행일 2016년 9월 28일

지은이 박홍규
펴낸이 이정원

편집 선우미정 · 강수연
디자인 이재희
마케팅 나다연 · 이광호
경영지원 김은주 · 박소희
제작 송세언
관리 구법모 · 엄철용

펴낸곳 도서출판 들녘
등록일자 1987년 12월 12일
등록번호 10-156
주소 경기도 파주시 회동길 198번지
전화 편집부 031-955-7385 마케팅 031-955-7378
팩시밀리 031-955-7393
홈페이지 www.ddd21.co.kr
페이스북 www.facebook.com/bluefield198

ISBN 979-11-5925-187-0(44870)

인문
교양
013

태초에
행동이
있었다

라 만차의
돈키호테

박홍규 지음

푸른들녘

미겔 데 세르반테스(Miguel de Cervantes Saavedra, 1547~1616)

오노레 도미에의「돈키호테」

2002년 노르웨이의 노벨연구원에서 세계 54개국의 저명한 작가들을 골라 '최고의 세계문학 100권'을 묻는 설문 조사를 벌였어요. 이때 1위로 뽑힌 작품이 바로 『돈키호테』였습니다. 이 작품에 대해 작가들이 찬사를 보낸 것은 이번이 처음이 아닌데요. 가령 19세기의 도스토옙스키는 『돈키호테』를 "천재에 의해 창조된 모든 책 중에서 가장 위대하고 가장 우울한 책"이자 "지금까지 인간의 정신이 낳은 최고이자 최후의 걸작"이라고 했습니다. 또한, 프랑스에서 가장 영향력 있는 문예평론가 중 하나였던 르네 지라르는 "세상의 모든 소설은 『돈키호테』를 변주한 것"이라고 하기도 했지요. 물론 세르반테스 혼자만이 세계 최고고 나머지 작가들은 아류라고 주장하는 것은 결코 아니지만, 그래도 세계 최고의 문학가를 고르라고 하면 셰익스피어와 함께 세르반테스를 드는 것이 보통입니다. 그리고 셰익스피어의 햄릿과 함께 세르반테스의 돈키호테를 문학이 창조한 가장 위대한 인물로 꼽기도 해요. 햄릿은 내향적이고 우유부단한 사색가의, 돈키호테는 외향적이고 저돌적인 행동가의 전형이라고 하지요. 여러분은 둘 중 어느 인물에 더 가까운가요? 둘 중 어느 성격이 더 나을까요? 반드시 어느 쪽이 좋다고 답을 내릴 수는 없습니다. 누군가가 그런 성격을 갖게 되는 데에는 여러 가지 사정이 있게 마련이니까요. 게다가 한 사람을 반드시 그중 한쪽으로 단정 지을 수 있는 것도 아니고요. 우리의 마음속에도 그 두 가지 성격이 공존하고 있습니다. 그렇다면 두 인물을 적절히 조화시키는 것이 제일 좋을 거예요. 어떤 일을 하기 전에는 신중한 햄릿이 되고, 일할 때는 돈키호테처럼 과감하게 하는 것이 적절한 자세겠지요.

　작품 속에서 우리의 주인공 돈키호테는 풍차를 거인으로 착각하고 돌격합니다. 이러한 기행을 보면 보통 '미쳤다'고 하는 반응이 나와요. 하지만 혹자는 그가 미친 척을 했을 뿐이라고 해석하기도 합니다. 어느 쪽이 맞는지는 『돈키호테』를 직접 읽어보아야 알 수 있겠죠. 그러나 중요한 것은 돈키호테가 정말로 미쳤는지가 아니라 그가 왜 미친 행동을 했는지 아는 것입니다. 어쩌면 세상이 그를 기행으로 내몰았을지도 모르니까요. 당시는 계급 차별이 극심하여 몇몇 권력자나 부자를 제외한 사람들은 최소한의 인간다운 삶을 보장받지 못했습니다. 4백 년도 더 전의 이야기이지만 지금 우리들의 삶과도 그리 다르지 않아요. 그런 세상에서 세르반테스는 계급 차별이 없고, 모두가 자유롭고 평등하게 살 수 있는 새로운 세상을 꿈꾸었습니다. 이에 도움이 되고자 돈키호테는 비쩍 마른 로시난테를 타고 창을 치켜들고 뛰쳐나온 것이지요. 그래서 세르반테스는 위대한 작가이고, 그가 창조한 돈키호테라는 인물도 영원히 살아 있는 인간상이 될 수 있었던 겁니다. 이 작품은 오늘날의 작품들과 비교해보아도 뛰어난 문학적 평가를 받아요. 특히 앞에서도 말했듯이 『돈키호테』가 21세기에 와서 셰익스피어를 능가하여 세계 최고라는 평가를 받는 이유는 이른바 현대의 포스트모더니즘에 있어 선구적인 작품으로도 인정받기 때문입니다. 청소년 여러분에게도 이 책이 작은 도움이 되기를 바라는 마음입니다.

　그러나 두세 시간 정도 상영되는 연극 대본인 「햄릿」과 달리 『돈키호테』는 1천 쪽이 훨씬 넘는 방대한 소설입니다. 『돈키호테』도 수없이 많은 연극, 영화, 뮤지컬, 오페라 등으로 각색되었지만, 그것은 원전의 내용을 대폭 줄인 것인데요. 그런 축약본을 읽는 것이 편리할지 모르지만, 이는 고전을 읽는 올바른 태도는 아닙니다. 그래서는 돈키호테의 몇 가지 우스운 모험이나 둘시네아에 대한 사랑 정도를 아는 것에 그칠 뿐 원작의 위대한 사상을 이해할 수는 없을 테니까요. 따라서 가능한 한 작품 전부를 인내심을 가지고 읽어보아야 합니다. 이 책은 그렇게 하기 위한 최소한의 안내서로 쓴 것입니다. 11년 전에 낸 책을 다시 다듬어준 푸른들녘에 진심으로 감사드립니다.

2016년 9월, 박홍규

길잡이

저자 일러두기

- 현재 서점에서 구할 수 있는 『돈키호테』 번역서는 28종이 있으나[1], 이 책에서 인용대상으로 삼은 것은, 제1편의 경우 박철이 번역하여 2004년 시공사에서 출간한 『돈키호테』이고, 제2편의 경우 오화섭이 번역해 1963년 을유문화사에서 출간한 『돈키호테』이다. 이 두 책은 이하 각각 1, 2로 인용한다. 가령 제1편 1쪽이면 1-1로 인용한다. 박철이 번역한 판본은 두 권의 책 중 제1편의 번역에 불과한데도 표지에 제1편 또는 상권이라고 표시하지 않아 마치 제1편이 『돈키호테』의 전부인 양 오해하게 만드는 문제가 있다. 이는 종래의 다른 번역에서도 거듭된 관행이었는데 당연히 잘못된 것이다. 특히 문학적으로는 제2편이 더욱 심오하다고 평가되고 있는데도 제1편이 작품의 전체인 것으로 오해되는 것은 정말로 아쉬운 일이다.

- 이 밖에도 번역본은 많이 있으나, 박철 번역은 1권에 한정해 한국 최초의 스페인어 완역본이라고 하는 점에서, 오화섭 번역은 영어판 중역이기는 하나 제2편까지 완역한 책인 점에서 선택했다. 그런데 오화섭 번역은 1963년에 나온 책이니만큼 이를 인용하는 경우에는 외국어 표기법이나 문법을 현대 표준어에 맞도록 수정했다. 외국어 표기법은 위의 박철 번역에 따르도록 한다. 가령 '동키호테'가 아니라 '돈키호테', '산쵸 판자'가 아니라 '산초 판사'라고 하는 식이다.

- 돈키호테의 다른 작품들로는 희곡과 단편소설집이 번역되어 있다. 희곡은 「누만시아」와 「사기꾼 페드로」인데, 그 인용은 김선욱이 번역 책세상에서 2004년 출간한 『누만시아·사기꾼 페드로』로 하고 3으로 표기한다. 가령 그 책의 제1쪽은 3-1로 인용한다. 단편소설집인 『모범소설』의 번역도 다른 것이 있으나 박철 외 번역자들이 번역해 오늘의책에서 2003년 출간한 『모범소설』 1, 2권을 인용대상으로 삼았고, 각각 4, 5로 인용한다. 가령 각각의 제1쪽은 4-1, 5-1로 인용한다.

편집자 일러두기

- 본문에 소개한 문헌 중 단행본은 『 』, 글 제목과 영화 제목은 「 」, 잡지는 《 》, 신문과 연재물은 〈 〉로 표기했다.
- 본문에 사용한 모든 사진은 wikipedia.com과 셔터스톡 이미지뱅크에서 제공하는 자유저작권 이미지로서 그 이용에 있어 저작권법에서 명시하는 인용의 범위를 벗어나지 않도록 노력했다.
- 제2부에 사용한 이미지는 귀스타브 도레의 돈키호테 연작판화이다.

---

1) 최초의 『돈키호테』 번역은 1915년 최남선이 『돈기호전기(頓基浩傳奇)』라는 제목으로 잡지 《청춘》에 게재한 것이다. 그 후 아마도 수십 종이 소개되었을 것이니 오늘날 도서관에서 구할 수 있는 것은 더욱 많을 것이다.

다시 『돈키호테』를 읽다

유난히 무덥고 짜증스럽던 여름날, 저는 세르반테스(Miguel de Cervantes Saavedra, 1547~1616)의 고전소설인 『돈키호테*Don Quixote*』를 책장에서 꺼내들었습니다. 지금보다 더욱 뜨거웠을 4백 년 전 스페인 여름의 이야기에서 뭔가 깨달음을 얻을 수 있지 않을까 하는 막연한 기대를 품고서요. 게다가 이 책은 지난 4백 년 동안 세상에서 『성경』 다음으로 많이 읽혔다고 하니 말입니다.[2] 설마 그렇게까지 대단한 책은 아니라고 해도 최소한 재미는 있을 테니 저렴한 피서는 되리라는 얄팍한 생각도 했고요. 그러나 가장 유명한 장면, 가령 돈키호테가 풍차를 거인으로 착각하고 공격하는 장면을 읽어보아도 처음에는 그리 재미를 느끼지 못했습니다. 이 장면에 대해 제가 읽었던 책의 해설에서는 다음과 같이 강조했음에도 불구하고 말이에요.

> 마침내 거인과 싸움을 벌이는데, 그가 달려든 상대는 거인이 아니라 단지 풍차였다. 풍차와 싸워 비참하게 패배한 돈키호테의 모습은 현실 세계에 대한 이상주의자의 투쟁을 희화화한 것이었다(1-710). 숭고한 이상을 갖고 현실에 맞서 싸우는 돈키호테의 모습에서 실존하는 인간의 고뇌를 보았던 것이다(1-722).

---

2) 남미의 혁명가 시몬 볼리바르가 유언으로 "역사에서 3대 바보를 뽑자면 예수 그리스도, 돈키호테, 그리고 나일 것이다"라는 말을 남긴 것도 내가 이 책을 읽어보도록 이끌었다. 볼리바르는 둘째 치고 그리스도와 비교되는 인물이라니 과연 어떤 자인지 궁금했기 때문이다.

위의 해설을 보고 저는 '그런 깊은 뜻이 있었다니' 하고 반성하며 그 부분을 다시 읽어보았습니다. 그렇지만 풍차를 거인으로 착각하는 일은 역시 미친 짓에 불과하다는 생각이 들었을 뿐이에요. 게다가 황당무계한 기사소설들을 읽고 그렇게 되었다니, 영화를 보고 모방범죄를 저지르는 범인과 무엇이 다른지 의구심이 들었습니다. 더구나 돈키호테는 나이 오십 줄에 접어든 중년이었으니, 동년배로서 참 나잇값을 못한다는 생각마저 떠올랐지요. 그런 게 과연 숭고한 이상주의의 투쟁일까 하고 갸우뚱거리며 책을 읽는 도중, 문득 한 신문에서 돈키호테가 언급된 광고를 보고 정신이 번쩍 들었습니다. 그 광고는 어느 보수단체에서 한 교수를 비난하기 위해 게재한 것이었는데요. 맨 위의 제목은 "정신착란적 사이비… 듣거라!"라는 것이었고, 글의 마지막은 "돈키호테 같은… 망상 그대 무덤에 먼저 묻어라!"라는 말로 끝났지요. 그 광고에서 돈키호테란, 이상주의자이기는커녕 광기와 망상의 상징이자 무덤에 들어가야 할 저주받은 존재였습니다. 그러나 제가 읽은 돈키호테는 비록 이해할 수 없는 모험을 계속 벌이긴 하지만, 그렇다고 해서 그런 저주를 들을 인물까지는 결코 아니었어요.

이후 세르반테스가 살던 당시의 시대적 배경에 대해 차차 공부해가면서, 저는 돈키호테가 풍차를 거인으로 착각한 건 그리 생뚱맞은 장면도 아니었음을 알게 되었습니다. 그가 미치도록 읽어댄 기사소설에는 언제나 거인이 악의 상징으로 등장했고, 이는 돈키호테의 상상 속에 선명하게 각인되어 있었을 테니까요. 그런 기사소설들을 접해본 적 없을 우리나라 독자들로서는 돈키호테의 기행이 그저 어처구니없을 수밖에 없겠지요. 하지만 어디에나 거인이 등장하는 기사소설에 질릴 대로 질린 스페인 사람들에게는 그 거인이란 존재가 사실은 풍차를 잘못 보고 돌격하는 일만큼이나 황당한 것이라는 세르반테스의 비꼬는 이야기에 포복절도했을 것이 틀림없습니다.

따라서 우리가 그것을 읽고 그리 재미있다고 느끼지 않는 것도 당연합니다. 그러나 기사소설에 대해 아는 것이 없는 우리나라 독자로서도 돈키호테가 비록 황당무계하고 어리석기는 하지만, 결코 악인이 아니라는 사실은 알기 어렵지 않아요. 그는 거인으로 상징되는 악을 없애 선만이 가득한 세상을 일구도록 노력하는 사람이었으니까요. 또한, 무모하기는 하지만 진심 어린 정의감을 지니고 인류의 평화와 행복을 위해 끝없이 헤맸고요. 그래서 책장을 덮을 때가 되면 그가 사이비가 아닌 나름대로 고귀한 편력기사였음을 인정하게 되지요. 그러나 숭고한 이상주의니 실존하는 인간의 고뇌라는 추상적인 말로 돈키호테를 전부 설명할 수는 없습니다.

돈키호테는 누구일까?

무엇보다도 돈키호테는 철저한 자기 확신을 통해 권력과 물질의 탐닉에 저항하고 인류애를 추구했습니다. 그는 자유인으로서 정의감, 정신성, 인류애에 충실한 인간의 표본이었지요. 무엇보다도 유토피아를 꿈꾸는 사람이었고요. 돈키호테의 말을 들어볼까요?

> 자유는 천주가 인간에게 주신 가장 귀중한 선물 중의 하나야. …명예와 마찬가지로, 자유를 위해서는 마땅히 목숨을 내걸 수도 있지. 한편 속박은 인간에게 있을 수 있는 최대의 악이야. …그 향내 나는 진수성찬과 눈처럼 찬 술 가운데서도 나는 그것들을 내 것인 양 자유롭게 즐길 수 없었으므로 굶주림의 속박 속에 갇혀 있는 것 같았어(2-722).

돈키호테의 광기는 달리 보면 자유를 통해 최고의 경지에 이른 것으로 볼 수 있습니다. 흔히 말하는 광기와 조금 다르지요. 그는 자신의 믿음과 의지로 세상과 등을 진 탓에 미친 것으로 보였을 뿐이에요. 돈키호테는 어떤 외부 권력의 구속이나 간섭, 강요에 신경 쓰지 않습니다. 그것이 국가이든, 계급이든, 사랑이든, 친절이든, 안락이든, 풍요든 자신이 선택한 것이 아닌 외부에서 강요된 것이라면 모두 배제했어요. 심지어 호의적인 친절조차 자기의 자유를 제한한다는 점에서 거부했습니다. 그 모든 것으로부터 절대적인 자유를 추구했어요. 정치적, 사회적, 종교적 억압과 간섭에서 자유롭기 위한 유일한 방법은 미치는 것이었지요. 따라서 그의 광기는 자유를 위한 수단이에요. 억압의 시대에는 미칠 수밖에 없습니다.

당시의 현실에 반대하여 돈키호테가 추구한 새로운 세계는 "'네 것, 내 것'이라는 두 단어를 모르고 살았고," "모든 것을 공동으로 소유했"으며, "모두가 평화로웠고, 우애가 넘쳤으며 조화로웠"던 '황금시대'입니다(1-131). 이는 도시 문명과 반대되는 자연에서, 목동을 비롯한 자유인들이 자치하며 살아가는 사회예요. 그것이 그의 유토피아입니다. 모두가 자유롭고 평등하고, 공유하며 평화로우며, 정의만이 지배하여 재판이 아예 필요 없는 세상이지요. 이렇게 목숨까지 걸고 치열하게 자유와 유토피아를 추구한 돈키호테가 왜 지금 한국에서는 왜곡되고 있는 걸까요? 자유인으로서 정의감, 정신성, 인류애에 충실한 인간의 전형이기는커녕 정신병자 또는 마땅히 묻혀야 할 시체로 여겨지고 있으니 말이에요. 그는 거인을 쫓아내기는커녕 남의 풍차만 부순 셈이니 아주 바람직한 이상주의자는 아닐지도 모르지만, 그렇다고 당장 죽여야 할 악당도 아니었습니다. 게다가 작품을 읽어나갈수록 돈키호테는 점차 풍차 에피소드 같은 처음의 실수에서 벗어납니다. 그리고 진정한 자유인으로서 정의감, 정신성, 인류애에 충실한 인간이 되어 가지요. 이처럼 자유인으로 되어 가는 과정이 인생이고 문학일 터입니다. 그러나 우리 사회는 그러한 과정을 완전히 생략하고, 조금만 이상하면 바로 광인 취급을 하고 철저히 매도합니다. 돈키호테 시대와 다를 것 없어요. 그러니 지금도 억압의 시대라 할 수 있습니다.

돈키호테가 품은 망상은 세계지배나 쿠데타 같은 무시무시한 악몽이 아니라, 이 세상의 악을 평정하여 불쌍한 약자를 돕는 것이었습니다. 이는 물질주의에의 탐닉이 아니라 고귀한 정신주의의 구현이에요. 세상을 망치기는커녕 도리어 아름답게 만드는 것이죠. 그런 이타적이고 정신적인 삶이 사라지고 모두가 이기적이고 속물적으로만 사는 세상은 얼마나 삭막할까요? 따라서 오늘날 돈키호테는 결코 무덤에 파묻을 존재가 아니라 21세기의 한국 사회에서 반드시 무덤에서 건져낼 필요가 있는 주인공입니다.

물론 위의 신문광고 하나만으로 대한민국의 모두가 돈키호테를 그렇게 생각한다고 할 수는 없어요. 그러나 때로는 4백 년 전의 스페인 사회나 오늘날의 한국 사회나 유일한 철학은 다음과 같은 것이 아닐까 하는 생각이 듭니다. 빈민은 부자가 되려고 애쓰고, 빈민의 아내는 자녀를 부자의 자녀와 결혼시키려 애쓰고, 조금 부유해지면 더욱 큰 부자가 되려고 애쓰고, 본래의 부자는 더더욱 큰 부자가 되기 위해 모든 수단을 동원하잖아요. 사회 구성원들은 생존을 위해서라면서 영악한 이기주의자, 물질주의자, 편의주의자, 편법주의자, 편승주의자, 경쟁주의자, 출세주의자, 순응주의자, 다수주의자, 집단주의자, 물질주의자, 가정주의자, 집안주의자, 권위주의자, 국가주의자, 체제주의자가 되도록 강요당합니다. 그런 인간형을 찬양하는 분위기 속에서 아이들조차 죽을 때까지 그런 삶을 살라는 메시지를 미디어를 통해 배웁니다. 『돈키호테』 작중에서도 이러한 소시민이 등장하는데, 바로 돈키호테의 시종인 산초 판사예요. 반대로 돈키호테는 정의감과 인류애에 따라, 자유롭고 자율적이며 스스로 책임지는 개인의 표상입니다. 그는 다수의 강자에 영합하거나 굴복하지 않는 소수의 약자를 상징해요. 또한, 그는 체제에 저항하는 것이 혼자뿐이라는 이유로 자신을 정신 착란 등으로 매도하는 다수에 당당히 맞서서 싸우지요. 그러면서 사회적으로 소외된 이들을 보호하자는 정신을 실천하는, 나름의 정신적인 귀족이자 영웅입니다. 그는 물질주의를 거부하고 이기주의를 부정하며 특히 권력주의와 현실주의를 저주합니다. 그런 정신을 지닌 돈키호테로부터 정신성과 정의감과 인류애가 나왔다고 해도 과언이 아닐 거예요. 천박한 전체주의나 다수결주의나 획일주의나 독재주의에서는 어떤 정신적인 가치도 모르는 양아치나 노예만 있지 인간이 있을 수 없습니다. 따라서 돈키호테가 없는 세상은 인간다운 세상이 아닐지도 몰라요.

세상에 나온 이후 4백 년 동안 돈키호테는 모든 문학 주인공 중에서 가장 많이 사랑받은 캐릭터입니다. 그러나 그의 고향 스페인조차 대부분의 세월을 전체주의 아래 신음해야만 했어요. 여러 번의 몸부림이 있었으나, 민주화의 빛은 언제나 순간에 그쳤고, 그 뒤에는 언제나 그림자처럼 독재가 이어졌습니다. 독재자들은 언론을 장악하고 체제에 순응하는 것만이 유일한 가치인 것처럼 대중을 속였습니다. 그러한 다수의 횡포는 전체주의 시절 오직 하나의 절대적인 견해로 군림했어요. 그러다 민주화에 의해 도전을 받을 때마다 소수인 반대파를 정신 착란이니 사이비니 망상이라는 말로 공격했지요. 그러나 이러한 독재는 스페인을 비롯한 모든 나라의 역사에서 보듯이 결국에는 영원하지 못했습니다.

우리의 돈키호테는 지금 사회에서 얼마나 제대로 살고 있을까요? 그리고 그를 당장 무덤에 묻어야 할까요, 아니면 도리어 무덤에서 건져내야 할까요? 이 질문은 곧 자유인으로서 정의감, 정신성, 인류애에 충실한 인간으로 살면서 유토피아를 추구해야 할지, 아니면 그 반대여야 할지를 묻는 것과 같다고 볼 수 있습니다.

이제부터 그대는 그대가 원하는 대로 할 수 있소.

왜냐하면 자유롭고 여유 있는 우리들의 삶은

아첨이나 형식에 얽매이지 않기 때문이오.

·제1부·

세르반테스를 찾아서

제1장

왜『돈키호테』인가?

나의『돈키호테』

여러분은 혹시 돈키호테와 비슷하다는 말을 들어본 적 있나요? 또는 누군가에게 그런 말을 해본 적이 있나요? 아마도 그런 말에는 혼자 잘난 체하는 독불장군이라든가, 괜히 흥분 잘하고 저돌적이라든가, 비현실적인 이상을 품는다든가, 바보같이 우직하거나 무모하다든가, 나이에 어울리지 않게 철없게 행동한다든가, 아니면 아예 돌았다는 등의 의미가 담겨 있겠지요. 누구나 돈키호테를 알고 있습니다. 대부분은 어린 시절 아동용 도서로 이 작품을 접했을 거예요. 그런 책에는 풍차를 거인으로 알고 공격하는 일화를 비롯하여 몇 가지 재미있는 모험이 짧게 소개되어 있습니다. 따라서 길어봐야 1~2백 쪽이고 재미있는 그림이 함께 들어 있지요. 그런 아동용 도서를 읽는 데는 두 시간 정도면 충분합니다. 그러나 원작은 1~2천 쪽에 달하는 방대한 장편소설이에요. 다 읽으려면 지루하기 짝이 없습니다. 4백 년 전 스페인 사람들이야 책 한 권을 밤새 읽고 또 읽으며 재미있게 지냈을지 모르지만, 지금은 그보다 재미있는 일이 너무나도 많으니까요. 그러니 그것을 고전이니 걸작이니 하며 읽으라고 해도 도대체 읽을 리가 없습니다. 아무리 명작소설이라 해도 4백 년 전 책이니 당연히 고리타분하지 않겠어요? 그것도 1~2천 쪽이라니요.

게다가 주인공 돈키호테는 아무리 잘 봐주어도 미쳤습니다. 돈키호테는 나이 50이 넘은 비쩍 마른 촌놈인데, 자신을 중세의 기사라고 착각하고 풍차를 거인으로 오인해 돌진하다가 내동댕이쳐집니다. 이러한 미친놈의 행각에 무슨 재미가 있겠어요? 어린아이들은 그런 이상한 이야기에 단순한 호기심으로 깔깔거릴지 모르지만, 어른이 되어 그런 이야기를 듣고 재미있어할 바보가 과연 있을까요? 그렇다면 이런 이야기를 지루함을 꾹꾹 눌러 참아가며 읽어야 할 필요는 무엇일까요? 지금 누군가 조선시대 갑옷을 입고 창을 들고 칼을 차고서 말을 타고 나타나서 전봇대를 거인이라고 하며 공격한다면 우리는 그것을 보고 웃기는커녕 경찰서에 신고할 것입니다. 경찰은 그를 정신병원에 데리고 갈 거고요. 그렇다면 그런 정신병자의 이야기를 우리는 왜 읽는 것일까요? 그것도 세계적인 고전이라는 수식어까지 붙여주면서요. 그런 소리마저도 돈키호테 같은 미친 선생들이 하는 소리가 아닐까요?

저도 그런 선생 중의 하나입니다. 그럼 저도 돈키호테처럼 정신이 나간 걸까요? 글쎄요. 솔직히 말해 『돈키호테』를 왜 읽어야 하는지 정확한 답은 딱 집어내기 어려워요. 그러나 위에서 말한 것이 이 책의 전부라면 출간된 후로 4백 년간 『성경』 다음으로 많이 읽혔다는 찬사를 들을 리가 없겠지요. 또한, 이 작품에 대한 해설과 연구가 산더미처럼 쌓였을 리도 없고요. 그런 사실들을 무시한다고 해도 『돈키호테』라는 작품 자체에 대해 흥미를 갖는 것에 전혀 의미가 없지는 않을 겁니다. 저도 처음에는 그 정도 흥미를 두고 『돈키호테』를 읽었습니다. 물론 저는 『돈키호테』를 연구하는 사람이 아닙니다. 『돈키호테』를 성경처럼 대하는 교수들의 글도 제법 읽었으나 이 책을 이해하는 데에는 별로 도움을 받지 못했어요. 저는 여러분에게 만만한 대중소설처럼 『돈키호테』를 읽어보라고 권하고 싶습니다. 아무런 부담 없이 읽는 편이 오히려 이 소설을 정확하게 이해하는 데 도움이 될 거라 생각하거든요. 『돈키호테』는 당시 허무맹랑한 소설들에 정신이 나가 기사도를 삶의 제일가는 원칙으로 삼은 한 바보 같은 남자를 풍자하기 위한 이야기라고도 할 수 있습니다. 그렇다면 『돈키호테』를 굳이 어려운 말로 해설하려고 하는 학자들의 이야기에 귀 기울일 필요도 없겠지요? 고전이니 명작이니 걸작이니 하는 소리에 기죽을 필요도 없고요.

그런데 돈키호테는 정말로 미쳤을까요? 미친 사람의 이야기에는 애초에 흥미가 없다는 독자라면 처음부터 『돈키호테』를 읽을 필요가 없을지도 모르겠습니다. 그러나 때로 자신이 미칠 것 같다거나 이미 미친 것 같은 기분마저 든다면 돈키호테를 집어볼 필요가 있을 거예요. 미친 사람이 주인공인 소설은 그다지 많지 않거든요. 픽션의 주인공들은 대부분 멋지고 똑똑하잖아요. 제가 『돈키호테』를 집어든 동기 중 하나도 그런 이유입니다. 더 솔직히 말하자면, 저는 주변으로부터 돈키호테란 말을 자주 들었어요. 그렇기에 페이지를 넘길 때마다 약간은 불안해지기도 했지요. 제가 정말 그와 같은 부류의 사람이라면 언젠가 저도 돈키호테처럼 비쩍 마른 말을 타고 풍차로 달려들지 않을까 해서요. 게다가 두 권을 합쳐 1,500쪽을 넘는 소설을 독파하기란 다소 부담되는 것도 사실이었습니다. 그래서 최소한의 안내서나 다른 사람의 감상 정도라도 있으면 좋을 텐데 하는 생각을 했지만, 유감스럽게도 제 주변에서는 찾아볼 수 없었습니다. 혹시나 누군가 저와 비슷한 상황을 겪고 있는 독자가 있다면 그땐 이 책이 작은 도움이 될 수 있었으면 하고 기원할 뿐이에요.

『돈키호테』는 정말 재미있을까?

제가 이 책을 권할 때마다 독자들은 언제나 같은 질문을 했습니다. "『돈키호테』는 정말로 재미있나요?" 하고 말이지요. 따라서 여기에 대해 솔직히 답할 필요가 있겠죠. 최근에 나온 최초의 스페인어판 완역본을 보면 제1편과 제2편을 모두 합해서 1,500쪽이 훌쩍 넘어갑니다. 이렇게 방대한 분량의 소설을 완독하기란 정말 쉽지 않은 일이지요. 그중 제1편은 3개월도 안 되어 4쇄를 냈을 정도로 많이 팔렸다고 하지만 꿈꾸기를 좋아하는 대한민국의 돈키호테들이 730쪽에 달하는 제1편을 완독하고 나아가 그보다 더 두꺼울 제2편까지 읽기란 여간 쉽지 않은 현실입니다.

　도대체 평생을 기사소설에 빠져 살다가 광기에 사로잡힌 주인공이 자신이 읽어온 작품 속의 이야기처럼 황당무계한 짓을 일삼은 끝에 죽기 직전에야 정신을 차린다는 『돈키호테』가 어떻게 '문학 역사상 가장 위대한 작품'이란 말일까요? 1~2천 쪽이나 되는 그 길고 긴 황당무계한 이야기를 읽고 나서, 역시 이런 황당무계한 책을 읽어서는 안 되니 죽기 전에라도 정신을 차리라는 교훈을 얻기 위해서일까요? 게다가 『돈키호테』는 진지하게 받아들이기 어려운 모험담으로 가득합니다. 이 작품의 가장 유명한 장면인 돈키호테가 풍차를 향해 돌진하는 장면을 예로 들어볼게요. 오늘날 그 부분을 읽고 감동하기란 그다지 쉽지 않습니다. 우리나라 독자들은 기사소설을 읽어본 적이 없기에 그것이 무엇을 비꼰 것인지 알아차리기 어렵기 때문이지요. 또한 『돈키호테』에 등장하는 대부분의 일화는 세르반테스가 생존하던 당시 스페인에서 유행한 기사소설을 풍자한 것들입니다. 따라서 그것을 미리 접한 스페인 사람들에게는 재미있겠지만, 그런 기사소설을 전혀 모르는 4백 년 뒤 한국의 독자들에게는 어리둥절할 수밖에 없겠지요. 물론 거인이 악의 상징임을 안다면 우리는 돈키호테가 거인을 풍차로 착각하는 것이 비록 황당하기는 하지만, 동시에 그의 정의감을 보여주는 것임을 읽어낼 수 있습니다. 하지만 그 역시 쉽지는 않아요. 나아가 그를 말리는 산초 판사를 밀

치고 자기 확신에 따라 행동하는 돈키호테에게서 자유인의 전형을 한눈에 발견하기도 쉽지 않지요.

그 밖에도 황당한 부분은 많습니다. 가령 제1편 제7장에서 돈키호테는 산초 판사를 시종으로 삼는데요. 이때 보수로 돈 대신 섬의 총독 자리를 약속합니다(1-95). 그런데 이런 어처구니없는 이야기가 제2편 제42장(2-631)에서는 그대로 현실이 되어요. 게다가 돈키호테의 여정 중에는 그가 여관비나 식비를 떼어먹는 장면이 계속 나옵니다. 그러면서 기사는 돈을 내지 않고, 돈을 갖지도 않는다는 것을 이유로 대지요. 이런 점을 보면 돈키호테는 그야말로 깡패나 양아치의 전형으로 봐야 할지도 모르겠습니다. 물론 이 역시 기사소설에 지나치게 몰두한 돈키호테를 풍자하는 장면이에요. 그렇지만 거기에 그치지 않고 동시에 정신성에 대한 강조이자 물질성에 대한 비판이라고 볼 수 있습니다. 이와 비슷하게 『돈키호테』에서 상업이나 자본주의에 대한 풍자는 상인을 비롯한 장사꾼들에 대한 비판이 계속되는 점에서도 확인할 수 있습니다. 그렇다 해도 이러한 부분에서 위의 메시지를 읽어내기는 쉬운 일이 아니에요.

이보다 더욱더 황당한 것은 제2편 제60장(2-736)에 나오는, 돈키호테가 도둑과 만나 친하게 지내는 장면입니다. 게다가 그 도둑은 지어낸 가상의 인물이 아니라 당시 실재했던 사람이에요. 지금으로서는 이해하기 어렵지만, 당시에는 도둑에 대한 관점도 달랐으리라는 짐작이 드는군요. 우리나라의 영화나 드라마에도 홍길동 같은 의적이 등장하는 것을 떠올리면 좀 더 이해하기 쉬울 듯합니다. 그런데 그 외에도 세르반테스 자신이 감옥에 몇 번이나 드나든 경험이 있었고, 『돈키호테』는 바로 그 감옥에서 구상되었다고 하는데요. 저는 이러한 사실이 소설에 도둑 이야기가 나온다는 것보다 더욱 황당하게 느껴집니다. 범죄자가 쓴 소설을 인류가 『성경』 다음으로 많이

읽는다니 말이에요.[1]

더구나 소설 구성에도 문제가 많습니다. 『돈키호테』라는 작품 속에는 대여섯 개의 단편소설이 액자식 구성으로 삽입되어 있는데요. 문제는 그 내용이 주인공 돈키호테의 여정과 아무런 관련이 없다는 점입니다. 번역자는 이를 포스트모더니즘의 현대적인 기법이라고 치켜세우지만(1-721), 제 귀에는 아무리 꿈꾸기 좋아하는 세르반테스로서도 꿈꾸지 못할 해몽으로만 들리는군요. 도리어 저는 이것이 자기 이야기에 돈키호테처럼 완전히 빠지지 말고 자유인으로서 스스로 책임지는 독서를 하라는 세르반테스의 메시지처럼 여겨집니다. 이처럼 이 소설은 그 내용만이 아니라 형식에서도 우리에게 자유인이기를 요구하는 것이지요.

『돈키호테』를 어떻게 읽어야 하나?

지난 4백 년 동안 셀 수 없는 사람들이 『돈키호테』에 대해 이런저런 해설을 해왔습니다. 그 이름을 들먹거려 보자면 찰스 디킨스, 허먼 멜빌, 표도르 도스토옙스키, 프란츠 카프카, 토마스 엘리엇, 윌리엄 포크너, 토마스 만, 버지니아 울프, 호르헤 루이스 보르헤스, 가브리엘 가르시아 마르케스, 밀란 쿤데라 등등 끝이 없지요. 그렇지만 세계적인 대문호들이 『돈키호테』를 찬양한다고 해서 무조건 그들을 따를 필요는 없습니다. 아무리 유명한 작가가 추천사를 썼다고 해도 나 스스로 이해하지 못하면 안 되잖아요. 이 책은 그런 의문에서 출발하는 '나의' 『돈키호테』 읽기입니다. 즉 철저히 '돈키호테적인' 『돈키호테』 읽기라고 할 수 있지요. 요컨대 내 맘대로 읽는 『돈키호테』입니다. 물론 저는 다른 사람의 이야기도 검토할 거예요. 그렇지만 그것도

1) 세르반테스는 「린코네테와 코르타딜로」(5-159)와 같은 단편소설에서 도둑 사회를 인간적 결속의 모범, 즉 인류애의 전형으로 그린 적도 있다.

어디까지나 '검토'이고, 어디까지나 근본적인 시각은 저의 것입니다.

저는 『돈키호테』를 무엇보다 자유인으로서 정의감과 정신성과 인류애를 드높인 유토피아 소설로 읽습니다. 정의감이란 강력한 권력이나 권위에 대항하여 여성이나 노동자와 같이 소수자의 입장에 선 계층을 보호하는 거예요. 정신성이란 물질주의나 편의주의에 맞서 인간의 자유를 지키고 인류애를 구현하고자 하는 것이고요. 인류애란 다 함께 자유롭고 평등하게 살아가도록 하는 마음이지요. 이러한 정신을 지키려는 일이 가끔은 비현실적인 망상이나 과도한 행위로 나타날 수 있다는 것을 경계하기 위해 『돈키호테』에는 풍차 소동과 같은 모험 우화가 등장합니다. 하지만 이것이 소설의 본질은 아닙니다. 돈키호테는 유토피아를 건설한다는 명백한 목표를 갖습니다. 그는 어떤 경우에도 실망하지 않는, 뜨거운 양심과 열정을 지니고 있지요. 그러한 돈키호테에 대해 독일의 철학자 에른스트 블로흐는 다음과 같이 찬사를 보냈습니다. "그는 무조건적인 갈망을 꿈꾼 인물들 가운데, 가장 완강하고 단호한 자이다. 비록 사람들이 그를 향해 웃음을 터뜨리지만, 그의 경고와 독촉은 너무나 위대한 것이었다. 돈키호테는 세상과는 전혀 낯선, 시대에 뒤떨어진 그리고 유토피아를 꿈꾸는 인간이었다."[2]

이왕 말이 나온 김에 한 마디만 더 보태자면, 저는 독서야말로 『돈키호테』식으로 해야 한다고 생각합니다. 독서를 하는 이유가 뭘까요? 지적인 모험을 즐기기 위해서겠지요. 기왕 모험을 떠난다면 즐거워야 하지 않겠어요? 독서란 누가 시켜서 억지로 하는 게 아니니까요. 무미건조하게 읽어내려갈 뿐 아무런 감흥도 주지 않는 책은 읽을 필요가 없습니다. 여기서 '지적인 모험'이란, 책을 읽으며 '지적인 자극'을 받는 것을 뜻해요. 또한, 그 책과의 대

---

2) 에른스트 블로흐, 박설호 역, 『희망의 원리』, 제4권, 열린책들, 2004, 2172쪽. 이하 이 책은 블로흐로 인용함.

결을 통해 지금 우리의 개인적인 삶이나 이 사회의 공통적인 삶에 대해 '지적인 시사'를 품는 경우를 말하지요. 이러한 '지적인 모험'으로 가득 찬 독서를 위해 지녀야 할 태도가 있습니다. 아무런 선입견 없이 그 책이 쓰인 맥락에서 충실하게 읽는 거예요. 특히 저자가 살았던 시대의 사회를 정확하게 이해하는 것이 중요합니다. 작가가 그 책을 썼을 때의 모든 것을 안다면 작중 인물의 동기를 더욱 정확하게 공감할 수 있을 테니까요. 물론 시시콜콜한 연애담 같은 흥미 위주의 에피소드 따위야 무시해도 좋지만[3] 그 시대적 배경은 정확하게 이해할 필요가 있습니다.

또한, 그 책이 '시간적, 문화적, 이데올로기적인 경계선을 가로질러' '전혀 예견하지 못한 방식으로' 새로운 의미를 만들어내는 것을 알아야 해요. 즉 작가가 당시의 시대상에 대해 비판한 것이 오늘날의 사회에도 그대로 맞아떨어질 수 있다는 점을 간파해야 하는 거죠. 그래야만 다음 세대의 사람들에게 새로운 질문을 던질 수 있고, 그에 대해 치열하게 생각하고 답을 내놓도록 유도할 수 있으니까요. 그런데 특히 주의해야 할 점이 있습니다. 작가가 무엇을 썼든 그 내용을 무조건 추앙하고 숭배하거나, 반대로 배척하거나 무시할 필요가 없다는 점입니다. 극단적으로 긍정적이거나 부정적인 평가를 하기보다는 치우치지 않는 중용의 독서법을 가지는 것이 좋은 태도겠지요.

4백 년 만의 완역이 나왔다고?

『돈키호테』가 "국내 최초의 스페인어판 완역"을 통해 우리나라에 출판된 것은 2004년 11월입니다. 그 책의 소개에는 "출간 4백주년 기념, 세계 세르반

---

3) 그러나 대중들은 도리어 그러한 부분에 혹하는 경향이 있어서, 그런 대중에 영합하고자 해설자들이 지나치게 감상적이거나 시시콜콜한 점에만 중점을 두고 해설하는 경향을 볼 때면 유감스러운 생각이 든다. 특히 음악이나 미술의 경우에는 그런 잡담이 해설의 주류를 이루는 경우를 자주 본다.

테스 학회 추천도서"라는 말이 자랑스럽게 달려 있어요. 이를 보았을 때 저는 『돈키호테』가 출간된 지 4백 년 만에야 비로소 한국어로 완역되었다는 사실에 깜짝 놀랐습니다. 그동안 몇 번이나 읽은 책들이 모두 영어나 일본어를 중역한 것이었다니 속았다는 느낌도 들었고, 도대체 우리나라의 외국문학 번역 수준이 아직도 고작 이 정도인가라는 의문도 생겼어요. 지난 50년간 여러 대학의 스페인어문학과를 나온 그 수많은 인재는 다들 무엇을 했던 걸까요?

하지만 '출간 4백주년 기념'이라는 사실이 반드시 이 책을 읽어야 할 이유가 될 수는 없어요. 그렇다면 왜 『돈키호테』를 읽어야 하는 걸까요? 그 이유를 설명하기라도 하듯이 위 책의 뒤표지에는 "세계 최고 작가 100인이 선정한 문학 역사상 가장 위대한 작품"이라는 찬사가 달려 있습니다. 그리고 유명한 작가들의 말이 인용되어 있어요. 가령 도스토옙스키(Feodor Dostoevski, 1821~1881)가 "『돈키호테』보다 더 심오하고 힘 있는 작품을 만난 적이 없다"라고 했고 토마스 엘리엇(Thomas Stearns Eliot, 1883~1965)은 "『돈키호테』를 모르면 서양사를 이해할 수 없다"고 했으며, 토마스 만(Thomas Mann, 1875~1955)은 "이 얼마나 창조적이고, 비범하고, 자유롭고, 인간적인 작품인가!"라고 경탄했다고 합니다.

그렇다면 이번에는 『돈키호테』를 읽어야 한다고 생각한 이들 중 우리나라 사람의 말을 들어볼까요. "국내 최초의 스페인어판 완역"본으로서 『돈키호테』를 번역한 한국외국어대학교 스페인어과 교수인 박철은 이 작품에 대해 이렇게 평가했습니다. 세르반테스가 생전에 자유롭게 작품을 쓰기가 사실상 불가능해 "돈키호테의 광기를 이용하는 형태로 교묘하게 당시 사회를 비판하면서 유토피아를 꿈꾸"었다고요. 즉 "토마스 모어(Thomas More, 1478~1533)의 『유토피아Utopia』에 감명을 받은 세르반테스는 종교의 자유,

남녀 간 사랑의 자유, 세습제도 폐지, 정의로운 재판 등을 꿈꾸었으며, 이를 달성하기 위해 돈키호테는 끊임없는 모험을 감행했다"는 것입니다(1-718). 가령 남녀 간의 사랑에 대해서도 이 작품은 기존과는 다른 견해를 내세우는데요. 이는 작중 빼어난 미모로 남성들의 구애를 받는 양치기 소녀의 "왜 아름다움으로 인해 사랑받는 여인이 그저 재미로, 그리고 강압적으로 달려드는 남자에 의해 정절을 잃어야만 하는 겁니까?"라는 대사를 보아도 알 수 있지요(1-721).

『돈키호테』가 『유토피아』의 영향을 받았다는 주장은 그리 일반적이지 않습니다. 하지만 『유토피아』는 1516년 영국에서 라틴어로 출간되어 당시 유럽에서 널리 읽혔고, 이는 『돈키호테』 제1편이 출간되기 90년 전이었어요. 그러니 스페인의 세르반테스가 라틴어를 읽을 수만 있었다면 그 책을 충분히 읽고 영향도 받을 수 있었겠지요.

그러나 제 생각으로는 『돈키호테』는 『유토피아』와 다릅니다. 설령 『돈키호테』가 『유토피아』의 영향을 받았다고 해도 그것이 『돈키호테』를 위대하게 만드는 요소가 되는 것은 아니에요. 먼저 돈키호테가 벌인 우스꽝스러운 모험담이 "종교의 자유, 남녀 간 사랑의 자유, 세습제도 폐지, 정의로운 재판 등을 꿈꾸"어, "이를 달성하기 위해"서였다고 연관을 짓기는 어렵습니다. 예를 들어 풍차를 거인으로 착각하고 공격하다가 나동그라지는 것이 어떻게 저런 거창한 가치를 대변한단 말일까요?

또한, 위 문단에서 인용한, 자유로운 사랑에 대해 논한 양치기 소녀의 대사는 어쩌면 당시 연애소설에 흔히 나오는 대사에 불과한 것일 수도 있지 않을까요? 또한, 이 대사가 사랑의 자유를 주장하고 있긴 하지만 이는 남성에 의한 일방적인 사랑을 부정한 것이지, 봉건적 결혼제도로부터의 해방을 뜻하는 것이라고는 볼 수 없잖아요. 게다가 이 대사는 돈키호테 자신이 하는 소리가 아니라 『돈키호테』 본편과 무관하게 삽입된 단편소설에 나오는 이야기인데요. 이를 굳이 돈키호테와 관련지을 필요가 있을까요? 돈키호테의 사랑이란 현실에는 존재하지 않는 둘시네아에 대한 공상에 불과합니다. 지극히 일방적이지요. 그러니 위에 인용한 여성의 항변을 들어야 할 사람은 바로 돈키호테 자신입니다. 『돈키호테』에는 결국 현실의 둘시네아가 등장하지 않습니다. 하지만 만약 그녀가 등장해서 무모한 돈키호테로부터 끔찍한 구애를 받게 된다면 어땠을까요? "왜 아름다움으로 인해 사랑받는 여인이 그저 재미로, 그리고 강압적으로 달려드는 남자에 의해 정절을 잃어야만 하는 겁니까?"라는 항의를 받을 만했겠지요.

물론 세르반테스와 돈키호테는 "종교의 자유, 남녀 간 사랑의 자유, 세습제도 폐지, 정의로운 재판 등을 꿈꾸었"습니다. 이는 뒤에서 다시 다룰 거예요. 그렇지만 그것이 돈키호테가 벌인 모험의 직접적인 동기가 되지는 않습니다. 사실 그의 모험에서 그러한 동기가 분명하게 드러났다면, 돈키호테의 실패와 좌절은 결코 웃음과 풍자를 유발하지 못했을 것입니다. 오히려 독자에게 슬픔과 고통을 주었겠지요.

『돈키호테』에는 무려 659명의 등장인물이 나오는데요. 이들은 여러 계층의 인물로 구성되어 있습니다. 그런데 이에 대해 박철은 "세르반테스는 하류계층의 인간들도 우리의 이웃이며, 이 세계를 꾸려가는 중요한 구성원이라는 사실을 강조하는데, 이는 현대소설의 특징을 보여준다"(1-722)라고 해석해요. 그러나 등장인물을 다양하게 표현한다고 해서 그것이 곧 하류계층에 대한 동류의식을 표현한다고 볼 수는 없습니다. 도리어 작품 속 하류계층 인물 대부분은 돈키호테를 비웃는 사람들이고, 따라서 어쩌면 세르반테스는 그들에게 적대적이었을지도 몰라요. 그러한 하류계층 인물들은 대개 돈에 찌들어 사는 모습으로 묘사되며 이를 돈키호테는 결코 호의적이지 않고 도리어 비판적으로 바라봅니다.

또한, 박철은 19세기 독자들이 "숭고한 이상을 갖고 현실에 맞서 싸우는 돈키호테의 모습에서 실존하는 인간의 고뇌를 보았"다는 점을 언급합니다. 그러고는 돈키호테와 산초 판사가 각자 "인간의 내면에 공존하는 이상주의와 현실주의의 화신으로 묘사되었으며, 두 인물이 하나로 합쳐져야만 총체적인 인간을 상징하는 것으로 해석된다"고 했어요(1-723). 이 말은 이상주의와 현실주의의 통합이 이상적인 인간이라는 전제를 깔고 있습니다. 즉 이상과 현실의 조화를 주장하는 것이지요. 그러나 작품 속에서 이상주의자인 돈키호테와 세속적인 산초 판사는 정반대의 모습을 보입니다. 세르반테스가 그 둘을 대조적으로 그렸다면 후대 사람이 그 둘의 융합을 세르반테스의 의도라 보는 것 역시 엄청난 곡해가 아닐까요?[4] 물론 이런 칭찬에 굳이 하나하나 딴지를 걸 필요는 없을지도 모릅니다. 그런데 19세기의 유럽은 낭만주의[5]의 시대였고 독자들 역시 이러한 사조에 젖어 있었는데요. 이를 고려해도 돈키호테를 "숭고한 이상을 갖고 현실에 맞서 싸우는" 존재라고 보고, '현실주의'의 산초 판사와 합쳐져 완전한 인간이 되는 것으로 본 것은 좀 과한 해석이 아닐까 하는 생각이 듭니다. 지나치게 이 책을 낭만적으로 읽고 주인공들을 너무 바람직하게만 바라본 것이 아닌가 싶어서요. 어쨌거나 돈키호테는 광인이고 그 시종인 산초 판사는 세속적으로 타락한 인간인데 말이에요. 조금 비딱하게 보자면, 그 두 사람의 결합이란, 이상주의와 현

---

4) 그리고 박철은 요컨대 『돈키호테』가 최고의 소설인 이유는 "인간에게 꿈을 심어주는 모습이 그 안에서 발견되기 때문"이라고 했다(1-723). 그러나 이상주의의 화신이라는 돈키호테는 결국 소설의 결말 부분에서 그 이상에서 깨어난다. 이를 통해 볼 때 위의 해석대로라면 이 작품은 어쩌면 인간에게서 꿈을 뺏는 것이 아닐까?

5) 18세기 말부터 19세기 중엽까지 유럽과 남북아메리카에 대두된 문예사조. 합리적이고 이성적인 고전주의에 대항하여 탄생하였다. 따라서 비합리적이고 감성적인 면에서 진정한 인간성을 찾으려 했으며, 주관적인 내면의 감수성과 개성을 중시하였다. 낭만주의적인 화가와 작가들은 현실에는 존재하지 않는 공상을 통해 풍부한 상상력을 드러내기도 했다.

실주의의 결합이 아니라, 광기와 타락의 결합이라는 더욱 나쁜 것일지도 모릅니다. 그런데 문제는 19세기의 낭만주의적 평가와 21세기 박철의 평가가 그다지 다르지 않다는 점입니다. 도대체 "인간에게 꿈을 심어주는 모습"이 광기라는 점을 어떻게 이해해야 할까요? 꿈을 심어준다면 좀 더 긍정적인 모습일 수도 있지 않을까요? 미친 사람이 독자나 등장인물들에게 꿈을 심어준다고 보기에는 아무리 명작소설에 대한 찬양이라도 너무 도가 지나쳤다는 것이 저의 생각입니다.

『돈키호테』는 의문의 소설이다?

『돈키호테』는 17세기에 쓰인 이후 지난 4백 년간 걸작이라는 찬사를 들어왔습니다. 그렇다면 그동안 『돈키호테』가 우리나라에 어떻게 소개되어왔을지 궁금하지 않나요? 저는 중학생 시절 영문학자 오화섭의 번역으로 『돈키호테』를 처음 읽었습니다. 1963년에 출간된 책인데, 역자는 영문학자답게 토머스 엘리엇이 "유럽인이 『돈키호테』를 읽어 소화하지 못하면 진정으로 교육을 받았다고 할 수 없다"라고 한 격언을 인용했습니다(2-3). 또한, 번역자는 『돈키호테』를 '의문의 소설'이라고 불렀는데요. 어린 저에게는 그 말이 도리어 의문이었어요(2-9). 게다가 의문의 소설을 왜 고전이라고 부르며 읽어야 하는지도 도저히 이해할 수 없었습니다. 읽으면 의문이 생기기에 고전이란 뜻일까요? 도대체 무슨 소리일까요?

그러면 같은 1960년대에 나온 또 다른 『돈키호테』 번역자 최민순의 해설을 볼까요. 그는 "『신곡』을 단테와 베아트리체의 숭고한 연애시로 알고 있는 것처럼, 『돈키호테』를 단순한 엉터리 놀음으로 보아 넘기는 이쪽 극동의 슬픈 사실"[6]을 개탄해요. 하지만『신곡』에는 로맨스적 요소가,『돈키호테』에는 코믹한 장면들이 분명 존재합니다. 게다가 요즘 청소년들은 이런 고전에 대해 그만큼만 알아도 TV 퀴즈프로그램에 출전할 수 있어요. 여하튼 최민순은 스페인의 철학자 오르테가 이 가세트(Jose Ortega y Gasset, 1883~1955)가 이 작품에 보낸 기나긴 찬사를 인용하면서, 스페인 사람들이 "자기네의 국보인『돈키호테』를 그 국민도덕에 이바지하는 경전으로까지 떠받들어 높이는 것"이라고 했습니다. 그러나 저로서는 그 '국민도덕 경전'이라는 것이 과연 무엇인지 도저히 알 수가 없어요. 스페인 국민 모두 돈키호테처럼 황당무계하게 살자고 결심이라도 했다는 것일까요? 그런데 더욱 의문인 것은『돈키호테』가 설령 스페인에서는 국민도덕 경전이라고 해도 그 점을 극동의 우리가 모른다는 것이 그렇게도 슬픈 일일까 하는 점입니다. 스페인에서 교과서처럼 취급된다고 해도 바다 건너 다른 대륙에 있는 우리나라에서는 생소할 수 있으니까요.

여하튼 최민순은『돈키호테』를 찬양하기 위해 다시금 19세기 러시아 작가 이반 투르게네프(Ivan Sergeyevich Turgenev, 1818~1883)의 말을 인용합니다. 투르게네프에 의하면 돈키호테는 신앙, 영원불변한 것에 대한 신앙, 진실한 것에 대한 신앙을 상징합니다. 또한, 그는 돈키호테와 햄릿을 비교하면서, 자신을 위해 사는 것을 치욕으로 여긴 돈키호테에게는 주아주의(主我主義)[7]의 흔적도 없으나, 햄릿은 주아주의자라고 보았지요. 그리고『돈키호테』마지막 부분을 인용하며 이 작품이 기독교 신앙을 찬양하는 정신을 품고 있다고 합니다.[8]

---

6) 최민순 역,『돈끼호떼』, 정음사, 1968, 7쪽.

7) 이기주의의 다른 말. 자신의 이익만을 꾀하고 공익은 신경 쓰지 않는 태도.

8) 독실한 기독교도인 최민순으로서는『돈키호테』가 기독교 신앙의 찬양이라고 하는 것만으로 이 작품의 위대함에 대한 모든 설명이 끝난 것일지도 모른다. 또한, 그가「햄릿」을 싫다고 한 것도 같은 맥락으로 볼 수 있다.

이런 식으로 특정 종교, 가령 기독교의 시각에서 『돈키호테』를 비롯한 예술작품을 평가하는 것은 얼마든지 가능합니다. 그러나 반대 견해도 있겠지요. 가령 독일의 문학평론가 에리히 아우어바흐(Erich Auerbach, 1892~1957)는 『미메시스Mimesis』(1946)라는 저서 덕분에 한국에서도 제법 알려져 있는데요. 이 책에서 그는 『돈키호테』를 "단순한 엉터리 놀음으로 보아 넘기는 이쪽 극동의 관점이 사실은 옳다"고 보았습니다. 하지만 기독교적 성격에 대해서는 단 한 마디도 보태지 않았어요.[9] 아우어바흐는 자신은 그다지 진보적인 사상을 가진 사람이 아니지만, 『돈키호테』에는 그다지 진지한 사회 개혁적인 성격이 없다고 평했습니다. 그저 유쾌한 농담이라고 보았지요.

저는 『돈키호테』에 사회 개혁적인 성격이 없다고 보지 않습니다. 즉, 아우어바흐처럼 단순히 농담이라고 생각하지는 않아요. 그렇다고 해서 오르테가나 최민순처럼 스페인의 국민도덕에 관한 교과서나 기독교 정신을 가득 담은 책으로 여기지도 않습니다. 설령 그러한 도덕적이거나 종교적인 성격을 인정한다고 해도 『돈키호테』가 기독교 신앙에 충실한 책이라고는 보기 어려워요. 세르반테스는 당시의 가톨릭에 대단히 비판적이었기 때문입니다. 당시 반종교개혁의 분위기였던 스페인에서 가톨릭을 부정할 수 없었다고 해도, 세르반테스는 적어도 에라스뮈스(Desiderius Erasmus, 1466?~1536)[10]와 같은 가톨릭 개혁주의자였음이 틀림없습니다. 에라스뮈스주의는 세르반테스 생애의 전반기에 스페인을 주도한 사상이었으나 그 후반기인 1536년 이후에는 종교법원에 의해 금지되었어요. 그렇지만 세르반테스는 평생 동안

그러나 뒤에서 설명하듯이 세르반테스는 당대의 교회를 지극히 싫어했다.

9) 김우창, 유종호 역, 『미메시스』, 민음사, 1999, 37~64쪽.

10) 네덜란드의 수도사이자 철학자. 종교개혁을 주장하였으나 급진적인 개혁가 마르틴 루터보다는 온건적인 태도를 유지했다. 그는 기성 가톨릭교회와 루터의 추종자 사이에서 '관용과 타협의 정신'을 주장하며 보편적인 인간성에 호소하였다. 그가 저술한 『우신예찬』은 유럽에 커다란 파문을 일으키며 금서이자 베스트셀러가 되었다.

에라스뮈스의 사상을 믿었고, 이는 『돈키호테』 여기저기에 반영되어 있습니다. 또한 에라스뮈스의 친구이자 『유토피아』를 쓴 토마스 모어의 사상도 이 작품에서 볼 수 있는데요. 그 밖에 『돈키호테』에 영향을 미친 사상가로 프랑스의 라블레(Francois Rabelais, 1494?~1553)와 미셸 몽테뉴(Michel E. de Montaigne, 1533~1592)를 들 수 있습니다.

돈키호테는 이상주의자일까?

저는 돈키호테의 광기를 이상주의자로 해석한 의견에 특히 의문이 듭니다. 이상주의라는 말에는 여러 가지 뜻이 있어요. 자신을 '현실주의자'라고 칭하는 자들에게 이상주의는 "현실을 무시하거나 돌아보지 않고 이상만을 추구하는 태도"를 말할 텐데요. 그러면 광기에 사로잡힌 돈키호테를 과연 어떤 의미에서 이상주의자라고 부르는 걸까요? 우리는 광인을 이상주의자라고 하지는 않잖아요. 광인이라고 해서 모두 이상주의자인 것은 아니고, 이상주의자가 모두 광인인 것도 아닌 한 말입니다. 물론 자신이 현실주의자라고 믿는 사람은 이상주의자를 미쳤다고 평가할 수 있습니다. 그러나 그럴 때도 정말 상대방이 정신질환에 걸렸다고 생각해서 그런 말을 하는 것은 아닐 테지요.

저는 광증에 대해서 잘 알지 못합니다. 그래서 돈키호테를 '의학적인 의미에서 미쳤다'고 할 수 있을지 의문입니다. 또 그가 왜 광인이 되었는지에 대해서도 아는 바가 별로 없고요. 제가 소설에서 알 수 있는 것은 돈키호테가 미친 이유가 유독 '기사소설'을 탐독한 탓이라는 점입니다. 물론 우리 주변에도 그런 경향을 보이는 사람들이 없지 않아요. 꼭 독서 탓만이 아니라고 해도, 여러 가지 이유로 고정관념에 빠져 도저히 벗어나지 못하는 사람들을 볼 때 우리는 '미쳤다'고 하지요.[11] 고정관념이란 어떤 사람의 정신세계 깊숙한 곳에 들어앉아서 항상 머리에서 떠나지 않는 사고방식을 말합니다. 바깥 세계가 어떻게든 상황이 어떻게 돌아가든 잘 바뀌지 않는 특성인데요.[12] 여하튼 저는 그런 고정관념에 사로잡힌 자들이 이상주의자라고는 절대로 생각하지 않습니다. 아무리 좋게 보아도 편견에 사로잡힌 자들이고, 철저한 이기주의자들이고, 절대주의자들이고, 관념주의자들이고, 몽상가들이니까요. 이와 반대로 이상주의자라고 부르려면 그 이상에 고결한 인간적인 가치나 사회적인 가치가 포함되어 있어야 해요. 가령 민주주의의 경우, 가장 이상적인 것으로 직접민주주의를 들 수 있습니다. 환경과 관련되어서는 생태주의를 들 수 있고요. 이러한 사상들을 추구하고 실천하려는 이들을 우리는 이상주의자라고 부릅니다.

그렇다면 돈키호테에게서도 그런 이상을 찾아볼 수 있을까요? 그의 머릿속에 있는 것은 진부한 기사도 소설의 황당무계한 이야기에 지나지 않는 듯합니다. 그는 고정관념에 사로잡혀서 이해받지 못할 황당무계한 짓을 일삼을 뿐, 자신의 이상에 따라 실제의 현실을 개혁할 의지는 없어 보여요. 또한, 개혁을 위한 실질적인 행동에 나서지도 않고요. 오로지 현실을 소설 속의 장면으로 착각할 뿐입니다. 그가 하는 일은 모두 무의미하고 현실과 양립할

---

11) 가령 어린 시절 또는 젊은 시절 박정희에 대한 절대적인 찬양 또는 마르크스에 대한 절대적인 찬양에 젖어 나이가 들어도 모든 문제를 그런 관점에서 바라보는 사람들이다. 바로 우리나라 좌우익의 극단을 형성하는 자들이다. 왜 그런 인간형이 생기는지 나는 정확하게 알지 못하지만, 우리나라의 경우 전통적인 유교문화와 군사독재가 낳은 획일주의, 특히 교육에서 유일 교과서 절대주의가 빚어낸 국민적인 정신병이 아닌가 생각한다.

12) 심리학에서는 이를 병적인 강박관념보다는 가벼운 것으로 보는 듯하다. 하지만 내가 보기에는 도리어 강박관념이 더 가볍고 일상적일 것 같다. 가령 항상 자기 주위를 청결하게 유지해야 하는 청결 강박과 비교해보자. 그런 강박관념에 빠지기 쉬운 사람은 성격이 내성적이고 소극적이며 매사에 꼼꼼하고 소심한 동시에 생활에 자신이 없으면서도 공연히 자부심이나 명예욕이 강하다고 한다. 고정관념에 빠진 사람도 비슷한 성격의 소유자일 수 있겠으나, 그 반대인 경우도 있을 수 있다. 즉 외향적이고 정치적이며 사회적인 성격의 소유자이면서도 사고방식이 너무나도 단순하고 경직되어 있기에 좋게 말해서 신념에 충실하고, 나쁘게 말하면 편견 덩어리인 인간형이다.

수 없습니다. 그렇기에 그저 그야말로 황당무계하기 짝이 없는 희극적인 혼란을 야기할 뿐이지요. 돈키호테에게는 현실을 비판하거나 부정할 만한 사고가 사실 없을지도 모릅니다. 이상을 실현하기 위한 청사진을 갖고 있지도 않고요. 덕분에 그는 현실 비판의 기준이 되는 어떤 사상도 갖고 있지 않은 것처럼 보입니다.

그러나 저는 한편으로 반드시 그렇게 단정을 지을 수 없다고 생각해요. 돈키호테의 고정관념이란 기사도에 토대를 둔 것이고, 이는 강자에게 괴로움을 당하는 약자를 도와 정의를 세운다고 하는 것이라는 점에서 명백히 이상주의적이니까요. 또한, 작중 그의 대사를 듣고 있자면 그는 물질주의를 부정하고 정신주의를 주장하며, 이기주의를 부정하고 이타주의적 인류애를 외치고 다님을 알 수 있는데요. 물론 그러한 것들이 현실을 무시하고 행해진 탓에 황당무계한 결과를 빚게 되고, 따라서 돈키호테 식의 이상주의에 문제가 있다는 것을 간과할 수도 없지만, 그렇다고 해서 이상주의를 품은 것 자체를 부정적으로 평가할 수는 없다고 생각합니다.

세르반테스는 『돈키호테』 곳곳에서 돈키호테가 기사소설을 지나치게 탐독한 나머지 오해로 인한 소동을 일으키는 장면들을 묘사합니다. 가령 풍차를 거인으로 보고 돌격한 것도 그중 한 예이지요. 그렇지만 돈키호테는 엉뚱한 짓을 저지르지 않을 때는 지극히 정상적인 인간, 아니, 도리어 매우 고귀한 생각과 행동을 하는, 그야말로 기사도 그 자체의 사람으로 표현되지요. 그래서 기사소설에 빠져 일으키는 소동과 돈키호테 자신의 기사도 정신이 명백히 구별됩니다. 여기서 우리는 세르반테스가 『돈키호테』를 쓴 집필 의도를 둘로 나누어볼 수 있어요. 첫째는 돈키호테의 광기가 일으키는 소동을 통해 기존의 기사소설이 담은 내용의 황당무계함을 비판하는 것입니다. 두 번째는 돈키호테의 정상적 행동을 통해 기사도의 바른 이상주의적인 모습을 제시하는 것이고요. 이러한 세르반테스의 의도를 정확하게 읽는 것이야말로『돈키호테』에 대한 올바른 이해가 될 것입니다.

이상주의가 아니라 당시의 사고 패턴에 불과했다?

칼 마르크스(Karl Marx, 1818~1883)의 사위였던 폴 라파르그(Paul Lafargue, 1842~1911)의 회상에 의하면 마르크스는 세르반테스를 높이 평가했다고 합니다. 그는『돈키호테』를 "그 미덕들이 부르주아 세계의 출현으로 인해 조롱과 비웃음의 대상이 된, 사라져가는 기사도에 대한 서사시"로 보았다고 해요.[13] 즉, 중세에서 자본주의 사회로 넘어가는 과도기의 작품이『돈키호테』라는 것이지요. 마르크스는 그가 살았던 19세기 낭만주의자들과 달리 중세나 기사도에 대해 어떤 찬사도 보낸 적이 없습니다. 도리어 부르주아 세계를 높이 평가했어요. 그러니 평소 취향과 맞지 않아 보이는 세르반테스를 높이 평가한 이유가 석연치 않지만, 아마도 '시대의 변화'를 보여준 점에서 높이 평가한 듯합니다.

　이는 대체로 타당한 견해로 보여요. 하지만 돈키호테가 풍차를 거인으로, 여관을 성으로, 시골 처녀를 공주로 착각한 것은 기사도라는 이상주의 때문이 아니라, 르네상스 시기의 사고 패턴인 '유사성'에서 비롯된 것이라고 보는 견해가 어쩌면 더욱 설득력이 있을지 몰라요. 프랑스의 철학자 미셸 푸코(Michel Foucault, 1926~1984)는『말과 사물Les Mots et les choses』에서 당대에 대해 다음과 같이 설명했습니다.[14] "사람들은 머리를 치료할 때 머리와 같이 껍질이 딱딱하고 속도 비슷하게 생겼다는 이유에서 호두를 사용했다"고요. 그렇다면 풍차를 거인으로 착각하는 등의 행위는 적어도 르네상스 시

---

13) 김영기 역,『마르크스 엥겔스의 문학예술론』, 논장, 1989, 502쪽.
14) 미셸 푸코, 이광래 역,『말과 사물』, 민음사, 1987, 41쪽. 이하 이 책은『말과 사물』로 인용함.

기의 '유사성'이라고 하는 사고 패턴과 그다지 다른 것 같지 않지요? 그러다가 『돈키호테』가 쓰인 시대에 와서 미친 짓으로 간주된 것일지도 모릅니다. 사실 르네상스 시기나 그 이전에는 그런 내용의 기사소설이 인기를 끌었고, 돈키호테 역시 기사소설에 너무 탐닉한 나머지 광기 어린 행동을 벌이게 되는데, 그가 갑옷을 입고 뛰쳐나온 시대는 이미 르네상스 시대가 아니기에 미친 사람으로 취급당했다는 것이지요. 지금은 그런 행동을 하는 즉시 경찰에 붙잡혀 가거나 정신병원에 수용될지 모르지만, 적어도 그 당시에는 그렇지 않았습니다. 푸코의 저서 중에 『광기의 역사*Histoire de la folie*』[15]라는 책이 있는데요. 이 책에 따르면 18세기 말까지 광인이란 오직 차이를 인식하지 못한다는 점에서만 구별되는 정도의 사람으로서 그다지 위험하게 취급하지 않았다고 합니다.[16]

『돈키호테』 제1편 서문의 둘째 문장인 "나는 자연 속의 모든 것들이 자신을 닮은 것을 생산한다는 자연의 법칙을 거스를 수 없었다"(1-9)는 '유사성'이라는 사고패턴을 보여주는 말입니다. 이는 종교적 운명결정론이 지배한 중세의 계급사회로부터 시작되어 르네상스 시대까지 이어져온 것인데요. 돈키호테는 자신은 정작 그러한 종교적 운명결정론의 대표적인 서사물인 기사소설에 젖어 있으면서도 실제로는 그것을 벗어나 현실에 대항하여 갖가지 모험을 하는 근대적인 인간으로 등장합니다. 그런데 세르반테스는 한편으로 기사도라고 하는 전통적 도덕을 포기하지 않았어요. 저는 위에서 돈키호테를 읽을 때면 우스꽝스러운 돈키호테의 모험(가령 풍차를 거인으로 착각하고 공격하는 것)과 그 모험의 계기가 되는 기사도(정의를 위해 나쁜 거인을 죽여야 한다는)를 구별해야 한다고 말했는데요. 여기에는 어려운 점이 있습

---

15) 김부용 역, 인간사랑, 1991.
16) 『말과 사물』, 79쪽.

니다. '유사성'이라는 낡은 사고패턴 때문에 사물을 인식하는 데에 혼란에 빠지는 불쌍한 돈키호테에게, 사실 그 두 가지는 하나로 융합되어 있으니 독자로서도 이를 구별하기가 쉽지 않다는 것이지요.

한편 돈키호테의 시종인 산초 판사는 돈키호테가 미쳤다는 것을 알고 있습니다. 그래서 풍차를 거인으로 오인하는 점을 바보 같은 생각이라며 비판해요. 그는 풍차의 정체성을 풍력에 의해 식료를 생산하는 기계라고 이해합니다. 근대적인 이성 중심의 과학주의 사고방식이지요. 그러나 그런 이성적인 산초 판사도 돈키호테와의 오랜 여행 끝에 서서히 그에게 동화됩니다. 산초 판사 같은 근대인에 의해 돈키호테는 광인 취급을 당하지만, 산초 판사역시 완벽한 근대인으로 살지 못하는 것을 보여주는 것이지요. 돈키호테의 시대는 이처럼 르네상스와 근대의 혼란기를 잘 드러내줍니다. 우리 역시 그러한 혼란기에 살고 있다는 점에서 별반 다르지 않지요. 즉 우리나라 사회에는 조선의 유교적 전통이라는 고정관념이 여전히 남아 있는 것과 동시에, 일제강점기 이후의 왜곡된 근대적 가치들이 공존하고 있으니까요. 물론 최근에는 탈근대적인 목소리가 커지고 있지만요. 어쩌면 모든 시대는 나름대로 이런 식의 혼란을 겪었을 것입니다. 『돈키호테』가 고전으로서 영원한 생명력을 갖는 것도 이러한 보편성 때문이겠지요?

여하튼 4백 년 전 스페인 소설을 정확하게 읽어내기란 쉬운 일만은 아니라는 점이 분명합니다. 미셸 푸코가 이 작품에 대해 뭐라고 논했는지는 마지막 장에서 『돈키호테』에 대한 다른 많은 논의와 함께 다시 검토할 거예요. 어쨌거나 『돈키호테』는 세르반테스가 지어낸 황당무계하기만 한 이야기가 아니라, 당대의 시대적 변화, 특히 사고패턴의 변화를 정확하게 반영한 작품이라는 점을 염두에 두고 읽을 필요가 있습니다.

끝으로 분명하게 다시 확인하고 싶은 점은 그렇다고 해서 돈키호테의 기행을 무조건 영웅시하고 미화할 필요가 없다는 점입니다. 더욱 중요한 점은 세르반테스 자신도 그런 것을 전혀 기대하지 않고 우리에게 철저히 자유롭게 그 책을 읽어주도록 요구하고 있다는 것이지요. 특히 이 책은 독자들이 이야기 속의 황당무계함 자체에 빠지지 않도록, 독자를 깨울 여러 가지 장치를 설치하고 있습니다. 황당한 이야기를 하다가도 금방 독자들에게 "정신 차려!"라고 외치며 주의를 환기하는 식입니다. 그래서 할리우드식으로 청중이나 독자의 정신을 쏙 빼는 영화나 소설에 젖은 독자라면 이 작품이 싱겁다고 생각할지도 모르겠어요. 그렇지만 한편으로 많은 사람이 여전히 이 작품을 읽고 매료되는 것을 볼 때, 4백 년 전 스페인의 『돈키호테』가 지금까지 우리 곁에 남아 있는 이유를 짐작할 수 있겠지요?

돈키호테는 방랑자? 반체제? 아나키스트?

본론에 들어가기 전에 미리 이 책의 결론부터 알려드릴게요. 그래야 제가 앞으로 할 얘기들에 대해 독자 여러분이 좀 더 쉽게 받아들일 것 같습니다. 제가 이 책에서 새롭게 해석하려는 돈키호테는 반체제적인 아나키스트로서의 돈키호테입니다. 여태까지는 아무도 돈키호테를 그런 식으로 본 적이 없어요. 그러니 이런 해석을 읽고선 정말 돈키호테처럼 엉뚱하다고 할 사람도 분명 있겠지요.[17]

'아나키스트' 하면 보통 이상주의자라는 생각이 떠오르지요. 이는 틀린 말은 아닐 것입니다. 그러지만 보통 말하는 이상주의자와 아나키스트는 달라요. 저는 아나키스트를 '자유인, 자치인, 자연인'이라는 삼위일체로 봅니

---

17) 내가 이 책의 초판을 낸 2005년에는 그러했지만, 그로부터 10년이 지난 2015년, '무정부주의적 관점에서 본 돈키호테'라는 논문이 『스페인라틴아메리카연구』(제8권 1호)에 실렸다. 그 필자인 안영옥은 그 논문에서 나의 책에 대해 전혀 언급하고 있지 않지만, 그 논문의 논지는 나의 책의 그것과 같다.

다. 먼저 자유인이란 인간을 구속적이고 평준화시키며 획일화하려는 국가주의적 방침에 맞서서 자신의 개성을 내세우려고 노력하는 개인을 말해요. 따라서 그는 체제로부터의 일탈자이고 반항자입니다. 또한, 그 체제의 중심이 아니라 주변에 존재할 수밖에 없지요. 세르반테스 자신이 그런 주변인이었습니다. 그는 젊은 시절에 체제 속에서 출세하고자 노력했습니다. 그렇지만 평생토록 본류에 들지 못하고 철저히 주변에 머물렀어요. 그는 귀족 출신이기는 했으나 가난한 귀머거리 의사의 아들로 태어났고, 정상적인 교육을 받지 했습니다. 출세를 위해 22세에 군대에 들어가 용감하게 싸우지만, 5년간의 포로생활 끝에 33세에야 겨우 조국에 돌아오지요. 그러나 전쟁 영웅인 그를 기다리는 것은 더욱더 어렵고 가난한 생활뿐이었습니다. 세르반테스는 『돈키호테』를 쓴 58세까지 20년간 그런 세월을 계속했어요. 그 사이에 두 차례 이상 감옥살이를 하기도 했고요. 그래서 이 불후의 명작을 감옥에서 구상된 것으로 짐작하는 이도 적지 않습니다. 어쩌면 『돈키호테』는 그런 미친 세상을 살던 세르반테스가 도리어 자신을 미친 자로 그려낸 작품이 아닐까요?

그러한 일탈자로서 세르반테스는 자신과 마찬가지로 사회에서 일탈한 집단인 도둑이나 집시 또는 광인에 대해 호감을 품었을 것이 틀림없습니다. 이는 『돈키호테』를 비롯한 여러 작품에서 읽을 수 있는데요. 그들은 당시 일어나고 있던 자본주의 체제에 저항한 집단이기에 세르반테스는 애정을 담아 그들을 자신의 작품 속에 표현했지요. 동시에 자본주의 체제에 순응한 지배집단이나 민중집단에 대해서는 반발했습니다. 따라서 그는 당시의 왕후나 귀족은 물론 그들에게 철저히 봉사하는 전문가 지식인들이나 예술가들도 그다지 좋아하지 않았습니다. 또한, 그런 계층만을 위해 만들어진 지식이나 예술에도 반발했지요. 나아가 세르반테스는 도둑이나 집시의 자치적 공동체 사회를 반자본주의적인 이상적인 유토피아로 보았습니다. 그들은 자연 속에서 자유롭게 원시적 삶을 누리는 이들이자 머무를 곳 없이 길 위를 방랑하는 황야인이기도 했어요. 사실 세르반테스 자신도 평생 방랑자였습니다. 어린 시절은 부모를 따라 스페인 방방곡곡을 방랑했고, 20대에는 전쟁터를 방랑했으며, 30대에서 50대 사이에는 먹고살기 위해 이런저런 일을 하며 스페인 전국을 방랑했으니까요.

저는 이 책에서 『돈키호테』를 그렇게 이해하려 합니다. 이러한 해석은 어쩌면 참으로 황당무계하며 돈키호테적이고, 더욱이 아나키스트를 자처하는 사람들까지도 시도한 적이 없으니 더욱더 웃기는 것일지 모르겠지요. 그럼에도 저는 세르반테스가 돈키호테를 통해 추구하고자 한 것이 '자유로운 개인'이자 '자치하는 사회'이며 '자연스러운 세계'라고 확신합니다.

제2장

돈키호테 문학기행

스페인에서는 미친다고?

저는 한여름에 무더운 스페인에 다녀온 적이 여러 번 있습니다. 정말이지 "만일 그에게 뇌수가 조금이라도 있었다면 완전히 녹아버렸을 만큼 태양이 내리쬐고 있었다"(1-45)는 말이 어울리는 날씨였지요. 앞서 인용한 구절은 『돈키호테』 제1편 제1부 제2장에 나오는 묘사입니다. 저 역시도 들판에 내리쬐는 햇볕을 받고 있자니 마치 사막 한가운데에서 걷는 듯한 느낌을 받았어요. 그러다 보니 이런 태양 아래에서는 돈키호테처럼 누구나 미칠 수밖에 없겠다는 기분마저 들었지요. 그 뿐인 줄 아세요. 스페인의 밤은 낮과 정반대로 매우 춥습니다. 특히 고원지대인 마드리드의 경우 산소가 희박해서 매우 쌀쌀해요. 여기 희대의 바람둥이라는 카사노바(Giacomo Girolamo Kasanova, 1725~1798)의 『스페인 기행』[18]의 증언을 들어보도록 합시다.

> 마드리드는 산소가 희박해서 외국인에게는 안 좋다. 하나같이 비쩍 마르고, 키 작고, 추위를 잘 타기 때문에 바람이 약간만 불어도, 심지어는 8월에도 큼지막한 모직 외투로 눈까지 감싼 채 나타나는 스페인 사람들에게만 좋은 것이다.[19]

---

18) 이지형 역, 예담출판사, 2002. 이 책은 카사노바의 『내 인생의 이야기Histoire de ma vie』 중 제10~11편의 일부이다. 이하 이 책은 『스페인 기행』으로 인용함.
19) 『스페인 기행』, 42~43쪽.

스페인에 갈 때마다 저는 미칠 것 같은 느낌을 받았습니다. 한 생명을 재 밋거리로 죽이는 야만적인 투우가 떠올라서이기도 하지만, 그것보다 더욱 힘들었던 것은 이글이글 달구어진 대지와 텁텁한 바람, 그 모든 뜨거움 때 문이었습니다. 제가 그곳에서 겪었던 열기에는 단순히 온도가 높다는 것 외 의 무엇인가가 있는 것만 같았어요. 스페인의 분위기 자체가 뜨겁다고나 할 까요? 스페인에서의 여정을 돌이켜보면 언제나 그늘이나 냉방이 된 실내를 찾아 헤매었던 기억밖에 없습니다. 대낮에는 미술관에서 시간을 보냈고요.

여행을 좋아하는 저는 모든 학문과 예술, 즉 문화를 그 나라 자연환경의 산물로 봅니다. 그래서 작가의 고향이나 작품 속에 등장한 장소에 갈 때마 다 '아, 여기서 그런 장면이 쓰였구나' 하고 자주 감탄하지요. 물론 이는 지 극히 주관적인 감상이기에 객관적으로 옳다고는 생각하지 않습니다. 사실 작품은 그 작품 자체만으로도 충분히 이해할 수 있을지 모르니까요.

그렇지만 저는 최소한 『돈키호테』의 경우만큼은 스페인의 독특한 자연환 경의 산물이 아닐까 생각하는데요. 이는 저뿐만이 아니라 다른 스페인 사 람이나 외국인들도 흔히 하는 주장이랍니다. 아무리 보아도 『돈키호테』의 무대인 스페인의 황량함이 없다면 이 작품은 쓰일 수 없었을 테니까요. 특 히 주인공의 모험 대부분이 펼쳐지는 장소인 라만차 지방의 단조롭고 건조 한 자연환경이 돈키호테와 산초 판사를 낳았다고 해도 과언이 아니지요. 이 런 곳에서는 독일이나 프랑스에서처럼 진리고 이성이고 자아고 논리고 뭐 고 생각할 겨를도 없이, 오로지 죽지 않으려면 그늘을 찾아 무조건 걸을 수 밖에 없고, 마치 사막에서 물을 찾아 헤매다가 신기루에 홀리듯이 풍차를 보고 거인이라고 오인해 공격을 가할 수밖에 없으리라는 생각이 듭니다. 더 구나 50살이 되기까지 평생을 황당무계한 기사소설만 읽어온 돈키호테라

면 당연히 그럴 수 있겠다고 느끼기도 했습니다.[20]

사랑과 미움

그렇지만 자연적이고 지리적인 차원보다도 역사적, 정치적, 사회적인 차원으로 접근하는 것이 한 나라를 이해하는 데에는 더욱 도움이 되겠지요. 지금은 기억하는 사람이 많지 않지만, 한때 스페인은 근대 세계의 선두 주자였습니다. 근대 세계로 진입하는 조건을 흔히 르네상스, 지리상의 발견, 종교개혁으로 드는데요. 적어도 지리상의 발견에서 스페인은 콜럼버스의 소위 '신대륙 발견'으로 유럽 어느 나라보다 앞서게 되었고, 제국주의적 영토 확장과 경제 활동에서 최대의 규모를 자랑했습니다. 그러나 얼마 못 가서 스페인은 영국과 프랑스의 추격을 받아 퇴락의 길을 걸었어요. 물론 중남미를 중심으로 한 스페인 제국은 그 뒤 몇 백 년이나 명맥을 이었지만, 정치적 후진성은 20세기의 프란시스코 프랑코(Francisco Franco y Bahamonde, 1892~1975) 독재 정권이 망할 때까지 지속되었습니다. 그는 44세로 총사령관이 된 1936년부터 죽는 1975년까지 40년간 독재를 휘둘렀어요. 이에 비하면 1961년부터 1979년까지 19년 동안 대통령직에 앉아 있던 박정희, 그리고 그 뒤를 잇는 두 군인 출신 대통령의 통치 기간인 12년을 더해도 30년 정도에 불과하니, 독재자로서는 프랑코가 한 수 위라고 해야겠군요.

저는 그런 프랑코의 스페인을 생각하면 슬프면서도 미워지는 기분이 들었습니다. 심지어 프랑코만이 아니라 그와 더불어 그런 독재를 받아들이고 있던 대부분의 스페인 사람들도 싫었어요. 마치 대한민국에서 독재정권 시

---

20) 물론 이 역시 돈키호테 식 선입견이니 지나치게 진지하게 들을 필요는 없다. 스페인에 사는 사람 모두가 그 기후 때문에 미친다는 소리는 말도 안 되기 때문이다. 만일 정말로 그렇다면 아프리카 사람들이야말로 미칠 수밖에 없으리라. 스페인은 유럽 중에서 아프리카에 가장 가까운 나라이고, 지리적으로 바로 옆에 붙어 있다. 그래서 스페인에서는 아프리카 같은 느낌도 때로 찾아볼 수 있다. 그러나 스페인은 물론이고 아프리카 사람 중에서도 미친 사람은 다른 나라 사람들보다 많지 않다.

프란시스코 고야의 자화상

'자유 학교'를 주창한 프란시스코 페레

기를 겪을 때 저 자신이 싫어지는 기분을 느꼈던 것과 마찬가지로요. 그렇지만 결국 스페인 사람 중 그런 조국을 비판하면서도 뜨겁게 사랑한 이들까지 싫어할 수는 없었습니다. 바로 미겔 세르반테스와 프란시스코 고야, 그리고 프란시스코 페레 같은 이들이 그렇지요. 그들의 작품을 통해 저는 스페인을 사랑하게 되었고, 그 고통을 조금이라도 이해할 수 있게 되었습니다. 또한, 유럽의 그 어떤 나라보다도 스페인이 가깝게 느껴졌습니다. 그 이유는 그 어떤 나라보다도 우리와 비슷한 현대사를 겪고 있기 때문이에요.[21]

스페인의 역사는 권력주의와 반권력주의가 끝없이 갈등해온 과정이라고 볼 수 있습니다. 16세기의 세르반테스도

21) 분명히 말해두고 싶은 것은, 이는 맹목적인 조국애와는 다르다는 점이다. 세르반테스나 고야나 페레에게도 그런 것은 무의미했다. 특히 고야는 처참한 나폴레옹 침략 전쟁을 그리면서도 비판의 대상을 나폴레옹이나 프랑스 군대에 한정하지 않고 오로지 인류의 입장에서 전쟁 자체를 비판했다. 나는 이런 점을 세르반테스에게서도 찾을 수 있다고 본다. 물론 시대적인 제약 때문에 16세기의 세르반테스의 작품에서 제국주의적인 요소를 아예 찾아볼 수 없는 것은 아니지만, 당대의 어떤 작가보다도 그의 작품에는 반권력적인 요소가 강하게 나타난다. 그리고 약간의 제국주의적이던 색채마저도 18세기의 고야나 20세기의 페레에 오면 말끔히 없어진다.

18세기의 고야도, 권력에 대항하여 투쟁했어요. 20세기 초 자유교육을 외치다 처형당한 페레뿐 아니라 독재자 프랑코에게 저항해 3년간 진행된 스페인 시민전쟁에서도 셀 수 없는 사람들이 죽고 다쳤습니다. 저는 그런 스페인을 사랑합니다. 그래서 몇 년 전 고야[22]와 페레[23]에 대한 책을 쓰기도 했어요. 이번에 세르반테스에 관한 책을 쓰는 것은 제 나름대로 집필한 스페인 지성사 4부작 중의 첫째 권에 해당한다고 볼 수 있겠네요.[24]

스페인은 건조하다?

스페인으로 가는 방법에는 여러 가지 길이 있지만, 저는 반드시 피레네 산맥을 넘어서 철도나 버스로 가야 한다고 생각해요. 나폴레옹이 스페인을 침략할 때 이 산맥을 넘으면 더는 유럽이 아니라며[25] 병사들을 독려한 적 있는데요. 직접 가보고서야 나폴레옹이 왜 그런 표현을 썼는지 이해할 수 있겠다는 생각이 들었지요. 그의 말대로 피레네 산맥을 경계로 전혀 다른 세계가 펼쳐지기 때문입니다. 한마디로 윤택함과 건조함의 차이라고 할까요. 제가 보기에 프랑스의 나뭇잎은 물기를 머금은 짙푸른 색인데, 스페인의 이파리는 말라비틀어진 짙푸른 색으로 칠해진 것처럼 보였지요. 모든 것이 그렇게 차이가 났어요. 풍요한 초록과 조화의 나라가 프랑스라면 스페인은 뜨거운 적갈색과 온갖 대비로 가득했습니다. 지성과 야성, 지각과 감각, 세련과 조야, 질서와 무질서, 도회와 산맥, 온화함과 박력 등등 그러한 대비는 끝이 없을 것 같았지요. 물론 하나의 국가에 대한 관점을 단순한 선입견으로 고정하는 것은 피해야 하겠지만, 스페인만큼 강렬한 개성을 지닌 나라

22) 『야만의 시대를 그린 화가, 고야』, 소나무, 2002.

23) 『꽃으로도 아이를 때리지 말라』, 우물이있는집, 2002.

24) 마지막이자 네 번째 책은 스페인 시민전쟁을 다루고 있다.

25) 물론 스페인은 오늘날 유럽연합에도 가입한 당당한 유럽의 한 국가이다

는 이 세상에 달리 없는 듯해요.

물론 스페인 내에서도 지역에 따라 기후가 다양합니다. 우선은 남쪽과 북쪽이 확연히 달라요. 피레네 산맥을 넘어 프랑스에 가까운 북쪽은 다습한데 아프리카 가까운 남쪽으로 올수록 건조해집니다. 또한 지형과 위치에 따라 기후의 차이가 드러나는데요. 바르셀로나를 비롯한 해안가는 온화해도 마드리드를 비롯한 중앙은 산맥지대로서 너무나도 춥고 덥습니다. 그래서 스페인의 철학자 미겔 데 우나무노(Migel de Unamuno, 1864~1936)는 "스페인은 정원으로 둘러싸인 황무지"라고 말했나 봅니다. 황무지의 흙으로 지은 집은 땅과 구별되지 않는 흙색입니다. 그런데 이 색깔도 남쪽으로 올수록 흰색으로 바뀝니다. 땅도 산도 바위도 모두 흰색이 되지요.

그런데 이렇게 하얀 스페인 남부에서 투우 경기를 보면 검은 수소나 튀어나오는 피가 선연하게 강조됩니다. 투우를 싫어하는 저로서는 더욱 섬뜩한 기분이 들지요. 스페인 하면 투우가 떠오를 정도로 스페인과 투우는 하나라는 인식이 강해요. 하지만 사실은 스페인 사람 중에도 투우를 싫어하는 사람들이 많습니다. 그리고 상당수는 어린 시절부터 보아왔기 때문에 친숙해서 그냥 보는 것뿐이라고 해요. 투우를 옹호하는 이들은 대개 전통문화 보호를 포함한 여러 논리를 내세우지만, 저는 그중 어느 것도 납득하지 못하겠어요. 그래서 투우를 없애려고 하는 스페인 사람들에게 찬성합니다. 제가 읽은 한 『돈키호테』에는 투우가 등장하지 않습니다. 제2부 58장에서 투우하러 가는 소 떼가 잠깐 등장할 뿐이지요. 이는 그것이 17세기 말까지 귀족들만의 오락이었고, 현재와 같이 일반 대중들이 즐기게 된 것은 18세기 이후이기 때문입니다. 세르반테스처럼 궁정과 담을 쌓은 서민 작가는 투우를 볼 수가 없었지요. 그가 혹시 투우를 관람한 적이 있다고 해도 그것에 흥미가 없어 아예 작품에서 묘사하지 않았으리라고 저는 생각합니다. 참고로 저는 고야를 좋아하지만, 그가 투우를 좋아하고 그림으로도 그렸다는 점은 그리 좋아하지 않아요. 여기서 카사노바가 『스페인 기행』을 통해서 내보인 투우에 대한 생각을 인용해볼까요?

> 관객들은 이 잔인한 장면을 천연덕스럽게 구경한다. 하지만 외국인은 몸서리를 친다. 이 야만스러운 공연을 몇 차례 구경하면서 가장 견디기 힘들었던 것은, 내가 황소보다 훨씬 더 많은 관심을 갖고 있는 말이 항상 그 위에 올라탄 비겁한 겁쟁이 때문에 희생되어 죽어간다는 사실이다.[26]

하필이면 라만차

『돈키호테』의 원제는 '재치 있는 시골 귀족 돈키호테 데 라만차'입니다. 여기서 돈키호테의 이름 뒤에 붙은 라만차는 그가 태어난 지역을 뜻해요. 라만차는 마드리드 남쪽 스페인 중앙부에 위치한 카스티야라 누에바 지방에 속하는 끝없는 불모의 고원지대입니다. 면적은 동쪽과 서쪽으로 295킬로미터, 남쪽과 북쪽으로 184킬로미터에 달하니 우리나라와 비교하면 남한 땅의 절반을 넘어가지요. 경상도와 전라도를 합친 넓이와 같습니다. 고작 한 지방일 뿐인데 어마어마하게 넓지 않나요? 참고로 말하자면 스페인은 남한 전체 면적의 6배가량에 이릅니다. 따라서 적어도 땅덩이로는 우리와는 비교가 안 될 정도의 대국이지요.

『돈키호테』 제1편 제1부 제1장에서 돈키호테의 고향은 라만차 지방이라고 명시돼요. 하지만 그가 사는 마을 이름은 딱히 정해져 있지 않습니다(1-37). 그런데 라만차 지방이 한없이 넓다는 것을 고려하면, 이를 한국식으로

---

26) 『스페인 기행』, 234~235쪽.

말하자면 따뜻한 남쪽이 고향이라고 하는 것과 같아요. 즉 작가는 돈키호테가 어디서 태어났는지 구체적으로 알려주지 않습니다. 이는 소설의 마지막 장면에 해당하는 제2편 제74장에서도 다음과 같은 설명으로 반복됩니다.

> 시데 아메테는 그 신사의 고향을 정확하게 지적하려고 하지 않았다. 그러함으로써 라만차 지방에 있는 모든 읍과 마을이 …그를 배출하고 또한 묻었다는 영광을 차지하려고 다투게 되었다(2-810).

여기서 시데 아메테 베넹헬리는 『돈키호테』에 등장하는 가상의 아랍인 역사학자이자 이 이야기의 작가로 내세워진 인물입니다. 이에 대해서는 뒤에서 다시 설명할게요(1-116). 여하튼 그가 돈키호테의 고향을 밝히지 않았으니, 오늘날 라만차 지방에서는 어느 마을에서나 돈키호테를 기념하고 있습니다. 위에 인용한 소설 속 구절이 현실로 이루어진 셈이지요.[27] 이 지역에서의 『돈키호테』의 인기는 라만차 어디를 가든 돈키호테 동상이 세워져 있는 것으로도 알 수 있습니다. 스페인의 수도인 마드리드 중심가인 스페인 광장에도 거대한 돈키호테 기념상이 있지만 사실 돈키호테는 그런 대도시의 풍경과는 전혀 어울리지 않아요.[28] 『돈키호테』의 등장 무대는 어디까지나 시골 라만차 지방이기 때문입니다. 그 드넓고 마른 땅에, 사람 그림자 하나 없는 황량한 들판을 떠도는 돈키호테와 산초 판사를 상상해보세요. 비쩍 여윈 말을 탄 돈키호테의 길고 마른 몸과 그 옆에서 나란히 당나귀를 탄 산

---

27) 그래서 돈키호테 여행이니 하는 관광 상품도 있으나 별것 아니니 가볼 필요가 없다. 물론 나처럼 시간이 많아서 가본다 해도 그 관광 상품을 살 필요는 없다. 기껏 돈키호테를 팔아먹는 것들이기 때문이다. 돈키호테를 사랑하는 나로서는 그가 후손에 의해 상업화되어 있는 점이 싫었다. 더욱이 세르반테스나 돈키호테는 그 상업화를 가장 싫어했기 때문이다.

28) 대도시라는 점만이 아니라 국가를 상징하는 수도라는 점과도 전혀 어울리지 않는다. 뒤에서 설명하겠지만 『돈키호테』는 당대의 국가주의적 문학작품과는 구별되는, 반국가주의적인 작품이기도 하기 때문이다.

초 판사의 통통한 몸, 그리고 해가 지면서 두 사람의 그림자가 기묘한 부조화를 이루면서 길게 드리우는 광경…. 이런 게 바로 『돈키호테』의 분위기예요. 따라서 그의 동상은 어디까지나 황량한 시골에 알맞습니다. 거기에 돈키호테가 거인으로 착각한 풍차까지 있으면 더욱 어울리겠지요.

라만차에 가면 돈키호테가 성으로 착각한 주막 같은 곳도 드문드문 보이고, 실제의 성도 이따금 눈에 뜨입니다. 성은 유럽 어디에나 많지만 특히 스페인에 많다는 느낌이 들어요. 어쩌면 그저 스페인에 들판이 많아 눈에 쉽게 뜨이는 탓인지도 모르지만 말입니다. 이를 보고 낭만적인 기분에 젖을 수도 있겠지만, 달리 생각하면 그만큼 스페인 역사에 전쟁이 잦았다는 뜻이니 부러워할 만한 일은 아닐 테지요. 기사도 마찬가지예요. 스페인을 대표하는 문학 『돈키호테』가 기사를 주인공으로 한다는 점은 당대의 기사소설을 풍자하는 것인 한편, 역시 이 나라가 전쟁에 찌들어 있었음을 방증하는 것이니까요. 어쩌면 전쟁에 참전했다가 생고생만 하고 빈손으로 돌아온 세르반테스는 누구보다도 전쟁의 참혹함과 허탈함을 잘 알고 있지 않았을까요? 그래서 그런 전쟁에 미친 스페인을 상징하고자 돈키호테를 기사로 만들었을지도 모릅니다. 물론 세르반테스가 반전주의자였다는 증거는 거의 없지만, 반체제적인 세르반테스의 기질상 그럴 가능성도 전혀 배제할 수는 없을 것입니다.

마른 땅

라만차의 '라'는 아무런 의미가 없는 정관사이고, '만차'란 아랍어로 '마른 땅'이라는 뜻입니다. 스페인에서는 어디를 가든 '마른 땅'이라는 느낌이 들지만, 특히 라만차 지방이 그렇습니다. 그렇지만 '라만차의 돈키호테'의 명예를 위해서라도 그곳이 삭막하기만 한 곳은 아니라는 점을 분명히 밝혀둘

라만차에서 흔히 볼 수 있는 풍차

게요. 봄여름에 라만차에 가면 노란 억새 풀밭 사이에 채소밭과 포도밭이
아름답게 가꾸어지는 것을 볼 수 있습니다. 라만차는 특히 포도주 산지로
유명해요. 대개 포도주 하면 프랑스의 보르도 지방부터 떠올리지만, 유럽에
서는 보르도 이상의 포도주 산지로 알아주는 곳이 바로 라만차입니다. 와
인 값도 제법 비싸게 쳐주지요. 또한, 이곳에는 『돈키호테』에도 자주 등장
하는 메리노종의 양 떼를 집중적으로 사육하는 목장이 모여 있습니다. 또
한 당나귀 위에 우리의 산초 판사가 둥근 몸통을 흔들거리며 평원을 지나
는 모습을 직접 보고 싶다면 역시 라만차로 가면 되는데요. 지금도 키가 작
고 통통하게 살이 찐 농부들이 이곳의 대평원을 당나귀로 이동하는 모습을
볼 수 있거든요. 자동차가 달리는 대로가 없어서인지 중요한 교통수단은 여
전히 당나귀인 듯합니다. 그래서 이곳에서는 『돈키호테』가 지어진 이후 4백
년간 시간이 멈춰 선 듯한 느낌마저 들어요.

스페인은 축제가 많은 나라예요. 『돈키호테』에도 카니발이 자주 등장한답니다. 특히 라만차는 11월에 피는 보랏빛 사프란 꽃 축제로 유명하지요. 축제에 참여한 사람들은 누가 꽃술을 정확하게 많이 뽑아내는가를 두고 대회를 벌이는데, 이렇게 수확한 사프란 꽃의 꽃술은 약재나 요리용으로 사용합니다. 스페인의 대표적인 쌀 요리인 빠에야의 황금빛도 여기서 추출한 색소로 만들지요. 라만차 지방의 대표적인 요리로는 마늘 수프가 있는데요. 빵과 마늘, 올리브기름, 피망을 넣어 만든 이 요리는 우리나라 사람의 입맛에 맞는다고 장담할 수 없지만, 그래도 유럽의 다른 나라 요리보다는 낫습니다. 그 밖에 콩 요리나 양젖으로 만든 치즈 또는 꿀도 맛볼 만하지요. 특히 우리가 즐겨 먹는 카스텔라는 여기서 유래한 빵입니다. 카스텔라라는 이름부터가 이 지역의 이름인 카스티야가 변화한 것이지요. 언제 우리나라까지 들어온 것인지는 모르지만, 제 어린 시절에는 서양 빵을 보면 무조건 카스텔라라고 부르고는 했습니다. 저는 세르반테스나 돈키호테가 똑같은 빵을 먹은 적이 있을 거라고 상상도 못 한 채 『돈키호테』를 읽었지만요.

스페인과 스페인 사람

『돈키호테』의 분위기는 한마디로 시끌벅적합니다. 우리의 주인공 돈키호테만이 아니라 시종에 불과한 산초 판사도, 양치기도 하녀도, 신부도, 죄수도, 긴 대사를 쉬지도 않고 줄줄 읽어나가요. 심지어 단역인 등장인물들까지 너무나도 말을 잘합니다. 이는 어쩌면 유럽에서 스페인 사람만큼 시끄러운 민족이 없다는 농담과 일맥상통할지도 모릅니다. 사실 스페인 사람들을 보고 있자면 눈앞의 상대에게 말을 하는 것이 아니라, 주변의 모든 사람이 자기를 봐주기를 바라듯이 웅변을 하는 것 같다는 느낌이 들거든요. 그것도 매우 큰 소리로 말이에요. 저는 『셰익스피어는 제국주의자』에서 셰익스피어 희곡에서 등장인물이 다들 너무나도 말을 잘하는 것이 어색하다고 지적한 적이 있습니다.[29] 제가 아는 영국인은 그다지 수다스럽지 않았기 때문이에요.[30] 그러나 스페인 사람들의 수다스러움을 들으면 『돈키호테』에 나오는 인물들의 수다스러움에 고개를 끄덕이게 됩니다.

스페인 사람들의 이러한 정서는 걸음걸이에서도 드러나요. 이들은 어깨와 엉덩이를 흔들면서 마치 춤추듯이 길을 걷습니다. 한 인간의 걸음걸이가 그의 성격과 얼마나 큰 상관관계가 있을지는 잘 모르지만요.

그런데 한편으로 스페인 하면 생각나는 단어가 있으니 바로 '마초'입니다. 일반적인 통념을 보면 유럽에서 스페인 남자만큼 거만하고 허영 덩어리이며 감각적이고 지배적인 사람들이 없다고 해요. 임신 중절이 1985년에야 합법화되었을 정도로 아직 스페인은 유럽에서 가장 남성 중심적인 국가 중 하나입니다. 최근에는 많이 바뀌고 있다고 하지만요. 앞에서 인용한 카사노바의 『스페인 기행』에 나오는 부분을 다시 볼까요?

> 이 나라 남성들의 정신은 수많은 편견에 물들어 편협한 반면 여성들은 매우 자유로운 편이다. 그리고 남녀 공히 그들이 들이마시는 공기만큼이나 강렬한 열정과 욕망의 지배를 받는다.[31]

세르반테스도 36세 때 유부녀와 불륜에 빠져 낳은 딸을 평생 유일한 혈육으로 키웠습니다. 그 이듬해 결혼한 18년 연하인 열아홉 살 부인과의 사이에서는 혈육이 없었고 부부 사이도 원만하지 못했어요. 그러한 결혼생활

---

29) 『셰익스피어는 제국주의자다』, 청어람미디어, 2005, 20쪽.
30) 셰익스피어 극의 인물 중에는 이탈리아인이나 고대 로마인도 있지만, 작가의 고향이 영국인 만큼 기본적으로 등장인물 대부분은 영국인이다.
31) 『스페인 기행』, 43쪽.

이 반영되었는지 『돈키호테』의 주인공은 나이 50살이 넘어가도록 독신 생활을 유지하고 있습니다. 대신 돈키호테는 상상의 연인 둘시네아를 성녀처럼 숭배하며 플라토닉 러브를 바쳐요. 그녀를 향한 그의 짙은 애정 표현은 『돈키호테』 곳곳에서 드러나는데, 같은 50대인 저로서는 읽기 참 민망한 노릇이었지요. 하지만 스페인 남자들에게는 그렇지 않나 봅니다. 그러한 점을 보면 이탈리아 남자나 스페인 남자의 열정은 나이를 가리지 않는 모양입니다. 프랑스를 사이에 두고 같은 기후를 공유해서일까요?

한편 스페인은 동성 결혼이 합법화된 나라 중 하나이기도 합니다. 그런데 최근 세르반테스가 20대에 군대에서 복역하던 시절부터 동성애를 했고, 특히 포로가 된 알제리에서 무어인 총독과 그런 관계였던 탓에 5년간이나 구금되었던 것이라는 견해가 나오고 있는데요. 이것이 진짜로 있었던 일인지는 확인되지 않았습니다. 그렇지만 만일 사실이라면 저는 이 점이 그의 삶이나 작품을 이해할 새로운 실마리를 던져준다고 생각해요. 르네상스 시대의 위대한 화가 레오나르도 다 빈치는 물론 미켈란젤로도 동성애자 혹은 양성애자였다는 말이 많은데요. 그들의 반체제성이나 창조성에는 성적 소수자라는 요소가 강력하게 작용했을 것입니다. 당시의 기독교 사회에서 동성애는 철저히 규탄되었기 때문입니다.

반면 스페인에서 계급 차이는 그리 강하지 않았다고 합니다. 귀족의 수가 너무 많은 탓에 대부분 민중 속에 섞여 그들과 비슷한 생활을 했기 때문이지요. 가짜 귀족도 많았고요. 그래서 유럽의 나머지 국가들에서 극소수 귀족과 대다수 평민 사이의 대립이 뚜렷하게 나타났던 것과 달리 스페인에서는 귀족과 평민의 대립이 그리 심하지 않았던 모양이에요. 이러한 점은 스페인 귀족의 성은 물론 왕궁도 유럽 대륙의 것들과는 비교할 수 없을 정도로 초라하고 소박한 점을 통해서도 알 수 있습니다. 그래서 스페인에 가보면 문화가 전반적으로 민중 중심이라는 느낌을 줘요. 보수적인 가톨릭교회조차 민중적인 분위기입니다. 예술도 그렇고요.

그러나 스페인 사람들에게서 찾아볼 수 있는 특징은 무엇보다도 감각적이고 감정적이며 관능적이라는 점입니다. 아직도 끔찍한 고문과 함께 벌어지는 고통의 성자 수행 행렬이나, 멀쩡한 소를 약 올리다 죽이는 투우를 보면 특히 그렇지요. 그래서인지 16세기에 르네상스가 유럽을 뒤흔들 때도 스페인에서는 종교개혁과 인본주의 사상이 일어나지 않았습니다. 18세기에 고전주의나 계몽주의, 이성주의도 스페인에 정착하지 못했고요. 오늘날에도 스페인의 국민성을 보면 감상이나 정열이 지배합니다. 너 죽고 나 죽자는 식으로 끝장을 보며 외곬으로 극한까지 돌진하는 경향도 강하고요. 어쩌면 『돈키호테』는 이러한 스페인의 국민성을 전형적으로 보여주는 인물일지도 모릅니다. 여하튼 스페인 사람들은 감성적이기에 남녀노소 모두 멋을 찾고 멋을 부립니다. 논리를 그리 중요하게 따지지 않으므로 추리소설이 발달할 수 없고, 독일이나 프랑스보다 철학자가 훨씬 적어요. 따라서 사변적이거나 관념적이지 않고 실용적이고 즉흥적이며 현실적입니다.

스페인은 개인주의와 지역주의가 강한 곳입니다. 동시에 중앙집권에 반발하는 경향도 강해요. 프랑코 독재정부가 끝난 뒤에는 164개나 되는 정당이 난립했을 정도지요. 음악에서도 교향악이나 합주, 합창이 발달하지 못했어요. 스페인에서 유명한 교향악단이 연주하는 것을 들어본 적 있나요? 그러한 교향악단은 집단주의가 강한 독일이나 오스트리아와 같은 게르만 지역에서 주로 발달한 듯합니다. 반면 세계적으로 명성을 떨친 스페인의 음악가는 파블로 카잘스[32]와 같은 독주 연주자뿐이지요. 그러한 개인주의의 영향

---

32) 스페인의 첼리스트. 오늘날에도 세계 정상급의 첼로연주자 중 한 사람으로 손꼽히며, 1876년에 태어나 1973년에 사망하였다.

인지 스페인에서는 100명의 우등생 대신 1명의 천재를 바람직하게 생각하는 경향도 있습니다.

이상으로 스페인 사람들의 일반적인 국민성을 살펴보았는데요. 이러한 스페인의 정신을 집약적으로 가장 잘 보여주는 인물이 바로 돈키호테와 산초 판사라고 합니다. 이 같은 평가는 옛날부터 있었는데요. 스페인의 철학자 미겔 데 우나무노는 돈키호테가 추구하는 영원한 명예, 이성의 세계를 거스르는 의지를 통한 새로운 가치관, 모든 개인적 이해로부터의 초탈 등이 스페인 정신의 핵심인 불멸에의 경배를 행동으로 보여준 것이라 말해요.[33] 19세기 말에 우나무노는 스페인에는 물질적 개혁에 앞서 정신적 개혁이 필요하다고 주장했습니다. 그러면서 돈키호테야말로 이성적인 것에 도전하여 불멸을 추구한 전형적인 인물이라고 했지요. 그는 스페인이 서구 문명에 이바지한 것은 가속화되어 가는 물질주의적 현실에서 인간의 정신적 본질을 고수한 데 있다고 보았습니다.[34] 우나무노는 또한 산초 판사를 높게 평가했는데요. 그는 돈키호테의 이상주의와 인도주의에 대해 산초 판사가 보인 충성심과 용기에 주목하면서, 이를 스페인의 정신이라고 파악했습니다. 또한, 그것이 이상적인 영웅에 충성심을 보여온 스페인 사람들의 성격과 관련된다고 여겼지요.[35] 즉 산초 판사는 세속적인 욕망에 탐닉해 있는 물질주의자의 전형에 그치지 않고, 자신이 지닌 순진성, 소박성에 더해 관대함, 현명함을 갖춘 휴머니스트이기도 하다는 것입니다. 이러한 우나무노의 주장에 대해 독자 여러분은 어떤 판단을 내려야 할까요? 이에 관해서도 이 책의 마지막에서 다시 한 번 검토하도록 하고 여기서는 잠시 미뤄둡시다.

---

33) 김현창, 『스페인 문학사』, 범우사, 2004, 469쪽.
34) 위의 책, 469~470쪽.
35) 위의 책, 205쪽.

돈키호테라는 인간형

햄릿, 돈 판, 파우스트, 그리고 돈키호테를 두고 흔히 '전형적인 인간형'이라 부릅니다. 이들 중 햄릿, 돈 판, 파우스트는 원래 전설 속의 인물이에요. 그것을 각각 주인공으로 삼아 셰익스피어(William Shakespeare, 1564~1616)는 희곡 「햄릿*Hamlet*」을 썼고, 모차르트(Wolfgang Amadeus Mozart, 1756~1791)는 오페라 「돈 죠반니*Don Giovanni*」를 창조하였으며, 괴테(Johann Wolfgang von Goethe, 1749~1832)는 희곡 「파우스트*Faust*」를 완성했지요. 그들과 유사한 인간형은 신화나 역사, 전설이나 문학 등에 다양하게 나타나는데요. 돈키호테만큼은 그 어떤 기존의 이야기 체계에도 나타난 적이 없는, 세르반테스가 새롭게 창조해낸 인간형입니다. 산초 판사도 마찬가지고요. 그 둘은 전례 없이 별안간 문학의 세계, 인간의 세계에 참신한 인간형으로 뚝 떨어졌습니다. 문자 그대로 전대미문의 존재이지요. 그런 점에서도 세르반테스의 독창성은 아무리 강조해도 지나치지 않습니다.

그러나 이른바 캐릭터의 전형으로서 돈키호테만큼 널리 회자되는 이가 또 있을까요? 어떤 사람을 보고 돈키호테 같다고는 자주 부르지만, 햄릿이나 파우스트라고 하는 적은 별로 없잖아요? 적어도 제 기억으로는 그렇습니다. 저도 문득 돈키호테 같다는 생각을 들게 하는 인물들을 만나봤고 저 자신도 그렇다는 소리를 많이 들었지만, 햄릿이니 파우스트니 하는 소리는 말한 적도 들은 적도 없습니다. 이는 어쩌면 돈키호테야말로 가장 자유롭고 인간적인 캐릭터임을 보여주는 것이 아닐까요? 체코의 소설가 밀란 쿤데라의 말처럼 "돈키호테보다 더 살아 있는 캐릭터는 없다"는 것이지요.

국어사전에서 돈키호테형이란 "현실을 무시하고 자기 나름의 정의감에 따라 저돌적으로 행동하는 인간형"을 뜻합니다. 한마디로 현실을 무시하고 소신에 따르는 이상주의자를 말해요. 동시에 말만 번지르르한 관념주의자에 그치지 않고 실천하는 행동주의자이기도 하고요. 좀 부정적인 의미로는 정의감이 아니라 자신의 편견이나 고집에 따라 멋대로 사는 허황한 사람을 말하기도 합니다.

저는 살아가면서 많은 돈키호테를 만났습니다. 어느 지인은 1970년부터 90년대까지 거의 30년 동안 한결같이 민중에 의한 민주화와 통일에 대한 꿈에 의지해 살았는데요. 그는 만날 때마다 곧 통일이 이루어진다고 장담하다가 죽었어요. 또한 사회주의를 진지하게 논하는 이도 있었고, 자연공동체로 돌아가고 싶어 하던 이도 있었지요. 갈수록 그러한 꿈을 꾸는 사람들이 줄어들고 있지만, 그래도 여전히 나름의 꿈을 꾸는 돈키호테는 곳곳에 살아 있습니다. 아마도 남들 눈에는 저도 그중 하나로 보이는 모양이에요. 그래서 제게 이 책을 쓰는 책임이 주어진 것 같습니다.

나를 왜 돈키호테라고 할까?

제가 돈키호테라는 소리를 듣는 데에는 여러 가지 이유가 있을 것입니다. 그중 하나는 아나키즘에 관심이 있기 때문이겠지요. 특히 아나키즘을 공상으로 취급하는 이들에게 저는 영락없는 돈키호테인 듯합니다. 이 점에 대해서는 할 말이 많지만 여기서는 더 이상 말하지 않을 거예요. 혹시 아나키즘에 관심이 있는 사람은 제가 쓴 『아나키즘 이야기』[36]라는 책을 참조하길 바랍니다. 지금 이 책은 『돈키호테』에 대한 책인 만큼 우리의 기사 이야기에 집중합시다. 돈키호테 역시 아나키즘이나 사회주의적인 생각을 했습니다. 앞에서 보았듯이 『돈키호테』 제1편 제11장에서 돈키호테는 "'네 것, 내 것'이라는 두 단어를 모르고 살았고," "모든 것을 공동으로 소유했"으며, "모두가

---

36) 이학사, 2004.

평화로웠고, 우애가 넘쳤으며 조화로웠"던 '황금시대'에 대해 떠들었어요(1-131). 그는 이러한 시대를 다음과 같이 설명해요. "사랑을 나눌 때도 인위적인 언어의 현란함을 추구하지 않고, 자신이 느끼는 그대로 단순하고 소박하게 표현했"고 "진실과 소탈함 속에는 사기와 속임수, 악이 끼어들지 않았"으며 "정의도 본래의 의미를 그대로 지니고 있어서 자신의 혜택이나 이득을 얻기 위해 오늘날 정의를 그토록 더럽히고 교란시키고 탄압하는 사람들도 감히 정의를 뒤흔들거나 모독할 수 없었"고 "법관의 머릿속에 성문법의 개념도 존재하지 않았는데, 그 이유는 재판할 일도 재판 받을 사람도 없었기 때문이었"다고요(1-132). 이런 세상이 바로 제가 아는 아나키 사회입니다.

그런 세상을 꿈꾸던 돈키호테는 미친놈 취급을 받았지만요. 그렇다면 저도 제정신이 아닌 걸까요? 그런데 아나키즘을 빼고서도 제 평소 생활을 보고 돈키호테라고 하는 사람들도 있습니다. 예를 들어, 그들은 제가 교수인데 자가용도 없이 자전거를 타고, 언제나 혼자 도시락을 싸와서 연구실에 앉아 먹으며, 모든 공식적인 회식에 불참한다는 것 등을 이상하게 여겨요. 각종 동창회를 비롯한 모임이나 관혼상제에 참석하길 거부하는 것도 문제라고 합니다. 그렇게 인맥관리를 안 하다 보니 직장은 물론 기타 인간관계에서도 소외되어 고립된 인간으로 살 수밖에 없는 것이라고요. 게다가 곧잘 세상을 비판하고, 심지어 그것이 제대로 시정되지 않는 경우 신문에 고발하기도 하여 문제를 일으키다가 명예훼손으로 고소당하기도 하니 참 어처구니없는 인간이라고 말들 합니다. 정상적인 사람이라면 그냥 지나칠 일을 두고 무슨 정의의 사도라도 되는 양 설치다가 도리어 피를 본다고 말이에요. 또한 노동법에 대한 강의 시간에 법조문에만 집중하지 않고, 현실에서 그 노동법이 어떻게 적용되고 있는가, 또는 대학생들에게 노동자로서 어떻게 살아야 하는가를 주로 강의한다는 점을 적절하지 못하다고 보는 시각도 있습니다. 게다가 전공 분야인 노동법을 두고 법 전체, 나아가 인문, 사회, 예술 전반에 대한 글과 책을 쓴다는 점을 탐탁지 않게 여기는 이들이 있어요. 자기 전공도 아닌 분야에 손대면서 그 대상에 대해 잘못된 점이 많다고 자기 나름의 되먹지 못한 헛소리를 해댄다는 것도 문제라고들 해요.

『돈키호테』에 등장하는 돈키호테는 머리가 셀 때까지 다른 일은 제쳐놓고 오직 독서에만 열중하다가 정신이 돌아버려 결국에는 책에 있는 그대로 행동합니다(1-41). 이 점도 저와 비슷하네요. 나이는 먹을 대로 먹어놓고도, 다른 일은 거의 못하며 책에 빠져서 거기에 적힌 그대로 살려고 하기 때문입니다.

그런데 나이 50이 넘어 그렇게 되었다는 것은 사실 웃기는 일입니다. 독서로 인한 과민한 정신 상태를 보이는 인물은 그동안 문학작품에 제법 많았는데요. 남자 주인공 중에는 스탕달의 『적과 흑』에 나오는 줄리앙 쏘렐, 여자라면 플로베르의 『보바리 부인』에 나오는 보바리가 있지요. 그런데 이들은 젊은 나이이기에 있을 수도 있는 일로 취급됩니다. 그렇지만 젊은이가 독서에 미치거나 몽상에 빠질 수는 있어도 나이 50이 넘어 그렇게 된다는 것은 있을 수 없다고 생각하나 봅니다. 특히, 40세가 되면 불혹이다, 50세가 되면 지천명이다 하는 동양의 유교 문화권에서는 더욱이요. 아니 30대만 되어도 벌써 건실한 사회인으로 정신을 차리고 있어야 할 텐데, 청년들을 가르치는 교수가 철이 없다니 말이 되는 소리인가요? 그래서 학생들도 저를 돈키호테로 부르나 봐요.

물론 미칠 정도로 책을 읽는 것도 그리 쉬운 일은 아닙니다. 카프카는 "책이란 우리의 내면을 깨부수는 도끼와 같아야 한다"고 했지만, 사람을 미치게 하기는 쉽지 않은 일이지요. 그런데 책에 지나치게 몰두하면 미칠 수도 있다는 것을 보여주는 증인이 바로 『돈키호테』입니다. 저 역시 그것을 실감하고 있고요. 하루 5시간 잠자는 시간 외에 책에 빠져 살다 보면, 이러다가 미치는 것이 아닌가 하는 생각을 자주 하게 됩니다.

아무튼 돈키호테의 경우든 제 경우든, 책 때문에 미쳤다면 그것은 비극적이라기보다 희극적이라는 게 분명해요. 가난 때문도 아니고, 사회적인 불만 때문도 아니며, 사랑 때문도 아니라, 오직 책 때문에 미쳤다면, 누가 들어도 웃긴다고 하지 않겠어요? 돈키호테는 기사소설에 미쳐 결국 기사도를 실천하고자 했고, 저 역시—시대가 흐르면서 읽은 책들의 내용이 더욱 다양하고 복잡해진 터라 한마디로 정리하기는 힘들지만— 제가 읽어온 책의 내용대로 살고자 합니다. 물론 자신을 향한 세상 사람들의 웃음을 『돈키호테』라는 소설로 쏠 만큼 세르반테스는 문학적 재주가 뛰어난 사람인 데 비해 저는 그렇지 못하다는 게 결정적으로 다르지만요.

제3장

세르반테스의 생애

『돈키호테』 서문 읽기

자, 이제 잡소리를 집어치우고, 당장 책을 펼쳐보도록 하죠. 4백 년 만의 완역본이라는 『돈키호테』 제1편 처음에는 '가격'(1-5), '국왕의 칙허장'(1-6,7), '헌사'(1-8)가 수록되어 있습니다. 4백 년 전에는 책 하나 내는 데 이런저런 관료들이 붙어 관여해야 했다는 것을 보여주는 흔적들이죠. 오늘날의 독자라면 무시해도 상관없습니다. 따라서 우리가 처음으로 읽어야 하는 것은 다음과 같이 시작되는 저자 세르반테스의 서문입니다.[37]

한가로운 독자여, 당신은 분명 내가 내 사고의 산물인 이 책이 인간이 상상할 수 있는 것들 중에 가장 아름답고 가장 빼어나고 가장 재치 있는 것이 되기를 바라고 있다고 생각할 것이다. 그러나 나는 자연 속의 모든 것들이 자신을 닮은 것을 생산한다는 자연의 법칙을 거스를 수가 없었다. 그런 즉 제대로 다듬어지지도 못한 빈약한 내 재주로 갖가지 불편이 자리 잡고 있고, 모든 비탄이 가득 차 있는 감옥 속에서 태어나기라도 한 것처럼 비쩍 마르고 시들시들한 데다 변덕스럽고

---

37) 나는 '4백 년 만의 완역본'에 대해 그 번역문을 시비하고 싶은 마음은 추호도 없으나, 아래 인용문 중 세 번째 문장은 도저히 이해할 수 없다. 즉 "그런 즉 제대로 다듬어지지도 못한 빈약한 내 재주로 갖가지 불편이 자리 잡고 있고, 모든 비탄이 가득 차 있는 감옥 속에서 태어나기라도 한 것처럼"이라는 부분인데, 이는 '빈약한 재주 때문에 불편하고 비탄으로 가득 찬 감옥에서 태어나기라도 한 것처럼'이 아니라, '재주가 빈약하기 때문에, 불편하고 비탄으로 가득 찬 감옥에서 태어나기라도 한 것처럼'이라는 것이라고 해야 문맥이 맞다. 이는 원문이나 다른 외국어 역본은 물론 지금까지의 우리나라 중역본(2-22) 어디를 보아도 분명히 알 수 있다.

다른 사람 같으면 전혀 상상하지도 못할 온갖 생각들로 가득 찬 그런 사람의 이야기 말고는 무엇을 생산해낼 수 있겠는가?(1-9)

지금 우리는 약 1,500쪽의 소설책을 써낸 작가가 첫 쪽부터 자신과 소설의 주인공을 동시에 비웃는 희한한 장면을 보고 있습니다. 이러한 자조는 끝없이 나올 터이니 그때 가서 다시 보도록 하고, 여기서는 위에서 저자가 자신을 "감옥 속에서 태어나기라도 한 것처럼 비쩍 마르고 시들시들한 데다 변덕스럽고 다른 사람 같으면 전혀 상상하지도 못할 온갖 생각들로 가득 찬 그런 사람"이라고 한 부분에 주목해봅시다. 이를 이해하려면 우선 『돈키호테』를 쓰기까지 세르반테스의 삶과 그 시대를 간단히 살펴보지 않을 수 없습니다. 그 전에, 1613년의 『모범소설』 서문에 나오는 그의 자화상을 읽으면서 세르반테스가 어떻게 생겼는지 상상해봅시다.

갸름한 얼굴과 밤색 머리카락, 시원스레 넓은 이마, 유쾌한 눈 그리고 균형은 잘 잡혀 있지만, 구부러진 매부리코… 긴 콧수염과 작은 입 그리고 크지도 작지도 않게 여섯 개밖에 남지 않은 이빨은 상태가 안 좋고 잘못 나 있어서 서로 맞물리지도 않습니다(4-4~5).

앞부분에서는 그런대로 자기가 잘 났다고 하다가 뒷부분에서 흉한 이빨 이야기를 하여 독자를 웃기는 것 역시 세르반테스답습니다. 뒤에서 보면 돈키호테도 엉뚱한 짓을 하다가 이빨이 몇 개나 부러지는데요(1-220), 정작 이 이야기의 저자인 세르반테스 자신은 왜 그렇게 된 것인지 우리로서는 알 수 없습니다. 어쩌면 단순히 늙어서 이가 나갔을지도 모르지만, 젊어서 그런 꼴이 되었을지도 몰라요. 세르반테스는 나름대로 대단히 파란만장한 삶을 살았기 때문입니다.

이상한 삶

세르반테스는 1547년에 태어나 1616년에 사망했습니다.[38] 69년 동안 살았으니 평균 수명이 짧았던 당시로서는 장수한 셈이에요. 그는 마드리드에서 32킬로미터 정도 떨어진 알칼라 데 에나레스라는 대학촌에서 태어났습니다. 마드리드의 아도차 역에서 40분쯤 걸리는 곳인데요. 그의 출생지가 세르반테스에게 큰 영향을 준 것 같지는 않습니다.[39] 매우 어린 나이에 다른 곳으로 이사했으니까요. 더구나 그는 학자티를 내는 것을 몹시 싫어했습니다. 이러한 점은 『돈키호테』 서문의 다음과 같은 부분에도 드러납니다.

> 나는 책의 서두에 으레 치장으로 덧붙이곤 하는, 소네트나 경구나 찬가의 길고 긴 나열이나 서론을 없애고, 아무 치장 없이 벌거숭이로 독자에게 내놓고 싶었다 (1-10).

물론 몇몇 독자들은 세르반테스가 저런 말을 했으면서 『돈키호테』의 앞부분에도 소네트나 찬가를 여러 편 집어넣은 것을 보고 의아해할지도 모르겠습니다(1-18~29). 하지만 읽다 보면 이는 세르반테스가 풍자를 위해 집어넣은 허구적 장치에 불과하다는 것을 알게 되지요. 고상하기보다는 우스꽝

---

38) 세르반테스의 전기로는 라파엘로 부조니, 송재원 역, 『세르반테스 이야기』, 풀빛, 1999가 있다. 이 책에는 Rafaello Busoni(1900-1962)의 원저에 대해서 아무런 소개가 없는데, 세르반테스 전기로서 그다지 평가를 받는 책이 아닌 듯하고, 실제로 거의 소설에 가깝다. 이하 이 책은 부조니로 인용함.

39) 물론 그곳에서 세르반테스가 거닐었고, 그가 신학과 문학 등에 대한 지식을 습득할 수 있었다고 보는 견해도 있다. 윤준식, 권은희, 『돈키호테를 따라간 스페인』, 성하출판, 2001, 84쪽, 102쪽. 그러나 세르반테스 집안이 그가 4세 때 바야돌리드로 이사를 갔다고 한다면 그 전 두세 살 어린 나이의 세르반테스가 대학가를 거닐며 지식을 습득했다고는 볼 수 없으리라. 물론 세르반테스를 2, 3세에 대학을 거닐며 신학과 문학을 논한 정도의 천재였다고 본다면 할 말은 없지만, 이는 분명 과도한 숭배일 것이다.

스러운 시로 가득 차 있으니까요. 한편 세르반테스는 다른 작가들이 자기 책을 치장하며 허세를 부리는 것을 다음과 같이 비웃습니다. "암만 황당무계하고 조잡한 것이라도, 아리스토텔레스나 플라톤, 기타 온갖 철학자들로부터 인용을 해서 독자들의 감탄을 자아내고 해박한 독서와 지식과 구변이 있다는 명성을 가져다주고 있"(1-11)다고요(1-11, 1-17). 4백 년 전 세르반테스의 이러한 고발은 지금 우리 사회에 만연한 현학적인 글쓰기에도 그대로 적용될 것입니다.

여하튼 돈키호테는 1547년 9월 29일(스페인에서는 성 미카엘 축일)에 태어났다고도 하지만, 정확한 날짜는 알려지지 않았습니다. 그러나 10월 9일에 세례를 받은 것은 분명해요. 그의 아버지는 유명무실한 하급 귀족인 외과의사였습니다. 하지만 당시의 하급 귀족은 인구의 반을 차지할 정도로 흔했고, 외과의사는 모차르트 오페라 「피가로의 결혼」에 나오는 이발사 피가로처럼 접골이나 사혈(瀉血)⁴⁰ 등의 사소한 의료 행위를 하는 무면허 돌팔이 정도여서 수입도, 사회적 평가도 낮았어요. 게다가 그의 아버지는 귀머거리였어요. 세르반테스는 그의 일곱 자녀 중 넷째이자 차남이었습니다. 피임술이 없었던 당시로서는 그 정도의 자녀는 결코 많은 것도 아니었지만, 그것이 가난을 더욱 부추긴 요인이었음은 틀림없습니다.

세르반테스가 유대인의 후손이라는 이야기가 최근에도 종종 기사로 떠돌고는 하는데요. 이러한 가설은 사실 20세기 후반부터 제기된 것이었음에도 확증은 없습니다. 반대로 세르반테스는 경건한 가톨릭교도이며 『돈키호테』는 스페인의 반(反)종교개혁에 기여한 책이었으니만큼 그렇게 볼 여지가 거의 없다는 반론도 있으니 말이에요. 세르반테스 자신도 『돈키호테』 제

---

40) 치료를 위해 피를 뽑는 것.

2편 제3장에서 삼손 학사의 말을 빌려 "책 전체를 통해서 조잡한 표현이나 비가톨릭적인 사상과 비슷한 것도 찾아볼 수 없"다고 평가합니다(2-422).[41] 그러나 앞에서 보았듯이 세르반테스는 에라스뮈스적인 자유와 관용의 종교를 주장하였으며, 도리어 당대의 부패한 가톨릭에 비판적이었습니다. 물론 이 점은 그가 유대인 출신이냐 아니냐 하는 것과는 직접적인 관련이 없어요. 따라서 우리에게도 그가 유대인이냐 아니냐는 문제가 되지 않습니다.

세르반테스의 시대

세르반테스의 작품을 이해하는 데 더욱 중요한 것은 그의 가족이나 혈통이 아닌, 그가 살아간 시대적 배경입니다. 그가 태어난 1547년에 스페인은 국왕 카를로스 1세(1500~1558, 재위 1516~1556)가 통치하고 있었어요. 신성로마제국[42]의 황제를 겸하여 카를 5세라고도 불린 인물이지요. 카를로스 1세는 스페인의 격동기를 상징하는 왕입니다. 그가 왕위에 오르기 전의 스페인은 유럽 구석의 후진국에 불과했습니다. 사실은 여러 나라로 갈라져 있었기에 스페인이라는 나라는 존재하지도 않았다고 하는 게 더욱 정확하겠군요. 그러다가 1479년 카스티야의 이사벨 1세 여왕과 아라곤의 페르난도 2세 국왕이 정략결혼을 하면서 두 왕국이 통합됩니다. 1492년에 부부 국왕은 이베리아 반도에서 이슬람이 점령하고 있던 마지막 거점인 그라나다 왕국을

---

41) 돈키호테 제2편에서는 돈키호테 제1편이 언급된다. 이렇듯 작품 안에 그 작품이 직접 등장하는 것은 돈키호테의 독특한 서사 기법 중 하나인데 이는 뒤에서 다시 설명할 것이다.

42) 신성로마제국의 시작을 어디로 잡을 것인지에 대해서는 두 가지 견해가 있다. 하나는 800년 카를로스 대제의 즉위로 보는 것이고 하나는 962년에 오토 1세가 황제의 자리에 오른 것으로 보는 것이다. 이 책에서 언급한 신성로마제국은 독일과 오스트리아를 중심으로 한 전자를 뜻한다.

함락해 국토회복운동[43]을 성공시켜요. 이로써 스페인은 절대주의[44] 시대로 접어듭니다. 같은 해 이사벨 1세는 콜럼버스의 항해에 막대한 지원을 해주는데요. 콜럼버스의 신대륙 '발견'[45]을 통해 스페인은 남북 아메리카 정복과 식민지 건설을 독점하게 됩니다. 그 결과 16세기에 멕시코와 페루에서 은광이 발견되고, 원주민의 강제노동으로 생산된 값싼 은이 스페인으로 대량 유입되었어요. 아메리카 식민지는 스페인에서 생산한 공업제품, 특히 모직물의 수출시장이 되기도 했습니다. 따라서 16세기 중엽에는 라만차의 카스티야를 중심으로 모직물 공업이 번창했지요.

1516년 페르난도와 이사벨의 외손자인 합스부르크가의 카를로스 1세가 즉위합니다. 그러면서 두 나라의 왕관을 합쳐 공식적으로 스페인의 1대 국왕이 되지요.[46] 이에 따라 스페인의 절대주의는 더욱 강화됩니다. 그는 아버지를 따라 프랑스에서 유년기를 보냈는데요. 유럽에서 온 이 이방인 황제는 중세의 장엄한 기사도 정신을 스페인에 심었고, 이를 받아들인 스페인 사람들은 신적인 사명감에 들떴습니다. 동시에 자기들에게 초인적 능력이 있다는 허구적인 믿음에 고무되었지요. 당시는 그야말로 스페인이 세계의 지배자라고 할 수 있었습니다. 그런 분위기는 당대의 베스트셀러인 기사소설로 표현되었어요. 여기에는 불가능이라고는 없다는 스페인 사람들의 자신감이

---

43) 스페인 어로는 '레콘키스타(Reconquista)라고 부르며, 이는 '재정복'이라는 뜻이다. 8세기 초에 이슬람 국가들이 이베리아 반도 대부분을 점령한 이후, 가톨릭교도들이 이를 되찾기 위해 수백 년에 걸쳐 진행한 전쟁을 뜻한다.

44) 왕의 권력이 절대적이라는 정치체제이다. 그만큼 왕이 제약 없이 강력한 왕권을 휘두를 수 있었던 체제이기도 했다. 근세 초기 유럽의 몇몇 국가들에서 나타났으며, 대개는 국왕 중심의 군주정을 바탕으로 했으므로 절대왕정이라고도 불린다.

45) 콜럼버스가 유럽인 기준으로 소위 '신대륙'이라고 불리는 아메리카 대륙을 발견하기 전에도, 아메리카 대륙에는 수없이 많은 원주민이 살고 있었다는 면에서 이 '발견'이라는 표현에는 문제가 있다는 점을 밝혀둔다.

46) 카를로스 1세 황제는 죽을 때까지 독실한 가톨릭신자였다. 하지만 그는 에라스뮈스의 자유주의 정신과 당대의 종교개혁에 도취되어, 도망쳐온 마르틴 루터를 숨겨주는 등 교황과 대립하기도 했다. 또한, 이와 별개로 그는 신성로마제국의 황제로서 대관식을 올렸다.

잔뜩 반영되어 있었습니다. 이러한 소설을 읽고 자기만족과 자아도취에 젖은 스페인 사람들은, 카를로스 1세의 이름을 걸고 신대륙, 즉 아메리카 대륙으로 넘어가 광대한 식민지를 침략했어요. 지금 캘리포니아니 파타고니아니 하고 부르는 지명들은 대부분 기사소설에 나오는 여주인공들의 이름에서 따온 것입니다.

또한, 당시 스페인은 세계를 향해 문호를 개방하고 있었고, 따라서 문화적으로도 관용적인 에라스뮈스주의가 지배적이었습니다. 카를로스 1세의 시대가 끝난 1556년, 세르반테스는 아홉 살이었어요.

그러나 카를로스 1세를 계승한 펠리페 2세(1527~1598, 재위 1556~1598) 시대는 스페인의 황금시대인 동시에 위기이기도 했습니다. 당시 스페인 경제는 신대륙과의 모직물 무역을 독점하는 것에 의존하고 있었습니다. 반면에 국내 모직물 공업은 독립된 산업으로 발전하지 못했어요. 그때까지 온갖 특권을 누리고 있던 무역상 길드의 간섭 탓이지요. 반면 네덜란드와 영국의 모직물 산업은 근세 농촌의 자유생산 체제에서 발전하여 경쟁력을 갖췄습니다. 결국, 스페인은 네덜란드와 영국의 모직물에 상권을 빼앗기고 말아요. 그러면서 스페인은 산업의 침체를 겪어 식민지의 은이 흘러가는 경유지로 전락합니다. 이를 만회하고자 스페인은 네덜란드에 대한 통제를 더욱 가혹하게 하고 무거운 세금을 거두었지만, 이는 도리어 네덜란드의 독립전쟁을 초래해요. 게다가 유럽의 패권을 노리고 있던 영국의 엘리자베스 여왕이 네덜란드를 원조하자 스페인은 더욱 궁지에 몰리지요.

동시에 스페인은 트리엔트 공의회(1545~1563)[47]의 영향에 의해 이단 심문

---

47) 1545년부터 1563까지 이탈리아의 트리엔트 지방에서 열린 종교회의이다. 이들은 당시 유럽을 휩쓸던 종교개혁에 맞서 이단을 근절하려고 하였으며, 교회 스스로 가톨릭의 교리와 행실을 개혁하고자 하였다. 이 회의에서 결의된 니케아 신경은 오늘날에도 가톨릭 예배에서 중요하게 낭송된다.

이 강화되는 등, 철저히 닫힌 사회로 변했습니다. 모든 책의 수입이 허가제로 변했고, 외국 유학은 금지되었으며, 에라스뮈스주의자들은 추방당했고, 금서목록이 제정되었어요. 또한, 혈통의 순수함과 명예(체면)를 핵심으로 하는 스페인식의 순수주의와 국수주의가 사회에 강박관념으로 퍼져나갔습니다. 이는 광신적인 제국주의를 낳았지요. 그 결과 스페인은 플랑드르, 프랑스, 영국, 오스만 튀르크(지금의 터키)[48] 등을 상대로 기나긴 종교전쟁에 휘말립니다. 이 종교전쟁은 국내의 소수 이민족인 모르 족(Maure)[49]을 이단으로 삼아 싸우기도 했어요. 결국, 1588년의 영국과의 전쟁에서 스페인의 자랑이던 무적함대가 패배하면서 스페인 제국의 시대는 끝나고 대영제국의 시대가 시작됩니다. 스페인의 이단 심문제도는 유럽에서 가장 철저하고도 오랫동안 지속되어 1820년까지 이어져요. 이러한 영광과 타락의 시대를 살아간 세르반테스였기에 당시의 사회상을 상징하는 돈키호테를 그토록 실감나고 호소력 있게 그릴 수 있었던 게 아닌가 싶습니다.

혈기에 불탄 젊은 시절

앞에서 보았듯이 세르반테스의 생애에는 불분명한 점이 많습니다. 우선 그가 태어난 날짜부터 명확하지 않으니까요. 게다가 어떤 교육을 받았는지도 분명한 증거가 없습니다.[50] 다만 분명한 것은 그가 어린 시절부터 열렬한 독

---

48) 오스만 튀르크(Osman Turk, 1299~1922)에서 오스만이란 그 창설자인 오스만 1세의 이름을 딴 것으로, 현재의 터키 지역에 13세기 말에 성립된 오스만 튀르크 제국은 16세기에 아시아, 유럽, 아프리카까지 그 세력을 떨친 제국이었고, 제1차 대전 때까지 존속했다.

49) 무어인(Moors)이라고 한다. 711년부터 이베리아반도를 정복한 이슬람교도. 본래는 아프리카 북부에 살던 아라비아인, 베르베르인, 흑인의 혼혈이며, 아프리카 흑인종보다 인종적·언어학적으로 아랍적인 요소가 강하다. 셰익스피어의 「오델로Othello」에 등장하는 '오셀로'도 무어인이었다.

50) 세르반테스의 『모범소설』에 실린 이야기로부터 세르반테스가 한때 예수교에서 교육을 받았다는 추측이 있고, 1569년 마드리드의 한 공립학교 교장으로 에라스뮈스적인 지적 성향을 가진 자가 세르반테스라는 이름의 인물을 그의 '사랑하는 학생'이라고 부른 것을 두고, 당시 21세였던 세르반테스가 그 학교의 학생이거나 교장으로부터 배운 적이 있으리라는 추측도 있으나, 모두 분명하지 않다. 부조니는 그곳이 정식 학교가 아

레판토 해전

서광이었으리라는 점이지요.

    세르반테스의 전기를 쓴 사람 중 하나인 라파엘로 부조니는 세르반테스가 7살이었던 1554년 부모와 함께 고향을 떠나 19세가 되는 1566년까지 13년간 "스페인 전국을 유랑하는 떠돌이 생활"[51]을 했다고 합니다. 다른 전기 작가들은 단지 몇 군데를 이사 다닌 것에 불과하다고 하지만, 제 생각에는 부조니의 말대로 "2주 이상"[52] 한 곳에 머물지 않았다는 것이 더욱 낭만적이고, 『돈키호테』의 작가에게 어울리는 듯해요. 여하튼 부조니에 의하면 1566년에 세르반테스 일가는 당시 막 스페인의 수도가 된 마드리드에 정착했다고 하는데, 이 역시 확실한 것은 아니에요. 그렇지만 세르반테스가 22

니라 하숙학교 비슷한 곳이었다고 묘사하고 있다. 그리고 세르반테스가 발표한 최초의 시(펠리페 2세의 젊은 왕비의 죽음을 애도한 것)가 나온 것은 20대 초반이었다.
51) 부조니, 23쪽, 43쪽.
52) 부조니, 32쪽.

세인 1569년 이탈리아로 갔다는 점은 명백한 사실입니다.[53] 그 1년 전에 교황 비오 5세의 특사로 스페인에 온 줄리아노 아콰비바 추기경을 따라 로마로 가서 그의 시종으로 일했다는 이야기도 있으나(1-726) 이 역시 진실인지는 분명하지 않지요.

여하튼 1570년에 세르반테스는 로마에서 스페인 보병대에 입대합니다. 그리고 이탈리아 각지를 돌아다니다가 1571년 오스만 튀르크와의 레판토 해전[54]에서 부상을 입어요. 당시 세르반테스는 열병이 걸렸음에도 불구하고, 후방에 남지 않고 전투에 참여합니다. 여기서 그는 가슴에 두 차례 총상을 입고 세 번째 총상으로 평생 왼손을 쓰지 못하게 되지요.

그 뒤에도 그는 주로 이탈리아의 나폴리 부근에서 군인으로 살아갔습니다. 나바리논에도 있었고, 튀니스와 라골레타의 전투에도 참전했지요. 그 후 세르반테스는 1575년에 해군 총사령관의 추천장을 가지고 스페인으로 귀국했는데요. 이는 단순한 제대를 위한 것이었거나, 아니면 사령관으로 진급하기 위한 것으로 추측됩니다. 그러나 귀향길에 배가 난파하여 그는 바이에른 해적선에 사로잡히고 맙니다. 그는 결국 형인 로드리고와 함께 알제리에서 노예로 팔려 5년간 포로생활을 했어요. 알제리는 당시 이슬람 사회에서 기독교인 노예를 매매하는 중심지였습니다. 여하튼 세르반테스는 고위직이 써준 추천장을 지녔던 탓으로 몸값이 올라가 기나긴 포로생활을 겪었는데요. 동시에 이 추천장은 1580년까지 그가 네 차례나 탈출을 시도했으면서도 사형이나 고문, 신체 손상 등을 모면할 수 있는 이유가 되기도 했어요. 당시 그의 주인이었던 배교자 달리 마미와 하산 파샤는 그에게 상당히 너그

---

53) 그러나 그 이유가 당시 한 난투사건에 가담한 결과 수배를 받았기 때문이라는 추측은 분명하지 않다.

54) 당시 셀렘 2세가 다스린 오스만 튀르크 제국과 스페인의 관계는 위기에 처해 있었다. 오스만 튀르크 인들은 1570년 키프로스를 점령하였고, 이는 곧 오스만 튀르크 선단과 베네치아, 교황령, 스페인 해군과의 전쟁으로 이어졌다. 그 결과로 오스만 튀르크는 참패하여 지중해의 패권을 잃는다.

럽게 대했습니다. 그 이유를 세르반테스가 하산 파샤와 동성애적으로 사랑하는 관계였기 때문으로 보는 견해도 있으나 확실하지 않다는 점은 앞에서도 말했어요. 여하튼 로드리고가 풀려난 지 3년만인 1580년, 세르반테스의 가족은 성삼위일체 수도회의 도움과 중재로 그의 석방을 위해 거금을 몸값으로 내요. 이로써 그는 기적처럼 풀려납니다. 당시 하산 파샤는 팔다 남은 노예를 이끌고 콘스탄티노플로 떠나기 직전이었는데, 만약 몸값을 지급하는 게 조금만 늦어졌더라도 우리는 『돈키호테』라는 명작을 보지 못했을 수도 있었겠군요. 여하튼 세르반테스는 이렇듯 파란만장한 11년을 외국에서 보낸 뒤 다시 스페인에 돌아옵니다.

여기까지가 세르반테스 생애의 전반기라고 할 수 있습니다. 그가 33세 되기까지의 이야기지요. 그의 생애 전반기 중 앞부분은 제대로 사실 관계를 파악할 수 없는 점이 많습니다. 그렇지만 그가 가난한 부모에게 이끌려 스페인의 이곳저곳을 다니며 유년기를 보냈고, 1568년에는 마드리드에서 에라스뮈스의 자유주의적인 인문교육을 받았다는 점은 분명합니다. 이어 1569년부터 시작되는 전반기의 뒷부분을 그는 군인으로서 보냈습니다. 레판토 해전에서 용감하게 싸워 부상을 입는 바람에 '레판토의 외팔이'라는 별명도 얻었고요. 그는 그 후로 40여 년 뒤에 『돈키호테』 제2편을 쓰면서 머리말에서 다음과 같이 자랑스럽게 말했습니다. 이는 그를 불구라고 빈정거리는 사람들을 비꼬는 글이기도 했어요.

내가 전무후무한 그 최대의 사건에서 한 손을 잃은 게 아니고 어떤 술집에서 잃었단 말인가? 내 상처는 보는 사람의 눈에 빛을 내지는 못할망정 적어도 어디서 그런 상처를 입었는지를 아는 사람들로부터는 존경을 받을 수 있다. 군인은 달아나서 안전하게 되는 것보다도 싸움터에서 죽는 것이 더 훌륭한 법이다(2-402).

1575년부터 시작된 5년간의 포로생활에서도 그는 4회의 탈출 시도와 기적적인 석방이라는 영웅적인 행동을 거듭했습니다. 그의 포로생활은『돈키호테』제1편 제40장에 간략히 묘사되어 있어요. 무어인의 갤리선에서 탈출한 어느 포로가 돈키호테에게 자신의 포로생활을 들려주던 중 "사아베드라"(1-553)라는 다른 포로에 관한 이야기를 하는데, 사실 이는 작가 본인에 대한 언급이거든요. 세르반테스의 본명이 미겔 데 세르반테스 사아베드라(Miguel de Cervantes Saavedra)잖아요?

당시 알제리에 잡힌 기독교도 포로들의 생활을 기록한 문헌 중에는 세르반테스의 이름이 여러 번 발견됩니다. 그곳에서 그는 용기와 지도력으로 명성을 얻은 듯해요. 당시의 세르반테스에 대해 어느 동시대 사람은 다음과 같이 기록했습니다. 이는 세르반테스가『돈키호테』로 유명해지기 전이었어요.

> 미구엘 데 세르반테스의 포로생활과 용감한 행적에 관한 모든 이야기는 기록될 가치가 있다. 그는 동료 포로들을 탈출하게 도와주었다는 이유로 교수형, 화형 등에 처해져 죽을 뻔했으나, 네 번이나 그 위기를 아슬아슬하게 넘겼다. 만일 그의 용기와 재능에 운이 따라주었다면, 알제리는 지금쯤 그리스도교도들의 수중에 넘어왔을 것이다. 그는 바로 그것을 목표로 삼고 있었던 것이다.[55]

위 글은 알제리가 당시 스페인의 식민지가 되지 못한 것을 개탄하고 있습니다. 따라서 이 글을 제국주의를 비판하는 태도에서 읽는다면 세르반테스는 명백하게 제국주의자겠지요. 그렇지만 세르반테스가 살던 시기에는 유럽인 중 그 누구도 제국주의자라는 혐의에서 벗어날 수 없다는 점을 고려

---

55) 윌리엄 랭어, 박상익 역,『호메로스에서 돈키호테까지』, 푸른역사, 2001, 487쪽 재인용.

할 필요가 있습니다. 또한, 세르반테스가 자신의 작품에서 제국주의를 직접 예찬한 적이 없다는 점도요.

여하튼 그는 간신히 알제리에서 탈출해 스페인으로 돌아갔습니다. 당시 스페인 사회는 그를 영웅으로 맞을 법도 했어요. 그러나 그가 레판토 해전에서 쌓은 무공에 대한 보수로 관직을 달라고 요구했을 때 정부는 이를 거절했습니다. 당시 스페인은 10년이나 전에 전쟁을 치른 오스만 튀르크가 아니라 영국과 플랑드르(지금의 네덜란드와 벨기에)에 관심을 두고 있었기 때문이었습니다.

늙은 상이군인의 후반생과 감옥살이

늙은 상이군인으로서 고향에 돌아온 세르반테스. 1569년에 떠나 1580년에 귀환하였으니 11년 만에 조국의 땅을 밟은 셈입니다. 하지만 그에게 주어진 보상은 아무것도 없었어요. 오히려 그는 낯설기 짝이 없는 고향에서 새로운 생활에 적응해야 했습니다. 여기서 고작 33세인 세르반테스를 늙었다고 보는 것을 의아하게 여길 독자분도 있을 거예요. 그러나 당시의 평균 수명이 30세에서 40세 정도에 불과했던 것을 고려하면 세르반테스는 최소한 중년에 속했습니다. 게다가 생활의 급격한 변화가 그를 더욱 늙은이로 만들었지요. 당시에 식민지에서 넘쳐 들어온 은으로 스페인의 물가가 급등하여, 그의 가족과 같은 중류계층 사람들의 생활수준은 급격하게 떨어졌습니다.

그는 스페인의 아메리카 식민 사업에 관한 행정직에 지원해보기도 했지만 허사로 돌아가지요. 1581년에 간신히 왕의 특사로 알제리의 도시 오랑에 파견되는 것이 고작이었답니다. 이 또한 오래가지도 못했고요. 그는 펠리페 2세와 스페인 궁정을 따라 새로이 병합된 포르투갈에 간 적도 있으나 그곳에서도 아무것도 얻지 못했습니다. 그래서 세르반테스는 지루하고 힘든 일을 하며 항상 돈에 쪼들렸어요. 그러던 도중 젊은 유부녀와 연애를 하여 딸을 낳기도 했는데요. 그는 이 딸을 자신의 집으로 데려와 키웠습니다.

35세가 된 1582년, 세르반테스는 마드리드에 정착합니다. 그리고 학창시절 글재주가 있었던 점에 기대어 희곡과 소설을 쓰기 시작해요. 당시에는 희곡이 좋은 돈벌이였으나 낡은 감성과 기법을 지녔던 세르반테스는 성공하지 못했습니다. 그래서 소설에 손을 대어 1585년 처녀작 『라 갈라테아*La Galatea*』[56]를 출판하지만, 이미 유행에 뒤떨어진 목가소설이었던 탓에 금세 독자들에게 잊히고 말아요. 그러던 중인 1584년, 세르반테스는 라만차에 작은 영지를 가진 19세 처녀와 결혼합니다. 세르반테스에 비하면 무려 18세나 연하였지요. 그 둘의 애정 관계에 대해서는 알려진 바 없지만 둘 사이에 자녀가 없었던 것은 확실해요. 혹자는 『라 갈라테아』의 등장인물들이 아내에게서 영향을 받은 것이라고 하지만 이 역시 추측일 뿐입니다. 여하튼 『라 갈라테아』는 세르반테스에게 큰 명성까지는 아니더라도 제법 괜찮은 평을 안겨주었습니다. 또한, 고급 독자에게 세르반테스의 이름을 알리기도 했지요. 그렇지만 그의 생전에 재판을 찍은 것은 1590년의 리스본 판과 1611년의 파리 판뿐이었습니다. 또한, 세르반테스의 희곡 중에서도 현재 남아 있는 것은 「누만시아*La Numancia*」와 「알제리에서의 대우*El trato de Argel*」[57]밖에는 없어요. 그는 여전히 생활고에 쪼들렸습니다.

그래서 세르반테스는 1587년부터 스페인 해군인 무적함대의 식량 조달관으로 일했습니다. 농촌에서 옥수수와 기름을 강제로 징수하면서 안달루시아 일대를 돌아다녔지요. 그는 지극히 복잡한 재정 문제의 책임자였는데요. 그 탓에 장부상의 수지를 맞추느라 상관들과 항상 불화를 겪었다고 합니다.

---

56) 또는 『라 갈라떼아』(3-485)라고 한다.
57) 이를 '알제 조약'(3-268)이라고 부르는 것에 대해서는 의문이 있다.

또한, 도시나 교회 당국과 마찰을 빚어 여러 차례 파문을 당하기도 했고요.

　1588년에 스페인의 무적함대는 영국과의 해전에서 참패를 당합니다. 그후 세르반테스는 스페인의 상업 중심지이자 당시 유럽에서 가장 큰 도시의 하나였던 세비야로 가요. 그리고 1590년에는 서인도제도 의회에 지원하여 중앙아메리카와 남아메리카의 공석이었던 식민지 정부 요직을 얻고자 했으나 실패합니다. 1594년, 그는 안달루시아로 돌아가 체납된 세금을 거두는 징세관이 되어 1596년까지 근무했습니다. 그렇게 생계를 잇던 중인 1595년, 그는 사라고사에서 열린 시 경연대회에서 1등상을 받고 세비야로 돌아와 본격적인 글쓰기에 몰두합니다. 당시 그는 메디나 시도니아 공작이나 1598년에 서거한 국왕에 대한 풍자 소네트를 쓰기도 했어요.

『돈키호테』 집필을 감옥에서?

세르반테스는 생애 여러 번 감방 생활을 했습니다(1-728). 『돈키호테』의 서문에 자신이 이 책을 감옥에서 집필했다는 말을 하기도 했지요. 그런데 세르반테스의 생애에는 제대로 된 기록이 많지 않아서 실제로 그가 수감되었다는 기록은 단 두 건뿐입니다. 그가 처음으로 갇힌 것은 1592년(45세)인데요. 허가 없이 밀을 판매했다는 혐의 때문이었습니다. 이때는 곧 석방되었지만 두 번째에는 그러지 못했어요. 1597년에 그는 50세의 나이로 감옥에서 4개월간 복역합니다. 3년 전에 그가 징세관으로 징수한 돈을 관리한 은행가가 파산해서 국고에 엄청난 손실을 끼쳤기 때문인데요. 세르반테스로서는 억울한 징역살이였던 셈입니다. 그 후 세르반테스의 4, 5년간의 행적에 대해서는 알려진 바가 없어요. 그 후 세르반테스가 1602년에 다시 투옥되어 옥중에서 『돈키호테』를 구상했다는 이야기도 있지만(1-728), 이 역시 정확한 근거는 없습니다. 여하튼 세르반테스가 『돈키호테』 '서문'에서 언급한 수감

생활이 그중 어느 시기인지는 아직도 의견이 분분합니다. 그렇지만 이는 책을 이해하는 데 중요한 역할을 하지 않아요. 도리어 '서문'에서 말한 감옥이란 "갖가지 불편이 자리 잡고 있고, 모든 비탄이 가득 차 있는 감옥 속에서 태어나기라도 한 것처럼"이라는 문장에서처럼 단순한 비유에 불과할지도 모릅니다. 물론 이것이 그가 겪은 실제의 감옥살이와 완전히 무관하다고는 할 수 없지만요. 또 다른 해석으로 이 감옥살이라는 비유는 자신의 이상한 삶을 뜻한 것일지도 모르겠습니다.

어쨌거나 『돈키호테』를 4백 년 전 감옥에서 집필하기 시작했다는 이야기는 21세기의 대한민국을 사는 우리에게 더욱 흥미롭습니다. 범죄자가 쓴 소설이 세계적인 고전이 되었다니 말이에요. 사실 부조니의 『세르반테스 이야기』는 세르반테스가 감옥에서 『돈키호테』를 집필하는 장면으로 시작될 만큼 이를 중요하게 다루는데요. 그 부분을 잠깐 읽어볼게요.

> 때는 1603년, 스페인 마드리드 형무소의 한 감방에 우리의 영웅 돈 미구엘 세르반테스는 산전수전 다 겪어, 지치고 수척한 모습으로 미동도 없이 앉아 있다. 그의 나이는 회색빛으로 바랜 머리카락이 말해주듯 50 고개도 절반을 넘어선 56세. … 그는 당국이 그의 무고함을 밝혀낼 때까지 기다리고 있는 것이며, 그런데도 그의 마음은 밝고 행복하다. 왜냐하면 그는 감옥에서 책을 쓰고 있기 때문이다. 세르반테스는 날마다 감방 안의 보잘것없는 책상에 걸터앉아 깃털 펜으로 원고지 위에 무섭게 무엇인가를 써내려가고 있었다. 이따금씩 그는 쓰는 것을 멈추고 이미 써놓은 원고를 음미하면서 고개를 끄덕이며 감탄하곤 했다.[58]

---

58) 부조니, 9쪽.

『돈키호테』의 성공과 실패

세르반테스는 1605년 『돈키호테』 제1편을 출판했습니다. 그의 나이 58세가 된 시기임과 동시에, 그가 처녀작인 『라 갈라테아』를 출판한 이후 20년 만이기도 했어요. 그 20년 동안 그는 안달루시아의 들판을 떠돌며 세금 징수관으로 살았지요. 그리고 11년간은 집중적으로 작품 활동을 하다가 1615년에 『돈키호테』 제2편을 출판합니다. 우리나라에도 젊어서 이런저런 인생 경험을 하다가 뒤늦게 글을 쓰는 사람들이 있습니다만, 세르반테스의 경우는 대단히 예외적이라고 할 수 있어요. 다른 나라 작가들과 비교해도 마찬가지일 겁니다. 따라서 세르반테스는 적어도 작가로서는 꽤 이상한 삶을 살았다고 할 수 있지요.

『돈키호테』 제1편은 제법 인기를 끌었으나 당시 다른 작가들의 작품에 비해서 그다지 성공을 거둔 편은 아니었습니다. 이 책은 처음 출판된 1605년에 6판을 찍었고 1612년에는 영어로, 1614년에는 프랑스어로 번역되었어요. 그러나 갑자기 등장한 58세의 세르반테스는 당대 스페인 문학계에서 환영을 받기는커녕 돈키호테처럼 시대착오적이고 이상한 존재로 백안시되었습니다. 또한 『돈키호테』의 판권을 출판사에 양도한 탓으로 책이 널리 팔렸음에도 불구하고 세르반테스에게 돌아간 돈은 별로 없었고요. 당시 아내와 딸, 그리고 여동생 둘과 질녀까지 다섯 명의 여성을 부양했던 그로서는 언제나 가난에 허덕일 수밖에 없었습니다. 죽을 때까지 세계적인 작가로서 평가받지도 못했고요. 그러나 세르반테스는 자기 작품이 후세에 길이 남으리라는 것을 예견한 듯합니다. 『돈키호테』 제2편 제16장에서 돈키호테가 길에서 만난 녹색 외투의 신사에게 다음과 같은 말을 하는 것을 보면요.

그리하여 여러 가지 용감하고 기독교적인 행적으로 말미암아 제 얘기는 거의 세상 모든 나라에서 출판이 될 만큼 공적이 인정되었습니다. 내 실기는 3만 부가 출판되었는데 하늘이 막지 않으시면 3억 부는 더 출판될 예정입니다(2-486).

위 번역에서 3억 부라고 함은 3천만 부의 오역입니다. 하지만 지금까지 『돈키호테』가 전 세계에서 출판된 부수를 보면 3억 부가 훌쩍 넘을지도 몰라요. 어쨌거나 이 예언은 성공적으로 맞아떨어졌다고 할 수 있군요.

세르반테스의 만년은 가정적인 면에서도 문제가 많았습니다. 1605년에는 집 앞에서 시체가 발견되어 살인 혐의로 가족 전원이 체포되기도 했고요(알고 보니 그 시체는 치정사건으로 인한 칼부림으로 그곳에 놓여 있던 것이라고 합니다). 돈 문제로 인한 말썽도 끊이지 않았지요. 당시의 많은 작가처럼 그는 1610년 나폴리 총독의 비서를 희망했지만, 또다시 실패했습니다. 1613년 그는 프란체스코 수도원의 재속(在俗)[59] 회원이 되었고, 12편의 소설로 구성된『모범소설Novelas ejemplares』을 발표했어요. 이어서 1614년에는 풍자시「파르나소로의 여행Viaje del Parnaso」, 1615년에『8편의 극과 8편의 막간극Ocho comedias y ocho entremeses』을 세상에 내놓았습니다.

세르반테스가『돈키호테』제2편을 쓰기 시작한 시기는 분명하지 않습니다. 그저 1614년 7월 이전에는 그 절반도 쓰지 못했으리라고 추측될 뿐이지요. 그해 9월, 날조된 제2편이 신원불명의 작자에 의해 발표되는데요. 그 위작작가는 서문에서 세르반테스에 대해 근거 없는 비난을 퍼붓기도 했습니다. 이에 세르반테스는 직접『돈키호테』제2편을 저술해서 이를 반격하지요. 또한『돈키호테』제2편 제59장에 가짜 후속편의 등장인물을 내보내 조롱하는 등 작품 곳곳에서 자신의 작품을 어설프게 따라한 위작의 조잡함

59) 절이나 교회에 들어가는 사제들을 두고 보통 속세를 등진다고 한다. 반면 재속은 여전히 속세에 남는 것을 뜻한다.

을 신랄하게 비판합니다. 여하튼 『돈키호테』 제2편은 1615년에 출판되었고 이어서 여러 나라말로 번역되는데요. 오늘날에도 대부분의 사람들은 제2편이 제1편보다 더 풍부하고 심오하다는 데에 동의하고 있는 듯합니다.

1616년 4월 2일, 세르반테스는 세상을 떠났습니다. 마지막 작품인 로맨스이자 모험소설 『페르실레스와 시히스문다의 모험*Los trabajos de Persiles y Sigismunda*』의 헌정사를 쓴 사흘 뒤였지요. 부조니는 그의 죽음에 대해 이렇게 말했습니다. "임종의 자리에는 아무도 없었다. 마지막 순간에도 일생을 통해 그래왔던 것처럼 그는 혼자였다."[60] 공교롭게도 이는 셰익스피어가 죽기 하루 전이기도 했어요. 그러나 대단한 영화를 누린 셰익스피어와 달리 세르반테스의 가족은 돈이 없어 장례비용도 대지 못했고, 겨우 수도원 묘지에 묻었기에 지금은 그 무덤의 정확한 위치조차 알 수 없습니다. 유언장도 전해지지 않아요. 그러나 그것이 뭐가 그리 중요한가요? 그야말로 세르반테스다운, 돈키호테다운 죽음이 아닌가요? 그는 자기 묘지를 살아생전에 치장하던 동시대의 속물들과 달리 죽어서도 오늘날까지 긴 이름을 남기고 있으니 말입니다.

60) 부조니, 294쪽.

제4장

세르반테스의 다른 작품들

왜 다른 작품부터 보는가?

앞에서 언급한 것처럼 『돈키호테』에는 일반적인 소설과 다른 점이 많습니다. 따라서 작가의 사상이나 의도를 보다 정확하게 이해하려면 어느 정도 노력이 필요한데요. 만약 세르반테스가 이 작품을 집필할 당시의 일기나 편지 같은 자료가 남아 있다면 좋겠지만, 지금까지 내려오는 것은 하나도 없습니다. 그러니 그가 남긴 다른 작품들을 참고할 수밖에요. 다른 작품들은 돈키호테와 같은 광인이 아닌 정상적인 시점을 지닌 주인공을 중심으로 한 것이어서 좀 더 수월하게 그의 사상을 이해할 수 있을 것입니다.

세르반테스는 당대 문인들 대부분이 그러했듯이 문학의 모든 장르에 손을 댔습니다. 시·희곡·소설 등을 다양하게 집필했지요. 하지만 그가 본격적인 창작을 시작한 시기는 1582년부터 죽기까지 겨우 10년 남짓이었고, 그나마 작품들이 전부 후대에 전해지지도 못한 터라 오늘날 읽을 수 있는 작품은 대단히 적습니다. 또한 그의 작품들이 모두 뛰어나다고 보기도 어려워요. 가령 그의 유작인 『페르실레스와 시히스문다의 모험』은 왕족인 페르실레스와 시히스문다가 가명을 쓰고 남매로 행세하며 북쪽 여러 나라와 스페인을 거쳐 여행하다가, 결국 로마에서 결혼한다는 것인데요. 이 판타지적인 모험담 소설은 세르반테스가 『돈키호테』에서 뒤집고자 한 기사소설을 연상시킵니다. 마찬가지로 그의 희곡들도 모두 뛰어나다고 할 수는 없고요.

그의 시는『돈키호테』를 비롯한 여러 산문 작품에 포함되어 있으므로 쉽게 읽어볼 수 있어요. 그의 시에는 서정성만이 아니라 아이러니, 익살, 인간미가 담겨 있어서 작가 자신의 개성과 사물에 대한 예리한 시각을 보여줍니다. 그렇지만 이러한 시들이『돈키호테』를 이해하는 데에는 그다지 도움을 주지 못해요. 반면 희곡과 단편소설은 매우 좋은 길잡이가 되어주지요. 세르반테스는 약 40편(초기에 2~30편, 1615년에 16편)의 희곡을 썼지만, 지금 남아 있는 것은 얼마 없어요. 초기 작품 중에는「알제리에서의 대우」와「누만시아」두 작품이, 1615년에 쓴 작품으로는『8편의 극과 8편의 막간극』이라는 작품집이 남아 있지요.「알제리에서의 대우」는 앞에서 보았듯이 세르반테스가 알제리에서 포로생활을 하며 겪은 경험을 소재로 한 것입니다.「누만시아」는 실제 스페인 역사에서 14년[61] 동안 로마군에 저항하다가 기원전 113년에 모두 죽게 된 누만시아 사람들의 투쟁사를 다룬 작품이에요. 로마군은 8만 명, 누만시아 쪽은 3천 명으로, 애초에 승부가 되지 않는 전투였지요. 결국, 누만시아의 사람들은 극심한 기아에 허덕이다가 모두 스스로 불에 타 죽는 길을 택합니다(3-73). 그러나 조국의 역사적 사실을 주제로 국민적인 희곡을 쓰고자 한 세르반테스의 시도는 실패하고, 이 작품은 그의 생전 상연되지도 못한 채 2세기 동안 잊혔습니다. 그러다가 1784년 출판된 이래로는 재평가되어 고전으로 전해지고 있어요. 이 작품이 집필 당시 받아들여지지 않은 이유는 르네상스 시기 명성을 떨친 스페인의 극작가 로페 데 베가의 대단한 성공과 대조되어「누만시아」가 단순한 코미디로 취급된 탓이 큽니다. 그러나 그 후 1808년 나폴레옹의 침략을 받았을 때나 1936~39년에 스페인 시민전쟁이 일어났을 때, 독자들은 자유를 향한 누만

---

61) 세르반테스는 16년이라고 하나(3-14) 14년이라고 봄이 통설이다.

시아 민중의 순수한 영웅적 본질을 다시 바라보게 되지요. 따라서 이 작품
은 당시의 스페인 상황과 동시대적 의미를 부여받아 자주 공연되었습니다.

자유가 아니라면 죽음을, 「누만시아」

「누만시아」의 제1막은 로마 장군 스키피오의 등장으로 시작합니다. 그는 고
분고분 항복하지 않는 누만시아를 정복할 대책을 구하죠. 스페인 측에서 보
면 그는 적군의 장군이에요. 그런데 흥미로운 점은 세르반테스가 그를 부정
적으로 다루기는커녕 장군다운 위엄과 신망을 품은 인물로 표현했다는 것
입니다. 또한, 더욱 재미있는 점은 스키피오가 전쟁 승리의 철학을 제시할
때 "각자의 운명은 스스로 개척하는 것이다"라는 말을 한 것인데요. 이는
세르반테스가 자신의 여러 작품을 통해 표현하고자 했던 그의 철학이라는
점입니다(3-16). 이를 보면 세르반테스가 역사 속의 이 로마 장수를 제법 호
의적으로 그렸음을 알 수 있지요. 그러나 이후 누만시아의 사절이 와서 화
해를 청하면서 자신들이 반기를 들었던 동기를 말하는데요. 이를 통해 전쟁
의 명분에서는 누만시아 쪽이 옳다는 것이 증명됩니다. 사절은 다음과 같이
말해요.

> 만일 견디기 힘들고 폭압적인/ 집정관의 지배가 거두어진다면,/ 누만시아는/ 결
> 코 로마에서 벗어나지 않을 것이옵니다./ 저들은 잔혹한 법령과 끝없는 탐욕으
> 로/ 저희에게 너무나/ 무거운 멍에를 씌웠기 때문에,/ 저희는 힘으로 그 멍에에서
> 벗어나려 했사옵니다(3-20).

그러나 스키피오는 누만시아 측의 평화협상 제의를 거절합니다. 사절 또
한 그렇다면 남은 것은 전쟁뿐이라고 선언하며 돌아가지요. 스키피오는 성

을 포위해 누만시아의 시민들을 굶주리게 해요. 그러자 '스페인'과 '두에로 강'[62]이 의인화된 인물로 등장하여 하늘의 가혹함을 개탄합니다. 다음은 '스페인'의 대사인데 한번 들어볼까요?

> 그런데 아직까지 제가/ 이방인의 노예가 되어야 합니까?/ 최소한 잠시나마 자유의 깃발을/ 휘날릴 수는 없는 것인가요?/ …오직 누만시아만이/ 빛나는 칼을 뽑아 들었습니다./ 저들은 피의 대가로/ 소중한 자유를 지켜왔습니다(3-26).

제2막에서는 누만시아 성 안에 있는 시민들이 등장하는데요. 여러 사람의 대사를 통해 다가올 죽음에 대한 공포가 드러납니다. 그중에는 상사병에 빠진 병사도 있어서 과연 세르반테스다운 엉뚱한 시각을 보여주지요. 조국이 위기에 처해 있는데 사랑 타령이나 하느냐는 친구의 비난에 병사는 자신이 사랑 때문에 의무를 위반한 적은 없다며 항의합니다(3-42). 그러나 시간이 지날수록 시민 누구나 이제 자신들의 운명에 마지막이 찾아온 것을 느끼고 절망해요.제3막의 배경은 다시 로마군 부대입니다. 궁지에 몰린 누만시아 측에서 각 진영을 대표하는 병사의 일대일 결투로 전쟁의 승부를 결정하자는 제의를 해요. 스키피오가 이를 거절하자 누만시아의 사절은 겁쟁이라고 비난합니다.

그리고 다시 무대는 누만시아 성 안을 보여줍니다. 남자들은 남은 운명이 항복 아니면 굶어 죽는 것밖에 없다는 것을 깨닫고 차라리 나가서 죽을 때까지 싸우고자 합니다. 그런데 마지막 전투를 맹세하는 남자들 앞에 여자

---

62) 스페인과 포르투갈 두 나라의 북부를 지나 대서양으로 흘러들어 가는 강. 오늘날 두 나라의 국경 일부를 그리기도 한다. 총 길이가 약 770킬로미터에 달하며 유역 면적도 약 78,000제곱킬로미터로 반도에서 가장 길고 넓다.

들이 찾아옵니다. 여자들은 로마인에게 능욕당하기 전에 자신들을 죽여 달라고 부탁해요. 그리고 아이들에게도 죽음을 각오하게 합니다.

> 너희가 아버지한테서 자유롭게 태어났고/ 자유롭게 자랐다고 말해라./ 슬픈 어미들 역시 너희를 자유롭게 키웠다고 전해다오./ 그러나 우리의 운도/ 이제는 다 했단다./너희에게 생명을 주었듯이/ 죽음도 달라고 해라. 오, 성벽이여!/ 말을 할 수 있다면/ "자유, 누만시아!"라고/ 힘껏 소리 높여 수백 번이라도 외쳐라(3-72).

누만시아의 시민들은 결국 마지막까지 투쟁합니다. 로마인이 성 안의 물건들을 약탈하지 못하도록 귀중품들은 전부 불태우고, 서로를 칼로 찔러 죽이지요. 스키피오와 로마 장군들이 성으로 들어왔을 때는 이미 살아 있는 사람이 보이지 않았습니다. 이들의 처절한 저항을 부하 장군은 다음과 같이 전합니다. "저들은 자신들의/ 용기와 대담함으로/ 굴종이라는 무거운 사슬에서 벗어났습니다"(3-113). 그러다가 로마 장군들은 마지막으로 남은 누만시아 소년을 발견하는데요. 스키피오가 그를 달래며 항복하라고 권해요. "내가 너에게 약속하느니,/ 너는 자유인으로,/ 네 운명의 주인이 될 것이다."(3-116) 그러나 소년은 성벽에서 뛰어내려 자살함으로써 다른 누만시아 사람들의 뒤를 따릅니다.

「사기꾼 페드로」

세르반테스는 1615년에 3부극으로 구성된 8편의 희곡 작품을 엮어 출판했습니다. 그러나 그중 단 하나도 그의 생전에 공연되지 못했어요. 그의 작품 중에는 세르반테스의 포로 경험을 소재로 한 「늠름한 스페인 사람*El gallardo español*」, 「위대한 터키 왕비*La gran sultana*」 등도 있지만, 작가의 재치와 기교가 가장 잘 드러난 작품을 꼽으라면 역시 「사기꾼 페드로」를 들수 있을 거예요. 이 작품에서 주목할 점은 도둑과 집시의 세계를 배경으로 한다는 점입니다. 사기꾼 페드로는 몽상가 돈키호테를 사기꾼으로 바꾼 캐릭터라고 할 수 있는데요. 그는 사기꾼이기는 하지만 부정적인 인물이기는 커녕, 도리어 어떠한 절망적인 상황에서도 절망하지 않고서 항상 새로움을 찾아나서는 낙천적인 인물로 묘사됩니다. 이런저런 사기행각으로 살아가던 그는 돈으로 시장이 된 자의 보좌관이 돼요. 그리고 재판에서 원래 시장이 내려야 할 판결을 제멋대로 내리지요. 그러면서 자기 친구를 시장의 딸과 엮어주기도 하고요. 제1막에는 페드로의 손에 의한 사기 재판이 그려지는데요. 이는 당대의 재판과 통치자에 대한 풍자입니다. 그러던 어느 날 그는 집시가 되고자 합니다. 한 마법사가 당신은 왕이나 귀족이나 성직자가 될 운명을 태어났으니 집시가 되라고 한 예언이 문득 떠올랐기 때문이지요(3-156).

제2막에 등장하는 장님은 비록 앞을 볼 수는 없어도 이 세상에 만연한 거짓과 위선을 직시할 수 있는 존재입니다. 페드로는 그를 통해 이 세상이 잔인하고 살벌하며, 그 속에서 수많은 사기가 벌어지고 있다는 것을 알게 되지요. 또한, 모든 사람은 이 세상이라는 연극 속에서 배우일 뿐이라는 사실을 깨닫습니다. 페드로는 이후 "그는 비록 앞을 보진 못했지만./ 이 세상에는 수많은 사기행각이/ 벌어지고 있음을 알고 있었다오"(3-246)라고 말합니다.

이러한 속물의 전형으로 등장하는 인물은 왕인데요. 그는 숲의 궁궐에 머물면서 사냥이나 무도회, 축제, 여자에만 관심을 기울이는 경박한 자예요. 그는 페드로가 좋아하는 여인인 벨리카에게 욕정의 시선을 보냅니다. 왕은 "나의 욕망은 이미/ 정도를 넘어났어"(3-201)라고 하면서 이러한 욕망을 왕비에게 숨겨요. 한편 왕비는 개인적으로 권력을 남용하는 인물입니다. 그녀는 질투심에 불타 무고한 벨리카와 집시들을 감옥에 가둬요. 제3막에서 페드로는 자연의 존재 이유를 다양성으로 규정합니다. 또한, 다양한 모습을 띠는 것이 신이 우리에게 내린 소명이라고 말해요.

> 사람들은 자연의 다양성 때문에/ 기쁨과 아름다움을/ 만끽할 수 있다고 하는데,/ 그건 정말 맞는 말이야./ 매일 같은 것만 먹으면,/ 금방 싫증이 나듯이,/ 지혜로운 사람이 오직 한 가지/ 목표만 갖는다는 것은 말도 안 되지(3-239).

즉, 페드로는 하나의 실체가 다른 실체와 구분되는 경계가 그리 분명하지 않음을 깨닫게 된 것입니다. 따라서 그는 이러한 경계를 허물고 다양성으로 충만한 세계관을 제시해요. 자신의 신념을 실천하기 위해 페드로는 연극판에 뛰어듭니다. 그는 자신과 달리 신분상승에 성공하여 왕비의 조카가 된 집시 여인 벨리카와의 사랑에 실패한 뒤에 모든 역을 다 할 수 있는 배우가 된 거예요.

마지막으로 「사기꾼 페드로」에서 가장 흥미로운 부분은 페드로가 닭 장수에게 수작을 부리는 장면입니다. 페드로는 알제리 포로를 구출하기 위해 닭 두 마리가 필요하다고 하면서 애국심과 종교적 자비를 들먹이는데요. 이에 닭 장수는 그런 것은 정부가 할 일이니 그런 이유로 민중의 재산을 빼앗지 말라고 대답하며, 고위층의 부도덕성을 폭로하지요(3-242).

그러나 여기서 다시 강조하고 싶은 게 있어요. 세르반테스의 작품에서 중요한 것은 이러한 현실 비판과 함께 "각자의 운명은 스스로 개척하는 것이다"라는 주제의식이라는 점입니다(3-16). 이는 중세의 가톨릭이 강요한 운명 결정론에 대한 반발입니다. 또한, 두말할 것 없이 르네상스의 핵심이기도 했고요. 이러한 운명 개척론은 그 뒤 『돈키호테』를 비롯한 세르반테스의 모든 작품의 기본이 됩니다. 물론 이는 다음에 보는 『모범소설』에서도 찾아볼 수 있고요.

『모범소설』

『모범소설』은 세르반테스가 『돈키호테』 제1편을 발표한 1605년, 그리고 제2편을 발표한 1615년 사이인 1613년에 출판되었습니다. 지금까지 이 작품은 대체로 『돈키호테』와 무관한 것으로 여겨졌어요. 그러나 저는 『모범소설』에 포함된 단편소설들이 독자를 여러 가지 의문에 빠지게 하는 『돈키호테』를 이해하는 데에 결정적인 열쇠가 된다고 생각합니다.

세르반테스는 『모범소설』의 앞에 나오는 '독자에게 보내는 글'에서 '모범' 이란 '교훈적'이란 뜻이고(4-6), 자신은 스페인어로 처음 소설을 쓰는 작가라고 소개합니다. 그는 이렇게 말해요. "시중에 나도는 수많은 소설은 거의 모두 외국어를 번역한 것들입니다. 그러나 이 『모범소설』은 순전히 제 것입니다."(4-7)

『모범소설』은 『돈키호테』나 그의 다른 작품들에 비해 작가의 생각이 뚜렷하게 드러나는 작품입니다. 이유가 뭘까요? 앞에서도 말했듯이 세르반테스가 『돈키호테』의 1편을 쓴 것은 1585년 처녀작인 『라 갈라테아』를 낸 지 20년 만입니다. 그런 점에서 『돈키호테』를 그의 또 다른 처녀작이라고 해도 과언이 아닐 거예요. 그래서 작가는 대단히 조심스럽게 그 작품을 썼을 터입니다. 또한, 그런 탓에 자기 생각을 직접 내세우기보다 모호하게 처리한 부분이 많았겠지요. 그리고 다시 10년 만에 낸 『돈키호테』 제2편에서도 당연히 제1편을 바탕으로 했을 터이므로 그런 모호한 부분들을 똑같이 반복했을 것이라 짐작합니다. 반면 1613년, 66세의 나이에 낸 『모범소설』에 포함된 12편의 단편은 자신의 사상을 좀 더 명확하게 펼친 작품들입니다. 『돈키호테』에 등장하는 6백여 명의 인물 중, 특정한 직업이나 집단에 대해 세르반테스는 그다지 자신의 견해를 드러내지 않는데요. 이와는 반대로 『모범소설』에서는 작가가 인물에 대해 분명한 태도를 보여주기 때문에 당대의 현실 인식을 더욱 뚜렷하게 알 수 있지요. 이러한 점은 그의 다른 희곡 작품들과 비교해도 마찬가지입니다. 이는 무대 위에서 실제로 공연할 것을 고려해야 하는 희곡보다도 단편소설에서 그의 비판적인 성찰을 더욱더 자유롭게 드러낼 수 있었기 때문이 아닐까 싶어요. 그래서 저는 『모범소설』이야말로 세르반테스의 모든 작품 중에서 『돈키호테』를 이해하는 데에 가장 도움이 된다고 생각합니다.

『모범소설』을 구성하는 12편의 단편소설의 공통된 주제는 「누만시아」에서 이미 설명했던 것과 똑같아요. 이는 "각자의 운명은 스스로 개척하는 것이다"라는 한마디로 압축할 수 있습니다. 바로 세르반테스의 운명 개척론과 자유에 대한 열망이지요. 지금 우리에게 이 말은 당연한 것으로 들리지만, 가톨릭의 운명론이 인간의 모든 사고와 행동을 결정하여 개개인의 자유를 구속했던 중세와 르네상스 시기에는 그야말로 혁명적인 것이었습니다.

오르테가는 『모범소설』 단편 12편을 "실제로 일어난 일 같지 않은 이야기"와 "실제로 일어난 일 같은 이야기"로 구분했습니다.[63] 가령 「영국인이 된 스페인 처녀」, 「피의 힘」, 「관대한 연인」, 「남장을 한 두 명의 처녀」처럼 유랑하는 청춘 남녀의 사랑과 행운의 이야기는 전자에 속해요.[64] 세르반테스의 유작인 「페르실레스와 시히스문다의 모험」도 마찬가지고요. 반면 「린코네테와 코르다디요」, 「질투심 많은 늙은이」는 후자에 속합니다. 이러한 분류

---

63) 오르테가, 146쪽.
64) 오르테가, 148쪽.

의 기준으로 오르테가는 서사구조가 분명하고 "정적이고도 세밀한 일련의 통찰력"으로 쓰인 것이 후자라고 정의한 바 있습니다.[65]

자유 여인, 「집시 여인」

「집시 여인」은 『모범소설』에 수록된 열두 편의 단편소설 중에서 첫 번째 작품입니다. 이 작품을 번역자는 '현대판 「미녀와 야수」'라고 비유하기도 했지만(4-474) 저는 무슨 이유에서 그렇게 말한 것인지 잘 모르겠어요. 「집시 여인」에는 미녀는 있어도 야수는커녕 미남만 있거든요. 여하튼 소설은 다음과 같은 문장으로 시작합니다. "집시들은 남자건 여자건 간에 오로지 도둑질을 하기 위해 이 세상에 태어난 것처럼 보인다." 여기서 우리는 『돈키호테』 제2편 제60장에 그려진, 돈키호테가 도둑과 만나 잘 어울리는 장면(2-742)을 떠올리게 되는데요. 이를 통해 세르반테스가 도둑을 그다지 나쁘게 묘사하지 않음을 알 수 있지요. 이러한 사고방식은 「집시 여인」에서 집시의 도둑질은 "불가피한 수단"이라는 서술에서도 드러납니다(4-169).

여하튼 집시 무리가 마드리드에서 공연할 때, 훌륭한 집안 출신의 젊은이가 자유로운 집시 여인 쁘레시오사를 사랑하게 됩니다. 그의 구애에 집시 여인은 다음과 같이 말해요.

> 저는 항상 질투의 고통으로 혼란스럽지 않고, 근심걱정 없이 자유롭습니다. …당신이 나와 함께 있기 위해서는 첫째, 내가 하는 일에 대해 신뢰하길 바랍니다. 질투하는 연인들은 단순하고 자만에 빠진다는 것을 아셔야 해요(4-202).

---

65) 오르테가, 149쪽.

젊은이는 집시 여인의 요구에 따라 큰 결심을 합니다. 바로 그녀의 사랑을 얻기 위해 2년을 집시로 사는 것이지요. 집시가 되는 식을 거행한 뒤, 집시의 우두머리가 그에게 다음과 같이 말합니다.

이제부터 그대는 그대가 원하는 대로 할 수가 있소. 왜냐하면 자유롭고 여유 있는 우리들의 삶은 아첨이나 형식에 얽매이지 않기 때문이오. …우리는 철저하게 우정의 법칙을 지키고 있소. 아무도 타인의 아내를 범하지 못하오. 우리는 질투라는 고질병으로부터 자유롭소. 우리 집시들 사이에서 근친상간은 흔히 있을 수 있는 일이지만 간통은 없소. 자신의 아내가 몸을 더럽히거나 애인이 바람을 피우면, 우리는 처벌을 위해 재판에 호소하기보다는 각자 자기 아내와 애인에 대해 심판하고 나름대로 처벌할 뿐이오(4-224).

이 대사에서 우리는 세르반테스의 가치관을 엿볼 수 있는데요. 우정이란 선한 인간성에서 비롯된 것이나 질투는 그 인간성이 타락하여 생긴 것이라는 생각입니다. 이어 우두머리는 젊은이에게 자신들의 두 가지 생계수단을 설명합니다. 하나는 자연으로부터의 취득이고, 다른 하나는 문명세계로부터의 도둑질이지요. 그는 집시야말로 모든 자연에 대한 주인이라 말하면서 그러한 삶 속에서의 자유로움을 다음과 같이 찬양해요.

족쇄가 우리들의 날렵함을 방해하지 못하고, 벼랑도 우리를 멈추게 하지 못하고, 벽도 우리를 막아설 수 없소. 채찍으로 우리를 꺾을 수 없으며 짓누르는 형벌도 우리를 굽힐 수 없소. 숨통을 틀어막고 주리를 틀어도 우리를 길들일 수 없소. 가부를 얘기함에 있어 우리는 아무 거리낌 없이 얘기하오. 우리는 항상 참회보다 순교를 높이 평가하오(4-225~226).

그는 자신들이 도둑질을 저지른다는 사실에도 당당합니다. 그리고 "우리는 감옥에서 노래하고, 고문대에서 침묵"한다면서 다음과 같이 덧붙여요.

> 우리는 명예를 잃을까 두려워하지도 않고, 명예를 세우려고 밤을 지새지도 않으며, 파벌을 짓지도 않소. 청원서를 내려고 아침 일찍 일어날 필요도 없으며, 청탁을 위해 고관대작을 쫓아다니지도 않소. 금박을 한 지붕과 화려한 궁전보다 허름한 이동용 천막집을 더 소중히 여긴다오(1-226).

그리고 우두머리는 집시의 삶에 대해 다음과 같이 결론을 내립니다. "우리는 우리의 재능과 주어진 환경에 적응하며 살아가"고, 당시의 출세 방법인 "교회, 바다, 왕궁"에는 관심이 없으며, "원하는 것을 가지며, 우리가 가진 것에 만족"한다고요(4-227). 여기서 우리는 자신이 옳다고 믿는 것을 무모할 정도로 열심히 이행하는 돈키호테를 다시 떠올리게 되는데요. 그야말로 집시들과 같은 삶을 추구하는 인간형이라는 것을 깨달을 수 있지요. 그러한 확신을 지닌 인간은 성실성과 책임감을 지니고 평정과 자기 신뢰감을 유지하며, 자신의 삶에 만족할 뿐 사회적 편법에 순응하지 않습니다.

그런데 그 우두머리의 말보다 집시 여인은 더욱 단호하고 자유로운 모습을 보여줘요. 그녀는 최소한의 법적 권위조차 거부합니다. 또한, 겉으로는 해방된 것처럼 보이는 그 당시 세계의 관습과 상식들마저도 거부하지요. 젊은이가 앞으로 집시들과 생활하고 집시 여인과 결혼하겠다고 한 것이 집시 사회에서 승낙되자 그녀는 그에게 다음과 같이 말합니다.

> 여기 계신 어른들께서 법적으로 내가 당신의 것이라고 말했고, 당신께 나를 건네주었어요. 그러나 모든 것보다 더 강한 내 의지의 명령에 의하면, 이전에 이미 우

리 두 사람이 합의를 봤던 조건들이 존중되지 않는다면 나는 당신 것이 되고 싶지 않습니다. 나를 즐기기 전에 우선 집단에서 2년 동안 함께 살아야 할 것입니다. 왜냐하면 당신이 경솔하게 행동하고서 후회한다거나 나도 서두르다가 속는 일이 없기를 바라기 때문입니다. 당신께 내걸었던 이러한 조건들이 일단은 법보다 우선합니다(4-228).

집시 여인은 두 사람 사이의 합의가 어떤 법보다 우선한다고 주장합니다. 여기서 우리는 '당사자 사이에서 임의로 체결된 공정한 계약이, 국가나 집단이 일방적으로 정한 강제규범인 법에 우선한다'는 근대시민법의 대명제를 떠올릴 수 있어요. 이어서 집시 여인은 그러한 합의가 당사자 스스로 자유인임을 전제하는 것에서 나온다는 것을 내세우며, 이제는 법 자체를 부정합니다.

내 몸은 당신께 줄 수 있어도 내 영혼은 아니에요. 내 영혼은 자유롭고 또한 자유롭게 태어났어요. 내가 원하는 한 나는 자유인입니다. 당신이 남아 있다면 무척 존경받을 것이나 혹시 돌아간다고 해도 멸시하지는 않을 겁니다. 왜냐하면 내 생각으로는 사랑의 충동은 이성을 찾거나 혹은 깨우칠 때까지 제멋대로 날뛰니까요. …여기 있는 내 집시 친척들이 마음이 내키는 대로 여인들을 자유롭게 해주거나 처벌하는 야만적이고 무례한 규율에 나를 속박시키고 싶지 않습니다(4-229).

재미있는 것은 이러한 집시 여인의 주장에 상대방인 연인은 물론, 집시 사회의 누구도 반발하지 않는다는 점입니다. 사실 당시의 시대상을 떠올려보면 그녀는 그렇게 발언할 권리를 갖지 못했을 거예요. 집시 사회가 아무리 자유스러웠다고 해도 17세기 스페인에서 나이 어린 15세 처녀가 그런 말을 한다는 것은 쉽지 않은 일이거든요. 어쩌면 그녀 역시 돈키호테처럼 광인 취급을 받았을지도 모르지요. 그런데도 집시 여인이나 돈키호테가 이러한 저항을 할 수 있게 해주는 기본적인 신념은 그들이 내면에 간직한 지속적 인 독립심일 것입니다. 그들은 결코 임기응변적인 수단에 굴복하지 않습니다. 대신 자신의 마음 깊숙한 곳에서 나온 확신과 이상을 실현하는 일을 절대로 그만두지 않지요.

두 남녀의 사랑은 집시 여인을 보고 반한 음유시인의 등장으로 위기를 맞습니다. 그렇지만 얼마 안 가 두 남자의 관계는 우정으로 발전합니다. 그리고 집시 여인에 대한 사랑의 노래를 함께 부르는 친구가 되지요. 그 후로 도 여러 사건이 뒤얽히지만, 결국 두 남녀는 해피엔딩을 맞습니다.[66]

신플라톤주의?

「집시 여인」과 비슷하게 플라토닉 러브를 주제로 한 세르반테스의 작품으로 「영국인이 된 스페인 처녀」가 있습니다. 우리나라에서는 「영국인에서 돌아 온 여인」이란 제목으로 번역되기도 했어요.[67] 이 작품은 세르반테스의 레판토 해전 참가(1571)와 포로생활이 반영되어 있다는 점에서 더욱 독자의 흥미를 불러일으킵니다. 세르반테스가 겪은 그 두 가지 경험은, 또 다른 작품

---

66) 이 작품을 두고 한 번역가는 작품 해설에서 다음과 같이 설명했다. 이 작품은 "17세기 반종교개혁주의 사상에 부합하면서 금욕주의와 삶의 숭고한 이상을 동시에 표출"한 것이라는 것이다. 그러나 한편으로는 집시 생활을 "지나치게 이상적이고 목가적으로 그린 것이 좀 현실과 달라 이상주의를 추구하는 경향이 있다고 볼 수 있다"라고 했다(4-477). 그렇지만 나는 도대체 이게 무슨 소리인지 알 수가 없다. 도대체 무엇이 반종교개혁주의 사상에 부합하는 것인가? "금욕주의와 삶의 숭고한 이상"이란 주인공 남녀가 약속대로 2년간 지켜온 플라토닉 러브를 말하는 것이겠으나, 그것이 반종교개혁주의 사상과 무슨 상관이 있다는 것인가? 또한, 집시 생활의 묘사가 비현실적이라면 이해가 가지만, 그것이 "이상주의를 추구하는 경향"과 관련이 있다는 것은 무슨 소리인가? 왜 이렇게도 이상주의라는 말이 남용되고 있는가? 이 역시 『돈키호테』 또는 스페인적인 현상인가?

67) 이 작품의 주제를 네오플라토닉(neoplatonic) 러브라고 한다는데(4-477), 나는 이 개념이 무엇을 뜻하는지 잘 모르겠다. 아마도 난해한 조어를 만들어 붙이기 좋아하는 평론가들의 장난이 아닐까 싶다.

인 「관대한 연인」에서도 반복적으로 표현되는데요. 이 작품의 주제는 사랑이 여성의 적극적이고 자유로운 의지를 통해 이루어진다는 것입니다. 이 역시 여자를 남자의 소유물로 생각하던 당대의 사회 관념에 도전한 거예요. 그런데 번역자는 이 작품을 신플라톤주의적이라고 규정해요. 말인즉슨, 세계를 정신계와 물질계로 나눈 점에서 플라톤주의와 같으나, 정신계에 모든 가치를 둔 플라톤과 달리 물질과 결합한 정신적인 것에 가치를 둔 점에서 다르다는 것입니다. 즉, 육체적 자유를 획득한 레오니사가 정신적 자유를 베푼 리까르도를 선택하면서, 자신의 영혼의 순결에 못지않게 육체의 순결을 강조하는 것이 그 예이고(4-465), 또한 배교자였던 마하뭇과 기독교로 개종한 할리마와의 결혼도 정신과 육체의 결합이라는 점에서 신플라톤주의적이라는 것입니다(4-466).

그러나 이러한 구분은 신플라톤주의에 대한 오해에서 비롯됨을 주의해야 해요. 도리어 플라톤주의와 신플라톤주의는 모두 육체와 영혼을 엄격하게 구별하여 금욕을 강조하지만, 기독교에서는 그러한 구별을 하지 않기 때문이에요. 따라서 세르반테스의 여러 작품에 나타나는 '육체의 긍정' 또는 '육체와 정신의 결합'은 플라톤주의나 신플라톤주의의 영향이 아니라 기독교의 영향이라고 보는 것이 더욱 적절할 것입니다. 사실은 플라토닉 러브라고 하는 말 자체가 르네상스 시대의 신플라톤주의자들에 의해 생겨난 말이거든요.

「남장을 한 두 명의 처녀」는 한 남자에게 동시에 버림받은 두 여자가 남자를 찾고자 남장을 하고 모험을 떠나는 이야기입니다. 이 역시 숙명론을 거부하고 자유의지에 따라 운명을 개척하는 능동적인 여성상을 보여줘요.

부자를 조롱한 「질투심 많은 늙은이」

「질투심 많은 늙은이」의 줄거리는 68세의 노인이 13세 소녀를 돈을 주고 사다시피 결혼했으나, 그 노인으로부터 자유로워지려는 소녀가 결국 다른 남자와 사랑하게 된다는 것입니다. 마지막 장면에서 작가는 이렇게 말해요. "인간에게 자유로워지려는 의지가 있을 때에는 열쇠와 굳건한 벽 그리고 담들은 그리 믿을 만한 것이 못 된다."(4-81) 이 작품은 『모범소설』 9편의 연애소설 가운데 유일하게 비극으로 끝나는 것이지만 사실 다시 생각해보면 이 작품 역시 한 편의 희극임을 알 수 있는데요. 작품에는 당시의 사회상에 대한 흥미로운 묘사가 여럿 등장합니다. 먼저 신대륙에 대한 비판을 봅시다.

> 그 당시의 신대륙은 스페인 본토에서 파산한 자들의 은둔처요, 살인자들의 치외법권 지역이며, 도박사들의 도피 장소이고, 자유부인들을 유혹하는 곳이었다. 이처럼 신대륙은 대다수 사람들이 자신의 신분을 속이며 살아가는 피신처로 이용하는 땅이었고, 극소수의 사람들만이 정당한 일로 찾을 뿐이었다(4-19).

또한, 이 작품은 당대에 여성을 엄격하게 관리하는 것에 대해 치밀하고 해학적인 묘사를 통해 풍자합니다. 나아가 그러한 감시를 뚫고 그 집 안으로 들어가는 건달의 이야기가 당대 가정의 비밀을 들여다보는 것처럼 흥미를 돋우지요. 이 작품을 두고 작중 인물인 노인으로 상징되는 세르반테스의 반종교개혁적인 보수주의를 보여주는 작품이라고 보는 견해[68]가 있으나, 저는 도리어 세르반테스가 이 작품에서 그러한 보수주의를 비판한 것으로 생각합니다. 또한, 당대에 유행하던 노인과 어린 소녀의 결혼 풍습을 비판하

---

68) 김춘진 역, 「유리학사」, 문학과지성사, 2003, 204쪽.

고 있기도 해요. 이러한 비판은 단순히 욕심 많은 노인의 죽음으로 단순화되어 있지 않고 결국은 노인과 소녀를 화해하게 한다는 점에서 역시 세르반테스의 대가다운 솜씨를 엿볼 수 있습니다. 특히 노인은 죽음에 직면했을 때 자기 과오에 대한 면밀한 성찰을 보여주는데요. 이러한 장면에서 볼 수 있는 관용과 화해의 정신, 반성을 통한 자기수련 과정은 사랑과 자유를 향한 세르반테스의 르네상스 인문주의 정신을 확인해주지요.

「질투심 많은 늙은이」와 비슷한 서사구조를 지닌 작품으로 「피의 힘」이 있습니다. 이 작품은 귀족 출신의 불량배 로돌프가 동료들의 힘을 빌려 귀족의 딸 레오까디아를 납치하고 강간하는 이야기로 시작됩니다. 이 장면에서 작가는 당시의 부자들을 통렬하게 비판해요.

> 멋대로 행동하는 부자들은 항상 그의 잘못된 욕망에 동조할 사람을 찾곤 한다. 해서는 안 될 일임을 알면서도 오로지 자신의 욕심을 채우기 위해 불법적인 행동을 서슴지 않고 저지른다(4-86).

그 후 로돌프는 레오까디아를 집으로 돌려보내고 이탈리아로 유학을 떠납니다. 그러나 레오까디아는 임신을 하고 아기를 낳아요. 그녀의 아들 루이스가 7살이 되었을 때 레오까디아는 로돌프의 집을 알아내 그의 부모에게 사실을 알립니다. 그 부모는 아들을 이탈리아에서 귀국하게 하고 계략을 꾸미며 두 사람을 다시 결합하게 하지요.

「린코네테와 코르다디요」의 도둑 유토피아

우리말로는 「세비야의 건달들」로 번역된 「린코네테와 코르다디요」는 도둑들의 이야기입니다. 따라서 기왕에 의역한다면 차라리 「세비야의 도둑들」이라고 번역했다면 어땠을까 싶어요. 위에서 본 「집시 여인」과 마찬가지로, 이 작품은 작가가 도둑들의 사회를 이상사회, 즉 유토피아로 보았음을 드러냅니다. 그러나 우리말 번역의 해설에는 그런 점이 전혀 나오지 않아요. 오히려 세르반테스가 마치 도둑 사회를 비판한 듯이 설명하고 있는데요. 이는 잘못된 해석입니다(5-455).

주인공인 린콘과 코르타도는 고통스러운 고향을 벗어나 더 넓은 삶의 기회를 얻고자 세비야로 갑니다. 그러나 그곳에서 그들은 사전 허가 없이는 소매치기도 할 수 없고 두목에게 절대 충성해야 하는 조직에 속하게 되고, 자신들의 희망이 환상에 불과하다는 것을 깨달아요. 그런 줄거리에도 불구하고 이 소설에서 도둑 사회는 위에서 본 집시 사회와 마찬가지로 유토피아로 그려집니다. 일반적인 사회의 시선에서 도둑들은 금전적인 소유욕에만 물든 이들로 여겨지는데요. 이 작품의 도둑들은 도리어 세속적인 재화에는 무관심합니다. 대신 그들의 삶은 명예와 책임이라는 원칙에 지배되고 그 최고의 도덕률은 조직원들 간의 결속이지요. 또한 도둑들의 임시 두목은 그들 중 나이와 경험이 많은 회원 두 명을 추천해서 뽑습니다. 이들은 비록 범죄 조직이긴 하지만, 마치 훌륭한 동창 모임의 회원이라도 되는 듯 묘사됩니다. "그들은 매우 진실되고 정직하며, 신과 자신들의 양심을 두려워할 만큼 훌륭한 삶과 명성을 지닌 사람들이다."(5-209~210)

물론, 그렇다 해도 도둑이기에, 주인공들도 자신들이 "이처럼 타락하고 악하며, 불안하고 방임적이고 퇴폐적인 생활"(5-232)을 하고 있다는 것을 알고 있어요. 하지만 소설의 마지막까지 두 주인공은 도둑질을 쉽게 포기하지 못합니다.

또 하나의 돈키호테, 「유리석사」

「유리석사」의 주인공 남자는 미친 지식인이라고 할 수 있습니다. 그는 자신을 짝사랑하던 여인 때문에 엉터리 사랑의 묘약을 먹은 후 자신의 몸이 유리로 되어 있다고 믿는 정신이상 증상을 보입니다. 그러한 망상에 빠져 있다는 점 외에도 유리석사는 돈키호테와 비교할 점이 많은데요. 우선 둘은 종종 지식인다운 고상한 언변을 보여주는데, 돈키호테가 독학으로 독서를 잔뜩 했다면, 유리석사는 석사학위를 가졌다는 점에서 더욱 전문적인 지식인이라 할 수 있지요. 또한, 소설의 첫 부분에서 50대인 돈키호테와 달리 그는 11세 소년으로 등장해요. 그런데 이때 소년의 이름이나 고향, 부모의 이름이 밝혀지지 않는다는 점도 돈키호테와의 공통점이라고 볼 수 있습니다. 물론 소년의 이름은 다음 페이지에서 드러나지만요. 이어 그는 교육을 받고 이탈리아와 플랑드르를 여행하며 견문을 쌓습니다. 그러나 위에서 말했듯이 불운한 사고로 미치게 되면서 그는 사람들로부터 유리석사라고 불리게 되지요. 그는 유리로 된 몸이 깨질까 두려워 여태까지의 삶을 버리고, 지식 외에 모든 것을 잃습니다. 따라서 사회적 책임에서 벗어나 무엇이든 말할 수 있는 자유인이 되는데요. 그러다 다시 정신을 회복하고 나서는 번뜩이던 재치를 잃고 평범한 사람으로 돌아옵니다. 이러한 변화 과정도 돈키호테와 유사해요. 여기서 우리는 세르반테스가 돈키호테를 통해 그리려고 한 것이 어쩌면 그러한 자유인일지도 모른다는 것을 유추할 수 있습니다.

　「유리석사」의 핵심은 자유인으로서의 주인공이 당대의 모든 직업군을 신랄하게 비판하는 것입니다. 세르반테스는 성선설에 근거해 인간의 창조적 잠재성을 인정하면서도 그런 인간을 끝없이 위협하는 주변 상황을 예리하게 관찰했고, 이를 「유리석사」에서 여러 직업으로 묘사하지요.

　먼저 노새몰이꾼, 짐마차꾼, 선원, 마부와 같은 운송업자들을 볼까요? 유리석사는 과연 이들을 어떻게 평가했을까요? 가령 노새몰이꾼에 대해 유리석사는 이렇게 말합니다. 그들은 "이 세상에 존재하는 가장 걸레 같은 놈"들이고(4-146) "뚜쟁이 아니면 소매치기 그것도 아니면 양아치 같은 놈들"로서 손님이 "흐물흐물한 사람이라면 어떻게든 바가지를 씌우려" 하고, "외국인들이라면 무엇이든 훔치려 하고," 학생들이라면 "욕설을 내뱉"고, "종교인이라면 증오를 하며 군인들이라면 벌벌 떠"(4-147)는 부류라고 비아냥댑니다. 이러한 운송업자들은 자본주의가 서서히 시작되던 당시 스페인을 포함한 유럽에서 대량으로 등장한 직업군인데요. 고된 노동에 시달리는 것에 반해 당시 사회의 경제적 하류층으로서 처우가 좋을 리가 없었죠. 그러다보니 이들은 자신들이 당한 착취에 대한 반감으로 인간에 대한 무례함과 무관심을 드러내곤 했습니다. 그것은 특히 쌍스러운 언어로 나타났어요. 인간의 의사소통 도구인 언어가 오로지 호전성과 적대감을 드러내기 위해 사용된 것이지요.

두 번째 직업군은 역시 자본주의 시대에 등장한 학문적 배경의 자유업입니다. 즉 의사나 변호사처럼 전문적인 지식을 통해 돈을 버는 자영업자들이에요. 이러한 직업은 중세 문학에서 가끔 풍자되었지만, 사회적으로 이를 비판한 사람은 세르반테스가 처음이었습니다.

> 판사는 판결을 뒤집거나 지연시킬 수 있고 변호사는 자신의 이익 때문에 우리의 부당한 요구를 변호한다. 상인은 우리들의 재산을 갉아먹는다. 결국 우리가 관계를 맺고 있는 모든 사람은 우리에게 어떤 해를 줄 수 있다. 그러나 누구도 처벌에 대한 두려움 없이 우리의 목숨을 빼앗아갈 수는 없다. 단지 의사들만이 처방전만으로 우리를 두려움 없이 죽일 수 있다. 죽으면 바로 땅속에 사람을 묻기 때문에 그들의 범행은 밝혀지지 않는다(4-150). 그는 또한 검사들이나 변호사들의 나태

와 무지를 비난했다. 그들을 의사들과 비교하면서 의사가 환자를 고치거나 못 고치거나 돈을 챙기듯이, 검사와 변호사들 역시 소송에 이기거나 지거나 돈을 버는 것은 똑같다는 것이다(4-160).

그러나 유리석사는 배우와 극단장에 대해서만은 호의적으로 평했습니다. 그들은 "타인의 즐거움에 그들의 행복이 있고", "줄곧 그들의 작품을 광장에서 만인에게 공개하여 공연하므로 어떤 사람도 속이지 않"기 때문이라 말합니다(4-155). 즉 그들은 인간을 이용하는 것이 아니라 즐겁게 해주는 존재로 본 것이지요.

정상적인 돈키호테들, 「고상한 하녀」와 「꼬르넬리아 아가씨」

세르반테스의 작품 속 주인공 중에는 광기에 빠지지 않으면서 사회의 기존 관습에 정면으로 맞서는 이들도 존재합니다. 가령 「고상한 하녀」에 나오는 세 명의 주인공은 모두 운명론이나 결정론에 대항하여 투쟁합니다. 귀족 출신인 까리아소와 아벤다뇨는 풍요한 생활을 포기하고 자유로운 밑바닥 인생을 선택해요. 반면 하녀 꼰스딴사는 밑바닥 인생의 부도덕에 대항하면서 고상함을 지키려고 하지요. 먼저 까리아소의 가출 장면을 볼까요?

이는 결코 부모의 학대 때문이 아니라 순전히 자신의 취향과 기분에 의한 것이었다. 그는 세상을 마음대로 돌아다니며 자유롭게 생활했고 지극히 만족해했다. 그는 스스로 자초한 온갖 불편함과 궁핍 속에서도 모든 것이 풍요로웠던 자기 집을 그리워하지 않았고 물집이 터지도록 걸어다니는 고통과 살을 에는 듯한 추위, 그리고 이글거리는 태양 아래 숨 막히는 더위도 모두 감수했다(4-361).

그는 친구 아벤다뇨와 함께 다시 집을 떠납니다. 살라망까로 유학을 떠난다는 핑계를 대고 부모님께 지원을 받으면서요. 도중에 그들은 다음과 같은 이야기를 듣습니다.

> 얼마나 많은 가난한 사람이 그릇된 정보를 가지고 자기도취에 빠진 독선적인 검사나 치안관의 광기 때문에 이 세상을 하직하고 말았느냐 말일세. 혼자만의 편견적인 시각이 여러 명의 공명정대한 관점을 어떻게 따라갈 수 있겠나. 불의의 독배는 여러 사람의 마음보다 한 사람의 마음을 더욱 쉽게 마비시키기 마련이지(4-372).

두 젊은이는 그들에게서 '고상한 하녀'의 이야기를 듣고 그녀를 만나러 갑니다. 아벤다뇨는 그녀를 보고 곧 사랑에 빠져버려요. 꼰스딴사가 일하는 여관에 일꾼으로 머물게 된 아벤다뇨는 우여곡절 끝에 그녀와 결혼합니다. 또한, 물장사를 하던 까리아소도 학업을 계속한다는 것으로 이야기는 끝나요.

「꼬르넬리아 아가씨」[69]도 사랑에 관한 이야기인데요. 여기에도 자유와 인간성의 고귀함을 보여주는 귀족이 등장합니다. 그들은 관대하고 고귀하며 정직하다는 르네상스적 인간상이라는 점에서 역시 세르반테스의 주인공답지요.

인간 사회의 위선과 부조리, 「개들이 본 세상」

『모범소설』 12편 가운데 마지막 두 작품인 「사기결혼」과 「개들이 본 세상」은 이야기가 서로 연결되어 있다는 점에서 사실상 하나의 소설이라고도 볼

---

69) 우리나라에는 「말괄량이 아가씨」로 번역됨

수 있습니다. 「사기결혼」의 주인공인 군인은 사기결혼을 당해 전 재산과 건강을 잃고 병원에 입원해 있다가, 퇴원 전날 밤 누군가의 말소리를 듣는데요. 그는 대화하는 자들이 바로 베르간사와 시뼤온이라는 두 마리의 개라는 것을 알고 깜짝 놀라지요. 그 대화를 받아 적은 것이 바로 「개들이 본 세상」입니다.

먼저 베르간사와 시뼤온은 개에 불과한 자신들이 사람의 말을 할 수 있다는 기적을 놀라워합니다. 한편으로 베르간사는 사람들이 이를 불길한 전조로 받아들일 것이라며 경계해요(5-47). 그러자 시뼤온이 그렇다면 대학에서 전체 재학생 수인 5천 명 가운데 2천 명이 의학을 공부한다는 것도 불길한 전조가 아니냐고 말해요. "적어도 2천 명의 의사들이 치료할 수 있을 만큼 환자들이 있어줘야 할 게 아닌가. 그렇지 않다면 그들은 굶어 죽을 테니까."(5-48)

시뼤온은 베르간사에게 그동안 살아온 인생사를 말해달라고 부탁해요. 그런데 여기서 흥미로운 것은 한때 자기 주인이었던 인간들에 대한 베르간사의 비판입니다. 가령 양을 지켜야 할 목동은 양을 잡아먹고 늑대의 소행으로 꾸미고는(5-64), 자신들의 고용주 앞에서는 양치기 개가 경계를 소홀히 한 탓이라며 책임을 전가하지요. 그 탓에 애꿎은 개만 몽둥이질을 당하고요. 이러한 대접을 견디지 못한 베르간사는 도망쳐 나와 상인을 주인으로 섬깁니다. 이에 시뼤온은 요즘 같은 세상에 부유한 주인을 섬기는 일은 하늘의 별따기인데 어떤 방법을 쓴 것이냐고 물으며 이렇게 말해요.

지상의 주인들은 하인을 채용하기 위해서 먼저 신분을 샅샅이 조사하고 능력을 시험하고 성격을 테스트하지. 더욱이 옷차림까지 살펴보려고 하지. 그러나 천상의 주인을 섬기는 데는 가장 가난한 사람이 가장 부유한 사람이며, 가장 비천한 사람이 가장 좋은 혈통을 가진 사람이지. 그를 섬기기 위해서는 단지 깨끗한 양심만 가지면 되며, 그는 수많은 사람 중에서 그의 마음에 드는 몇 명만을 골라 급료명부에 올리지(5-66).

이후 베르간사가 자신의 주인이 자식들에게 라틴어를 교육시키며 얼마나 위세당당하게 꾸몄는지를 이야기하자 시삐온은 상인을 다음과 같이 비판합니다.

자기 자신을 통해서가 아니라 자식을 통해 자신의 권위와 부를 과시하는 것은 세비야와 여러 도시 상인들의 관습이야. 왜냐하면 상인들은 자신들의 내면적인 모습보다 겉으로 보이는 모습을 더 중요하게 생각하기 때문이지. 그들이 자신들의 장사와 체면 외에 다른 일에 신경을 쓴다면, 그것은 기적 같은 일일 거야. 그들에게 야망과 부란 과시하기 위해 존재하는 것이기 때문에, 자식을 통해 그 욕망을 표출하려고 자식들을 왕자나 되는 것처럼 취급하는 것이지(5-71).

한편으로 베르간사는 법과 인간의 부조리를 이렇게 지적해요.

오늘 법이 정해지면 내일은 어겨지고 말지. 아마도 사람의 속성에는 그게 더 맞을지도 모르지. 사람이란 오늘 자신의 잘못을 고치겠다고 약속해놓고도, 내일 더 큰 잘못을 저지를 수도 있으니까(5-84).

이어 베르간사는 자신이 거쳐 온 주인들에 관해 이야기를 계속하는데요. 그중 순경은 창녀의 기둥서방이 되어 약점 잡힌 남자들의 돈을 갈취하는 인간으로 그려집니다(5-89). 그런데 집시는 사기와 도둑질을 일삼는 사회악이라고 비난받으면서도 한편으로는 다음과 같이 긍정적으로 묘사되어요(5-134). "집시들은 태어나서 죽을 때까지 고난 속에서도 씩씩하게 살며, 하늘의 무자비하고 냉혹한 시련을 견뎌내지."(5-135) 여기에서도 집시나 도둑 등 소외된 계층에 대한 세르반테스의 시각이 잘 드러나요.

베르간사가 모셔온 수많은 주인 중 겉과 속이 다르지 않은 이는 단 하나뿐이었습니다. 바로 생활고에 시달린 재능 없는 시인인데요. 아마도 그는 "각자의 운명은 스스로 개척하는 것이다"라는 세르반테스의 철학이 반영된 인물일 것입니다. 그래서 개들을 돈벌이의 수단으로만 보고 착취하는 대신 그들의 자유를 지켜준 것이 아닐까요?

덕을 수단으로 삼고, 유덕한 일을 행하는 것을 자랑으로 삼을진대…
혈통은 상속하는 것이나 덕은 습득하는 것이며,
덕은 혈통이 갖지 못하는 본질적인 가치를 가지고 있네.

·제 2 부·

돈키호테가 간다

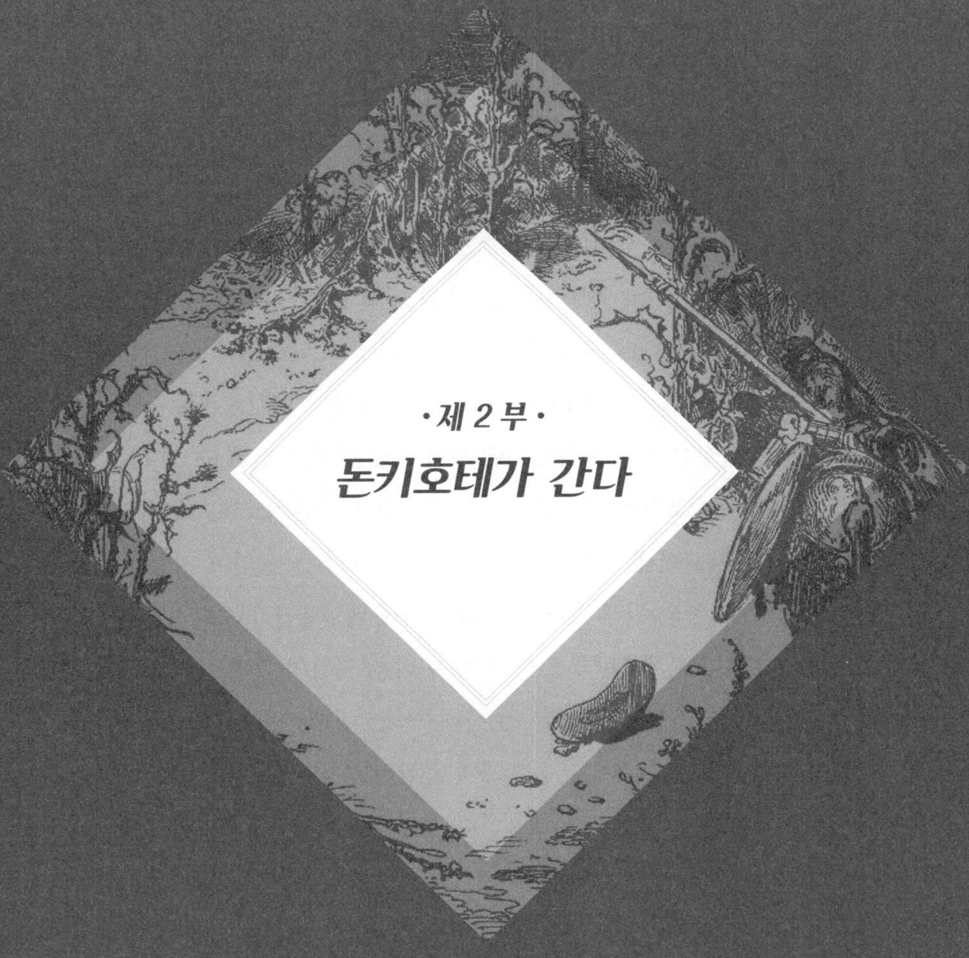

제1장

『돈키호테』는 누가, 왜, 어떻게 썼나?

『돈키호테』의 작가는 셋이다

이제 『돈키호테』 이야기로 돌아갈게요. 우리는 모두 『돈키호테』가 두말할 필요도 없이 세르반테스의 작품이라는 것을 잘 알고 있습니다. 그런데 세르반테스는 『돈키호테』 '서문'에서 자신이 비록 "세상에 돈키호테의 아비로 알려져 있지만, 실상은 그의 의붓아비에 지나지 않는"다고 말해요(1-10).

이게 도대체 무슨 소리일까요? 그 뿐만이 아닙니다. 『돈키호테』 제1편 제1부 제8장에서도 세르반테스는 자신을 '두 번째 작가'(1-109)라고 지칭해요. 제9장에서는 이 작품의 원래 작가는 시데 아메테 베넹헬리라고 밝히기까지 하고요(1-116). 여기서 세르반테스가 왜 계속 다른 작가의 존재를 주장해왔는지 그 경위가 드러나는데요. 바로 전 장에서 세르반테스는 이야기를 흥미진진한 장면에서 뚝 끊으면서 돈키호테에 관한 기록이 소실되어 이야기를 이어나갈 수 없다고 독자의 애를 태웁니다. 그러다가 다음 장에서 아라비아어로 쓰인 새로운 원고를 발견했다며 이야기를 이어나가는데요. 새 원고란 아랍인 역사학자 '시데 아메테 베넹헬리'가 아랍어로 쓴 『돈키호테 데 라만차 이야기』로 세르반테스가 톨레도의 시장을 거닐다가 우연히 이를 주웠다는 것입니다. 이야기를 이어나갈 수 있겠다는 생각에 들뜬 세르반테스는 곧장 무어인에게 돈을 주고 이를 스페인어로 번역하게 해요. 그래서 『돈키호테』 제1편 제2부부터의 이야기를 제2의 작가인 세르반테스가 계속하게 되었다는 것입니다(1-116). 따라서 세르반테스의 주장에 따르면 이 이야기에는 아랍인 원작자, 무어인 번역자, 그리고 세르반테스라는 세 사람의 작가가 있는 셈입니다. 물론 앞의 두 작가는 세르반테스가 작품 속에서 꾸며낸 가상의 인물이지만요.

이런 식으로 저자를 3중으로 설정하는 것은 세르반테스의 독창적인 기법이 아닙니다. 이는 당대의 기사소설 작가들이 쓴 일반적인 수법이고, 따라서 기사소설을 풍자하고자 『돈키호테』를 쓴 세르반테스가 일부러 같은 기법을 사용한 거예요. 물론 이것이 풍자라는 것을 모르는 독자에게는 새로운 시각으로 해석될 수 있습니다. 말하자면 이렇게 세 명의 저자를 가정함으로써 각기 다른 관점에서 파악한 여러 가지의 현실을 작품에 투영하는 것인데요. 한번 살펴볼까요?

제1의 작가인 '시데 아메테 베넹헬리'에 대해 세르반테스는 제1편 제16장에서 "호기심도 많고 매사에 정확한 역사가"로 평가합니다(1-191). 그러다가 제1편 제9장에서는 반대로 "아라비아인들은 천성적으로 거짓말을 잘하기 때문에" 문제가 될 수 있다며 당대의 인종적 편견을 드러내요(1-117). 나아가 제2편 제2장에서는 돈키호테와 산초 판사를 포함한 등장인물들이 『돈키호테』 제1편의 존재를 알게 되는데, 여기서 돈키호테와 산초 판사 둘만이 알고 있을 만한 일까지 책에 서술된 것에 산초 판사가 놀라움을 표하자 돈키호테는 제1의 작가가 "현명한 마술사"일 것으로 추측합니다(2-417). 위에서 제1의 작가에 대한 세 가지 태도는 서로 모순되는 것처럼 보여요. 하지만 이러한 모순된 세 가지 입장을 굳이 보여줌은 역시 세르반테스가 다양한 관점을 보여주고자 한 것으로 이해할 수 있어요. 먼저 베넹헬리를 "역사가"로서 평가한 것은 역사에 대해 소설가가 져야 할 책임을 강조한 것입니다. 그리고 그의 진술이 "거짓말"일 수도 있다고 한 것은 소설은 믿을 수 없는 내용을 담을 수도 있다는 점을 지적한 것이지요. 마지막으로, 역사가를 "마술사"로 본 것은 소설가가 초역사적인 영역까지 취급할 권리가 있음을 주장한 것입니다. 이처럼 세르반테스는 소설에 있어 진실이란 무엇인지, 또한 이야기라는 허구의 본질이 무엇인가에 대해 다양한 각도에서 검토하고 있어요. 결국, 제1의 작가를 내세워 세르반테스가 말하고 있는 것은 모범적인 소설가의 자세입니다. 제1의 작가가 사실은 세르반테스와 동일인물이라는 점을 고려할 때, 이는 상당히 흥미롭게 읽히는 요소지요.

또한, 무어인 번역자는 돈키호테의 모험담에 대해 자기 견해를 내세우기도 합니다. 가령 제2편 제5장 처음에 나오는 다음과 같은 부분이에요.

> 이 이야기의 역자는 이 제5장을 기록함에 즈음하여 제5장이 위조된 작품으로 생각한다는 말을 하고 있다. 왜 그런가 하면, 이 제5장에서 산초 판사의 말투는 예상 의외로 그의 좁은 이해력을 능가하고 있고, 한다는 소리들은 그의 지식의 한계를 벗어날 정도로 재치 있기 때문이다. 그러나 번역자로서의 책임을 다하기 위하여 제5장을 빼놓고 싶지 않아서 다음과 같이 계속하였다(2-427, 428).

이 밖에도 번역자의 의견이 책 속에 군데군데 등장합니다. 이는 번역자도 이 작품의 형성에 이바지하고 있음을 뜻해요. 세르반테스는 이처럼 다양한 시각을 작품 속에 포함했습니다.

『돈키호테』에는 다양한 텍스트가 있다

『돈키호테』는 텍스트가 다양하다는 특징도 갖습니다. 가령 제1편 제1부 제1장처럼 돈키호테에 대해 세르반테스가 서술하는 형식이 있고요(1-37). 같은 장에서 주인공의 정확한 이름이 무엇인지를 논하는 부분에 이르면 "이

귀족에 대해 글을 쓰는 작가들"(가령 시데 아메테 베넹헬리)이 언급됩니다(1-38). 그다음에는 돈키호테의 혼잣말이 나와요(1-43). 마지막으로 제2편 제59장에는 다른 작가가 쓴 『돈키호테』의 가짜 후속편이 언급됩니다. 여기서 세르반테스와 시데 아메테 베넹헬리는 동일인물이라고 볼 수 있다 해도, 돈키호테의 생각과 행동이 작가의 것과 똑같다고는 볼 수 없습니다. 세르반테스가 아닌 다른 작가가 쓴 '돈키호테'도 다를 수밖에 없고요. 따라서 『돈키호테』에는 적어도 그 내용이 다른 3개의 텍스트가 존재하는 셈입니다.

또한 문체도 다양하지요. 하나는 돈키호테의 호언장담과 미사여구를 특징으로 하는 언어로서 초월적이고 관념적입니다. 또 하나는 산초 판사의 민중적인 비속의 언어로 이것은 매우 일상적이고 구체적이에요. 이 두 사람 외에도 소설에 등장하는 6백여 명 등장인물이 각기 다른 기질이나 개성, 지위와 계급, 환경 등에 따라 다양한 언어를 구사합니다.

그런데 『돈키호테』의 또 다른 특징은 돈키호테와 산초 판사라는 두 주인공을 둘러싸고 벌어지는 사건들이 사실상 별 연관성 없이 이어진다는 점입니다. 각각의 에피소드가 서로 체계적으로 짜여 있지 않아요. 갑자기 툭 튀어나온 등장인물이 자신의 개인적인 이야기를 길게 늘어놓기도 하지요. 즉, 본편의 이야기와는 전혀 상관없이 전개되는 여러 삽화 소설이 있다는 뜻인데요. 가령 제1편의 제33~35장에 걸친 '무모한 호기심에 관한 이야기' 등이 그렇습니다. 이러한 이야기들은 대체로 사랑을 주제로 한 달콤한 내용이라 돈키호테의 황당무계한 모험담에 질린 독자를 위한 일종의 서비스라고 볼 수 있겠어요. 이에 대해 작가는 제2편 제44장에서 자신이 소설을 그런 방식으로 저술한 이유를 시데 아메테 베넹헬리의 입을 빌려 이렇게 설명합니다.

그는 말하기를, 정신과 손과 붓을 언제나 동일한 주제와 소수의 인물들에게만 국한하는 것은 참을 수 없는 괴로움이고, 저자에게도 아무런 성과가 없는 일이라고 했다(2-641).

또한 많은 사람이 돈키호테의 모험에다 온 정신을 집중시키고 다른 이야기들에게 는 주의를 보낸 겨를이 없을 것이라고 생각했다고 한다… 돈키호테의 광태와 산 초 판사의 어리석음을 연결시키지 않고 따로 출판이 되었다면 그러한 장점들이 잘 나타났을 것이다(2-642).

세르반테스는 『돈키호테』 제2편에서는 그러한 단편소설을 삽입하지 않 았습니다. 사실 라만차라는 광활한 평원을 배경으로 삼아 무려 1,500쪽의 소설을 쓰면서도 오직 미친 돈키호테와 산초 판사라는 두 인물만을 중심으 로 하는 것은 어쩌면 작가에게는 "참을 수 없는 괴로움이고, 저자에게도 아 무런 성과가 없는 일이라고"(2-642) 할 수 있었을 거예요.

차단 기법

어쩌면 작가는 새로운 기법을 위해 일부러 그런 구성을 도모한 것일지도 모 릅니다. 말하자면 '차단의 예술'이라고나 할까요? 즉, 작가는 차단이라는 세 련된 기법을 구사함으로써 독자에게 객관성과 비판적 태도를 요구한 것입 니다. 나아가 작품에 대한 독자의 참여를 유도하고요. 말인즉슨, 4백 년 전 쓰인 『돈키호테』에서 찾아볼 수 있는 내러티브의 단절, 작가의 개입, 에세이 적인 방만함, 파격적인 스타일 실험 등이 오늘날 현대예술의 기법들과 닮아 있다는 뜻입니다. 그것들은 기존 규범 및 관습들을 패러디하고, 장난을 치 며, 뒤흔들어 놓는 효과를 낳고 있어요. 그 결과 허구 및 허구에 대한 우리 의 믿음을 탈신비화하고, 이를 재료로 새로운 허구를 창조하는 것입니다.

가령 『돈키호테』 제1편 제1부의 마지막 장에서는 돈키호테의 결투 장면이 별안간 뚝 끊겨요[1] 이는 마치 영화에서 긴장이 고조되는 장면에서 화면을 멈추는 기법과 같습니다. 미국의 영화학자 로버트 스탬은 이에 대해 다음과 같이 설명했는데요. "칼을 치켜든 상태에서 돈키호테와 비스케이인을 정지시킨 내러티브(narrative)[2]상의 '정지 프레임'으로 중단"되는 것이라고요. 또한, 이는 "세르반테스의 전체 절차에 대한 상징을 이"루는 것이기도 합니다.[3] 이러한 차단의 기법은 그 외에도 『돈키호테』의 에피소드가 각각 나름의 내러티브를 지닌 이야기들로 구성되어 있다든가,[4] 또는 이야기의 줄거리와는 아예 다른 독립된 단편소설들이 중간 중간에 삽입된다든가 하는 독특한 기법이 사용된 점에도 그대로 드러납니다.

우리는 이러한 차단 기법이 세르반테스와 동시대의 작가인 프랑수아 라블레(François Rabelais, 1483?~1553), 19세기의 발자크(Honore de Balzac, 1799~1850), 현대의 극작가이자 시인인 알프레드 자리(Alfred Jarry, 1873~1907)[5], 베르톨트 브레히트(Berthold Brecht, 1898~1956), 영화감독인 루이스 부뉴엘(Luis Buñuel, 1900~)과 장-뤽 고다르(Jean-Luc Godard, 1930~)의 작품에도 나타난다는 점에 주목할 필요가 있습니다. 이에 대해 스탬은 다음과 같이 말합니다.

관객들을 매혹시킬 충분한 능력을 가지고 있으면서도, 그들은 여러 이유들로 인

---

1) 위에서 언급했듯이 세르반테스는 이를 "돈키호테 이야기를 쓴 원래 작가가 충분한 원고를 남겨두지 않아서"라고 변명하고 있다. 그다음은 다들 알다시피 세르반테스는 아랍 역사학자 시데 아메테 베넹헬리가 쓴 돈키호테에 대한 원고를 우연히 찾아서 소설을 이어나간다.

2) 내러티브는 이야기에 플롯을 더한 것으로, 간단히 말해 인과관계로 엮인 이야기라고 이해할 수 있다.

3) 로버트 스탬, 오세필, 구종상 역, 『돈키호테에서 장 뤽 고다르까지 자기반영의 영화와 문학』, 한나래, 1998, 34쪽. 이하 이 책은 스탬으로 인용함.

4) 따라서 각 모험담은 체계적으로 연결되어 있지 않지만 순서가 뒤바뀌어도 이야기 전개엔 문제가 없다.

5) 자리는 프랑스의 시인이자 극작가로서 대표작으로 『위뷔왕Ubu-Roi』(1888)이 있다. 그는 이 작품에서 퇴폐적인 부르주아인 주인공의 야비하고 비상식적인 언동을 통해 인간의 근원적인 허영과 탐욕, 위선과 비굴함을 폭로했다. 이는 당시 프랑스 문단에 충격을 주었으며, 전통적 문학을 파괴하여 초현실주의에 영향을 미쳤다.

하여 자신들의 이야기를 전복시키고 손상시킨다. 그들의 중심적인 내러티브 전략은 단절의 전략이다. 환영적 예술은 시공간적으로 통일된 인상을 주려고 노력하는 한편, 반환영적 예술은 내러티브 연속체의 허점과 결함, 그리고 봉합 자국에 주의를 환기시킨다. 환영주의에 있어서의 유연한 연결과 정반대로, 반환영주의는 단절과 차단의 거친 충격을 제공한다.[6]

위 글에서 환영주의란 'illusionism'의 번역으로 환상주의라고도 합니다. 이는 곧 독자나 관중이 어떤 작품에 완전히 빠져서 환상에 젖도록 하는 것을 말해요. 그것과 정반대의 의미인 반환영주의란 작품에 작가의 자아를 반영하여 독자나 관중에게 그 작품에 매몰되지 않고 비판적인 입장에 서도록 인도하는 것을 말합니다. 이는 흔히 브레히트의 연극이론에서 '소외효과(Verfremdungseffekt)'로 불리지요. 가령 연극 도중에 배우가 관중에게 직접 말을 걸어 관중이 '이건 연극일 뿐이구나' 하고 깨닫게 하는 것을 뜻합니다. 영화에서 배우가 관중에게 말을 건넨다거나 중간에 기록 영상이나 인터뷰 등을 집어넣어 비슷한 효과를 노리는 경우도 이에 속합니다.[7]

열린 책으로서의 『돈키호테』

다시 『돈키호테』 이야기로 돌아올게요. 위에서 설명한 부분에 이어 '서문'에서 세르반테스는 자신이 낳은 '돈키호테'에 대해 독자들에게 "좀 봐 주십사고" 애원하지 않겠다고 말합니다. 왜냐하면 작가에게도 독자는 남이기 때문이에요. 세르반테스는 독자에게 "그대의 영혼은 그대 자신의 몸속에 간직

---

6) 스탬, 36쪽.

7) 이러한 반환영주의를 스탬은 문학과 영화의 '대안적 전통'으로 정의한다. 스탬은 이를 다룬 자신의 저서에서 자신의 책 제목을 『돈키호테 명상』 또는 『돈키호테 정신, 그리고 세르반테스 정신에 관한 명상』이라고 할 수도 있었다고 했는데, 이는 뒤에서 언급할 오르테가의 책 『돈키호테 성찰』의 제목을 빌린 것이다(스탬, 11쪽).

되어 세상에 누구 못지않게 자유의지를 가지고 있고", "이런 모든 것이 그대를 배려와 의무로부터 자유롭게 할 것이"기에 어떤 관점으로 이 책을 읽든 간섭하지 않겠다고 합니다. 여기서 우리는 다시금 "각자의 운명은 스스로 개척하는 것이다"라는 세르반테스의 철학을 떠올릴 수 있어요. 이어서 세르반테스는 독자들에게 이 책에 대해 어떤 의견을 가져도 좋다고 말합니다.

> 그대는 나쁜 의견을 가졌다고 해서 욕을 먹거나, 좋은 의견을 가졌다고 해서 상을 받거나 할 염려 없이, 그대가 생각하는 대로 이 이야기에 대해서 무슨 말이라도 다 할 수 있다(1-10).

그리고는 당대의 현학적인 글쓰기를 한참 풍자한 뒤, 친구의 목소리를 빌어 『돈키호테』를 쓰는 자신의 태도를 다음과 같이 말해요.

> 자네의 이야기를 읽고 우울한 사람도 경멸하지 않게 꾸미고, 현명한 사람도 칭찬을 금하지 않게 꾸미게(1-16).[8]

그런데 특히 재미있는 것은 소설 속에 세르반테스가 자기 자신을 비판하는 장면이 나온다는 점입니다. 제1편 제6장에서 돈키호테가 정신이 나간 것이 기사소설 때문이라고 생각한 신부와 하녀는 그 사악한 소설들을 전부 불살라버리려고 하는데요. 서재에서 문득 돈키호테의 책을 발견한 신부는 이렇게 말합니다.

---

8) 그런데 윗부분의 번역은 원문으로부터 상당 부분을 생략한 것이다. 다른 번역을 보면 다음과 같다. '자네의 이야기를 읽고 우울한 사람이 웃도록 만들고, 쾌활한 사람은 더욱 큰 소리로 웃게 만들며, 멍청이도 알아듣게 하고, 똑똑한 사람도 자네의 독창성을 경탄하게 하며, 심각한 사람도 경멸하지 않게 꾸미게(2-26, 27).' 특히 "똑똑한 사람도 자네의 독창성을 경탄하게 하며"라는 부분이 생략되어 세르반테스가 『돈키호테』의 독창성을 강조한 부분이 독자에게 제대로 전달되지 못해 유감이다.

그 세르반테스라는 작가는 나하고 오래 전부터 사귄 친구인데, 그 친구는 시보다는 불행에 더 익숙한 사람입니다. 그 친구가 지은 책은 기발한 생각들이 약간 들어 있기는 하지만, 시작만 해놓고 결론이 없단 말이죠(1-89).

이러한 자기 비평은 제2편에서 더욱 분명해져요. 제2편에 등장하는 인물들은 『돈키호테』제1편이 이미 출간되어 있다는 것을 알기 때문인데요. 따라서 등장인물들은 제1편에 대해 나름대로 비평을 합니다. 즉 제2편 제2장에서 돈키호테와 산초 판사는 당시 일류 대학인 살라망카 대학 출신의 학사인 삼손으로부터 『돈키호테』제1편이 출판되었다는 소식을 전해 들어요. 그리고 제3장에서 그 세 사람은 제1편에서 좋았던 점과 아쉬웠던 점을 평가하지요. 또한, 제4장에서 삼손이 제1편에서 제대로 설명되지 않았던 부분들을 묻자 산초 판사가 이에 답하기도 합니다. 여기서 특히 비평의 핵심이 된 것은 「무모한 호기심에 관한 이야기」(제1편 33~35장) 등 제1편 속에 제1편의 전체 줄거리와 무관하게 삽입된 단편소설들입니다. 삼손은 이에 대해 "이야기 자체가 나쁘다든가 서투르게 쓰였다든가 해서가 아니라 있을 만한 데 있지 못하고 돈키호테 나으리의 이야기와는 상관이 없기 때문"에 그런 것들을 넣지 말아야 했다고 평해요. 그러자 산초 판사가 "그 개자식이 모든 걸 죽탕으로 만들었군" 하고 투덜댑니다. 돈키호테도 "이제 보니 내 이야기를 쓴 사람은 현인이 아니라 무식한 잡담꾼이었군 그래"라고 말하지요.

그래서 눈을 딱 감고 아무 계획도 없이 무얼 그리고 있느냐고 물으면 '두고 봐야 한다'는 대답을 했다는 우베다의 환쟁이 오르바네하처럼 무턱대고 써 내려간 모양이로군. 오르바네하가 이따금 수탉을 그리면 하도 닭 같지가 않게 그렸기 때문에 그 옆에다 고딕체로 '이것은 수탉이다'라고 써놓아야 했다죠. 내 얘기도 아마 그런 모양이요. 주석이 있어야 무슨 소린지 알겠군요(2-421).

　인용문에 이런저런 고유명사가 많지만 그다지 신경 쓸 필요는 없어요. 여기서 세르반테스는 주인공의 입을 빌려 자신이 『돈키호테』를 "무턱대고 써내려간 모양"이라고 자조하면서 "주석이 있어야 무슨 소린지 알겠"다고 비꼽니다. 사실 저 역시 『돈키호테』를 읽으면서 아마 작가가 이 책을 "무턱대고 써내려간 모양"이라는 느낌을 몇 번이나 가진 적이 있거든요. 소설 전체가 치밀하게 구성되었다는 느낌보다 즉흥적이라는 느낌이 강했으니까요. 후일 『돈키호테』에 대해서 대단히 많은 '주석'이 달린 것을 보면 세르반테스 자신이 예언한 대로 이루어진 셈이구나 싶습니다. 하지만 저는 '소설 전체가 치밀하게 구성되었다'는 전제 아래 복잡한 주석을 빼곡하게 달아놓는 사람들과는 전혀 다른 입장임을 분명히 밝히고 싶어요. 저는 이 작품의 자유로운 구성에 대해 세르반테스가 "무턱대고 써내려간 모양"이라는 점을 전제로 이 책을 썼기 때문입니다. 그러나 그것은 아무런 경험이나 통찰력 없이 손재주로 써대는 것과는 전혀 다르다는 점도 분명히 밝혀야겠지요. 앞에서 보았듯이 58세에 『돈키호테』 제1편을 쓰기까지 세르반테스는 당대의 모든 세상살이를 경험했고, 그 경험을 통한 나름의 통찰력을 지니고 있었으니까요. 그것이 자유롭게 흘러나온 작품이 바로 『돈키호테』이고요. 어쩌면 그가 기존의 소설 작법이나 형식, 타인의 시선을 신경 쓰지 않고 자유롭게 이야기를 끌고 나갔기에 지금까지도 이 작품이 걸작으로 남아 있는 것인지도 모르겠습니다.[9]

9) 이런 점을 더욱 뚜렷하게 보여주는 점이 『돈키호테』가 바로 '자의식 소설'의 대표작이라고 하는 평가이다. 이에 대해서는 뒤에서 다시 살펴보겠다.

기사소설의 공식을 뒤엎다

작가에게 소설을 쓰게 하는 동기는 뭘까요? 소설을 쓴다는 행위에 목표가 있을 수 있을까요? 아마도 소설 쓰기에는 특정한 목표가 없다고 믿는 독자들이 대부분일 것입니다. 만약 있다 해도 그런 것을 자신이 쓴 소설 내에서 밝히지 않는 게 보통이고요. 하지만 『돈키호테』는 작가가 서론에서부터 이 작품을 쓴 목표를 당당하게 털어놓은 이상한 소설입니다. 그 목표는 "한마디로 말하면 많은 사람이 싫어하지만, 그러나 더 많은 사람이 아직도 좋아하는 그 허무맹랑한 기사담을 전도시키는 것"이에요. 이러한 작가의 동기는 제1편의 '서문'에서부터 독자들에게 전달되고(1-16), 소설의 마지막 부분인 제2편 제74장에서도 되풀이됩니다. 소설의 시작과 끝을 차지하는 것을 보니 세르반테스에게는 대단히 중요한 문제였던 모양이지요. 또한 제1편 제47장에서 교회법 연구자들이 기사소설에 대해 비판하는 부분에서도 같은 메시지가 언급됩니다.

> 더 좋고 나쁠 것도 없이 모두 다 똑같아 보였기 때문에 이것이 저것보다, 혹은 이것이 다른 것보다 더 낫다고 볼 수 없었던 것입니다. 게다가 제가 보기에 이런 종류의 글이나 저 작은 밀레토스 이야기라 일컫는 우화들보다 못한 것으로, 단지 즐거움만 줄 뿐 교훈성은 없는 허무맹랑한 이야기들이지요(1-661).
>
> 그런데 열여섯 살짜리 소년이 탑같이 큰 거인을 꽈배기 과자처럼 단칼에 두 동강 낸다든지, 전투하는 모습을 그려 보일 때 적에는 백만 대군이 있다고 말하고 나서 그들을 대항하여 이야기의 주인공이 싸운다고 하면, 믿기 어렵지만 그 기사의 강한 팔 힘만으로 승리를 얻어냈다고 생각할 수밖에 없는데, 이런 이야기의 어느 곳에 아름다움이 있다는 것이며, 어느 부분이 전체 속에서 갖는 조화를 찾을 수 있다는 말입니까?(1-662)

이 대사는 풍차를 거인으로 착각하여 창을 들고 달려들고, 양 떼를 백만 대군이라고 외치며 돌격하는 50살짜리 노인 돈키호테에 대한 조롱으로도 읽힐 수 있습니다. 즉 세르반테스는 돈키호테의 입을 빌려 기사도를 예찬하다가도, 자신이 떠들고 있는 이야기가 얼마나 조화롭지 못하고 교훈성도 없으며 허무맹랑한지를 독자들에게 일깨우고 있는 거예요.

그리고 왕국을 이어받을 여왕이나 여제가 처음 보는 편력기사의 두 팔에 그렇게 쉽게 의지하는 것을 뭐라고 말할 수 있겠습니까? 완전히 미개하거나 교육을 받지 않은 사람이 아니고서야 어떤 사람이, 기사들로 가득한 거대한 탑이 순풍에 돛단 듯이 바다로 나아가며 오늘밤은 롬바르디아에서 보내고 내일은 라스 인디아의 후안 주교의 땅이나 프톨레마이오스도 발견하지 못하고 마르코 폴로도 보지 못한 어느 땅에서 아침을 맞이한다는 이야기에 즐거움을 느낄 수 있단 말입니까?(1-662)

이 밖에도 거친 문제에다가 무훈은 터무니없고, 연애는 음탕하고 예의 없고, 전투는 너무 길고, 말은 바보 같고, 여행은 엉터리 같고, 궁극적으로 모든 신중한 기교와는 거리가 멀기 때문에 쓸모없는 사람들을 추방하는 것처럼 이 책들도 기독교 공화국에서 내쫓을 만한 것입니다(1-663).

그것들은 거짓말쟁이, 사기꾼, 그리고 일반적인 자연의 법칙에서 벗어난 새로운 종파와 새로운 방식을 만들어내며, 무지한 속인들이 사실이라고 믿게 만들고 있으니 그런 형벌을 받아 마땅하지요. 그 이야기들이 어쩌나 거만한지 당신처럼 분별력 있고 집안 좋은 귀족들의 머리를 혼란시킨 결과만 보아도 알 수 있지요(1-678).

허무맹랑한 기사소설을 뒤엎겠다는 세르반테스의 목표는 실제로 이루어졌습니다. 이후 스페인 문학계에서 기사소설은 차차 인기를 잃고 자취를 감추었으니까요. 그러나 그것은 『돈키호테』 때문이 아니라 시대적인 흐름 때문이었습니다. 기사소설 중에서 가장 유명하고 생명력이 길었던 『아마디스 데 가울라』(1508)가 마지막으로 출간된 것이 『돈키호테』가 나오기 3년 전인 1602년이거든요.

그렇다면 그 전까지 기사소설의 인기가 어느 정도였는지 한번 볼까요? 1508년부터 1608년까지 100년간 이베리아 반도에서 출판된 기사소설은 다섯 종으로, 총 3백 판이 존재하였고, 1551년부터 1600년까지 50년간 스페인에서 각 판이 8만6천 부나 간행되었습니다. 16세기에 식민지를 뺀 스페인 인구가 950만 정도였으니 당시의 인쇄 사정이나 문맹률을 고려하면 대단한 독서열이라고 할 밖에요. 기사소설의 인기는 『돈키호테』 작중 여기저기에도 기록되어 있습니다. 예를 들어 제1편 제32장에서 신부는 돈키호테의 미친 짓을 자제시키기 위해 그를 찾아가요. 그 와중에 돈키호테와 산초가 민폐를 끼쳤던 주막에 들르게 됩니다. 주인 부부와 함께 돈키호테의 광기에 관해 이야기를 나누던 신부는 돈키호테의 이상한 증상이 기사도 소설 탓이라고 말합니다. 그러자 주막집 주인이 다음과 같이 반박해요.

추수 때 많은 일꾼들이 이곳에서 잔치를 벌이면, 그들 중에는 글을 읽을 줄 아는 사람이 있어서 책을 읽어주는데, 30명이 넘는 우리들은 그 주위에 둘러앉아 매우 즐겁게 귀를 기울이며 온갖 근심을 잊고 활력을 되찾지요. 적어도 저는 기사들이 벌이는 격렬하고 무서운 결투장면을 들을 때면 똑같이 따라해보고 싶을뿐더러 밤낮으로 듣고 싶어요(1-433).

그런데 당시 16세기 스페인 문학에 기사소설이라는 장르만 있었던 건 아니에요. 사실 펠리페 2세 시대에 와서 기사소설은 지나치게 공상적이고 비합리적이었기에 독자들을 잃었고, 그 대신 이상적인 사랑과 자연을 찬양한 목가소설이 등장했습니다. 세르반테스 자신도 처녀작으로 목가소설 『라 갈라테아』를 썼지요. 또한, 피카레스크 소설[10]이라는 리얼리즘 작품도 등장했습니다. 세르반테스는 『돈키호테』에서 당시의 기사소설만이 아니라 연극도 비판합니다.

> 요즈음 상연되는 극작품들은 하나같이 엉터리이며, 머리와 다리가 없는 것과 같고, …이런 이야기를 만드는 작가나 그것을 공연하는 배우들은 하나같이 대중들이 그런 이야기를 원하기에 어쩔 도리가 없다고 말한다. …그들은 소수의 의견을 듣기보다는 많은 이들로부터 돈벌이를 하고 싶어 한다(1-667).

그런데 기사소설과 『돈키호테』가 각기 유럽 문학의 두 가지 전통을 형성한다는 점에 주목할 필요가 있어요. 가령 러시아의 문학평론가 미하일 바흐친(Mikhil Bakhtin, 1895~1975)은 이러한 스페인 소설들로부터 유럽 소설의 두 가지 문체가 비롯된다고 보았습니다. 제1문체는 기사소설로 대표되는데요. 소재가 일관되고 직선적으로 양식화되며, 추상적인 이상화를 도모하고, 사용된 언어의 질(質)은 고르고 세련되었으며, 그 내용은 현실과 격리되었다는 것이 특징입니다. 반면 제2문체는 『돈키호테』가 대표한다고 보았어요. 대화를 나누는 상황이 많이 나오고, 언어 구사에 다양성이 나타나며, 이것을 관현악 연주처럼 조화롭게 만들고, 직선적이고 순수한 언어를 거부하는

10) 16세기부터 17세기 초반까지 스페인에서 유행한 문학 장르. 생존을 위해 악한 짓을 저지르는 불량배나 건달 등의 주인공을 내세웠으며 주로 옴니버스 구성을 지녔다. 피카레스크라는 이름은 '악당'이라는 뜻인 스페인어 'Picaro'에서 유래했다. 흔히 '악자(惡子)소설'이라고 번역되지만, 그보다는 악인이라는 말이 어떨지 제안해본다.

것입니다. 쉽게 말해 기사소설은 거의 항상 똑같은 소재를 다루면서 이전에 쓰인 다른 작품들이 반복해온 틀에 의존한다는 뜻입니다. 또한, 등장인물의 행동이 현실보다는 이상에 치우쳐 있고 일상적이지 않으며, 작품의 처음부터 끝까지 인물들은 길고 세련된 대사밖에는 내뱉지 않는다는 것이지요. 돈키호테는 그 반대입니다. 억지로 멋진 대사를 꾸며내기보다는 등장인물들이 일상에서 흔히 들을 수 있는 언어로 말해요. 그리고 모든 인물이 자신의 상황과 직업에 맞는 말투를 사용하고요. 그래서 그러한 다양한 언어들이 한 작품 안에서 다채롭게 어울린다는 뜻입니다.

제1편과 제2편의 흐름

이제 『돈키호테』를 본격적으로 읽어보기 전에 그 전체를 다시 한 번 돌아볼까요? 『돈키호테』는 52장으로 구성된 제1편과 74장으로 구성된 제2편으로 나누어집니다. 그중 돈키호테의 모험적인 행동이 나타나는 장은 두 권 모두 각각 17장씩이에요. 그런데 모험의 동기는 제1편과 제2편에서 차이가 납니다. 즉 제1편에서는 돈키호테 자신의 기사소설적 망상에 의한 광기로 행해지지만, 제2편에서는 대부분 타인들(공작부부, 삼손 등)에 의해 장난으로 행해진다는 점에서 달라요. 따라서 흔히 돈키호테에 대해 떠올리는 자연발생적이고 남성적이며 신선한 모험담은 제1편의 경우이고, 제2편에서는 돈키호테의 행동에 영향을 미쳤던 기사도에 대한 신념—적극적이고 단순하며 명쾌한 남성적 성격—이 상실됩니다. 따라서 현실과의 상극에 고뇌하며 사색하는 회의적인 돈키호테가 등장해요. 즉 제2편에서는 인물들의 복잡한 성격이 나타나 이를 단순한 모험담이라고 취급하기 어렵게 됩니다.

사실 『돈키호테』는 영웅적인 기사인 척하지만, 기사소설에 빠진 시대착오적인 인물에 불과합니다. 또한, 50대가 넘은 나이와 육체적인 나약함 때문에 벌이는 일마다 실패하고 사람들의 웃음거리가 되지요. 그렇지만 그러한 주인공에게서 점차 인간미를 발견하고 결말에서는 아름다운 슬픔까지 느끼게 된다는 점이 이 소설의 묘미입니다. 그는 산초 판사를 비롯한 주변 인물들과 여러 사건을 겪으며 주인공으로서 완성됩니다. 특히 제2편에 등장하는 공작부부의 광기 서린 장난과 우롱은 오히려 돈키호테의 인간적인 측면을 계속해서 부각해줘요. 이렇듯 작가는 돈키호테를 날카롭게 풍자하기도 하고 그의 고결한 인간미를 내보이기도 하는데요. 이러한 두 가지 요소를 흔히 세르반테스에게 나타나는 '비평가'와 '창조자'라는 양면의 '동거'나 '공존'이라고 평합니다.

이러한 유동적인 변화는 돈키호테와 산초 판사의 관계에서도 볼 수 있습니다. 가령 제1편 제8장에 나오는 최초의 모험이자 가장 유명한 풍차와의 결투를 볼까요? 여기서 돈키호테는 풍차를 거인들로 오해하고 산초 판사에게 말합니다. "서른 명이 좀 넘는 거인들이 있지 않느냐. 나는 저놈들과 싸워 모두 없앨 생각이다. …이 땅에서 악의 씨를 뽑아버리는 것은 하느님을 극진히 섬기는 일이기도 하다."(1-99) 이에 대해 정신이 멀쩡한 산초 판사는 다음과 같이 답해요. "저, 주인님, 저기 보이는 것은 거인이 아니라 풍차인데요. 팔처럼 보이는 건 날개고요. 바람의 힘으로 돌아가면서 풍차의 맷돌을 움직이게 만들지요."(1-100)

이처럼 두 사람은 명백하게 공상과 현실, 비정상과 정상의 대비로 출발합니다. 그러나 두 사람의 관계는 서로가 의식하지 못하는 가운데 서로에게 영향을 주고받으며 변해가요. 마치 부부관계처럼 말이지요. 이는 가령 제2편에서 세 번째 모험을 떠나기 전에 산초 판사의 아내 테레사가 하는 대사에서도 확인할 수 있습니다. "여보 산초 판사, 당신이 편력기사의 한 팔이 된 다음부터 말을 빙빙 돌려서 하기 때문에 아무도 당신 말을 알아들을 수가

없어요."(2-428)

두 사람이 완전한 대립에서 공생과 조화로 관계로 변하는 데에는 어떤 계기가 있어야 합니다. 그것이 산초 판사에게는 섬의 통치권이었어요. 이는 두 사람의 첫 만남, 즉 산초 판사가 돈키호테의 시종이 되는 순간부터 명백했습니다(1-95). 제2편에서 산초 판사는 아내에게 자신이 섬의 총독이 되면 딸을 백작에게 시집 보내겠다고 호언장담합니다. 이에 아내는 분수를 알고 살아야 한다고 반박하지만, 결국은 남편의 말을 따르지요(2-439). 그런데 이 대화에서 눈여겨볼 것이 있습니다. 단어를 제멋대로 바꾸어 말하는 것은 원래 산초 판사의 버릇이었는데, 논쟁 도중 아내가 단어 한마디를 잘못 말하는 실수를 하자 남편이 당장 고쳐주며 면박을 주는 장면이에요. 이미 산초 판사도 돈키호테처럼 유식하게 되어 무식한 자기 아내에게 만죽을 건 것입니다.

다음으로 산초 판사를 통해 돈키호테가 변하는 모습을 볼게요. 이 변화는 제1편에서 서술된 첫 번째와 두 번째 모험 출정 때와 달리 제2편 제7장의 세 번째 모험 출정에서는 과거의 저돌적인 태도가 없어진다는 점에서 가장 먼저 드러납니다. 그러나 더욱 결정적인 것은 제2편 제10장에 나오는데요. 이 장면은 『돈키호테』에서 가장 중요한 부분 중 하나입니다. 바로 돈키호테가 자신을 둘시네아에게 데려가 달라고 부탁하자 산초 판사가 그를 길거리에서 만난 농사꾼 처녀 셋에게 데리고 가 둘시네아와 그 시녀들이라고 속이는 장면이지요. 여기서 주목할 점은 일상적인 현실을 기사도 이야기로 바꾸는 자가 돈키호테에서 산초 판사로 바뀌었다는 것입니다. 반면 돈키호테는 이 여인은 둘시네아가 아니라 촌뜨기 처녀가 아니냐며 의아해하면서도 결국에는 현실을 그대로 직시하는 대신 둘시네아가 마법에 걸려 그렇게 변했다고 오해해요. 말하자면 아직도 여전히 기사소설에서 벗어나지 못하고 있는 것이지요. 그러나 이 사건 이후 돈키호테는 차츰 현실을 직시하게 됩니다. 즉 주막을 성으로 오인하지 않고, 결투에서 자신이 패했음도 인정하게 되지요. 나아가 제2편 제41장 뒤에서 돈키호테는 자신이 산초 판사와 대등하다는 점까지 인정하고, 마지막 장에서는 그 위치가 완전히 역전됩니다.

제2장

돈키호테의 제1회 출정

제1편 전체 미리보기

『돈키호테』 제1편은 돈키호테를 주인공으로 한 본편과 그것과 사실상 무관한 다섯 편의 삽입소설로 구성됩니다. 그 다섯 편에 할애된 장수를 세어보면 다음과 같이 모두 21장이 나와요. 제1편이 모두 52장이니 절반에 가까운 5분의 2에 해당하는군요.

제11~14장 '산양치기 여인 마르셀라 이야기'는 목가소설에 속합니다.

제23~24장, 제27~29장, 제36장 '카르데니오 이야기'는 감상소설에 속합니다.

제33~35장 '무모한 호기심에 관한 이야기'는 이탈리아풍 소설에 속해요.

제39~41장 '포로의 이야기'는 이슬람소설에 속합니다.

제42~46장 '당나귀 몰이의 사랑'은 감상소설에 속합니다.

이상 다섯 편 외에 제22장의 '죄수 이야기'를 포함시키는 견해도 있지만, 그것은 별도의 이야기가 아니라 어디까지나 돈키호테 자신의 모험에 속하는 것이니 위 분류에는 포함할 필요가 없습니다. 그러므로 위의 다섯 편 외의 나머지는 돈키호테의 모험을 중심으로 한 본편이에요.

여기서 잠깐, 세르반테스 당대의 스페인 문학에 대해 간단히 언급하겠습니다. 당시의 스페인 문학은 중세로부터 비롯한 것으로 중세 문학의 효시이자 최대 걸작은 엘시드라는 영웅의 모험을 읊은 서사시 「엘 시드의 노래

Cantar de Mio Cid」(1140?)라고 할 수 있습니다. 저와 같은 세대는 어린 시절 미국에서 만들어진 영화 「엘 시드」를 보았을지 모르지만, 지금은 방영되는 경우가 거의 없어요. 여하튼 서사시 또는 무훈시는 투박한 행동의 영웅을 주인공으로 삼고, 국가·영토·종교를 긍정적으로 다룹니다.

  기사소설도 비슷합니다. 하지만 기사소설에는 서사시와 다른 점도 많아요. 우선 주인공이 세련되고 상냥한 성격이라는 점이 첫 번째 차이점입니다. 또한, 그는 자기만족과 여인에 대한 봉사 외에는 아무런 목적 없이, 개인적이고 망상적인 동기로 모험을 떠나요. 따라서 사랑이 중요하지 않은 서사시와 달리 기사소설에서는 사랑이 가장 중요합니다. 『돈키호테』에서 둘시네아에 대한 돈키호테의 끝없는 사랑이 강조되는 이유가 바로 그것이지요. 그러나 작중에서 둘시네아는 현실에 전혀 등장하지 않으며, 돈키호테는 현실과 어울릴 수 없는 광기 어린 인물입니다. 따라서 『돈키호테』는 기사소설의 그러한 두 가지 본질을 풍자한 것으로 볼 수 있어요.

  이러한 기사소설이 부르주아 사회의 영향 아래 쓰였음은 충분히 짐작할 수 있는데요. 따라서 세르반테스가 『돈키호테』를 지어 당시의 기사소설에 대항한 일은 부르주아에 대한 환멸이나 부정에 근거했다고도 볼 수 있습니다. 기사소설에 대한 반발로 생긴 작품들은 세르반테스 이전에도 있었어요. 이상적인 사랑과 자연에 대한 찬양을 담은 목가소설, 연애소설인 감상소설, 이슬람교를 믿는 무어인 기사를 주인공으로 하는 이슬람소설이 그것들입니다. 이러한 문학 장르들은 자신이 다루는 대상을 이상주의적으로 미화하는 경향이 있는데요. 그에 반해 현실생활을 세밀하게 묘사한 이탈리아풍 소설은 세르반테스에게 큰 영향을 미쳤습니다.

베가와 칼데론

스페인 문학사에 대해 살펴보는 김에 세르반테스와 같은 시대를 살아간 두 극작가인 로페 데 베가(Lope de Vega, 1562~1635)와 칼데론 라 바르카(Calderon de la Barca, 1600~1681)에 대해 이야기해보도록 해요. 이들의 작품 중 지금까지 우리나라에 들어온 것은 하나도 없고, 앞으로도 번역될 가능성이 거의 없어 보입니다. 하지만 위의 두 작가는 르네상스기에 세르반테스보다 높은 명성을 떨친 인물이므로 간단히 살피면서 당시의 문단과 사회의 사고방식을 둘러봅시다. 세르반테스와 비교도 해보고요.

특히 눈여겨볼 점은 신대륙 정복이 불러온 사회변동에 대해 세 사람이 각각 다른 반응을 보였다는 점이에요. 즉 베가는 찬양으로, 세르반테스는 저주로, 칼데론은 숙명으로 이를 받아들였습니다. 세르반테스는 경쟁과 불안의 결과로 인간성이 기형적으로 일그러지는 것을 이상(理想)의 이름으로 배척했어요. 반면 당시 가장 성공한 작가인 베가는 절정에 이른 스페인 국력의 광휘에 젖어 세속에 안주했고, 칼데론 역시 그 못지않게 군주제를 지지했습니다. 가장 나이가 많은 세르반테스가 후배인 두 사람보다 더욱 진보적인 태도를 보였고 가장 어린 베가가 가장 보수적이었다는 점이 재미있지요?

어떤 평론가는 로페 데 베가를 "스페인은 물론 세계문학사에서 세르반테스와 어깨를 나란히 하고 불멸의 이름을 남겼"[11]다고 평가합니다. 그렇지만 제 관점은 좀 달라요. 두 작가는 개인적인 삶도, 작품의 주제도 완전히 달랐거든요. 베가 역시 한때는 세르반테스처럼 군인이나 주교의 시종 같은 경력을 거치기도 했어요. 그러나 그는 당대의 실력자인 알바 공작[12]의 비서로서 또한 사제로서 평생 상류층 생활을 누렸습니다. 그런 만큼 그가 세르반테

---

11) 김현창, 215쪽.
12) 그는 나중에 스페인 화가 프란시스코 고야의 그림에 모델로 등장하는 알바 부인의 선조이기도 하다.

스를 냉대한 것은 어쩌면 당연한 일인지도 몰라요. 또한 베가는 권위주의에 절대적인 충성을 바쳤습니다. 세르반테스의 돈키호테는 사회적 권위와 갈등하다 파괴되어버리는 개인을 상징하지만, 베가는 공과 사의 대립을 다룰 때 언제나 공적인 국가의 승리를 그렸습니다. 이는 베가가 개인의 자유를 경시하는 국가주의자였음을 보여주는 예이지요. 게다가 세르반테스의 작품에서는 사회의 모습이 풍부하게 드러나지만, 베가의 작품에서는 이러한 점을 전혀 찾아볼 수 없어요. 대신 우연적인 사건들, 기적, 마술적 책략이 있을 뿐입니다. 세르반테스는 잘못된 사회와 인간에게 유익한 사회를 명백하게 구분했어요. 그의 작품에는 사람들이 언젠가는 개인의 자유와 집단의 이익이 동시에 성립할 수 있는 유토피아 사회가 오리라는 희망이 담겨 있어요. 그때가 되면 더는 사람들이 돈키호테를 비웃지 않으리라고 말입니다. 반면 베가는 개인의 능력을 불신했고, 통치자와 피지배자 사이에는 엄격한 계급적 구속관계가 필요하다고 주장했어요. 당대의 니콜로 마키아벨리(Niccolo Machiavelli, 1469~1527)나 마르틴 루터(Martin Luther, 1483~1546), 혹은 토머스 홉스(Thomas Hobbes, 1588~1679)처럼 인간성을 불신하고 성악설을 옹호한 탓이지요. 이에 반해 세르반테스는 성선설의 위치에 서 있습니다.

칼데론 델 라 바르카도 베가처럼 국가주의자였습니다. 그는 중세적 가치를 찬양한 점에서 베가와는 차이를 보였어요. 그렇지만 그 역시 베가처럼 상류층의 삶을 살았고, 민중에 대한 멸시를 드러냈습니다. 칼데론은 세르반테스가 죽고 난 뒤에 작품 활동을 하였으므로 두 사람은 서로를 알지 못했어요. 그러나 세르반테스 생전에는 베가가, 사후에는 칼데론이 최고의 인기를 누렸다는 사실에서 우리는 한 가지 결론을 찾을 수 있는데요. 바로 당대 스페인 사람들이 개인의 자유보다 국가주의를 우선시했다는 점입니다. 스페인은 유럽의 어느 나라보다도 먼저 근대라는 시대를 열었으나 100년 만에 급속한 정치적·경제적·사회적·문화적인 퇴락을 경험했어요. 그 원인은 스페인이 영국이나 프랑스처럼 중앙집권화를 이루지 못했기 때문인데요. 경제적으로 기생하는 지배계급 역시 스페인의 몰락을 부추겼습니다. 이들은 식민지로부터 가져온 은으로 한때 벼락부자가 되었다가 은값이 하락하자 급격히 가난뱅이로 전락하지요.

모든 이야기는 '자유'로부터 시작한다

『돈키호테』제1편은 총 4부와 52장으로 구성됩니다. 제1부는 8개의 장으로 이루어져 있는데요. 제1장 제목은 '유명하고 용감한 시골 귀족 돈키호테 데 라만차의 신상과 일상의 이야기'입니다. 4백 년 만의 완역본답게 주인공의 이름이 종래의 '라만차의 돈키호테'(2-28)가 아니라 고유명사인 '돈키호테 데 라만차'(1-37, 43)로 바뀌었다는 점이 눈여겨볼 만합니다.[13] 우선 첫 문장을 읽어봅시다.

> 그다지 오래되지 않은 옛날, 이름까지 기억하고 싶지 않은 라만차 지방의 어느 마을에 창 꽂이에 꽂혀 있는 창과 낡아빠진 방패, 야윈 말, 날렵한 사냥개 등을 가진 시골 귀족이 살고 있었다(1-37).

위 문단을 보면 한눈에 기사소설을 풍자한다는 것을 알 수 있습니다. 우선 "낡아빠진 방패, 야윈 말"부터 위대하고 강인한 전통적인 기사와는 어울리지 않지요. 그런데 더욱 중요한 것은 "이름까지 기억하고 싶지 않은 라만차 지방의 어느 마을"이라는 묘사입니다. 왜냐하면 이는 주인공이 반드시

---

13) 그러나 뒤에서는 다시 '라만차의 돈키호테'라고 한다(1-652).

특정한 혈연이나 토지와 관련되기 마련인 기사소설의 원칙을 부정하는 것이기 때문이에요. 기사소설은 물론이고 그것에 대항해 쓰인 목가소설이나 피카레스크 소설에서도 주인공이 누구누구의 자식이라는 점은 반드시 나오게 되어 있지만, 『돈키호테』는 소설의 처음부터 그 점을 부정합니다. 기사소설 등의 전통소설에서는 등장인물의 운명이 그 이름에서부터 비롯되는 반면 『돈키호테』에서는 장난이라도 치듯 주인공의 본명이 아니라 별명을 소개합니다. 본명은 마지막 장을 제외하면[14] 소설 전체에서 전혀 언급되지 않아요. 마치 본래 이름이 없었던 것처럼요.

> 사람들 말에 따르면 그는 키하다, 또는 케사다라는 별명으로 불렸다고 한다. …그러나 그의 별명이 무엇인가 하는 문제는 이 이야기에서 하등 중요할 것이 없다. 이 이야기가 진실에서 한 치도 벗어나지 않고 있다는 것이 중요할 것이다(1-38).

여기서 무엇보다도 중요한 것은 세르반테스가 중세적인 신분이나 혈연·지연 따위를 중시하지 않고, 개인의 삶의 진실을 강조하는 근대적인 태도를 분명히 보여준다는 점입니다. 이미 서문에서 작가는 독자에게 자신의 책을 자유롭게 평가해 달라고 부탁하면서, "그대의 영혼은 그대 자신의 몸속에 간직되어 세상에 누구 못지않게 자유의지를 가지고 있고", "이런 모든 것이 그대를 배려와 의무로부터 자유롭게 할 것"이라고 한 바 있거든요(1-10).

물론 이런 태도를 주인공 돈키호테에게서 곧바로 찾아볼 수는 없지만, 뒤이어 돈키호테가 자신의 이름을 비롯하여 여러 이름을 짓는 장면은 돈키호

---

14) 『돈키호테』의 주인공의 본명이 알폰소 키하노라는 것이 분명하게 밝혀지는 것은 이 작품의 결말부인 제2편 마지막 제74장에 이르러서이다(2-808).

테 역시 중세적인 신분구조와 관계없이 사는 근대인임을 보여주지요.[15] 돈
키호테는 앞으로 기사가 되어 멋진 모험담을 펼칠 자신에게 그에 어울리는
근사한 이름을 붙이고 싶어 하는데요. 그는 우선 나흘 동안 고민하다가 말
의 이름을 '고귀하고 듣기에도 좋'게 '로시난테'로(1-42) 고칩니다. 그리고
여드레 만에 자신의 이름을 '돈키호테 라만차'로(1-43) 정하지요. 마지막으
로는 그가 사랑하는 여인을 '둘시네아 델 토보소'라고 부르기로 결정합니다
(1-44). 이처럼 주인공의 이름을 짓는 것부터 시작하는 소설은 세르반테스
이전에는 물론 이후에도 찾아보기 힘들 것입니다. 그런데 이 장면이 품은
의미를 제대로 이해하려면 당시의 사회상을 좀 더 이해할 필요가 있어요.
오늘날 대부분 소설에서는 주인공의 이름이 딱히 그의 신분을 드러내지 않
습니다. 그러나 세르반테스의 시대에 이름은 신분적으로 중요한 의미를 담
았어요. 문학작품에서도 대개 주인공의 이름을 통해 신분을 강조했습니다.
그러므로 돈키호테가 자신의 이름을 스스로 결정하는 장면은 주인공을 그
시대의 사회적 전통으로부터는 물론 문학적 전통으로부터 해방했음을 보여
주는 장치입니다. 세르반테스와 『돈키호테』가 그 첫 장부터 다른 무엇보다
도 자유를 강조했다고 보는 이유입니다.

돈키호테의 일상

『돈키호테』 제1장 두 번째 문장은 주인공의 평소 식사에 관한 것입니다. 이
역시 별 볼 일 없는 귀족의 가난한 삶을 보여주는데요. 사람에 관해 말하
면서 먹는 이야기부터 하는 것은 우리나라 정서에는 조금 이상할 수 있겠
지만, 수입의 3분의 1 이상을 먹고 마시고 피우는 데 소비하는 스페인 사람

---

15) 또한 이 장면은 돈키호테는 자신이 유서 깊은 귀족 집안 출신이 아님을 분명히 알고 있었음을 보여주기도
    한다. 사실 당시에는 귀족이라고 해봤자 대부분 어쩌다 작위를 받은 이들이 대부분이었다.

들에게는 지극히 정상적인 것입니다. 게다가 돈키호테는 한술 더 떠서 가진 돈의 4분의 3을 먹는 데에 바치고 있어요. 물론 4백 년 전과 지금은 엥겔지수[16]가 다를 수밖에 없지만 말입니다.

> 그는 양고기보다 쇠고기를 조금 더 넣어서 끓인 전골요리를 좋아했는데, 밤에는 주로 살 피콘 요리를, 토요일에는 기름에 튀긴 베이컨과 계란을, 금요일에는 완두콩을, 일요일에는 새끼 비둘기 요리를 먹느라 재산의 4분의 3을 소비했다(1-37).

책의 첫 장 첫 문단에 나오는 이 식사 타령은 돈키호테의 개인적인 식생활이라기보다는 스페인 사람들이 무엇보다도 먹는 데에 치중한다는 것을 보여주는 것에 불과합니다. 그런데 식사의 내용을 통해 주인공의 사회적 지위를 대략 짐작할 수 있다는 점이 재미있어요. 위 장면을 읽은 스페인 독자라면 돈키호테가 그리 부자가 아님을 바로 알아챌 것입니다. 부자라면 소고기보다 비싼 양고기와 송아지고기를 먹었을 테니까요.

이제 그의 외모를 살펴볼까요? 그는 "50줄에 접어들었으며 마른 체격에 얼굴도 홀쭉했지만 건강"합니다(1-37). 그런데 19세기의 귀스타브 도레(Paul Gustave Doré, 1832~1883)[17]의 판화나 오노레 도미에(Honoré Daumier, 1808~1879)[18]의 유화에 그려진 돈키호테를 보면 하나같이 호리호리한 키다리로 묘사되어 있습니다. 20세기에 제작된 영화 「맨 오브 라만차」에서 피터

---

16) 한 가정에서 지출하는 비용 중 식료품비가 차지하는 비율. 일반적으로 소득수준과 삶의 질이 높을수록 엥겔지수는 감소한다.

17) 19세기 프랑스에서 가장 유명했던 삽화가 중 하나. 열다섯 살에 이미 삽화가로서 명성을 날렸고 평생 만 점 이상의 판화를 남겼다.

18) 프랑스의 사실주의 화가이자 판화가. 그는 특히 풍자만화로 인기가 높았는데, 당시의 프랑스 정치와 지배계급을 신랄하게 비판하는 한편 서민의 고달픈 삶을 있는 그대로 그려냈다.

오툴[19]이 연기한 돈키호테도 마찬가지고요. 또한 세르반테스의 원작에도 그의 키가 크다는 말이 자주 언급됩니다(가령 2-485). 라만차 지방에 사는 사람들은 대체로 체구가 작고 머리카락이 검었으므로 돈키호테는 제법 특이한 외관을 지녔다고 할 수 있어요. 여기서 저는 세르반테스가 돈키호테의 용모를 그렇게 묘사한 데에는 그의 이방인적, 주변인적, 소외인적, 아웃사이더적 성격을 강조하려는 의도가 있지 않았을까 하고 상상해보았습니다.[20]

돈키호테는 기사소설에 푹 빠져 있습니다. 사냥도 재산 관리도 제쳐놓고, 소설을 사기 위해 광활한 논밭을 팔아 집 안이 책으로 가득 찼어요. 그중에서도 그는 펠리시아노 데 실바가 쓴 것을 최고로 꼽았는데, 이는 "명쾌한 문체와 논리가 아주 빼어났기 때문"입니다. 예시로 한 문장을 들자면 "나의 이성을 만든 이성을 상실한 이성에 나의 이성은 힘을 잃고, 그대의 아름다움을 한탄하니 이 또한 이성이노라"라는 식이지요. 마치 복잡한 말장난으로만 가득 찬 철학책의 번역서처럼 무슨 말인지 알 수 없는 문장입니다. 돈키호테 역시 "아리스토텔레스가 오로지 그것을 이해하기 위해 부활한다 할지라도 결코 이해하지 못했을 것들을 이해하고 의미를 되새기느라 밤을 지새곤 했다"(1-38)고 했지요. 어쩐지 우스꽝스러우면서도 조금 안쓰럽게 느껴지죠? 여기서도 세르반테스는 당대의 현학적 취미를 풍자하고 있습니다.

결국 이 늙고 가련한 귀족은 현실감각을 완전히 잃어버립니다. 작중에서는 그의 정신상태가 이렇게 묘사돼요. "머릿속이 책에서 읽은 마법 같은 이야기들, 즉 고통과 전투, 도전, 상처, 사랑의 밀어들과 연애, 가능치도 않은

19) 아일랜드 출신의 영국 배우. 1932년 출생하여 2013년 사망했다. 키가 컸으며 셰익스피어 연극이나 역사적 인물의 배역을 주로 맡았다. 그의 출연작 중 전 세계에서 큰 흥행을 거두었고 우리나라에도 가장 잘 알려진 영화로 주인공 역을 맡은 『아라비아의 로렌스』가 있다.

20) 한편 산초 판사가 돈키호테와 대조적으로 키가 작고 뚱뚱하다는 식의 묘사는 『돈키호테』 제1편 제9장에 나온다. '산초'의 원래 말인 '샹카스'란 새 다리를 뜻하고, '판사'라는 말은 배불뚝이란 뜻이다(1-117). 그래서 돈키호테와 산초 판사 두 사람을 뚱뚱이와 홀쭉이 식의 전형적인 스테레오 타입으로 비교하기도 한다.

돈키호테의 머릿속은 책에서 읽은 온갖 이야기들로 가득 차 있다.

갖가지 일들로 가득 차버린 것이었다. 그는 책에서 읽은 몽환적인 이야기들이 진실이라고 생각했으며, 이 세상에서 이보다 더 확실한 이야기는 없다고 확신하기에 이르렀다."(1-40) 그리고 급기야 "소설 속 편력기사의 모험들을 직접 실천에 옮겨 자신의 이름과 명성을 길이 남겨야 한다고 생각"하게 됩니다(1-41).

둘시네아

흔히들 『돈키호테』의 주인공은 돈키호테와 산초 판사라고 생각합니다. 그렇지만 저는 산초 판사보다 둘시네아가 더 중요하다고 봐요. 모험 중에 돈키호테가 벌이는 미친 행각은 오로지 둘시네아를 위한 것이니까요. 그에 비하면 산초 판사는 돈키호테의 행동을 저지하거나 지원하는 역할일 뿐이고요. 둘시네아는 언제나 돈키호테의 상상 속에서 이름만 언급될 뿐 실제로는 등장하지 않습니다. 그렇지만 이 책의 맨 처음 장에서 밝혀진 바대로 그녀가 돈키호테 마을 근처에 사는 알돈사 로렌소라는 것을 독자들은 알고 있지요. 돈키호테는 그녀에게 온갖 숭배를 바치지만 그녀는 돈키호테를 알지 못합니다(1-43). 산초 판사는 기억을 더듬으며 둘시네아라는 여성은 자기 마을 근처에 없다고 진술하지만(1-154), 나중에 돈키호테로부터 그녀가 바로 코르추엘로의 딸이라는 소리를 듣고서야 자신도 이름을 들어본 적이 있는 여성임을 깨닫습니다(1-325). 둘시네아가 몇 살인지는 알 수 없지만, 돈키호테에 따르면 다음과 같은 외모를 가진 것으로 보여요.

황금빛 머리결, 엘리시움 들판 같은 이마, 무지개 같은 눈썹, 반짝이는 두 눈동자, 장밋빛 두 뺨, 산호빛 입술, 진주 같은 이, 석고 같이 하얀 목, 대리석 같은 가슴, 상아빛 두 손, 눈처럼 하얀 피부, 그리고 인간의 눈에는 너무나도 드높기만 한 정절을 품고 있는 성품(1-153).

이 부분을 읽은 당대의 스페인 독자들은 아마도 웃음을 터뜨렸을 것입니다. 기사소설에 나오는 귀부인의 전형적이고 상투적인 묘사니까요. 이를 비웃듯이 『돈키호테』의 소위 '번역자'[21]는 그 원전에 "그 어떤 여자보다도 돼지고기를 소금에 절이는 솜씨가 빼어난 것으로 전해지고 있다"고 쓰여 있다고 말합니다(1-115). 그리고 소설을 좀 더 읽다 보면 산초 판사가 그녀를 다음과 같이 묘사한 것을 볼 수 있어요.

> 온 마을에서 가장 힘센 젊은 청년만큼이나 몽둥이를 잘 휘두른다더군요. 하나님께 맹세컨대 그녀는 착하고 조신하며 올곧고, 가슴에 털이 난 처녀로, 자신을 연모하는 편력기사건, 앞으로 그렇게 할 기사건 간에 누구라도 진흙 수렁에 빠졌을 때 수염을 잡아채어 끄집어낼 수 있는 사람이지요. 아이쿠! 그 풍채와 목소리는 또 어떻고요! …게다가 그녀의 장점 중에서도 가장 좋은 점은 절대 내숭을 떨지 않는다는 것이지요. 자유분방한 측면이 많으니까요. 모든 사람들과 농담을 주고받으며 익살스러운 얼굴로 온갖 것들에 대해 떠벌리곤 하지요(1-325).

산초 판사가 아는 둘시네아는 돈키호테가 칭송한 것과는 완전히 다릅니다. 아름다운 공주가 아니라 건강한 시골 처녀예요. 이와 달리 돈키호테 머릿속의 둘시네아는 언제나 돈키호테의 승전을 통보받는 존재로 그려집니다. 돈키호테는 자신에게 항복한 적들을 그녀에게 보내 위대한 기사의 위업을 전하는 동시에 그녀의 처분을 받도록 시킵니다(1-43). 그리고 돈키호테는

---

21) 아랍인 역사학자 '시데 아메테 베넹헬리'가 아랍어로 쓴 『돈키호테 데 라만차 이야기』를 스페인어로 옮겨서 세르반테스에게 전해준 무어인 번역자. 가상의 인물이다.

"나와 그분은 늘 플라토닉한 사랑을 나누었기 때문에 진실한 마음으로 바라보는 것 이상의 행동에 이르지 않았"다고 떠벌려요(1-324). 물론 이 또한 돈키호테의 환상에 불과하지만 말입니다. 따라서 둘시네아가 시골 처녀임을 깨달은 산초 판사는 그런 처녀 앞에 그동안 돈키호테와 싸워 패배한 자들이 "무릎을 꿇어봤자, 그분께 대체 무슨 소용이 있단 말씀이요?"라고 질문하며 다음과 같이 그 이유를 설명합니다.

> 그들이 도착했을 때 그녀가 삼을 빗고 있거나 탈곡장에서 탈곡을 하고 있을 수도 있고, 그들은 그런 그녀를 보고 주춤할 것이고 그녀 또한 그 선물을 보고 웃음을 터뜨리거나 화를 낼 텐데 말입니다(1-326).

둘시네아는 돈키호테가 짝사랑을 바칠 만한 완벽한 대상입니다. 하지만 이는 기사소설의 여주인공을 풍자한 것에 불과한 허공의 인물에 불과해요. 실제와는 완벽하게 동떨어져 있지요. 그런데도 돈키호테의 둘시네아가 단테의 베아트리체처럼 '영원히 순결한 여성'이라는 신화로 남았다는 사실은 아이러니합니다. 특히 19세기의 낭만주의자들이 그녀를 그렇게 해석했는데요. 이는 『돈키호테』 전편에 끝없이 반복되는 둘시네아에 대한 돈키호테의 찬양 때문입니다. 그는 어려움이 닥칠 때마다 이렇게 말해요. "나의 어두움 속의 빛이여, 나의 고통의 영광이여, 나의 인생의 길잡이여, 나의 행운의 샛별이신 둘시네아 델 토보소여!"(1-319) 돈키호테가 실제로 만나본 적이 있는지조차 불명한 둘시네아에게 이렇게 매달리는 것은 그가 읽은 기사소설 때문입니다. 기사에게는 귀부인이 필요하기에, 설령 자신이 고른 상대가 평범한 농촌 처녀라고 할지라도 소설에 나오는 여주인공처럼 그럴듯하게 꾸미고자 한 것이지요. 즉 둘시네아 자신의 아름다움이나 순결함이란 처음부터 그리 중요한 게 아니었습니다. 이는 돈키호테가 산초에게 하는 대사에서도 드러나요.

> 우리 기사도의 방식에서 한 귀부인께 봉사하는 편력기사가 많다는 것은 대단한 명예이며, 기사들은 그분을 섬기는 것 이상의 다른 생각으로 확대하지 않으며 자신들의 충성에서 우러난 그리움의 보답을 바라지 않고, 단지 자신들을 그 귀부인께 헌신하는 기사로서 기쁘게 인정해주기만을 바라는 것이다(1-425, 426).

여기서 둘시네아는 돈키호테가 기사라는 공상을 유지하는 데 필요한 하나의 장치일 뿐, 어떤 로맨스와도 전혀 관련이 없어요. 제아무리 돈키호테가 둘시네아에게 순정을 바쳐도, 이는 낭만적인 연애를 중심으로 한 기사소설을 패러디한 것일 뿐입니다. 따라서 19세기 낭만주의자들이 둘시네아를 '영원히 순결한 여성상'으로 읽은 것은 돈키호테 이상의 착각이었다고 하지 않을 수 없습니다. 그런데 흥미로운 점은 이러한 착각에 대해 이미 『돈키호테』에서 언급하고 있다는 것입니다. 세르반테스는 제2편 제32장에 등장하는 공작부인에게 다음과 같이 말하게 합니다. 그녀는 『돈키호테』 제1편을 이미 읽어서 둘시네아의 정체를 다 알고 있었거든요.

> 귀공은 둘시네아 아가씨를 한 번도 본 적이 없고, 그 아가씨는 세상에 존재하지도 않으며, 단지 귀공이 마음속에 만들어내고 탄생시킨 환상적인 여성으로서, 온갖 바람직한 아름다움과 완전무결함을 부여하여 그려낸 것이라고 생각되는데요(2-585).

이에 대해 돈키호테는 "둘시네아가 세상에 존재하는지 안 하는지, 또는 환상적인지 비환상적인지는 천주님이 아실 일이요, 끝까지 그 확실성을 캐어 들어갈 문제가 아닙니다. 저는 아가씨를 만들어낸 적도 탄생시킨 적도 없으며, 단지 세상 방방곡곡에서 명성을 얻기에 필요한 모든 자질을 구비한 이상적인 아가씨로서 머릿속에 관조할 뿐입니다"(2-585)라고 답합니다. 이 논리 정연한 답변은 돈키호테가 제1편에서 보여주던 광기와는 달리 제정신에서 하는 소리처럼 들리기도 하지요. 그가 탐닉한 기사소설의 배경인 중세에서 세계와 만물이란 신에 의해 창조되고 보장받는 것이었습니다. 사회의 위계질서, '실재'에 대한 인식, 심지어 인간의 상상력조차 그런 신에 의해 정렬된 상태에서 나름의 고정된 자리를 차지했지요. 따라서 "머릿속에 관조" 한다는 돈키호테의 주장은 중세적 사고방식으로서는 전혀 이상하지 않습니다. 그러나 문제는 돈키호테가 살아가는 시대는 중세가 아니라는 점이에요. 중세적 사고가 통하지 않는 근대 사회지요. 인간이 창조하거나 지각하거나 상상하거나 기대하는 것만이 존재하는 세계입니다. 돈키호테 자신도 그렇다는 것을 잘 알고 있어요. 그는 『돈키호테』 여기저기에서 인간은 자기 자신이 행한 노력의 소산이라고 주장하거든요. 가령 소설 제1편 제4장에 나오는 돈키호테 최초의 모험담에서 그는 "사람은 누구나 자기 하기 나름"이라고 말합니다(1-67). 그의 이러한 사고방식은 그의 종자(從者)[22]에게도 옮겨 가는데요. 산초 판사는 제1편 제47장에서 그가 돈키호테에 의해 바람이 들었다는 비난에 다음과 같이 응수합니다. "사람은 누구나 자신이 일한 만큼 얻는 법입니다. 인간인 이상 누구나 교황도 될 수 있고, 섬의 영주도 될 수 있습니다."(1-660) 그리고 산초 판사는 제1편 제50장에서 자신이 총독이 될 수 있는 이유를 다음과 같이 설명해요.

22) 남에게 종속되어 따라다니는 사람. 돈키호테의 종자는 산초 판사이다.

저도 다른 사람처럼 그러한 영혼을 지니고 있고, 누구에게도 뒤지지 않는 몸도 가지고 있으며, 다른 사람이 자신의 영토를 다스리는 것처럼 저 또한 저의 영토의 왕이 될 수 있으니까요(1-690).

또한, 공작이 둘시네아의 태생이 별것 아닌 가문 아니냐고 질문하자, 돈키호테는 둘시네아가 "자수성가한 사람"이라고 말하며 그녀를 찬양합니다 (2-586). 즉 그녀는 스스로 노력하는 존재이기에 위대하다는 거예요. 이러한 태도는 개인에게 자신의 삶과 다른 인간의 삶에 대한 책임을 지우는 것으로서 이보다 서양의 근대적 생활양식에 근접한 개념은 다른 소설에서 찾아볼 수 없습니다. 여기서 드러나는 작가의 가치관은 위에서 말한 성선설의 입장에 선 낙관주의라고 할 수 있지요. 또한, 여기서 세르반테스는 개인의 창조적 행위로 인해 사회가 존재하고, 그런 인식 위에서 평등이 이루어지는 세계관을 강조합니다. 바로 민주주의입니다. 물론 인간은 사회적 여건이나 역할로 인해 자신의 창조적 잠재력을 충분히 실현하지 못할 수도 있지만, 그렇다 해도 그러한 잠재력을 갖는 존재임을 부정할 수는 없다는 것이지요. 따라서 "자수성가한" 둘시네아의 "덕성은 혈통을 개선할 수 있고", "여왕의 지위에도 오를 수" 있는 것입니다(2-586). 그런데 이 둘시네아가 산초 판사의 장난으로 공주에서 시골 처녀로 변한 것에 대해 돈키호테는 마술사들 탓이라고 합니다(2-585). 여기서 마술사란 인간의 창조력을 위협하는 모든 괴물, 즉 불의의 사고나 설명될 수 없는 재난 또는 불의와 편법과 탐욕을 상징해요. 그런 괴물에 의해 둘시네아의 겉모습이나 신분은 변할 수 있습니다. 그러나 그 창조적 본성은 변하지 않는다는 것이지요.

여하튼 다시 돈키호테의 모험 초장(初章)으로 돌아갈까요. 둘시네아에 대한 소개로 끝나는 제1편 제1장은 그 장의 제목에서 말하는 '유명하고 용감

돈키호테, 드디어 길을 떠나다.

한 시골 귀족'이야기와는 거리가 멉니다. 아무리 보아도 '유명한' 것 같지 않고, 더욱이 '용감한' 것 같지도 않으니까요. 도리어 작가는 돈키호테를 명백히 비웃습니다. 이후로도 소설 각 장의 제목은 모두 내용과 맞지 않는 풍자인데요. 결국 『돈키호테』는 그 형식과 내용, 문장과 구성 등등 모든 것이 풍자로 이루어졌다고 볼 수 있습니다.

원탁의 기사 풍자

제1편 제1부 제2장의 제목은 '재치 넘치는 돈키호테가 드디어 고향을 떠나는 이야기'입니다. 여기서 '재치 넘치는'이라는 칭찬은 역시 풍자이고, 사실은 '실성한' 자라고 해야 맞겠죠. 여하튼 세상에 "씻어버려야 할 불명예, 바로잡아야 할 부정, 개선해야 할 폐단과 해결해야 할 부채"(1-45)가 넘쳐나므로 그는 그것들을 해결하기 위해 결심한 즉시 길을 떠납니다. 여기서 우리는 돈키호테가 단순히 기사소설을 흉내 내는 것이 아니라 나름대로 기사도 정신에 입각해 있음을 알 수 있어요. 즉 그에게는 사회 정의를 세운다는 이상이 명백하게 처음부터 존재했습니다.

그러나 그의 첫 출정은 너무나 서글픈 것이었습니다. 7월의 어느 날, 엄청난 더위에도 불구하고 그는 꼬박 하루를 혼자 걸어 다녀요(1-47). 그러나 온종일 아무 사건도 생기지 않습니다. 이는 오늘날 라만차의 평원을 돌아다닌다 해도 마찬가지이니 4백 년 전의 그곳에서도 당연했을 것입니다.

여하튼 해가 지자 돈키호테는 주막을 찾습니다. 그는 그곳을 성으로, 그곳의 창녀들을 귀부인으로 착각하며, 갑옷을 입은 채 불편하게 식사를 해요. 여기서 그의 최초의 정신착란이 드러나지요. 창녀들은 그런 돈키호테를 비웃습니다(1-53). 그러나 돈키호테는 그 창녀들을 앞에 두고 다음과 같이 노래를 불러요.

돈키호테가 아니고서는 고향을 떠나 이처럼 귀부인들의 시중을 받은 기사는 없으리라(1-51).

윗부분은 돈키호테 번역서 중 '4백 년 만의 완역판'에 나오는 것인데요. 노래 가사라고는 보이지 않는 점이 개인적으로 유감입니다. 왜 노래를 노래처럼 번역하지 않았는지 이해할 수 없어요. 1963년 번역판에는 다음과 같이 번역되었거든요.

고향을 떠난 돈키호테,
아름다운 아씨들이
온갖 시중 들어주니
온 세상에 나만큼
장한 기사 또 있을까!(2-35)

노래를 마친 돈키호테는 사실 자신이 부른 노래가 "란사로테의 옛 로망스"에서 따온 것이라고 털어놓는데요(1-51). 여기서 말하는 란사로테란 아더왕 전설에 나오는 원탁의 기사 중 제1의 기사인 랜슬롯²³을 뜻합니다. 그가 주인공인 로망스²⁴의 처음에는 다음과 같은 노래가 나와요.

부르타뉴를 떠난 랜스로트,
아름다운 아씨들이

23) 아서왕 전설에 등장하는 원탁의 기사 중 한 명이다. 그는 매우 용맹하면서 검술도 뛰어나 아서왕의 부하 중에서도 최강으로 꼽혔다. 그러나 아서왕의 부인인 기네비어와 불륜에 빠져 배신의 기사라는 오명을 쓰게 된다.
24) 기사 문학은 크게 무훈시와 로망스라는 두 가지 갈래로 나누어졌다. 무훈시란 기사의 충성과 무용담을 자랑하는 것이고, 로망스는 기사와 귀부인 사이의 낭만적인 사랑을 다룬 것이다.

온갖 시중 들어주니

온 세상에 나만큼

장한 기사 또 있을까!

즉, 돈키호테가 부른 노래는 랜슬롯의 노래를 패러디한 것입니다. 여기서 세르반테스는 돈키호테가 자신을 랜슬롯에 비유하는 것을 풍자하고 있어요.[25]

기사 서임식을 풍자하다

제1부 제3장 제목은 '돈키호테가 익살스러운 방법으로 드디어 정식 기사 서임식을 치르는 이야기'입니다. 기사 서임식은 기사에게는 가장 중요한 의식이에요. 영주로부터 서임을 받고 칭호를 얻어야만 어엿한 한 명의 기사가 될 수 있거든요. 따라서 기사가 되려는 돈키호테에게 이는 본격적인 모험의 출발점이기도 합니다.[26] 마음이 급한 돈키호테는 주막집 주인을 성주로 착각하고 그에게 정식 기사로 서임해줄 것을 요구합니다. 주막 주인은 처음에는 당황해하다가 황소고집을 부리는 돈키호테의 부탁을 들어주지 않을 수 없게 되지요(1-54). 게다가 주막 주인은 평소에 염치없이 제멋대로 살아가던 인물이었는데, 그는 정신 나간 돈키호테의 부탁을 들어주면 하룻밤을 재미있게 보낼 수 있겠다는 생각을 합니다. 따라서 그는 임명식을 거행합니다(1-55).

여기서 재미있는 것은 주막 주인이 하는 자기소개입니다. 그는 스페인 곳곳을 돌아다니며 "발걸음도 가볍게, 그리고 솜씨 좋게 사기 행각을 벌이기

25) 랜슬롯의 이 노래는 제2편 제31장에서도 산초 판사에 의해 다시 패러디된다(2-574).
26) 의식을 치러야 한다는 강박관념은 이미 제2장의 처음(1-45)과 끝(1-53)에서도 되풀이되고 있다.

도 하고, 숱한 과부를 농락하거나 아가씨를 범하고, 청년들을 속이다가 결국 스페인 전역의 수많은 법정과 재판소에까지 그 이름이 알려졌다"고 허세를 늘어놓아요(1-55).[27] 그가 고백한 과거가 모두 사실인지 아닌지는 모르지만, 돈키호테는 한 치의 의심도 없이 이를 믿지요. 이 가짜 성주는 사기꾼다운 설명을 계속합니다. 자기는 이제 "출신 가문이나 신분에 관계없이 모든 편력기사들을 맞아들이고 있는데, 그것은 자신이 기사들에게 깊은 애정을 가지고 있기 때문이며, 이러한 선의에 대한 보답으로써 그들이 재산을 나누어주기를 바라기 때문"이라는 것입니다(1-55, 56).

이어서 주막 주인은 돈키호테에게 돈이 있냐고 묻습니다. 돈키호테는 자기가 읽은 기사 이야기에는 어떤 기사도 돈을 갖고 다니지 않기 때문에 자신에게도 없다고 답해요(1-56). 여기서 돈키호테는 자신이 기사가 되고 싶어 하는 것이 그저 기사소설을 흉내 내서임을 사실상 고백하고 있는 것이나 마찬가지인데요. 이에 주막 주인은 "그것이 책에 쓰여 있지 않은 것은 편력기사들이 깨끗한 속옷과 돈을 챙겨가지고 다니는 것이 너무나 당연하고 또 너무나 필요한 일이기 때문에 작가들이 구태여 쓸 필요가 없었기 때문"이라고 답합니다. 나아가 도리어 그들은 "돈을 잔뜩 넣고 다녔"다고 말하고(1-56) 따라서 앞으로는 돈과 필요한 물건을 가지고 다니라고 충고해요. 돈키호테는 그렇게 하겠노라고 약속하고는 기사도를 수행하기 위해 불침번을 섭니다(1-58).

한편 주인은 주막의 다른 손님들에게 돈키호테가 미쳤다고 소문을 퍼트립니다. 손님들은 구경거리 삼아 돈키호테를 지켜봐요. 돈키호테는 물을 얻

27) 여기서 '법정과 재판소'라고 번역한 부분에 대해 의문이 간다. 두 말 모두 사실은 같은 것이고, 재판소란 우리의 법원을 뜻하는 일제강점기 또는 현재 일본의 용어이기 때문이다. 그런데 다른 번역에는 이 부분이 '치안재판소와 법률재판소로 되어 있다(2-37). 당대 스페인의 사법제도를 알 수 없으므로 정확하게 말할 수는 없으나, 각각 약식 재판과 본 재판을 다루는 두 개의 법원일 듯하다.

불침번을 서는 돈키호테

으러 온 마부들을 사악한 기사로 오해하고 싸움을 벌입니다(1-59). 재미있는 구경이나 할 셈으로 지켜보던 주인은 느닷없는 폭력 사태에 잔뜩 겁을 먹고 서둘러 기사 서임식을 준비하지요. 이어서 괴상한 서임식이 행해집니다. 주인은 성경 대신 가게 장부를 들고 와서는 "경건한 기도를 드리듯이 장부나 읽어나가다가 중간쯤에 손을 들어 돈키호테의 목을 세게 후려치기도 하고, 손에 들고 있던 칼로 등을 세게 내리치기도 했다"는 식으로 절차를 진행해요(1-61). 이런 어설픈 기사 서품식이 "번갯불에 콩 구워먹듯 끝나"자 겁에 질린 주인은 "숙박료를 달라는 말은 꺼내보지도 못한 채 잘 가라며 돈키호테를 떠나보"냅니다(1-62). 돈키호테로서는 소원을 이루었으나 주인으로서는 손해만 본 셈이에요. 이 에피소드에서 독자는 아이러니를 느끼고 우스움을 참을 수 없게 되지요.

이 장면은, 본래는 지극히 엄숙해야 할 기사 서임식과 같은 예식이 르네상스 시기의 카니발에서 어릿광대와 익살꾼들에 의해 우스꽝스러운 공연으로 패러디되었다는 점[28]과 관련이 있습니다. 즉, 세르반테스가 독창적으로 만들어낸 장면이 아니라 그러한 카니발 장면을 보고 풍자적으로 옮겨놓은 것에 지나지 않는다는 뜻입니다. 어쩌면 『돈키호테』라는 작품 자체가 당시 민중 카니발에 등장한 여러 웃음거리를 모아놓은 것에 불과한지도 몰라요. 저는 이미 스위프트의 『걸리버 여행기』에 나오는 여러 가지 에피소드가 그렇다는 점을 지적한 바 있는데,[29] 『돈키호테』도 예외가 아니리라고 생각합니다. 그런 점에서 『돈키호테』도 『걸리버 여행기』도 작가의 순수한 창작이 아닌, 당대의 민중적 생활을 글로 옮긴 것일 뿐이라고 할 수 있습니다. 물론 그

28) 미하일 바흐친, 이덕형 최건형 역, 『프랑수아 라블레의 작품과 중세 및 르네상스의 민중문화』, 아카넷, 2001, 25쪽. 이하 이 책을 바흐친으로 인용함.

29) 『걸리버, 세상을 비웃다』, 가산출판사, 2005 ; 『걸리버를 찾아서, 스위프트를 찾아서』, 들녘, 2016.

것을 문학으로 승화시킨 작가의 창조력이 전혀 없었다고 하는 건 아닙니다.

여하튼 이를 러시아의 문학이론가 미하일 바흐친은 정신적·이상적·추상적인 것을 육체적·물질적·현실적인 것으로 '격하'하는 것이라 보았습니다. 사실 이런 '격하'의 표현은 제1편 제1부 제1장에서도 이미 드러나지요. 즉, 귀족을 묘사할 때 그동안 귀족계급의 본질이라 여겨지던 혈연이나 지연을 무시하고, 초라한 식사로 삶의 대부분을 꾸려가는 돈키호테의 일상을 묘사한 것 말이에요. 이때부터 그러한 '격하'는 시작되었고, 결국 『돈키호테』 전체가 그 처음부터 끝까지 그런 '격하'로 일관된 것입니다.

모두가 미쳤나? 아니면 연극인가?

돈키호테의 정신 나간 행각에 대한 사람들의 반응은 제각각입니다. 위에서 본 주막의 창녀들이나 주인처럼 재미 삼아 그와 어울려 노는 경우도 있고, 소설을 더 읽어나가다 보면 마을 신부처럼 미친 돈키호테를 치료하고자 애쓰는 사람들도 있어요. 또한, 그냥 놀라는 사람들도 있고, 냉소하는 자들도 있으며, 분노하는 자들도 있고, 연민을 품는 자들도 있습니다. 그러나 누구든 일단 돈키호테와 관련되면 그 광기에 어느 정도 전염되게 마련이에요. 이와 관련하여 바흐친은 다음과 같이 지적합니다.

> 주인공의 광기의 테마는 자기 주변에 일련의 다양한 카니발적 대관(戴冠)-탈관(脫冠), 그리고 분장과 신비화를 전개시킬 수 있게 한다. 이러한 테마(주인공의 광기)는 주인공 이외의 세계에 대해서도 일상적이고 공식적인 궤도에서 벗어나 주인공의 카니발적 광기에 참여하는 것을 가능케 해준다.[30]

30) 바흐친, 169쪽.

돈키호테가 주인에게 매 맞는 양치기 소년을 구하다.

여기서 돈키호테가 실제로는 미치지 않았고 그냥 미친 척하는 배우에 지나지 않느냐는 의문이 생길 수 있습니다.[31] 돈키호테의 정신 나간 행동들은 기사소설에 나오는 기사를 흉내 내는 것에 불과하기 때문이에요. 따라서 언제나 기사처럼 말하고 행동하며, 기사도의 미덕을 전해야 한다고 믿은 사람에 지나지 않았는지도 모른다는 것입니다. 특히 중세의 기사와는 전혀 어울리지 않는 현실 무대에서 자신의 연기를 믿게 하려면 더욱 실감 나게 미친 척해야 했을 거라는 말이지요. 이러한 해석의 가능성은 『돈키호테』 여기저기에서 찾아볼 수 있습니다. 가령 제1부 제4장 '주막집을 나선 우리의 기사에게 일어난 이야기'에서 돈을 구하러 일단 집으로 돌아가던 돈키호테에게 모험거리가 생깁니다. 바로 칠칠치 못하여 매일 양 한 마리씩을 잃어버린다는 이유로 주인에게 매를 맞는 소년을 구하는 일이었어요. 정의의 기사를 자처하는 돈키호테는 무조건 약자인 하인의 편을 들며 그를 구해줘요(1-67). 그러나 그가 가버린 뒤 하인이 주인에게 더 센 매질을 당하는 아이러니한 상황이 벌어집니다.

이에 대해 세르반테스는 "용맹스런 돈키호테는 이런 식으로 불의를 바로잡아 나갔다"라고 비꼽니다(1-68). 하인은 주인에게 돈키호테를 찾아가 낱낱이 일러바칠 것이고 그러면 돈키호테가 주인에게 다시 복수해줄 것이라며 큰소리쳐요. 그러나 뒤의 제31장에서 보듯이 돈키호테를 다시 만난 하인은 그에게 감사하기는커녕 원망과 매도를 쏟아내 돈키호테를 분노하게 만듭니다. 그야말로 아이러니가 끝없이 반복되는 거지요.

여하튼 제4장으로 돌아가서, 고향을 향해 계속해서 길을 가던 돈키호테는 톨레도의 상인들을 만납니다. 그들을 편력기사로 오인한 그는 그들에게

---

31) 가령 Mark Van Doren, *Don Quijote's Profession*, Columbia University Press, 1958.

둘시네아가 이 세상에서 가장 아름다운 여인임을 인정하라고 무작정 강요해요(1-70). 상인들은 그녀가 어떻게 생겼는지 보여주면 그렇게 하겠다고 대답합니다. 이에 돈키호테는 "중요한 것은 그녀를 보지 않고도 믿고, 고백하고, 확신하고, 맹세하고, 받들어야 한다는 사실이다"라고 윽박지르며 당장 결투를 요구해요(1-70). 이 말에서 저는 둘시네아가 성모 마리아, 성경, 나아가 기독교라는 절대적 존재를 상징할지도 모른다는 느낌을 받습니다. 즉, 세르반테스가 살던 시대에는 성경을 읽지도 않고, 믿고 "고백하고, 확신하고, 맹세하고, 받들어야" 했기 때문이에요. 이에 대한 반발로 에라스뮈스의 비판이 나타났고, 이어 종교개혁이 일어났잖아요? 이런 시각에서 보면 여기서 돈키호테는 중세 가톨릭이나 반종교개혁 가톨릭의 화신으로 풍자되는 것 같습니다. 그러자 상인들은 당시 가톨릭에 대한 비판 세력인 프로테스탄트를 상징하듯이 "비록 우리에게 보여주신 초상화 속의 여인이 한쪽 눈이 애꾸이고, 다른 한쪽 눈에서는 피고름이 흘러내린다고 해도 저희는 기사님 편"이라고 비꼼을 섞어 답해요. 이에 돈키호테는 "내가 사모하는 여인의 아름다움에 대해 그토록 불경스럽게 말한 대가를 치를 것"이라고 외치면서 그들에게 달려듭니다. 하지만 갑자기 로시난테가 넘어지는 바람에 돈키호테도 같이 고꾸라져 오히려 상인들에게 폭행을 당하지요. 소설에서는 이 모습을 "돈키호테는 갑옷으로 무장했음에도 불구하고 묵사발이 되어버렸다"(1-71)고 묘사됩니다. 아이러니한 장면에도 역시 기사소설에 대한 풍자가 들어 있네요.

돈키호테의 수난은 이미 중세가 끝났음을 상징적으로 보여주는 것인지도 모르겠습니다. 그런데 더욱 재미있는 것은 "돈키호테는 편력기사에게 으레 일어나는 불행이라 여기고 기꺼이 감수하고자 했으며, 이 모든 일을 자신의 부족한 말 탓으로 돌렸다"(1-72)는 점이에요. 참으로 편리한 자기 합리화이

톨레도의 상인들에게 폭행당하는 돈키호테

상인들에게 얻어 맞은 돈키호테가 기사소설의 한 대목을 떠올리며 시를 읊고 있다.

고 무책임이지 않나요? 물론 이 역시 기사소설을 풍자한 것입니다.

이어 제1부 제5장 '뒤이어 계속되는, 우리의 기사가 겪는 불행한 이야기'는 돈키호테가 자신의 처지를 표현하고자 "책에서 읽은 대목을 떠올"리고 다음과 같이 읊는 것으로 시작합니다.[32]

> 어디에 있는가, 나의 아내여? 나의 불행이 고통스럽지 않은가? 아내여, 혹은 그대 모르는가. 아니면 그대 거짓되고 믿을 수 없는 여인인가?(1-74)

윗부분도 시이므로 시처럼 번역하는 것이 더욱 적절했을 듯합니다. 가령 과거의 번역은 다음과 같이 더욱 그럴듯해요.

> 어드메 계신가요 나의 아가씨?
> 이 몸의 가련함을 슬퍼 안 하니,
> 행여나 이 사정을 모르시는지,
> 행여나 절개 없이 잊으셨는지…(2-47)

돈키호테가 시를 읊는답시고 인용한 기사소설을 우리는 읽어본 적이 없습니다. 그러니 이 장면이 어떤 아이러니로 와 닿아 웃음을 불러일으킬지 제대로 상상할 수 없어요. 그렇지만 당시의 스페인 사람들은 물론이고 지금의 스페인 사람들도 대충은 짐작하고 세르반테스의 의도대로 웃음을 흘릴 것입니다.

---

32) 여기서 돈키호테가 읽어온 책에 대해 "마호메트가 행한 기적만큼이나 허황했다"는 문장은 다시금 반이슬람주의의 흔적을 보여준다(1-73).

길가에 꼴사납게 널브러져 있던 돈키호테를 다행히도 같은 고향의 농부가 발견합니다. 그러나 농부를 후작으로 착각한 돈키호테는 그에게 다음과 같이 말해요.

> 나는 내가 누구인지 알고 있습니다. 나는 지금까지 이야기한 그들뿐만 아니라 프랑스의 열두 기사 모두, 심지어는 저 유명한 아홉 명의 기사까지 될 수 있다는 것도 알고 있습니다. 그들이 세운 무훈을 모두 합치든 각자의 무훈을 따로 치든, 나의 공훈에는 결코 미치지 못하기 때문이지요(1-77).

위에서 저는 돈키호테의 기행에 대해 그를 미쳤다고 보는 시각과, 미친 척한다고 보는 시각이 있다고 설명했는데요. 정상적인 독자라면 여기서는 아무래도 돈키호테의 황당무계한 자랑을 두고 역시 정신 나간 놈이 분명하다고 판단하겠지요? 그는 자기가 누구인지 알고 있다고 하지만, 그 자신은 망상에 빠진 중세 기사일 뿐, 정상적인 라만차의 시골 귀족이 아니기 때문입니다.

그러나 더욱 중요한 것은 그가 자신이 유명한 기사가 '될 수 있다'고 믿는다는 점입니다. 여기서도 운명을 개척하는 자유인의 모습이 나타나요. 따라서 여기에 중심을 두면 미치지 않았다는 시각도 영 설득력이 없는 것은 아닙니다. 앞으로 돈키호테를 어느 쪽으로 보든 그것은 독자 여러분의 자유지만, 저는 『돈키호테』를 쓴 저자의 입장에 따라 일단은 우리의 주인공이 미쳤다고 보면서 이야기를 풀어나갈게요.

여하튼 돈키호테는 고향 농부 덕분에 사흘 만에 집에 돌아옵니다. 집에는 가정부와 조카딸, 마을 신부와 이발사 니콜라스가 기다리고 있습니다(1-77). 그들은 제1장에서도 기사소설에 대한 돈키호테의 논쟁 상대로 잠깐 등

농부에 이끌려 집으로 돌아가는 돈키호테

장한 적이 있지만(1-40), 본격적인 활약은 지금부터입니다. 먼저 가정부가 "그토록 자주 읽던 그 망할 놈의 기사도 책들이 그분의 정신을 빼놓은 게 분명"하다고 목소리를 높입니다. 그러자 조카딸도 그 "책들은 이단자들과 같아서 불태워 없애버려야 한다"고 맞장구를 치고, 신부도 이에 동조해요(1-78). 이 장면은 당시 이단자를 화형에 처한 종교재판을 풍자하는 것입니다. 그러나 당시 기사소설은 종교재판에 넘겨지기는커녕 대중들로부터 엄청난 인기를 끌었다는 점에서 이러한 비교도 아이러니하다고 볼 수 있습니다. 당대의 독자들은 이를 읽고 한 번 더 크게 웃었을 테지요.

기사소설 불태우기-검열의 풍자

제1편 제1부 제6장의 제목은 '신부와 이발사가 우리의 똑똑한 시골 귀족의 서재에서 행한 어마어마하고도 즐거운 종교재판 이야기'입니다. 제목부터 '종교재판'을 풍자하는 것임을 대놓고 드러내고 있는데, 당시의 엄격한 검열에서 어떻게 살아남았는지 신기할 따름이에요.

여하튼 첫 출정을 마치고 돌아온 돈키호테가 깊이 잠든 사이, 신부는 돈키호테가 평소 읽던 기사소설을 태우고자 마음먹습니다. 그러면서 그 한 권 한 권에 대한 판결을 내리는데, 이는 전부 당시 유럽에서 유행하던 작품들입니다. 각 작품에 대한 평가는 아마도 세르반테스 시대의 독자들이라면 대부분 읽은 것일 터라 흥미롭겠지만, 지금 우리에게는 그렇지 못하니 넘어가도록 해요.[33] 신부는 허무맹랑하고 지루한 책은 불에 던져버리고, 문학적 가

---

33) 그런데 눈길이 가는 장면이 있다. 『백기사 티란테』라는 책을 보고 신부가 다음과 같이 말하는 부분이다. "정말로 그 문장만 보더라도 이 세상 최고의 책입니다. 이 책에는 기사들이 먹고 자고 자리에서 죽고, 죽기 전에 유언을 하는 등 그 밖에 다른 책엔 한 마디도 나오지 않는 내용이 다 들어 있습니다. 그 점에 있어서는 저자를 칭찬할 만합니다. 평생 동안 노예선에 갇혀서 고생할 만한 엉터리 이야기들을 집어넣은 것이 사실이지만, 일부러 알고 그런 것은 아니니 봐주는 게 어떨지요. 가져다 읽어보세요. 제가 한 말이 모두 정말일 테니(1-87)." 그런데 여기서 문제는 "평생 동안 노예선에 갇혀서 고생할 만한 엉터리 이야기들을 집어넣은 것이 사실이지만, 일부러 알고 그런 것은 아니니 봐주는 게 어떨지요"라는 부분의 번역에 대해서 과거부터 논의가

치가 있는 책들은 남겨둬요. 그런데 재미있는 것은 돈키호테의 서고에 있던 책 중에 세르반테스 자신의 처녀작 『라 갈라테아』가 있다는 것입니다. 여기서 세르반테스는 신부의 입을 통해 자기 작품을 비판해요(1-89). 어쨌거나 『라 갈라테아』는 결론이 모호하다는 혹평을 받지만, 신부는 속편을 두고 보겠다며 한 번 더 기회를 줍니다(아무리 세르반테스라고 해도 자기 작품을 벽난로에 던지고 싶지는 않았나 봅니다).

산초 판사를 만나다

돈키호테는 제7장에서 우렁찬 잠꼬대를 하며 깨어났다가 곧바로 다시 곯아떨어져요. 그러자 신부와 가정부는 그가 잠에서 깨어나기 전에 나머지 책을 전부 화형에 처하기로 합니다. 그 탓에 엉터리 작품들 사이에 끼어 있던 괜찮은 책들도 잿더미가 되지요. 작가는 "이런 상황에서 때로는 죄지은 자들이 오히려 정의로운 사람이 될 수 있다는 속담이 나온 것이다"라는 속담으로 풍자를 마칩니다(1-93). 그리고 돈키호테의 가족은 서재를 막아버려요. 이틀 후 돈키호테가 깨어나 책을 찾자 조카딸은 마법사가 나타나 서재와 함께 책을 다 가져갔다고 둘러댑니다. 돈키호테는 이를 그대로 믿습니다(1-93). "그래, 그자는 영리한 마법사지만 나하곤 철천지원수지."(1-94) 이는 중세 기사소설에 언제나 마술사가 나타나 주인공에게 해결책을 주거나 괴롭힌다는 점을 풍자한 거예요.

자, 여기서 농부 산초 판사가 돈키호테의 시종으로 처음 등장합니다. 산초 판사는 고지식한 농부예요. 그렇지만 기사의 시종이 되어서 주인에게 충성

분분하다는 점이다. 즉 원문은 그것과 반대로 "엉터리 이야기들을 일부러 집어넣은 것이 아니므로 평생 동안 노예선에 갇혀서 고생해야지요"라고 되어 있는데, 보다시피 이 문장은 난해해서 말이 되지 않는다. 이 부분에 대한 학자들의 지루한 논의는 소개할 필요가 없겠지만, 적어도 역주로서는 원문과 다르게 위와 같이 번역한 이유를 설명함이 옳다.

하면 언젠가 그 보상으로 최소한 어떤 섬의 통치권을 얻을 수 있다는 약속에 홀딱 넘어가고 맙니다(1-95).

동료를 얻은 돈키호테는 제2회 출정을 나섭니다. 제7장의 제목은 '우리의 훌륭한 기사 돈키호테 데 라만차의 두 번째 출정 이야기'예요. 앞에서 본 주막 주인의 충고를 새겨들은 돈키호테는 이번에는 "웬만큼 돈도 모아"서 길을 떠납니다(1-95). 이는 돈키호테가 벌써 어느 정도 현실에 적응했음을 뜻해요. 또한, 산초 판사가 걷는 데 익숙하지 않다며 당나귀를 가져가겠다고 하자 돈키호테는 '기사소설에서 기사의 시종이 당나귀를 타는 묘사가 등장하던가?' 하며 고민하다가 나중에 무례한 기사로부터 말을 빼앗아 주면 된다고 생각해서 허락합니다(1-96). 이 장면 역시 돈키호테가 조금은 현실과 타협하기 시작했음을 보여주죠.

제8장의 제목은 '용감한 돈키호테가 상상조차 못 해본 굉장한 풍차의 모험에서 거둔 대단한 결과와 유쾌하게 기억할 만한 사건에 대하여'입니다. 이번 장에서 돈키호테는 풍차를 거인으로 오해하고 덤벼들기도 하고, 그 다음 날에는 어느 귀부인의 하인과 결투를 벌이기도 해요. 그런데 결투가 막 절정으로 치닫는 순간 이야기가 중단되고 맙니다. 무슨 일인지 자세히 들여다볼까요?

제8장의 풍차 이야기는 산초 판사와 돈키호테가 벌이는 최초의 모험이자, 『돈키호테』라는 작품을 상징한다고 해도 과언이 아닐 정도로 유명합니다. 돈키호테는 사악한 거인을 발견하고 자신이 무찌르겠다고 장담하는데요. 산초 판사는 상대가 풍차라는 것을 분명하게 알기에 주인을 만류합니다. 그렇지만 돈키호테는 그의 말을 듣지 않고 무조건 돌격하다가 결국 내동댕이쳐져요. 그러게 왜 풍차에 달려들었냐며 어처구니없어 하는 산초 판사에게 돈키호테는 다음과 같이 말합니다.

산초 판사에게 총독 자리를 약속하는 돈키호테

돈키호테, 산초 판사와 함께 모험을 떠나다.

풍차를 사악한 거인으로 오해하고 달려드는 돈키호테

입 다물어라, 산초 판사. 전쟁터에서는 모든 것이 끊임없이 변화하기 마련이다. 내가 확신하건대, 아니 이건 사실이다만 내 서재와 장서들을 훔쳐간 현자 프레스톤이 나의 영광을 앗아가고자 이 거인들을 풍차로 둔갑시켜버린 것이다(1-102).[34]

이를 보면 돈키호테는 이번에는 대상이 풍차임을 금방 인정하고 있습니다(1-102). 이는 앞에서 여관을 성으로, 여관주인을 성주로, 창녀들을 귀부인으로 끝까지 착각했던 것에 비해 매우 짧은, 거의 순간적인 정신착란이라 볼 수 있어요. 그런데 문제는 자신이 제정신으로 돌아오게 된 것을 마법사의 마술 탓이라고 돌린다는 점입니다. 즉 돈키호테는 마법사가 거인을 풍차로 만들었다고 생각하는 거예요. 보통 마술이라고 함은 현실을 비현실로 바꾸는 것을 뜻하는데, 『돈키호테』에서는 거인이라는 비현실을 풍차라는 현실로 바꾸는 것이 마술인 셈입니다. 이는 돈키호테에게는 거인이 현실이고 풍차가 비현실이기 때문이지요.

돈키호테가 읽은 기사소설은 제1편 제1장에서 말하듯이 "마법 같은 이야기들"입니다(1-40). 『돈키호테』에는 마법이란 말이 50회, 마법사라는 말이 103회, 마법에 걸린다는 말이 127회나 사용되고 있어요. 이 '마법'에 대해서는 뒤에서 다시 설명하겠습니다. 지금 알아두어야 할 것은 이것이 대단히 중요한 개념이자 중세 기사소설의 핵심이었다는 점이에요.

돈키호테와 산초는 숲에서 하룻밤을 지내고 다음 날 오후에 귀부인 행렬과 마주칩니다. 그녀는 "명예로운 임무를 수행하기 위해 인디아로 부임하는 남편"을 찾아 세비야로 가는 길이었어요(1-105).[35] 그런데 돈키호테는 그

---

34) 위에서 '현자'라고 함은 앞에서는 '마법사'(1-93), 다른 번역에서는 '마술사'(2-61)로 되어 있는데 문맥상 '마술사'가 적절하겠다.

35) 당시에는 아메리카 대륙을 인도라고 믿었기에, 문맥상 귀부인의 남편은 남아메리카의 식민지 통치를 위한 공직을 발령받은 것일 터이다.

산초 판사가 풍차와 싸우다 나가떨어진 돈키호테를 구하러 오다.

녀를 납치당하는 공주로 오해합니다. 게다가 귀부인의 행렬과 동행하던 수도사들을 사악한 마법사로 착각하지요. 물론 여기서도 산초 판사는 그렇지 않다며 돈키호테를 뜯어말리지만 소용이 없습니다. 마차를 호위하던 비스케이인과 돈키호테 간에 결투도 벌어지고요. 그런데 이 싸움 장면은 갑자기 뚝 끊깁니다. 세르반테스는 원래 작가가 이야기를 중단해버려 자신도 이야기를 더는 진행할 수 없다고 변명하는데요(1-109). 여기서 독자는 혼란에 빠집니다. '그렇다면 지금까지 이야기는 모두 다른 사람이 쓴 원고에 근거한 것이란 말인가?' 하면서요.

제3장
돈키호테의 제2회 출정

아랍인 저자의 등장

제9장에서는 『돈키호테』의 새로운 원고를 발견한 경위가 설명됩니다. 세르반테스는 원래 "읽는 것이라면 길바닥에 널려 있는 종잇조각까지도 즐겨 읽는" 버릇을 가지고 있었는데요. 톨레도의 시장을 거닐던 그는 시장에서 한 소년이 팔고 있던 잡동사니 가운데서 아랍어로 된 "잡기장 하나를 집어"듭니다. 그리고 호기심에 옆 사람에게 읽어달라고 했더니 그게 바로 『돈키호테』의 원고였다는 것이지요. 정말이지 믿기 힘든 돈키호테 같은 이야기 아닌가요(1-115)? 이 또한 우연과 믿기 힘든 기적이 남발하는 기사소설에 대한 풍자일 것입니다. 이 새 원고란 아랍인 역사학자 시데 아메테 베넹헬리가 아랍어로 쓴 『돈키호테 데 라만차 이야기』인데요. 세르반테스는 이것을 무어인에게 스페인어로 번역하게 해요. 그래서 『돈키호테』 제1편 제2부부터의 이야기를 제2의 작가인 세르반테스가 계속하게 되지요(1-116). 이렇게 작가를 3중으로 설정하는 기법이 지니는 의의와 효과에 대해서는 이미 설명했습니다.

이어 제1편의 마지막인 52장까지 돈키호테의 이야기는 그 원고를 바탕으로 한 것입니다. 그런데 1권 끝에서 작가는 또다시 더는 원고가 없다고 말하고 책을 끝내요(1-711). 그러나 2권에서는 아무렇지도 않게 다시 이야기가 시작되어 독자를 어리둥절하게 합니다(2-402). 게다가 제2편에서는 원고가

목동들에게 유토피아를 설명하는 돈키호테

다시 발견된 경위가 설명되지도 않아요. 이래저래 『돈키호테』는 황당한 작품이죠?

유토피아

제9장의 제목은 '용감무쌍한 비스카야인과 의기양양한 돈키호테의 굉장한 결투의 결말에 관하여'라는 거창한 것인데요. 대부분의 지면은 원고를 다시 찾게 된 경위에 할애되고, 두 사람의 결투는 시답잖게 금방 끝나버립니다. 그리고 이야기는 제10장 '비스카야인과 타협하고 난 후 양구아스인들과의 사이에서 위험에 빠진 사건에 관하여'로 이어지지요.[36] 돈키호테와 산초 판사는 산양 치는 목동들의 오두막에서 머물게 됩니다(1-126).

제11장 '산양 치는 목동들과 함께한 돈키호테에게 일어난 사건에 대하여'에서 목동들에게 만족스러운 식사를 얻어먹고 기분이 좋아진 돈키호테는 긴 연설을 하는데요. 주목할 점은 여기서 세르반테스의 유토피아가 처음으로 드러난다는 것입니다. 따라서 이 부분은 『돈키호테』의 핵심에 해당한다고 보아도 될 거예요.[37] 돈키호테는 먼저 "행복한 시절"인 "황금시대"에 대해, "'네 것, 내 것'이라는 두 단어를 모르고 살았고", "모든 것을 공동으로 소유"한 세상이었다고 이야기합니다(1-130).

그 누구라도 일용할 양식을 얻기 위해서는 달콤하게 익은 열매를 아낌없이 주는,

---

36) 그런데 이 제10장 처음에 재미있는 서술이 있다. 즉 산초 판사가 "주인님이 승리를 거두어 섬을 손에 넣고 약속했던 대로 자신을 그 섬의 영주로 삼게 해달라고 하느님께 기도했다"는 것이다(1-120). 앞에서 본 제8장의 풍차 이야기나 제9장의 귀부인 이야기에서 주인이 미쳤다고 생각한 산초 판사이지만, 자신을 영주로 삼는다는 주인의 황당한 약속에는 혹한 것이다.

37) 이러한 작가의 사상은 뒤에서도 되풀이된다. 가령 제1부 50장에서 신부가 "산은 학자를 키우고, 목자의 오두막은 철학자를 담고 있다"고 하자 양치기가 "적어도 갖은 고생을 한 사람들을 보호해주지요"라고 답하는 (1-692) 장면 등이다.

잎이 무성한 떡갈나무에 손만 뻗으면 되었소이다. 맑은 샘물과 흐르는 강물은 사람에게 맛좋고 투명한 물을 충분히 제공해주었지요. 바위 틈새와 움푹 파인 나무 구멍에는 부지런하고 분별력 있는 꿀벌들이 그들의 공화국을 건설하고, 가장 달콤한 노동의 풍요로운 수확을 아무런 대가 없이 누구에게나 제공했소. 거대한 코르크나무들은 순수한 호의로 자신의 넓고 큰 껍질을 벗겨내어 거친 기둥으로 지탱되어 있는 가옥들의 지붕을 씌우기 위해 사용되었소. 그것은 오로지 하늘의 눈, 비를 막아주기 위한 것이었다오(1-130).

모두가 평화로웠고, 우애가 넘쳤으며 조화로웠다오(1-131).

아직 밭가는 쟁기를 가지고 자연의 자애로운 땅속을 열어보거나 건드릴 엄두도 내지 못했소. 대지는 강압에 의해서가 아니라 스스로 그 비옥하고 넓은 대지 곳곳에서 그 당시 땅을 소유하고 있던 인간들을 실컷 먹이고, 영양분을 주고 즐겁게 할 수 있는 것을 제공했다오. 단순하고 아름다운 목녀들은 초록색 우엉과 덩굴 잎새로 엮은 것을 걸쳐 몸을 가리고 계곡에서 계곡으로, 언덕에서 언덕으로 돌아다녔지요. 액세서리 같은 건 없었습니다. 그녀들이 걸친 장식이란 것은 요즘 여자들이 사용하는 티라나의 자주색이나 다양한 방법으로 세공한 자주색 비단이 아니라 자연의 낙엽들이었소(1-131~132).

세르반테스의 유토피아에서 연인 간의 교감은 다음과 같이 이루어집니다. "사랑을 나눌 때도 인위적인 언어의 현란함을 추구하지 않고, 자신이 느끼는 그대로 단순하고 소박하게 표현"했고 "진실과 소탈함 속에는 사기와 속임수, 악이 끼어들지 않았다."(1-132) "따라서 정숙한 여인들도 낯선 사람의 뻔뻔스러움과 음탕함이 자신을 욕보이지 않을까 하는 두려움 없이 혼자서 어디든 돌아다닐 수 있었으며 여인이 정조를 잃는 일은 스스로 원해서 일어났을 뿐"이다(1-132). 그리고 그의 연설은 법과 질서에 대한 것으로 넘어갑니다. 유토피아에서는 "정의도 본래의 의미를 그대로 지니고 있어서 자신의 혜택이나 이득을 얻기 위해 오늘날 정의를 그토록 더럽히고 교란시키고 탄압하는 사람들도 감히 정의를 뒤흔들거나 모독할 수 없었"고 "법관의 머릿속에 성문법의 개념도 존재하지 않았는데, 그 이유는 재판할 일도 재판받을 사람도 없었기 때문"이었다고 해요(1-132).[38] 여기서 세르반테스가 내세운 법도 재판도 없이 모든 것을 공동으로 소유하는 유토피아는 토머스 모어의 『유토피아』를 연상하게 하지만 사실 그보다는 훨씬 단순한 것입니다. 여하튼 이런 연설을 하게 만든 것이 돈키호테의 광기인지 아니면 제정신에서 우러나온 신념인지는 알 수 없습니다. 그렇지만 저는 후자라고 믿고 싶어요. 그의 이야기 속에 구상된 유토피아는 미친 사람의 이야기라고는 도저히 믿을 수 없을 만큼 날카로운 현실 비판을 담고 있기 때문입니다.

그런데 돈키호테의 이 장광설에 대해서도 작가는 풍자적인 태도를 유지합니다. 그의 행동은 그저 "그가 대접받은 도토리들이 황금시대에 대한 기억을 불러일으키는 바람에 아무짝에도 쓸모없는 이야기를 늘어놓았던 것"일 뿐이라고 하니 말이에요. 청중의 태도도 그리 호의적이지 않습니다. 목동들은 "아무 말 없이 꼼짝도 않은 채 멍하게 그의 말을 듣고 있었다. 산초 판사 역시 아무 말 없이 도토리를 먹으면서 시원하게 하려고 코르크나무에 매달아놓은 두 번째 술 부대를 왔다 갔다 하며 축내고 있었다"고 하니까요. 이처럼 돈키호테의 의식과 주위 상황의 괴리로 인해 발생하는 아이러니는 독자에게 웃음을 유발합니다. 그렇지만 저는 그가 말한 유토피아가 그냥 미친 사람의 공상으로 흘려보낼 만큼 무의미한 이야기가 아니라고 봅니다.

이러한 유토피아 사상은 『돈키호테』 제2편에서 산초 판사가 총독으로 부

---

38) 이러한 사법제도의 부정은 뒤의 22장에서 현실의 가혹하고 부조리한 형벌에 대한 비판으로 나아간다.

임하기 전에 돈키호테가 산초 판사에게 주는 당부에서 더욱 구체적으로 드러납니다. 돈키호테는 "유덕하고도 가난한 것이, 지체 높고도 죄를 짓는 것보다 훌륭하다", 따라서 "왕자와 대공으로 태어난 사람들을 부러워할 하등의 이유가 없다"(2-635)와 같은 말로 평등주의를 선언한 뒤 다음과 같이 조언합니다.

> 독단적인 법으로 움직이지 말게. 그것은 스스로 똑똑한 체하는 자들의 짓일세. 부자의 약속과 선물 배후에 있는 진상을 알아내려고 노력하게. 가난한 자의 울음과 애원의 배후도 마찬가지일세. 공정성이 냉혹한 법률을 온당하게 완화시킬 수 있는 경우에는 법률의 모든 세력을 죄인에게 덮어씌우지 말게. 냉혹한 재판관은 자비로운 재판관보다 높은 명성을 가지지 못하네(2-636).

여기서 세르반테스가 돈키호테를 통해 말하고자 하는 유토피아는 이성보다도 자비에 의해 이루어지는 세계처럼 보입니다. 아니, 이성과 함께하는 자비라고 하는 편이 정확하겠네요. 이에 대해서는 뒤에서 제2편을 분석하면서 다시 상세히 살펴볼게요.

사랑의 자유

제12장 '돈키호테와 함께 있던 사람들에게 산양 치는 목동이 들려준 이야기'의 줄거리를 한 줄로 요약하면 '산양치기 목동 그리소스토모가 여인 마르셀라를 짝사랑하다가 자살한 이야기'입니다. 그리소스토모와 마르셀라에 대한 이야기는 제14장까지 이어지는데요. 이는 『돈키호테』의 전체 줄거리와는 별 상관이 없는 삽입소설 중 하나로 목가소설에 속해요. 그런데 이 이야기는 일반적인 목가소설과는 다른, 세르반테스만의 개성을 보여줍니다. 바

돈키호테와 산초 판사가 시냇가에 엎드려 물을 마시고 있다.

로 두 개의 이중적 시각으로 쓰였다는 점이지요. 즉 제12~13장에서는 상사병으로 죽은 그리소스토모를 동정하는 시각에서 서술하다가, 제14장에서는 마르셀라가 나타나 자신의 처지를 주장하는 것인데요. 그녀는 "진정한 사랑은 깨지지 않으며 스스로의 마음에서 우러나야지 강요해서 되는 것은 아니"라고 합니다. 또한, "왜 아름다움으로 인해 사랑받는 여인이 그저 재미로, 그리고 강압적으로 달려드는 남자에 의해 정절을 잃어야만 하는 겁니까? 저는 자유롭게 태어났고, 또 자유롭게 살아가기 위해 초원에서의 고독을 선택한 것입니다"(1-169)라면서 다음과 같이 자기 견해를 밝히지요. "저는 자유로우며 구속당하고 싶지 않습니다. 어느 누구도 사랑하지도 싫어하지도 않지요. 이 사람을 속이고 저 사람에게 구애하지 않으며, 한 사람을 농락하고 다른 이의 마음을 유혹하지도 않았답니다."(1-171) 이에 감동받은 돈키호테는 "이 세상에서 그녀만이 올바른 생각을 가지고 살아가는 유일한 사람"이라고 칭송합니다(1-172).

여기서 마르셀라의 태도와 돈키호테의 반응을 통해 세르반테스는 자유로움을 찬양하고 있어요. 다른 양치기들이 또다시 마르셀라에게 추파를 던지자, 돈키호테는 그들에게 마르셀라를 가만히 두라고 불호령을 내립니다. 그리고 자신은 다시 기사도 정신을 발휘해 "마르셀라를 찾아가서 그녀에게 자신이 할 수 있는 모든 것을 해주겠다고 결심"(1-173)해요. 그것으로 제1편 제2부는 끝납니다.

여러 가지 모험과 풍자

제1편 제3부는 제15장 '잔인한 양구아스인들과 맞닥뜨린 돈키호테의 불행한 모험 이야기'로 시작합니다. 돈키호테와 산초는 마르셀라를 찾아 숲속으로 들어가지만 길을 잃습니다. 그런데 발정 난 로시난테가 양구아스인들의

암말에 접근해서 주인들 간에 시비가 붙어요. 돈키호테는 체면도 잃고 또다시 두들겨 맞고 맙니다.

그리고 이야기는 제16장 '재치 넘치는 시골 귀족 돈키호테가 성이라고 믿은 주막에서 일어난 일에 대하여'로 넘어갑니다. 다친 돈키호테와 산초 판사는 주막 주인에게 발견되어 간호를 받습니다. 이 주막에는 마리토르네스라는 창녀가 일하고 있었는데요.[39] 그녀는 마부와 연애를 즐기기로 하고 밤중에 헛간으로 갑니다. 그런데 헛간에서 그날 밤을 지새우고 있던 돈키호테는 그녀를 "책에서 읽은 대로 사랑에 빠져 온갖 장신구로 치장하고 심한 부상을 입은 기사를 찾아온 공주"(1-193)로 착각해요. 그래서 그녀에게 말을 걸다가 분노한 마부에게 실컷 두들겨 맞지요.

그의 고난은 다음 장에서도 이어집니다. 제17장은 '용감한 돈키호테와 선한 종자 산초 판사가 돈키호테의 광기로 인해 성이라 여겼던 주막에서 수많은 고난을 당하는 이야기'인데요. 여기서 돈키호테는 전설에 나오는 피에라브라스 향유[40]를 만들어서 상처를 치유하려고 합니다. 이 엉터리 약을 제작하는 과정에서 80번 이상 주기도문을 올리고 온갖 기도와 찬사를 바치는 등의 묘사(1-202)는 당시 종교법원의 검열에 걸리기도 했지요. 이는 형식에 과도하게 치우친 당시 가톨릭의 절차 중심주의를 비판한 것입니다. 어쨌거나 향유를 마신 돈키호테와 산초는 병이 낫기는커녕 잔뜩 구토만 합니다.

주막을 떠나면서 이들은 또 소동을 벌입니다. 주막 주인이 숙박비를 달라고 하자 여태까지 이곳을 성이라고 믿고 있던 돈키호테는 "그렇다면 이곳이

---

39) 작중 마리토르네스는 다음과 같이 묘사된다. "그녀 스스로 시골귀족의 가문이라고 자부심이 대단했으며, 주막에서 이런 일을 하는 것은 불행과 불운이 자신을 그런 상태로 몰아넣었기 때문이라서 부끄러울 게 없다고 생각했다."(1-191) 이러한 풍자 또한 창녀와 같은 최하층 민중에 대한 세르반테스의 인간적인 시각을 드러낸다.

40) 피에라브라스 향유는 서구 기독교 전설에 등장하는 성물로, 예수를 씻길 때 사용했다고 한다. 두 방울만 마시거나 상처에 바르면 모든 병과 부상이 사라진다는 향유 이야기는 각종 서양 창작물의 모티브가 되었다.

양구아스인들과의 싸우는 돈키호테

산초 판사가 부상당한 돈키호테를 끌고 가는 중이다.

마리토르네스 때문에 공격받은 돈키호테

돈키호테가 산초 판사에게 피에라브라스 향유를 먹이다.

주막이란 말이요?"라고 물어요. 그리고 성이 아니라 주막이라면 계산을 눈감아 달라고 요구합니다. 기사소설의 주인공은 주막에서 비용을 치르지 않으니까요(1-206).[41] 주인은 당연히 돈을 내놓으라고 합니다. 그러자 돈키호테는 도망쳐요. 이렇듯 민폐만 끼치다가 무전취식까지 일삼는 것을 보면 자칭 정의의 기사라는 돈키호테가 하는 짓도 불량배나 사기꾼과 다름없어 보이는군요. 물론 이 역시 기사도에 대한 풍자입니다. 잔뜩 성이 난 주인이 산초 판사에게 돈을 내라 하자 산초 판사도 거부해요. 자신은 기사의 종자이니 주인의 법도를 지키겠다는 것이지요. 이를 본 다른 손님들은 산초 판사를 번쩍 들어서 던지고 노는 심한 장난을 칩니다. 기사와 종자는 어쩔 줄을 몰라 하다가 녹초가 되어서 쫓겨나지요.

제18장 '산초 판사와 돈키호테의 대화와 이야깃거리가 될 만한 다른 모험들에 대하여'에서 돈키호테는 자신들이 당한 굴욕에 대해 또다시 변명을 늘어놓습니다. 자신들이 머문 "성인지 주막인지가 틀림없이 마법에 걸려 있"다는 것이에요. 게다가 주막의 사람들이 유령이기에 제아무리 용맹한 기사의 칼이라도 통하지 않아서, 산초 판사를 희롱하는 걸 보고서도 어쩔 수 없었다는 것입니다(1-210). 물론 산초 판사는 그들이 인간이라는 걸 알고 있습니다. 그렇다 해도 복수는 버거운 일이었겠지요. 이만 고향으로 돌아가는 것이 어떻겠냐고 묻는 산초에게, 돈키호테는 어떤 종류의 마법도 거부하는 검을 손에 넣으면 앞으로 모든 싸움에서 이길 수 있다고 장담합니다(1-212).

그런데 하나의 소동에서 빠져나오기가 무섭게 돈키호테는 다른 소동에

---

41) 앞의 제1편 제3장에서 보았듯이 돈키호테는 제1차 출정에서 숙식비를 내지 못했기에 제2차 출정을 위해서는 돈을 준비하기도 했다. 그러나 숙식비를 내는 것이 기사도에 어긋난다는 이유에서 여전히 주막 주인에게 돈을 주지 않는다.

빠져들어요. 그는 두 무리의 양 떼를 보고 거대한 군대로 착각합니다. 두 무리 중 하나는 "라트라포바나 섬의 군주이신 위대한 알레판파론 황제가 지휘"하는 군대이고, 다른 하나는 "그의 원수인 가라만타의 왕인 팔을 걷어붙인 펜타폴렌 군대"(1-213)라는 것인데요. 이러한 착각에 빠진 돈키호테는 기독교도인 전자를 도와 이슬람교도인 후자를 공격합니다(1-214). 여기서 전투에 참여한 기사들의 출신지를 돈키호테가 일일이 열거하는 장면이 특히 가관입니다. "거짓투성이의 책들에서 읽은 내용에 완전히 푹 빠지고 물들어 얼마나 많은 지방과 나라들을, 각각의 특징까지 덧붙여가며 하나하나 놀라울 정도로 빠르게 읊어"댔다고 하니 말이에요. 하지만 산초 판사의 눈에는 그저 양 떼밖에는 보이지 않았어요(1-217). 돈키호테의 이러한 바보짓들이 기사소설을 풍자하는 것임은 굳이 말할 필요도 없겠죠?

산초 판사의 만류에도 돈키호테는 양 떼들을 공격합니다. 그래서 "일곱 마리가 넘는" 전과를 거두어요. 하지만 그는 결국 양치기들이 던진 돌멩이에 "갈비뼈 두 대가 나가"고 "어금니와 이 서너 개가 땅바닥으로 떨어"지고 "손가락 두 개도 형편없이 뭉개지"는 부상을 입고는 다시 "말 등에서 떨어"지는 꼴이 됩니다(1-220). 그러나 돈키호테는 여전히 자신이 본 것이 옳다고 믿어요. 그는 "마법사가 이 전투에서 거둘 영광을 시샘하여 적의 중대를 양 떼로 둔갑시"켰다고 말합니다(1-220).

이가 몇 개나 빠진 돈키호테의 얼굴을 보고 제19장에서 산초 판사는 그를 '슬픈 얼굴의 기사'라고 불러요(1-231).[42] 그런데 돈키호테는 여기에도 기사소설 속 주인공을 흉내 내어 거창한 의미를 부여합니다.

---

42) 제2편 제17장에서 '사자의 기사'로 바꾸기 전까지 이는 돈키호테의 별명이 된다.

숙식 대금을 요구하는 여관 주인

주막 손님들에게 짓궂은 장난을 당하는 산초 판사

양 떼를 거대한 군대로 착각한 돈키호테가 양들을 공격하고 있다.

나의 무훈에 대한 이야기를 써야 하는 현자가 보기에 다른 기사들도 전부 그랬던 것처럼 나 역시 별호가 있는 것이 좋을 것 같아서였다. …그래서 아까 말했던 그 현자가 너의 혀와 너의 머릿속에 방금 네가 나를 지칭했던 '슬픈 얼굴의 기사'라는 것을 집어넣어준 것이다. 나는 기회가 되면 추후로 나 스스로를 '슬픈 얼굴의 기사'라고 부를 터인즉, 그 이름에 더욱 더 걸맞게 내 방패에 아주 슬픈 모습을 그려넣을 생각이다(1-232).

즉, 돈키호테에게 산초 판사가 붙인 슬픈 몰골의 기사라는 별명은 어느 현자가 마법으로 정해준 것이라는 말이지요. 이에 대해 산초 판사는 이렇게 답합니다. "그런 그림을 그려넣느라 시간을 낭비할 필요도 돈을 낭비할 필요도 없습니다. …주인님이 배가 고프셔서 또 몰골이 말이 아니고 이까지 빠져서 제가 우스갯소리를 했을 뿐이니 아까 말씀드린 것처럼 슬픈 얼굴을 그릴 것까지는 없습니다."(1-232) 돈키호테는 마법이니 뭐니 하며 짐짓 폼 나게 말했지만, 사실은 오로지 배가 고프고 이가 빠진 탓으로 그렇게 보일 뿐이라는 것입니다.

그런데 별명과는 반대로 사실 돈키호테는 매우 잘 웃는 사람입니다. 방금 위에서 인용한 말을 듣고도 "돈키호테는 웃었다"고 하니 말이에요(1-232). 일반적인 기사라면 종자의 무례함에 화를 내고도 남았겠지요. 그런데도 돈키호테가 웃은 것은 어째서일까요? 어쩌면 이는 산초 판사의 말을 긍정하여 자신을 비웃는 것일지도 모릅니다. 혹은 자신으로부터 일정한 거리를 두고 객관화시킨 후, 그러한 자신에 대해 웃을 수 있는 여유에서 나온 것일 수도 있고요.

그 뒤로도 돈키호테의 우스꽝스러운 기행과 풍자는 『돈키호테』 전편에 걸쳐 계속됩니다. 그렇지만 그 모험담을 일일이 소개하는 것이 이 책의 목적은 아니므로 그런 부분은 앞으로의 논의를 전개하는 데에 필요한 범위에서 가능한 한 간단하게 다루도록 할게요.

돈키호테의 무책임주의

제19장 '돈키호테와 길을 가면서 나눈 산초 판사의 분별 있는 이야기, 시체를 두고 벌어지는 모험, 그리고 유명한 사건에 대하여'는 다음과 같은 장면으로 시작합니다. 돈키호테는 밤에 기이한 행렬과 마주치고는 그들에게 대뜸 결투를 신청해요. 그들은 장례를 치르려고 길을 가던 사제들이었습니다. 그런데 그들은 돈키호테를 시신을 빼앗으러 온 악마라고 오해하여 도망가요(1-229). 그중 한 사람인 알론소[43] 로페소는 돈키호테 때문에 놀란 나귀가 넘어지는 바람에 바닥에 내동댕이쳐집니다. 게다가 한쪽 다리가 나귀에 깔린 채로 땅바닥에 누워 있게 되고요.

그런데도 그가 돈키호테에게 하는 대사를 보면 재치가 느껴집니다. 위에서 언급한 바 있는 독일의 문학평론과 아우어바흐는 이에 다음과 같은 분석을 해요. 그가 장난기 넘치는 말장난으로 자신을 달래는 행위 역시 돈키호테에게 영향을 받았다는 것인데요. 이는 돈키호테의 고정관념이 자기가 저지른 피해에 대해 책임을 느끼는 것을 면제해주고, 이에 따라 그의 마음속에서 모든 형태의 비극적 갈등이나 음산한 진지함이 제거되었음을 보여준다고 해석한 것입니다. 즉, 돈키호테의 행위는 언제나 기사의 규약에 따른 것이므로 정당화된다는 말이지요. 돈키호테는 당연히 로페소를 도와주는데, 이는 그가 친절하고 누구나 기꺼이 도와주는 성격이기 때문입니다. 그러나 로페소가 자기 때문에 부상을 당한 것에 대해 돈키호테는 전혀 죄책

---

43) 알돈소(1-229)라고 함은 Alonzo를 잘못 표기한 것이다.

감을 느끼지 않는다고 아우어바흐는 비판해요.[44] 그의 평론에 따르면 돈키호테는 주변 이웃에게 영향을 미치고 때로는 불행을 초래하기도 하지만, 그 결과에 대해 자신은 전혀 책임을 느끼지 않는다는 것이지요. 이는 무책임주의라고 비판할 수 있습니다. 이러한 무책임주의는 이미 앞에서도 되풀이하여 나왔고[45] 뒤에서도 계속 반복될 거예요. 한두 쪽밖에 되지 않는 에피소드를 가지고 위와 같은 분석을 하는 것을 보니 아우어바흐는 확실히 날카로운 평론가인 듯합니다.

제20장인 '용감한 돈키호테 데 라만차가 겪은, 세상의 그 어떤 뛰어난 기사도 겪어보지 못한 위험이 도사리는 전대미문의 모험에 대하여'는 역설적이게도 제목과는 정반대인 내용을 담고 있습니다. 여기서 돈키호테와 산초는 밤새 이상한 소리를 듣고 공포를 느껴요. 돈키호테는 이제껏 존재한 적 없는 모험 생각에 흥분하고, 겁에 질린 산초는 그런 주인을 말리지요. 그렇지만 아침이 오자 그들은 그 무시무시한 소리의 정체가 "바로 큰 소리를 내면서 여섯 개의 방망이를 번갈아 때려대는 직물 빨래방아"인 것을 알고는 허탈감에 젖습니다(1-246).

> 그 모습을 본 돈키호테는 완전히 경악하며 말문이 막혀버리고 말았다. 산초 판사가 보니 주인이 무안하여 고개를 푹 떨구고 있었다(1-246).

그런데 여기서 돈키호테는 마법을 운운하거나 미친 소리를 떠들지 않습니다. 오히려 자신의 실수를 부끄러워하며 반성해요. 그리고 "돈키호테 역시 산초 판사를 바라보니, 입안 가득이 웃음을 머금어 아래턱까지 불룩해

---

44) 아우어바흐, 49~50쪽.
45) 가령 제18장에서 죄 없는 양 떼를 살해한 일 등.

공포의 숲을 지나는 두 사람

돈키호테와 산초는 밤새 공포에 떨었던 무서운 소리의 주인공이
빨래방아임을 깨닫고 허탈해한다.

진 모습이 영락없이 웃음을 참느라 애먹고 있는 모습이었다. 돈키호테는 산초 판사가 웃음을 참고 있는 모습을 보고는 더 이상 우울한 표정을 지을 수가 없었다."(1-246) 이 장면에는 지극히 정상적인 두 남자가 그려져 있습니다. 즉, 적어도 이 장면에서 돈키호테에게는 광기가 없습니다. 물론 그렇다고 해서 그가 완전히 제정신으로 돌아온 것은 아니지만요. 그는 책의 남은 분량 내내 또다시 기행을 벌일 겁니다. 그렇다면 돈키호테가 이어서 하는 다음 말은 그의 제정신과 광기 중 어느 쪽에 더 가까울까요?

"산초야, 내가 이 철의 시대에 태어난 것은 황금의 시대, 소위 전성기를 되살리라는 하늘의 뜻이 있었기 때문이다. 위험한 모험들, 위대한 업적들, 용감한 무훈들이 바로 나를 기다리고 있었던 것이다."(1-246)

여기서 우리는 돈키호테가 현실에서 끝없이 좌절하면서도 자신의 꿈을 절대로 버리지 않음을 볼 수 있습니다. 그 꿈이란 앞의 제11장에서 본 유토피아예요. 그에게 그것은 과거이자 현재이고 미래입니다. 따라서 독일의 철학자 에른스트 블로흐가 말했듯이 "그에게는 그 마력적이고 유토피아적인 상상의 현실만이 중요하며, 주인공의 의식 속에서 유일하게 진리로 작용할 뿐이다"라고 할 수 있겠지요.[46]

제21장 '재미있는 모험과 맘브리노 투구의 탈취, 그리고 무적기사에게 일어난 또 다른 사건들에 대하여'에서 돈키호테는 또다시 광기에 휩싸입니다. 지나가던 이발사의 놋대야를 전설에 나오는 투구로 착각한 것이지요. 돈키호테는 이 전리품을 자랑스럽게 머리에 쓰고 다닙니다(1-252).

46) 블로흐, 2178쪽.

죄수 탈출과 자유

제22장 '자신의 뜻과는 달리 원치 않는 곳으로 끌려가던 불행한 자들에게 돈키호테가 자유를 안겨준 이야기'에서 돈키호테는 노예선으로 호송되던 죄수를 해방해줍니다. 어떤 평론가는 이 장면이 중요한 이유를 '그동안 『돈키호테』라는 작품 전반에서 나타나던 정치적인 보수주의에 대해 예외를 보여주기 때문'이라고 설명해요. 그렇지만 저는 그런 견해에 반대합니다. 『돈키호테』는 오히려 정치적인 진보주의를 따르는 소설이거든요. 또한, 작가의 이러한 정치적 사상을 작중에서 가장 분명하게 보여주는 증거가 바로 이 장면이라고 생각합니다. 따라서 제22장은 『돈키호테』 중에서 가장 중요한 부분이 아닐까 해요.[47]

돈키호테는 길을 가다가 "두툼한 쇠사슬에 목이 얽혀, 마치 염주처럼 목과 목이 서로 연결되고 두 손에는 수갑을 찬 남자 열둘"과 마주칩니다. 그가 이 기이한 일행에 관해 질문하자 산초 판사는 "이 자들은 국왕 폐하의 명으로 강제로 갤리선으로 노 젓기 노역을 가는 죄인들"이라고 대답해요. 그러자 돈키호테는 "강제로라고? 아니 국왕 폐하께서 무슨 일을 강제로 시키는 게 가능하단 말이야?"라고 되묻습니다(1-266~267). 돈키호테의 이 말은 설령 왕이라 할지라도 백성에게 강제로 일을 시킬 수 없다는 것을 뜻해요. 그 말을 들은 산초가 이자들은 죄를 지어서 노역형을 선고받은 자들이라고 설명합니다. 하지만 돈키호테는 "죄목이 어떻든지 간에 이 사람들이 가고 있는 것은 자신의 의지가 아니라 강요라는 것 아니냐"고 묻지요. 그러면서 이들을 해방해주는 일야말로 "억압을 타파하고, 불행한 사람들을 구

---

47) 갤리선 죄수들의 참상은 2편에서도 산초에 의해 다음과 같이 묘사된다. "저 불쌍한 사람들이 무슨 짓을 저질렀다고 저렇게 매질을 하는 겐가? 그리고 저기 휘파람 불고 다니는 저 사람은 어떻게 혼자서 저 많은 사람들을 때릴 수 있을까? 확실히 이건 지옥이 아니라면 연옥쯤은 된다."(2-759)

한다는 나의 임무를 수행하기에 꼭 들어맞는 일"이라고 선언합니다(1-267). 이에 대해 산초 판사는 "국왕 폐하가 곧 정의이니 정의란 무엇을 강요하거나 치욕을 주는 것이 아니라 그들이 저지른 죄를 징계하는 것"이라고 반박해요. 여기서 돈키호테는 진보주의, 산초 판사는 보수주의를 대변한다고 읽을 수 있습니다.

돈키호테는 죄수 한 명 한 명에게 어떤 죄를 지었는지 물어봅니다. 첫 번째 사람은 빨래 바구니에 든 옷을 훔치다 현장에서 잡힌 탓에 곤장 100대를 맞고 3년 도형(徒刑), 즉 갤리선에서의 노역에 처해졌어요. 두 번째 사람은 고문을 견디지 못해 가축을 훔쳤다고 자백하고 곤장 200대와 6년 도형을 선고받았고요. 세 번째 사람은 돈 10두카도(금 36그램의 값)가 없어서 5년 도형을 선고받았다고 하는데, 이는 곧 관리에게 줄 뇌물이 없어서 벌을 받게 되었다는 비아냥거림입니다. 네 번째 사람은 뚜쟁이라는 죄목에 더해 마법사 같은 차림으로 다녔다는 죄[48]로 4년 도형을 선고받았습니다. 다섯 번째 사람은 친척 누이 둘을 비롯한 4명의 여성을 희롱한 죄로 6년 도형에 놓였고요. 세르반테스가 이러한 죄수들의 죄를 상세하게, 풍자적으로 언급한 이유는 그들에게 가해진 처벌이 가혹하다는 것을 강조하면서 당시의 사법체계를 비판하기 위해서입니다. 돈키호테는 죄수들의 사연을 들은 뒤 다음과 같이 결론을 내립니다.

비록 여러분들이 지은 죄 때문에 벌을 받고 있는 것이긴 하지만 여러분들이 받고 있는 형벌이 그다지 기꺼운 건 아닐 것이오. 오히려 아주 못마땅할 뿐 아니라 여러분들의 의지에 어긋난다는 것을 말이오. 그저 어떤 이는 고문 속에서 용기가

---

48) 세르반테스가 살아 있던 시기에 마법사로 지목되는 것은 죄였다. 당시 스페인에는 엄격한 이단 심문이 작용하고 있었으며, 유럽에서 일어난 종교개혁은 마녀사냥을 더욱 극심하게 만들었다.

좀 부족했고, 또 어떤 이는 돈이 부족했으며 다른 사람의 호의가 좀 부족했던 경우도 있었소. 그리고 종국에는 재판관의 잘못된 판단이 여러분에게 파멸을 초래했으며 여러분들이 지니고 있었던 정의를 이끌어내지 못했소(1-276).

돈키호테는 교도관들에게 죄수들을 풀어주라고 요구합니다. 그러면서 다음과 같은 말을 자기 행동의 논거로 삼아요.

하느님과 자연이 자유롭게 만들어놓은 이들을 속박한다는 것은 참으로 가혹한 일이라고 생각되기 때문이오. 뿐만 아니라 교도관님, 이 가엾은 자들은 당신들에게 직접적인 해를 입힌 것도 아닙니다. 각자 죗값은 알아서 치르게 될 것입니다. 저 하늘에 계신 하나님께서 악한 자는 징계하시고, 선한 자에게는 상을 내리실 것이니 어진 사람들이 다른 사람의 죄를 묻는 사형집행인이 되는 것은 바람직하지 않습니다(1-277).

돈키호테의 이러한 대사는 작가의 가치관에 대해 여러 가지 생각을 하게 합니다. 여기서 그가 세속의 실정법 위에 그보다 우월한 신의 자연법이 있음을 주장한 것이라고 볼 수 있지 않을까요? 만약에 그게 아니라면 돈키호테는 그냥 광인이고 그의 말은 미친 사람의 헛소리에 불과합니다. 그렇다면 그는 국가나 정부를 부정하는 아나키스트도 아니고, 예수처럼 하느님의 나라가 당도함을 알리는 예언자도 아니겠지요. 그저 자신이 사로잡힌 기사도라는 고정관념에 빠져서, 죄수를 풀어주어야 한다는 영웅주의적인 생각을 떠올리고는 즉흥적으로 실행에 옮겼을 뿐일 터입니다.[49] 그러나 과연 그

49) 아우어바흐, 49쪽.

렇게만 볼 수 있을까요? 한번 반대로 생각해볼 수도 있지 않나요? 돈키호테는 기사인 자신에게는 국왕의 법이나 정의를 적용할 수 없다고 여긴다는 점에서 명백히 반체제적인 태도를 보입니다. 그리고 죄수들에 대한 형벌이 가혹하다는 판단을 내리고, 그 이유가 유전무죄 무전유죄를 비롯한 사회구조와 판사들의 무능 탓이라고 판단해요. 이러한 사법제도에 대한 불신은 이미 앞에서 묘사된 유토피아에 재판이나 재판관이 없다는 것과 연관 지어볼 수 있습니다.

죄수들을 풀어달라는 돈키호테의 요구에 교도관들은 당연히 거세게 반발합니다. 그러자 돈키호테는 그들에게 달려들어요. 그런 소동이 벌어진 사이 죄수들은 탈출합니다(1-278). 돈키호테는 자유의 몸이 된 죄수들에게 둘시네아 공주를 찾아가 자신의 위업을 전해달라고 말하지만(1-279) 죄수들은 이를 거절합니다. 화가 난 돈키호테는 이번에는 죄수들과 싸움을 벌여요. 하지만 돈키호테와 산초 판사는 자신이 도와준 이들에게 잔뜩 얻어터지고 맙니다(1-280).

뒤늦게야 돈키호테는 후회합니다. "흔히들 천박한 자들에게 선을 베푼다는 것이 바다에 물을 떠다 붓는 것과 다를 바 없다고들 하더구나. 네 말을 들었더라면 이러한 고통은 면했으련만, 이미 벌어진 일을 이제 와서 어쩌겠느냐. 인내하고 앞으로는 자숙하겠다."(1-281) 이는 돈키호테 최초의 태도 변화를 보여주는 장면입니다. 비록 그 말을 들은 산초 판사는 "주인님께서 자숙하신다면 제가 터키인입니다"(1-281)라고 빈정거리지만 말이에요.

여기서도 우리는 돈키호테가 후회는 하지만 죄책감을 전혀 느끼지 않는 점에 주목해야 합니다. 뒤에서 볼 제30장 '몹시 가혹한 고통을 겪는 와중에 사랑에 빠진 우리의 기사를 구해내는 과정과 재미있는 기교에 대하여'에서 신부가 왜 죄수들을 풀어줬는지를 따질 때도 그는 죄책감을 전혀 느끼

돈키호테가 갤리선으로 끌려가는 죄수들을 풀어주라고 요구하고 있다.

지 않아요. 그저 쇠사슬에 묶인 자들이면 무조건 도와주어야 한다는 기사도를 되풀이해 설명할 뿐이지요(1-404). 이 에피소드는 '상황의 아이러니'[50]를 보여주는 대표적인 경우입니다. 그런데 그가 죄책감을 느끼지 않는 것을 무책임주의나 무도덕주의로 보아야 할지, 아니면 아나키즘적인 정치 신념의 하나로 보아야 할지는 독자 여러분이 판단할 문제지만, 저는 후자가 더 적절하다고 생각해요. 돈키호테와 아나키즘에 대해서는 뒤에서 좀 더 자세히 설명하기로 하고 지금은 다시 돈키호테의 모험으로 돌아가겠습니다.[51]

기사와 종자는 죄수들을 호송하던 교도관, 즉 '종교경찰'을 피해 산으로 들어갑니다(1-281). '종교경찰'이란 과거에는 '신성우호동맹'이라고 이상하게 번역되어 독자를 혼란스럽게 했는데요. 최근에는 '성스러운 형제단'으로 번역되기도 합니다.[52] 여하튼 이들은 공공질서 확립과 정의 구현이라는 목적으로 결성된 집단이에요. 하지만 카를로스 5세 때에 와서 형벌에 따라 거금의 보상금이 걸리게 되자 본래의 목적과는 정반대로 범법집단으로 전락하고 말았습니다.

제23장 '이 진실된 이야기에 실려 있는 모험 중에서도 가장 기묘한, 시에라 모레나 산맥에서 돈키호테에게 벌어진 일에 대하여'는 위에 적었듯이 돈키호테가 후회하는 장면에서 시작합니다. 그리고 그 산에서의 모험담으로 이어지는가 싶더니, 두 사람이 산에서 발견한 누군가의 수첩을 발견하면서

---

50) 언어가 아닌 상황을 통해 의미를 전달하는 아이러니. 따라서 작가의 의도보다도 독자가 부여한 의미가 중심이 된다. 가령 주인공의 행동과 주위의 상황 간의 동떨어짐을 인식한 독자가 거기에서 유머를 느낌에 따라 성립하는 아이러니.

51) 한편 30장의 마지막 장면에는 '언어의 아이러니'도 있다. 산초는 돈키호테의 연애편지를 성당지기에게 기억하는 대로 들려준 후 그것을 대필해달라고 부탁했다고 자신의 주인에게 말한다. 그리고는 성당지기 말이 "태어나서 지금까지 수많은 편지를 읽어보았지만 그처럼 아름다운 편지는 본 적도 읽은 적도 없다"고 했다고 둘러댄다(1-418). 여기서 앞의 편지란 다른 번역에 '파문장'으로 되어 있는데(2-234), 왜 편지라고 번역했는지 알 수 없다. 이는 연애편지를 파문장과 연관시키는 점에 대단한 아이러니가 있는 것을 무시한 셈이다. 돈키호테에 담긴 아이러니에 대해서는 뒤에서 좀 더 살펴볼 것이다.

52) 안영옥 옮김, 『돈키호테』, 1편, 열린책들, 321쪽.

배은망덕한 죄수들에게 박살이 난 돈키호테

돈키호테와 산초가 시에라 모레나에 도착하다.

산 속으로 들어간 두 사람

산초 판사의 당나귀를 도둑맞다.

돈키호테가 산중에서 주운 작은 책에 실린 소네트를 읊고 있다.

사람을 발견하고 깜짝 놀라는 두 사람

당나귀 시체를 발견하다.

이야기가 다른 곳으로 새기 시작합니다. 그러면서 본편과는 다른 '카르데니오의 이야기'가 삽입소설로 전개되지요.

'카르데니오의 이야기'와 연애편지-돈키호테는 과연 미쳤나?

삽화소설 '카르데니오의 이야기'가 진행되는 부분은 작중 제23~24장, 제27~29장, 제36장입니다. 이 역시 사랑에 대한 이야기인데요. 그중 첫 부분은 제23장에서 시작되어 제24장 '계속되는 시에라 모레나에서의 모험에 대하여'로 이어집니다.

돈키호테와 산초는 산속에서 수첩을 줍습니다. 거기에는 실연당한 연인이 비탄에 젖어 쓴 시들이 가득 적혀 있어요. 이게 누구의 것일까 고민하던 돈키호테의 앞에 누더기를 걸친 광인이 나타났다가 쏜살같이 사라집니다. 호기심이 든 돈키호테는 광인을 따라가다가 목동들을 만나요. 목동들은 그 광인이 원래는 고귀한 차림의 젊은이였다고 설명합니다. 그런데 무슨 사연인지 산에 틀어박힌 후 이따금 광기 어린 발작을 일으킨다고 해요. 돈키호테는 그 광인의 사연을 무슨 일이 있어도 알아내야겠다고 생각합니다. 결국, 그는 광인을 찾아내서 미친 짓을 하는 이유를 물어요. 광인은 자신의 이름을 카르데니오라고 설명합니다. 그리고 자신이 미쳐버린 것은 사랑하는 연인을 잃어버렸기 때문이라고 털어놓아요.

카르데니오는 고향에서 아름다운 루신다와 어린 시절부터 서로 깊이 사랑하는 사이였습니다. 그런데 공작의 부름을 받고 떠났던 카르데니오가 공작의 아들인 돈 페르난도와 친구가 되어 같이 돌아옵니다. 돈 페르난도는 루신다에게 나쁜 마음을 품고 자기 것으로 만들 생각을 합니다.

여기까지 얘기했을 때, 루신다가 기사소설을 빌려달라고 한 적이 있었다는 부분에서 돈키호테의 고질병이 도집니다. 돈키호테는 루신다의 탁월한 독서 취향을 찬양하느라 카르데니오의 말을 끊어먹어요. 그러자 카르데니오는 기사소설 속 귀부인의 정절에 대한 의심을 품는 질문을 합니다. 돈키호테는 이에 광분해요. 결국, 말다툼 끝에 카르데니오의 광기가 다시 도지고 두 사람은 싸우게 되지요. 그래서 이야기도 중단됩니다.

제25장 '시에라 모레나에서 라만차의 용감한 기사에게 일어난 기이한 일들과 벨테네브로스의 고행을 흉내 내어 그가 한 일들에 대하여'에서 산초 판사는 돈키호테에게 집에 돌아가게 해달라고 조릅니다. 돈키호테가 카르데니오와 싸우는 통에 자기까지 얻어맞은 일에 골이 난 것이지요(1-310).

돈키호테는 산초 판사를 달래고 그에게 둘시네아에게 보내는 편지를 부탁합니다. 이유인즉슨 카르데니오에게 자극을 받아 자신도 이 산에서 미친 짓을 해야겠다는 것입니다. 사랑하는 귀부인으로부터 버림받자 지독한 슬픔으로 각종 고행을 마다하지 않는 기사소설 속의 주인공처럼요. 둘시네아가 바람을 피운 것도 아니니 돈키호테에게는 미칠 이유가 없지 않느냐고 지적하는 산초 판사에게, 돈키호테는 다음과 같은 대답을 내놓습니다.

바로 그거다. 그래서 내가 하려는 일이 숭고하다는 것이지. 기사가 어떤 이유가 있어서 미쳤다면 뭐 그리 감동적이겠느냐? 중요한 것은 아무 이유 없이도 광기에 사로잡힐 수 있으며 이를 통해 둘시네아 공주님이 아무 일 없을 때도 이 정도니 위급한 상황이라도 발생하면 어떨지를 알게 하는 것이다. …나는 지금 미치광이이고, 네가 나의 둘시네아 공주님께 내 편지를 전해드리고 답장을 받아 올 때까지는 미치광이일 수밖에 없다. 만일 내가 기대했던 대로 답장이 온다면 나의 광태도 고행도 모두 끝나겠지만, 그렇지 못할 경우 아무 것도 느끼지 않기 위해서라도 진짜로 미쳐버릴 것이다(1-316).

카르데니오를 찾아다니는 돈키호테와 투덜거리는 산초 판사

투덜거리던 산초 판사는 돈키호테로부터 당나귀 세 마리를 받는다는 조건[53]으로 그 편지를 전하는 데 동의합니다. 편지를 전하러 떠나는 산초 판사에게 "돈키호테가 여전히 자신의 미치광이 짓을 하다못해 두 가지만이라도 보고 가라고 끈질기게 졸라"댑니다. 그렇지만 산초 판사는 이를 조금도 보고 싶지 않다고 해요. 주인의 벌거벗은 몸을 구경하기 싫기 때문입니다. 돈키호테는 자신이 둘시네아에 대한 사랑으로 미쳤다는 것을 증명하기 위해서라면 바지를 벗은 채 공중제비를 도는 일이라도 사양하지 않을 태세였으니까요. 대신 산초는 그녀의 답장을 반드시 받아오겠다고 강력하게 주장하면서 온갖 말을 다 떠들어댑니다. 그런데 여기서도 돈키호테가 정말 미친 것인지 미친 척 연기를 하는 것인지에 대해 생각해볼 만한 부분이 나옵니다. 돈키호테가 "언뜻 보아서는 네가 나보다 더 정신이 나간 것 같구나"라는 말을 하거든요(1-331). 보통 미친 사람은 자기가 미쳤다는 것을 자각하지 못합니다. 그런데 돈키호테는 자기 입으로 스스로가 미쳤다는 것을 인정했어요. 돈키호테가 정말 미친 걸까 하고 다시 생각하게 만드는 부분입니다. 물론 둘시네아에게 돈키호테의 깊은 사랑과 광기를 증언하기 전, 주인의 미친 짓을 한 가지 정도는 보고 갈까 하는 생각에 돌아왔던 산초는 차마 눈 뜨고는 보지 못할 꼴을 목격하게 되지만요.

제26장 '사랑에 빠진 돈키호테가 시에라 모레나에서 계속 행한 대단한 일들에 대하여'에서 돈키호테는 "롤랑의 거친 광태를 흉내 낼 것인가, 아니면 아마디스의 비탄을 흉내 낼 것인가"를 두고 고민합니다(1-334). 롤랑과 아마디스는 기사소설의 주인공들이에요. 롤랑은 애인의 배신을 목격하자 미쳐버

---

53) (작가의 실수로 누락되었다가 2판에서 개정된 바에 의하면) 산초 판사의 당나귀는 돈키호테가 갤리선으로 가는 노역으로부터 풀어준 도둑 중 한 명인 히네스 데 파사몬테에게 도둑질 당했기 때문이다. 이 자는 2부에서도 등장해 돈키호테와 다시 얽히게 된다. 이후 산초 판사는 1부 제30장에서 당나귀를 되찾는데 그는 자신의 당나귀를 '잿빛'이라고 부르며 매우 아낀다.

돈키호테가 자신이 둘시네아에 대한 사랑으로 미쳤다는 것을
증명하려고 바지를 벗은 채 공중제비를 돌고 있다.

려서 눈에 보이는 모든 것들을 부수고 다녔고, 아마디스는 사랑하는 여인에게 버림받자 산으로 들어가 눈물을 쏟으며 기도로만 나날을 보냈지요.

돈키호테는 아마디스를 흉내 내기로 결심합니다. 아마디스는 자신의 원래 이름도 버리고 벨테네브로스라는 이름으로 산속으로 들어가 수도사에게 고해했는데요. 마침 돈키호테에게는 수도사가 없었어요. 그래서 대안을 강구합니다.

> "아마디스의 모든 것들이여, 내 기억 속에 되살아나 어디서부터 재현해야 할지 알려다오. 하긴 그가 가장 열심히 한 일은 하나님께 간청하고 의지하는 일이었지. 그나저나 묵주가 없어서 어쩐다지?"
>
> 바로 그 순간, 묵주를 만드는 요령이 떠올랐는데, 바로 치렁치렁 늘어진 셔츠 자락을 널따랗게 잘라낸 뒤 열한 개의 매듭을 짓는 것이었다. 물론 매듭 중 한 개는 나머지 열 개에 비해 크게 만들었다. 그것이 그가 산속에 있는 동안 묵주 노릇을 했고, 돈키호테는 성모경을 백한 번이나 외워댔다. 다만 한 가지 걸리는 일은 그 숲속에서 고해성사를 하고 위로를 해줄 만한 수도사를 발견할 수 없다는 점이었다(1-337).

위 장면은 세르반테스가 당시 교회를 풍자한 것입니다. 하지만 당시 스페인의 사정을 잘 모르는 독자로서는 이것이 어째서 풍자인지 짐작하기가 쉽지 않은데요. 먼저 묵주를 만든 셔츠 자락이 대단히 불결한 것임을 염두에 둬야 합니다. 그런 더러운 것으로 묵주를 만든 것은 당시 스페인의 성직자들이 모두 타락했고 형식에 치우쳤음을 비꼬는 거예요. 그래서 이 부분은 포르투갈 종교 재판소의 검열에 걸리기도 했습니다. 그 탓에 『돈키호테』의 2판을 낼 때 발행인은 그 부분을 "코르크나무에 있는 큰 마디 열 개"로 바꾸었지요. 나아가 이러한 종교 비판이 『돈키호테』의 아나키즘을 형성하는 가장 중요한 요소인 것은 물론입니다.[54]

고향에 돌아간 산초 판사는 마을 신부와 이발사를 만나 그동안의 이야기를 모두 털어놓습니다(1-340). 그런데 산초 판사는 자신이 돈키호테의 편지를 깜빡 두고 왔음을 알고 놀라요. 또한, 돈키호테가 자신에게 당나귀 세 마리를 준다고 한 증서도 두고 왔음을 기억하고 상심에 젖지요. 신부는 어차피 공식적인 종이에 쓰지 않은 증서는 유효하지 않다며 그를 위로합니다. 그래서 산초 판사는 기억을 되살려 신부에게 편지를 새로 쓰게 해요. 여기서 눈여겨볼 점은 신부와 이발사가 이제는 돈키호테만이 아니라 산초 판사까지도 광기에 사로잡혔다고 여긴다는(1-344) 점입니다. 돈키호테와 같이 다니다 보니 산초 판사도 정신 나간 사고방식에 물들었다고 본 것이지요.

제27장 '신부와 이발사가 꾸민 일이 어떻게 벌어졌는지와 유명한 이야기에 걸맞은 그 밖의 일에 대하여'에서는 마을 신부가 돈키호테를 집으로 다시 데려오기로 마음먹습니다. 이를 위해 두 사람은 도움이 필요한 아가씨와 그녀의 시종으로 변장하는 계획을 세워요. 돈키호테를 찾으러 산으로 들어간 이발사와 신부는 카르데니오를 만납니다. 그리고 이번에는 방해 없이 그의 슬픈 사랑 이야기를 듣지요.

루신다는 카르데니오에게 빌렸던 기사소설 책에 사랑을 고백하는 비밀 편지를 꽂아두었습니다. 그러나 이는 돈 페르난도의 손에 먼저 들어가게 되지요. 루신다는 결국 돈 페르난도의 흉계와 부모님의 강압에 못 이겨 그와 결혼합니다. 사랑하는 여인이 자신을 배신하고 다른 남자와 결혼식을 올리는 것을 본 카르데니오는 제정신을 유지하지 못할 정도로 비탄에 빠집니다.

---

54) 이러한 당시 종교에 대한 비판은 뒤에서 보는 제2편 제32장의 사제 묘사에서도 볼 수 있다.

루신다가 카르데니오에게 보내는 비밀 편지를 부탁하다.

그래서 곧장 고향을 떠나 깊은 산중에 숨어버린 것이지요. 이로써 제1편 제3부가 끝납니다.

기사도는 찬양되는가?

제1편 제4부는 제28장 '시에라 모레나에서 신부와 이발사에게 일어난 새롭고도 유쾌한 모험 이야기'로 시작합니다. 이 장의 첫 문단은 제2부의 처음과 같이 기사도와 돈키호테를 찬양하는 내용이에요. 일종의 반어적인 풍자라고 할 수 있지요.

> 대담무쌍한 기사 돈키호테 데 라만차가 세상에 나온 시절은 참으로 행복하고 복된 시대라 할 수 있다. 이미 사라졌거나 거의 사장되다시피 한 편력기사의 도법을 세상에 부활시키려는 무척 훌륭한 시도가 있었기 때문이다(1-371).

카르데니오의 이야기가 끝났을 때, 신부 일행은 도로테아라는 아름다운 아가씨를 발견합니다. 이 여인 역시 말 못할 사정으로 자신의 삶을 버리고 산속으로 숨어들어온 것이었어요. 일행은 도로테아의 이야기를 듣기로 합니다. 그런데 알고 보니 도로테아는 돈 페르난도의 원래 애인이었어요. 돈 페르난도가 결혼을 빌미로 그녀를 속이고 범한 후 버린 거였죠. 돈 페르난도와 루신다의 결혼식에 관한 소식을 듣고서야 자신이 사기당한 것을 깨달은 도로테아는 남장을 하고 고향을 떠났습니다. 그러던 중 자신을 겁탈하려고 한 양치기를 냇가에 밀어 빠트리기도 하고요.[55]

---

55) 이는 앞에서 본 제12장에서 마르셀라가 나타나 아이러니를 빚은 것과 같은 구조의 이야기이다.

이야기는 제29장 '매우 흥미롭고 재미있는 또 다른 사건들과 아름다운 도로테아의 재치에 대하여'로 이어집니다. 신부 일행은 돈키호테를 집으로 데려오는 데 도로테아의 도움을 받기로 해요. 도로테아는 용맹한 기사의 도움을 구하는 '미코미코나 공주'로 변장합니다. 그리고 아프리카에 있는 조국이 거인의 손에 위험에 빠졌다면서 돈키호테를 꾀어내는 데 성공해요. 그런데 돈키호테를 만난 신부는 자신이 괴한에게 강도를 당했다는 거짓말로 그를 슬쩍 떠봅니다. 이 용감한 편력기사가 갤리선으로 노역하러 가던 죄수들을 풀어주었다는 것을 이미 들었기에 그의 반응을 한번 보려고 한 것이지요.

이 부근에 가득 퍼진 소문입니다만, 우리를 덮친 강도들이 바로 갤리선의 죄수들이었다는 겁니다. 사람들이 말하기를 이 죄수들을 풀어준 사나이들이 있었는데, 그는 바로 이 장소에서 경찰관과 관리들의 반대에도 불구하고 모든 죄수들을 풀어줄 정도로 대범한 사내였다고 하네요. 두말할 것도 없이 제 정신이 아니거나 죄수들처럼 아주 교활한 사람이거나, 아니면 영혼도 양심도 없는 사람임에 틀림없어요. 양떼 속에 늑대를, 닭들 속에 여우를, 꿀 속에 곰을 풀어놓은 것이나 다름없는 짓이니까요. 그것은 정의를 저버린 것이고, 국왕의 공정한 심판에 반하는 것이죠. 전투함의 노를 빼앗고, 수년간 잠잠했던 종교경찰들을 부산하게 만들었으니까요. 결국 실리 없이 심신이 피폐해지는 일을 한 셈이죠(1-402~403).

신부의 이러한 논리는 당시 국가의 정책에 그대로 부응하는 것입니다. 반면 돈키호테는 이에 날카롭게 반발해요.

이런 어리석은! 편력기사들은 괴로워하는 자나, 쇠사슬에 묶여 있는 자나, 학대

받는 자들을 길에서 만나면 그들이 곤경에 빠진 것이 그들의 잘못 때문인지, 혹은 그들의 미덕 때문인지 관여하지도, 가리지도 않는다. 단지 그들의 감정이 아닌 그들의 고통을 보고 빈곤한 사람을 도와주듯 돕는 것이다. 나는 줄줄이 묶여 슬픔에 찬 사람들을 우연히 마주쳤고, 기사도가 나에게 요구하는 대로 그들에게 실행했을 뿐이다. 나머지 일은 잘 모르겠지만, 신부님의 성스러운 품격과 고결한 인격을 제외하고, 기사도에 대해 험담을 늘어놓는 자가 있다면 그 자는 뭔가 잘 모르는 자이며, 천박하고 천성이 고약한 거짓말쟁이라고 할 수 있을 것이다(1-404~405).

돈키호테의 이러한 논리 중 어느 정도까지가 작가의 의견인지는 잘 모르겠습니다만, 만일 이 대사에도 세르반테스의 풍자가 반영되어 있다면, 그는 당시 성직자를 "천박하고 천성이 고약한 거짓말쟁이"라고 비난한 것일 테지요. 이단 심문이 한창이던 당시 스페인을 생각하면 매우 대담한 발언이라고 하지 않을 수 없습니다.

제30장 '몹시 가혹한 고통을 겪는 와중에 사랑에 빠진 우리의 기사를 구해내는 과정과 재미있는 기교에 대하여'에서 산초 판사는 돈키호테에게 도로테아와 결혼하라고 촉구합니다.[56] 도로테아의 왕국을 구해주어 영웅이 되고, 그녀의 남편이 되면 자연스럽게 왕국을 물려받게 될 테니까요. 그러면 종자인 자신에게도 영토와 신하들이 주어질 테니 말입니다. 하지만 오로지 둘시네아만을 사랑하는 돈키호테는 이를 단호하게 거절해요. 그러자 산초 판사는 둘시네아는 도로테아의 발끝에도 미치지 못한다는 말실수를 합니다. 머리끝까지 화가 난 돈키호테는 산초 판사에게 "두 차례나 세게 내리

56) 산초 판사 역시 신부와 이발사의 속임수로 도로테아를 아프리카의 공주로 믿고 있다.

쳐 땅에 고꾸라뜨"리는 폭행을 저질러요. 책에는 "도로테아가 그만하라고 소리치지 않았다면 분명 그 자리에서 시종을 죽여버렸을 것이다"(1-413)라는 묘사까지 있지요. 사실 이 장면에서 드러나는 난폭한 폭력배 돈키호테는 지금까지 『돈키호테』에서 묘사된 어떤 미치광이다운 기행보다도 개인적으로 가장 읽기 거북한 부분이었음을 밝히지 않을 수 없군요.

제31장 '돈키호테와 그의 종자 산초 판사가 나눈 재미난 생각들과 새로운 사건들에 대하여'에는 앞의 제4장에서 잠깐 스쳐 지나갔던 인물이 다시 등장합니다. 바로 돈키호테가 최초의 모험을 통해 구해준 하인 안드레스지요. 주인의 양을 잃어버렸다는 죄목으로 매를 맞던 그 소년입니다. 돈키호테는 소년이 자신에게 감사인사를 하려는 줄 알고 뿌듯해합니다. 하지만 소년은 돈키호테의 참견 때문에 자신이 주인에게 더 심한 매질을 당했다면서 자기가 곤경에 처한 것을 보거든 그냥 내버려두라고 말합니다. "나리가 도와준 덕분에 당했던 재난보다 더 큰 재앙은 없을 테니까요. 이 세상에 태어난 편력기사들은 모두 하느님의 저주나 받으라지!"(1-430) 이 역시 기사소설에 대한 풍자입니다.

제32장 '주막에서 돈키호테 일행에게 일어난 사건에 대하여'에서 일행은 앞의 제16장에서 나왔던 주막에 다시 들릅니다. 돈키호테가 곯아떨어진 후, 신부와 이발사는 주막 주인에게 돈키호테의 광기에 관해 설명해요. 그런데 여기서 주막 주인도 기사소설의 열렬한 애독자임이 드러납니다. 기사소설들에 대해 주인과 논쟁을 벌이던 신부는 문득 한 원고를 발견하고 그 내용을 궁금해합니다. 그래서 일행은 이 소설을 읽어보기로 결정해요. 당시에는 청중에게 큰 소리로 책을 읽어주는 것이 일반적인 독서 방법이었거든요.[57]

---

57) 필립 아리에스 외, 이영림 역, 『사생활의 역사』, 새물결, 2002, 199쪽.

산중 냇가의 도로테아

도로테아와 돈 페르난도

도로테아가 양치기를 물에 빠뜨리다.

산초 판사는 고행 중인 돈키호테를 보고 어이없어 한다.

돈키호테에게 접근하는 도로테아

산속을 지나가는 돈키호테와 산초, 그리고 도로테아

돈키호테 일행이 고향으로 가고 있다.

기사소설에 흔히 등장하는 수많은 군사를 물리친 어느 기사의 무용담

거인 다섯의 목을 벤 용감한 기사의 이야기

제33~35장은 '무모한 호기심에 관한 이야기'입니다. 이번 삽화소설은 이탈리아풍인 단편인데요. 피렌체를 배경으로 한 두 기사 안셀모와 로타리오, 그리고 안셀모의 아내인 카밀라의 사랑 이야기입니다. 안셀모와 로타리오는 둘도 없는 친구였습니다. 안셀모는 친구의 도움으로 사랑하는 여인 카밀라와 결혼해 누구나 부러워할 만한 행복을 얻지요. 그러나 지나친 행복에는 엉뚱한 생각이 찾아오게 마련인가 봅니다. 안셀모는 카밀라가 과연 자신의 믿음대로 정숙한 여인인지 시험해보고 싶다는 욕망에 휩싸여요. 그래서 가장 신뢰하는 친구 로타리오에게 카밀라를 유혹해보라고 합니다. 로타리오는 이는 어리석은 짓일 뿐이라며 완강하게 거절하지만, 안셀모는 뜻을 굽히지 않아요. 결국 로타리오는 친구의 부탁대로 친구의 아내를 유혹합니다. 그러다가 카밀라에게 정말로 반하고 말아요. 카밀라 역시 처음에는 유혹에 저항하다가 결국에는 굴복하고요. 둘은 안셀모 몰래 비밀 연애를 계속합니다. 그러다가 불륜을 들킬 위기에 처하자 카밀라는 로타리오와 짜고 가짜 자살 소동까지 벌이며 남편을 속여요. 안셀모는 자신의 아내가 세상에서 가장 정숙하다고 믿고 흡족해하고요. 그렇지만 곧 하녀의 입방정으로 모든 것이 탄로 납니다. 카밀라와 로타리오가 도망친 것을 보고서야 모든 진실을 깨달은 안셀모는 충격으로 죽고 말아요. 친구도 아내도 잃게 한 자신의 무모한 호기심을 후회한 것은 물론이고요.

제36장 '돈키호테가 포도주 자루와 벌인 용맹하고도 터무니없는 싸움과 주막에서 일어난 이상한 일에 대하여'에서는 카르데니오와 루신다, 돈 페르난도와 도로테아의 이야기가 마무리됩니다. 정말 공교롭게도 네 사람이 한 주막에서 만나게 된 것인데요. 돈 페르난도와 강제로 결혼식을 올리게 된 직후 루신다는 자신은 카르데니오의 아내이니 다른 사람과 결혼할 수 없다는 쪽지만 남긴 채 사라져버립니다. 광분한 돈 페르난도는 몇 달에 걸쳐서

가짜 자살 소동을 벌이는 카밀라

수도원에 숨어 있던 루신다를 납치하는 돈 페르난도

그녀를 찾아다닌 끝에 루신다가 수녀원에 있다는 걸 알고 그녀를 납치해요. 그리고 돌아오는 길에 이 주막에 들른 것입니다. 도로테아는 돈 페르난도에게 당신의 진짜 아내는 자신이라며 눈물로 호소합니다. 이는 주막에 있던 모든 사람의 마음을 움직여요. 신부는 지금의 이 상황은 신의 섭리이자 운명이니 기독교인이라면 받아들이라고 돈 페르난도에게 충고합니다. 모든 청중이 한 마디씩 거들고 결국 돈 페르난도는 설득당합니다. 카르데니오는 루신다를 끌어안고, 루신다도 자신의 진정한 연인에게서 절대로 헤어지지 않겠다고 다짐합니다. 네 사람의 이야기는 여기서 나름대로 해피엔딩을 맞고, 주막의 모든 사람은 기뻐하지요. 물론 도로테아가 공주님이 아니었다는 것을 알고 실망한 산초 판사는 빼고요(1-511).

제37장 '기품 있는 미코미코나 공주의 이야기와 또 다른 익살스러운 모험에 대하여'에서 도로테아는 비록 자신의 문제는 해결되었지만 다른 일행들의 부탁을 들어주기로 합니다. 계속해서 공주 행세를 하며 돈키호테를 속이는 것이지요. 그런데 주막에 또 다른 손님들이 들어옵니다. 바로 포로 행색을 한 초라한 남자와 아름다운 무어인 여인이에요. 일행은 이들과 저녁을 같이하게 되는데, 여기서 돈키호테는 기사도 철학에 대해 일장연설을 합니다.

문보다 무가 낫다

돈키호테는 먼저 문(文)이 무(武)보다 우수하다는 주장을 반박합니다.[58] 그러한 주장을 하는 이들은 보통 정신노동이 육체노동보다 우월함을 근거로 삼는데, 돈키호테는 이에 대해 "무라는 것이 자고로 풍부한 지성으로 수행해야 하며 용기를 숨기지 않음을 맹세하는 것임"을 모르는 태도라고 지적하

---

58) 세르반테스의 이러한 가치관은 앞에서 본 『모범소설』의 「유리석사」에서도 드러난다(4-166).

지요. 또한, 그는 '문'의 목적이 "배분의 정의를 정확하게 하여 개개인 모두에게 적절히 분배함으로써 훌륭한 법규가 잘 이해되고 실행되도록 하는 데에 있"음을 인정하지만, 그래도 '무'가 지키려고 하는 목적인 "평화"야말로 어떤 것과도 비견할 수 없다고 찬양합니다(1-528, 529). 작가는 돈키호테가 "이렇게 너무나 훌륭한 말로 연설을 계속해나갔는데, 이때 연설을 듣고 있는 그 어느 누구도 돈키호테를 미친 사람이라고 여기지 않았다"고 해요(1-529).

이어 돈키호테는 학자와 군인 중 누가 더 고된 일을 하는지에 대해 논합니다. 그는 "학자들의 노고는 주로 가난"이라고 말합니다(1-529). 그리고 그 무엇도 "먹지 못하는 것에 비할 바는 아니"라며 이들의 고충을 인정해요. 그렇지만 "그들의 노고도 전쟁터의 군인들의 노고에 비할 바가 못"된다고 합니다. 그의 연설은 제38장 '돈키호테가 행하는 문과 무에 대한 흥미로운 연설에 대하여'로 이어지는데요. 여기에 서술된 군인의 노고는 돈키호테 자신의 쓰라린 경험을 바탕으로 한 것이 틀림없어요.

> 군인들은 비참한 급료에만 매달려 있는데, 그것 또한 늦어지거나 아니면 전혀 받지 못하고 있고, 혹은 그들의 생명과 양심을 위협하는 상당한 위험을 무릅쓰고도 직접 남의 물건을 사취하는 일까지도 있으니 말입니다(1-531).

"전쟁에서 죽은 자에 비해 상을 받은 자들은 너무나 적"기에 군인들은 언제나 궁핍에 시달립니다. 반면 학자들은 "정당한 보수로, 뇌물이라고 말하고 싶지는 않지만, 생계를 유지할 만큼 가지고 있"어요. "비록 군인들의 일이 더 많지만 그것에 대한 보상은 극히 적"은 것과 대조적으로요(1-532).

이어서 돈키호테는 "문이 없다면 무도 유지될 수 없"다는 학자들의 말에 반론을 폅니다. "만약 무가 없다면, 공화국, 왕국, 군주국, 도시들, 해상, 육지에서도 전쟁이 계속되어 특권과 폭력을 사용하는 것이 당연하게 되는 혹독한 혼란기에 빠질 것"이라고요. 또한 "매순간 목숨을 담보로 해야 하"는 "훌륭한 군인이 되기 위한 것은 학자가 되기 위한 모든 것과 비교할 수 없을 만큼 아주 어렵"다고 말합니다(1-533). 그는 이를 뒷받침하기 위해 자신이 겪은 해전의 경험을 증언하며 군인들이 어떠한 공포와 고달픔에 맞서고 있는지를 설명하는데(1-534), 이 역시 세르반테스 자신의 경험담이겠죠. 돈키호테의 길고 조리 있는 말솜씨에 일행들은 다음과 같이 반응합니다.

> 듣고 있는 사람들에게는, 겉으로 보기에는 모든 문제들을 이야기함에 있어 훌륭한 이해력과 뛰어난 언변을 지니고 있는데, 자신이 추종하는 불운하고 어두운 기사도에 대해 논하기만 하면 완전히 이성을 잃고 마는 사나이를 보면서 연민의 감정이 되살아났다(1-535).

돈키호테의 연설이 끝나자 일행은 이번에는 포로의 사연을 궁금해합니다. 그래서 "포로의 진짜 이야기"가 이어지지요(1-536). 그 포로는 전직 군인으로, 앞서 언급한 레판토 해전에 참여해 이슬람에 포로로 잡혔다 풀려난 사람입니다. 이렇게 다시 '포로의 이야기'를 통해 그 전쟁에 대한 경험을 늘어놓는 것을 보면 세르반테스는 돈키호테가 아닌 다른 인물이 이 이야기를 하는 것이 더욱 적절하다고 여긴 모양이에요.

'포로의 이야기'와 제국주의

제1편 제4부 제39~41장에 나오는 '포로의 이야기' 역시 『돈키호테』 본편과는 독립된 삽화소설 중의 하나입니다. 여기서 그려진 실제 사건을 통해 세

르반테스가 이 이야기를 언제쯤 집필했는지 유추해볼 수 있는데요. 알바 대공(Fernando Álvarez de Toledo, 1507~1582)[59]이 플랑드르로 부임해간 것이 1567년이고, 이 글이 쓰인 것은 그 22년 뒤이므로 1589년인 셈입니다(1-540). 즉 『돈키호테』가 출판되기 16년 전이에요. 따라서 이 글은 세르반테스가 아직도 제국주의, 영웅주의와 가톨릭에 희망을 지니던 청년기의 작품이라고 할 수 있습니다. 따라서 그가 품고 있던 희망이 절망으로 바뀐 뒤에 쓰인 『돈키호테』와는 상당히 다른 분위기를 풍기지요. 당시의 영웅주의는 스페인의 속담인 "남자라면 교회, 바다, 아니면 왕실 중의 하나에 뛰어들어야 한다"는 말로 대변할 수 있습니다(1-538). 여하튼 전쟁으로 포로가 되어도 여전히 희망을 잃지 않았다는 다음 부분은 제법 독자의 심금을 울려요.

> 나는 자유로운 몸이 된다는 희망은 단 한 번도 버린 적이 없으므로, 알제리에서 그토록 바라던 자유를 얻을 수 있는 다른 방법을 찾으리라 생각했습니다. 골똘히 생각하여 실천에 옮겼던 일이 의도한대로 좋은 결과를 가져오지 않을지라도 곧바로 포기하지 않고, 설혹 그것이 실낱같은 것일지라도 의지할 수 있는 것이라면 또 다른 희망이 있는 듯 믿거나 찾아보기도 하곤 했지요(1-551).

이 글에서 우리는 세르반테스가 현실에 절망하지 않는 것을 무엇보다 중요시했음을 알 수 있습니다. 나아가 그는 부정적인 현실을 필요 이상으로 심각하게 받아들이지 말 것, 현실이 어려울수록 그것에 압도당하지 말고 자유자재의 정신을 가질 것, 대상과 거리를 두고 초연한 태도를 보일 것, 그

---

59) 에스파냐의 군인이자 정치가. 당시 스페인 땅이던 네덜란드 플랑드르의 총독으로서 종교 재판소를 설치해 약 1만8000명을 이단으로 몰아 처형했다. 이는 '피의 재판소'라는 이명을 얻기도 했다. 그는 가혹한 세금과 압제로 네덜란드가 독립을 선언하는 계기를 제공했다.

리고 때로는 고뇌에 젖은 자신을 되돌아보고 미소 지을 것을 권유하지요. 이야말로 『돈키호테』를 통해 그가 독자에게 전하고자 한 메시지가 아닐까요?

'포로의 이야기'는 세르반테스가 알제리에서 겪은 포로생활을 연상시키는 자전적인 이야기입니다. 비록 작중에 등장하는 아름다운 무어인 처녀 소라이다가 실존인물인지는 알 수 없지만요. 그녀는 부유한 아버지 아래서 애지중지 자라다가 아버지의 노예였던 한 기독교도로부터 기독교에 대해 배우게 됩니다. 이때 성모 마리아에 대한 존경심도 품게 되었고요. 그래서 기독교도로 개종하고자 포로에게 은밀하게 연락을 취합니다(1-553~558). 고국으로 돌아가는 것을 도와줄 테니 자신도 데려가 달라고요. 포로는 그녀가 준 돈으로 감옥을 나가 그녀와 함께 배로 탈출해요. 뒤늦게야 딸의 계획을 알게 된 소라이다의 아버지가 돌아오라고 애원하지만, 그녀는 끝내 거부합니다.

당시 이 이야기는 종교의 영원한 진실이라는 의무에 따르기 위해 혈육의 정마저 희생한 비극으로 찬양되었습니다. 하지만 저는 이슬람에 대한 기독교 우월주의에 빠진 제국주의적 이야기라고 봐요. 이른바 시대적 한계랄까요? 당대 서구 문명의 이슬람 혐오적인 분위기는 이 전 장면에서도 군데군데 드러납니다. 가령 오스만 튀르크 사람들의 "전대미문의 잔혹함"이 그러한데요. 작중 묘사된 바를 보면 "거의 매일 아주 사소한 이유로, 아니 까닭도 없이 이 사람, 저 사람의 목을 매고 찔러 죽이고 귀를 자르기도 했는데, 오스만 튀르크 인들은 그냥 그렇게 하고 싶어서 그런 짓을 저지르는 것이며, '전 인류의 살인자'라는 타고난 성질 탓이라고 여기고 있었"다고 해요(1-552, 553). 또한 무어인 여인인 소라이다가 쓴 편지에 "모두 악당들이니 무어인이라면 그 어느 누구도 믿어서는 안 됩니다. 이것은 제가 가장 괴로워하는 일입니다"라는 부분도 그렇고요(1-558). 그리고 이에 대답하는 포로의 편지 역시 "기독교도는 약속한 일을 무어인보다 훌륭하게 지킨다는 것을 알고 계실 겁니다"라는 구절을 통해 자신의 종교가 더욱 우월함을 드러냅니다(1-560). 아마도 이 중 가장 극단적인 장면은 소라이다가 자기의 아랍 이름을 버리고 마리아로 불리고자 하는 부분일 거예요(1-526, 561). 『돈키호테』보다 약 1세기 뒤에 쓰인 다니엘 데포(Daniel Defoe, 1660~1731)의 『로빈슨 크루소Robinson Crusoe』(1719)에는 로빈슨 크루소가 식인종 중 한 명을 구해주는데요. 크루소는 그를 발견한 날이 금요일이라는 이유에서 '프라이 데이'라는 이름을 붙이고 그에게 기독교를 가르칩니다. 이는 영국이 모든 문명의 기준이고 다른 민족은 야만으로 본 제국주의적 사고를 그대로 드러낸 장면으로 후대의 비판을 받았어요. 그런데 『돈키호테』에서는 기독교에 호감을 품게 된 아랍인이 기독교인 포로를 탈출하게 하고, 자신의 이름을 자발적으로 기독교식으로 바꾸고자 하는 것입니다.

그러나 소라이다를 통한 아랍인의 시선에는 기독교인에 대한 비판도 있습니다. "그대들 기독교인이 하는 말은 모두 거짓말이고, 항상 무어인을 속이기 위해 가난한 체하니까"(1-572)라는 구절이 그렇지요. 또한 소라이다의 아버지는 자기 딸이 이슬람을 떠나려고 하자 슬픔에 겨워 저주를 퍼부으며, 내 딸이 "종교를 바꾸려는 것도 네놈들 종교가 우리 종교보다 훌륭하기 때문이라고 생각하지 말아라. 네놈들의 나라에서는 우리나라에서보다 정절을 더럽히는 짓을 제멋대로 할 수 있다는 걸 알고 있기 때문이야"라고 고함을 지릅니다(1-583). 이러한 무어인의 비판 속에는 세르반테스의 스페인 및 서양에 대한 비판도 포함되어 있을 것으로 생각합니다.

포로의 목을 벤 아라비아 사람들

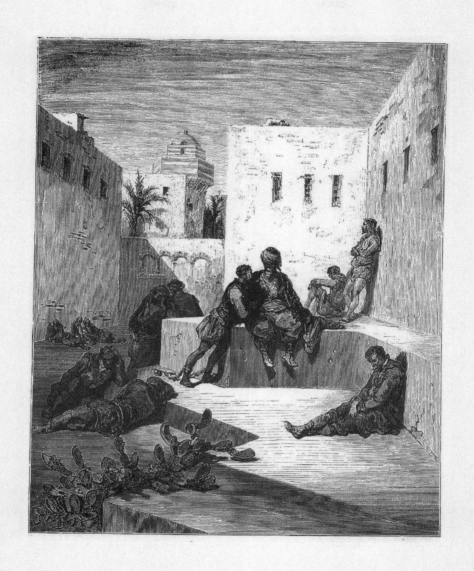

알제리의 포로들

소라이다의 아버지가 포로와 포옹하고 있는 딸을 보고 격노하고 있다.

사랑하는 이와 헤어져 아버지에게 끌려가는 소라이다

소라이다가 포로들과 함께 배를 타고 도망치다.

돌아오라고 절규하는 소라이다의 아버지

도망가는 포로들의 배를 공격하는 프랑스 해적선

'당나귀 몰이의 사랑'과 권력 비판

포로는 소라이다와 서로 결혼할 약속을 하고 탈출에 성공하지만, 고국에 돌아오는 길에 그만 해적을 만나서 모든 것을 빼앗깁니다. 빈털터리 신세가 된 것이지요. 그런데 그가 이야기를 마쳤을 때 다른 일행이 여관에 들어옵니다. 그는 부유한 판관인데 알고 보니 포로의 친동생이었어요(1-596). 감격스러운 형제 상봉을 본 여관의 사람들은 자기 일처럼 즐거워합니다.

다음날 새벽 동이 트기 직전, 당나귀를 모는 젊은이의 아름다운 노래가 주막까지 들려옵니다. 노래 소리의 주인공은 바로 판관의 딸인 클라라가 아버지의 반대를 무릅쓰고 사랑하는 청년이었어요(1-606). 이 둘의 사랑을 다룬 제42~45장의 '당나귀 몰이의 사랑' 역시 앞의 '포로의 이야기'처럼 삽입소설입니다. 분류하자면 감상소설에 속한다고 할 수 있고요. 이 젊은이들의 사랑 이야기는 돈키호테 일행의 모험담과 번갈아 진행됩니다. 두 사람이 애달픈 감정에 가슴 아파할 때, 주막집 딸과 하녀 마리토르네스는 돈키호테에게 짓궂은 장난을 치는데요. 도움이 필요한 척 그의 손을 창문 밖으로 내밀어 달라고 했다가 쇠창살에 묶어버린 것이지요. 돈키호테는 또 자신이 마법에 걸린 것으로 알고 한탄하고요.

아침이 되어서야 돈키호테는 간신히 풀려나고 어린 연인의 사랑도 어찌어찌 행복하게 이루어집니다. 그런데 이때 찾아온 손님들에 의해 주막집은 다시 커다란 소동에 휩싸여요. 하나는 돈키호테에게 놋으로 만든 대야이자 맘브리노 투구를 빼앗겼던 이발사고, 다른 한편은 갤리선에서 노를 저을 죄수들을 감히 풀어준 범인을 추적하던 종교경찰들입니다. 강도를 체포하는 일을 도우라는 종교경찰의 외침에 돈키호테는 이렇게 반박합니다.

이리 오너라. 천박한 놈들아. 쇠사슬에 묶인 자들에게 자유를 주고, 붙잡힌 사람들을 풀어주고, 불쌍한 사람들을 도와주고, 넘어진 사람들을 일으켜주고, 가난한 자들을 도와준 사람을 너희들은 노상강도라고 부르느냐? 아, 야비한 놈들 같으니라고. 너희들의 저급하고 추잡한 머리로는 하나님께서 주신 편력기사도의 가치를 이해할 수도 없고, 어느 편력기사의 그림자는 물론이고 그가 등장한 것을 우러러 보지 않는 죄와 무지함조차 깨닫지 못하리라. 이리 와라. 종교경찰이 아닌 도둑놈들 같으니라고. 종교경찰의 면허를 갖고 있는 노상강도 놈들아(1-639).

돈키호테의 이러한 웅변에서도 우리는 그가 아나키스트임을 확인할 수 있습니다. 이어 제46장 '종교경찰들의 눈부신 모험과 우리의 훌륭한 기사 돈키호테의 엄청난 광태에 대하여'에서 신부를 비롯한 일행들은 돈키호테는 제정신이 아니니 체포해봤자 곧 풀려날 것이라고 그들을 설득합니다. 종교경찰 역시 돈키호테가 미쳤음을 알고 일을 적당하게 해결하고요.

신부와 이발사는 돈키호테를 고향으로 데려가서 치료해줄 계획을 짭니다(1-647). 그들은 변장한 후 우리의 겁 없는 편력기사를 잡아 나무 우리 속에 가두는데요. 돈키호테는 그들이 모두 "마법에 걸린 성의 환영들"[60]이라고 오해합니다. 그리고 자신도 마법에 걸렸다고 착각하지요(1-647).

제47장 '라만차의 돈키호테가 마법에 걸린 기이한 일들과 그 밖의 유명한 사건들에 대하여'는 일행이 고향으로 돌아가다가 마주치는 일들을 다룹니다. 일행은 교회법 연구원들을 만나게 되는데(1-657), 그들은 돈키호테가 우리에 갇힌 채 달구지에 실려 가는 것을 보고 무슨 일인지 몹시 궁금해합니다. 돈키호테가 자신이 마법에 걸렸다고 설명하고 신부도 이에 맞장구치자 그들의 의문은 더욱 깊어져요. 그런데 산초 판사가 끼어들어 마법을 부

---

60) 돈키호테는 주막을 여전히 성이라고 오해하고 있으며, 주막에 첫 번째로 들렀을 때 착각했고 자신의 손목이 창문에 매달렸을 때 또 착각했듯이, 그 순간 다시 마법적인 일들이 벌어지고 있다고 믿는다.

마리토르네스의 장난으로 손이 묶인 채 창문 밖에 매달려 있는 돈키호테

가면을 쓴 한 무리의 사람들이 돈키호테를 강제로 나무 우리에 집어넣고 있다.

나무 우리에 갇힌 돈키호테

우리가 갇혀 고향으로 가는 돈키호테

정합니다(1-659). 그는 신부가 돈키호테를 방해한 탓에 자신이 섬의 통치자가 되지 못했다고 따지고, 신부는 산초 판사도 주인처럼 망상에 젖어 구제 불능이 되었다고 한탄합니다(1-660).

제48장 '교회법 연구원이 기사도 소설에 대해 논하는 이야기와 그의 재치를 인정할 만한 그 밖의 일들에 대하여'에서 자초지종을 들은 교회법 연구원은 기사소설이 사람의 정신에 얼마나 큰 해악이 될 수 있는지 알고 놀랍니다. 그리고 신부와 같이 기사소설에 대해 비판적인 대화를 나눠요. 한편 산초 판사는 돈키호테에게 이 모든 일은 마법이 아니며 신부의 음모라고 귀띔해요. "제가 보기에는 주인님께서 유명한 무훈을 세우는 것이 너무 질투가 나서 나리를 모셔가고자 하는 것입니다."(1-672) 그렇지만 돈키호테는 여전히 자신이 마법에 걸렸다고 믿습니다.

제49장 '산초 판사가 돈키호테와 나눈 분별 있는 대화에 대하여'에서 산초 판사는 돈키호테가 마법에 걸리지 않았다고 계속 주장하나 기사는 귀담아듣지 않습니다. 그러다가 산초 판사는 혹시 볼일을 보고 싶지 않은가 물어요. 돈키호테가 그러고 보니 생리적인 욕구가 일어나기 시작한다고 하자 산초 판사는 그것이야말로 마법에 걸리지 않았다는 증거라고 대답합니다. 물론 돈키호테는 여전히 자신이 마법에 걸려 있다고 우기지만요. 어쨌거나 산초 판사는 돈키호테가 볼일을 보고 싶어 한다며 신부를 설득해 그를 잠시 나무 우리에서 꺼내줍니다. 한편 신부와 교회법 연구원은 대화마다 죽이 척척 맞아요. 그래서 제50장 '돈키호테와 교회법 연구원이 나눈 재치 있는 논쟁 및 그 밖의 사건에 대해서'에서도 기사소설에 대한 두 사람의 토론이 이어집니다.

제51장 '산양치기가 돈키호테를 데리고 가는 사람들에게 해준 이야기에 대하여'에서 일행은 산양치기와 마주쳐 그의 사연을 듣습니다. 이로써 또

로망스에 흔히 등장하는 장면. 주인공 기사가 끓는 호수에 사는 괴물들을 퇴치하러 온 모습이다.

괴물들을 무찌르고 아름다운 시골길로 들어선 기사소설의 주인공

마법에 걸린 성에 도착하여 전후 사정을 듣고 있는 기사 양반

한 편의 사랑 이야기가 삽입소설로 등장해요. 마을에서 가장 아름다운 처녀인 레안드라를 차지하기 위해 쟁쟁한 남편감들이 구혼하지만, 결국 그녀는 한 군인과 눈이 맞아 도망치고 맙니다. 그렇지만 군인은 그녀의 모든 것을 빼앗고 동굴에 버려둔 채 떠나버려요. 레안드라의 아버지는 이에 수치심을 느끼고 그녀를 수도원에 가둡니다. 그래서 구혼자들은 비탄과 질투, 슬픔에 젖어 그녀에 대한 노래를 퍼트리고, 그 이야기가 널리 퍼져 이제는 레안드라를 본 적도 없는 사람들마저 소문을 나눈다는 것이지요. 더는 모습을 볼 수 없게 된 그녀에 대해서 말이에요.

'행복한 결말'

제1편의 마지막 장인 제52장 '돈키호테가 산양치기와 벌인 언쟁과, 고행자들과 겪은 희귀한 모험에서 땀의 대가로 얻은 행복한 결말에 대하여'에서 돈키호테는 마침내 고향으로 돌아옵니다. 그가 귀향하기 직전에 겪은 마지막 소동을 좀 더 구경할까요? 산양치기의 이야기를 들은 돈키호테는 레안드라를 수도원에서 구출하겠다고 장담합니다. 그러자 산양치기는 그의 괴상한 몰골과 언행을 보고 놀라서 "이 친절한 분의 머릿속이 텅 빈 게 아닌가"라고 말합니다. 이 말에 분노한 편력기사는 이렇게 외쳐요. "이 고약한 놈아, 너야말로 머리가 텅 빈 멍청한 놈이다." 돈키호테는 옆에 있는 빵을 집어 목동의 얼굴에 집어 던져 코를 납작하게 만듭니다. 그래서 두 사람 사이에 큰 싸움이 벌어지는데요. 주변 사람들은 오히려 신이 나서 싸움을 부추깁니다. "결국 서로 때리고 쥐어뜯으며 싸우는 두 사람을 제외하고는 모두들 환호와 축제의 분위기였다."(1-702) 여기서도 우리는 바흐친이 말한 카니발의 분위기를 느낄 수 있어요. 차이점이 있다면, 카니발에서는 배우들이 각본에 따라 서로 싸울 것을 합의하지만, 작중에서는 산양치기가 돈키호테

산양치기가 들려준 이야기의 한 장면

동굴 속에 숨어 있던 레안드라를 찾아내다.

의 광기를 전혀 이해하지 못한 데서 싸움이 생겼다는 점이군요. 이렇듯 돈 키호테와 그를 이해하지 못하는 자의 대립, 그리고 주위에서 그들을 연결하는 군중은『돈키호테』에피소드 곳곳에 드러나는 공통적인 이야기 구조입니다.

구경꾼 중에서 유일하게 돈키호테를 돕는 사람은 산초 판사입니다. 그는 자신의 주인을 위해 산양치기와 싸워요. 실컷 두들겨 맞던 돈키호테는 나팔 소리를 듣고 싸움을 중단합니다. 그러고는 지나가던 고행자들의 행렬을 악당 무리로 오인하고서 말을 몰고 쳐들어가요. 산초 판사는 "기독교 신앙에 대항하도록 선동하다니, 어떤 악마가 주인님 마음을 움직이는 겁니까?" 라고 외치며 말리지만 돈키호테는 듣지 않습니다(1-704). 행렬에 덤벼든 돈키호테는 당연히 만신창이가 되어요. 이 소동을 끝으로 그들은 고향으로 돌아갑니다. 돈키호테의 광기를 치료하려는 신부와 이발사가 그의 기사도적 망상을 역이용하여 집으로 데려오는 데 성공한 것입니다.

세르반테스는『돈키호테』를 본래 제1편으로 끝내려고 한 듯합니다. 제1편의 마지막 장인 제52장 끝에 돈키호테의 죽음에 관한 이야기가 나오고 묘비명 등이 소개된 것을 보면요. 그러나 거기에는 또한 돈키호테의 세 번째 출발에 대한 언급도 있으므로, 제2편에 대한 이야기가 계속될 가능성을 일부러 열어두었다고 볼 여지도 있습니다.

이후 다른 작가들이 너무나도 형편없는 내용으로 후속편을 써내자, 이에 분노한 세르반테스는 직접 제대로 된 돈키호테의 모험담을 내놓게 되지요.

돈키호테를 돕는 사람은 오직 산초 판사뿐이다.

고행자들에게 덤벼들었다가 만신창이가 된 돈키호테

제4장

돈키호테의 제3회 출정

세 번째 출정 준비

『돈키호테』제2편의 서문은 자신의 명예를 더럽힌 위작을 신랄하게 조롱하는 것입니다. 『돈키호테』제1편이 폭풍 같은 인기를 끌자 재능 없는 작가들이 가짜 후속편을 내보냈는데, 하나같이 돈키호테와 산초 판사를 원작의 매력이라고는 없는 단순한 정신병자로 그려낸 데다가 결정적으로 내용도 지루하기 그지없었거든요. 이에 분노한 세르반테스가 직접 자기 작품의 후속작을 써내기로 결심한 것이지요.

　제1장 '돈키호테의 증세에 대하여 신부와 이발사와 기사가 의논한 내용'에서 독자는 세르반테스가 그려낸 편력기사와 종자를 다시 만나게 됩니다. 작중 시기는 돈키호테가 제1편 마지막의 두 번째 출정에서 돌아온 지 한 달 뒤입니다(2-405). 신부와 이발사는 돈키호테를 만나 정치 이야기를 하며 그의 정신 상태를 가늠해봅니다. 돈키호테가 논리정연하고 바른 대답을 늘어놓자 그들은 안심해요. 그런데 이에 대한 세르반테스의 묘사가 재미있습니다. 즉 국가가 어떤 방향으로 나아가야 할지를 토론하던 그들은 "국가를 대장간으로 가지고 가서 전혀 다른 모양으로 바꾸어버리듯 국가의 모양을 새로 뜯어고쳤다"(2-405)는 것입니다.[61] 이는 르네상스기에 정치체제를 건축처

---

61) 이 부분이 당시의 여러 서적에서 구상한 유토피아를 풍자한 것인지, 아니면 국가란 원래 그런 식으로 뜯어 고칠 수 있다는 풍자인지는 알 수 없으나, 그런 이야기가 정상이라고 하니 후자로 봄이 옳을 것이다.

럼 이상적으로 디자인하는 식의 논의가 자유롭게 행해졌음을 보여주는 대목입니다. 또한, 『돈키호테』 제2편은 제1편과 달리 국가 정치를 비롯한 여러 사회적 문제에 더욱 깊은 관심을 보여줄지도 모른다는 느낌을 주어 독자의 흥미를 끌어요.

신부는 돈키호테가 정말로 제정신으로 돌아왔는지 확인하기 위해, 오스만 튀르크의 습격에 대비해 황제가 요새를 구축했다고 거짓말을 합니다. 그러자 돈키호테는 자신이라면 "폐하께서 절대로 생각하지 못하실 한 가지 일을 하시라고 말씀드렸을"것이라고 답하고, 신부와 이발사는 다시 그의 정신 상태를 의심하기 시작해요. 두 사람이 그것이 무엇이냐고 묻자 돈키호테는 자기 생각을 다른 사람이 가로챌 수 있으니 답하지 않겠다고 합니다 (2-406). 그러나 그들이 계속 캐묻자 돈키호테는 역시 기사소설에 미친 사람답게 대답해요. 편력기사들을 모두 모아 오스만 튀르크를 쳐부수는 것이야말로 올바른 방도라고요(2-407). 그래서 신부와 이발사는 돈키호테는 역시 제정신이 아니라고 확신하게 됩니다. 이발사가 세비야 정신병원에 있는 환자에 관한 이야기를 들려주자 돈키호테는 그의 의도를 의심하고 불쾌감을 드러내요. 자신을 대놓고 미쳤다고 보는 기색이 너무 뻔했기 때문이었지요. 돈키호테는 자신은 제정신이라며 다음과 같이 변명합니다. 그런데 이를 보면 그가 과연 미쳤을까 하는 의문이 다시 들어요.

나는 기사도가 번성하였던 가장 행복스런 시대를 다시 부흥시키지 않는 오늘날의 잘못을 일깨워주려고 애쓸 뿐이요. 그러나 타락한 우리 시대는 편력 기사들이 왕국의 방위와 처녀의 보호와 고아의 구호와 교만한 자의 징벌과 겸손한 자의 보상을 도맡아 두 어깨에 둘러매던 시대처럼 그런 큰 축복을 향유할 자격이 없습니다. …요사이는 태만이 근면을 이기고, 게으름이 노력을 이기며, 악이 선을 이기고, 젠 체하는 것이 용기를 이기며, 이론이 무술의 실천을 이깁니다(2-410).

이발사가 자신의 말에 악의는 없다고 해명하며 성내지 말라고 하자 돈키호테는 "내가 성을 낼지 안 낼지는 내 자신이 잘 압니다"라고 답합니다(2-411). 이 역시 광인의 말이라기에는 너무나도 침착한 대응 아닌가요? 우리가 돈키호테의 정신 이상을 다시금 의심하게 되는 순간입니다.

이어 제2장 '산초 판사와 돈키호테 조카딸과 가정부 사이에 벌어진 볼 만한 싸움 및 기타 재미있는 사건들'에서 산초 판사는 "보통 사람들은 나으리를 굉장한 미치광이로 생각하고 저 역시 굉장한 바보로 알고 있어요"라고 말합니다. 그러자 돈키호테는 "덕이라고 하는 것이 특별히 뛰어날 때에는 언제나 박해를 받았"다고 답하지요(2-416). 그런데 산초 판사가 깜짝 놀랄 만한 이야기를 들려줍니다. 바로 자신들의 모험담이 책으로 출판되었다는 것인데요.[62] 종자는 어떻게 자기 둘만 겪은 일화들까지 작가가 전부 알 수 있었는지를 궁금해하고, 기사는 그런 책이 출판된 것은 "마술사가 마술을" 부린 것으로 생각합니다. 여하튼 산초는 그 소식을 전해준 학사 삼손 카라스코를 데려오지요(2-417). 제3장 '돈키호테와 산초 판사와 삼손 카라스코가 주고받은 우스꽝스러운 대화'에서 돈키호테는 그 책의 저자가 무어인이라는 점에서, "무어 사람이란 모두 사기꾼이요 위조자요 술책꾼이니" 진실을 바랄 수 없다는 점에 개운치 않아 해요(2-418). 그러나 카라스코는 그 책이 대체로 진실이고 특히 돈키호테의 업적을 찬양한다고 하며 주인공을 안심시킵니다. 학사는 우리가 이미 앞에서 살펴본 『돈키호테』 제1편의 장단점을 논합니다(2-421).

---

62) 즉, 『돈키호테』 제2편의 등장인물들은 『돈키호테』 제1편의 존재를 알고 있다. 이렇듯 작품 속에서 이야기와 현실의 경계가 뒤섞이는 기법을 사용한 것 역시 『돈키호테』가 현대적인 작품이라고 평가되는 이유 중 하나이다.

산초 판사가 시에라 모레나 산에서 당나귀를 잃어버리게 된 경위를 설명하다.

제4장 '산초 판사와 삼손 카라스코의 의문과 질문에 만족할 만한 대답을 함. 그 밖에 알 만하고 이야기할 만한 가치가 있는 사건들'에서는 『돈키호테』 제1편에서 제대로 설명되지는 않았으나 독자가 궁금해할 만한 의문점들이 다루어집니다. 그리고 돈키호테와 산초 판사는 카라스코의 권고를 받아들여, 축제의 무술시합이 열리는 사라고사로 제3차 출정을 준비하지요 (2-425).

산초 판사의 환상과 아내의 현실감

제5장 '산초 판사와 그의 아내 테레사 판사가 주고받은 재치 있고도 우스운 이야기. 기타 응당 기록할 만한 사실들'은 출정을 앞둔 산초 판사가 아내와 나눈 대화를 다룹니다. 산초 판사는 "그분과 다시 떠날 참이야. 가난한 주제에 안 갈 수 있나"라고 하면서도 아내에게 돈키호테처럼 허풍을 떱니다. "우리는 결혼식에 가는 게 아니라 세상을 돌아다니며 거인, 용, 도깨비들과 죽느냐 사느냐의 맞상대를 하고 신음소리, 고함소리, 짖는 소리, 울부짖는 소리를 들으러 가는 거란 말이야."(2-428) 여기서 우리는 앞선 출정 때와는 매우 다른 산초 판사를 볼 수 있습니다. 물론 출정의 동기는 돈이고, 그의 궁극적인 목표가 섬나라의 총독이라는 점은 마찬가지이지만 말입니다.[63]

사실 세르반테스의 시대에 시골의 무지한 농부가 별안간 총독이 된다는 것은 거의 불가능한 일이었습니다. 그러나 이는 돈키호테다운 미친 발상이라고 할 수도 있겠지요. 그러나 동시에 당시 유럽은 봉건사회에서 근대로 갈수록 신분의 이동이 조금씩 가능해지는 시대에 접어들고 있기도 했어요. 이러한 시대 변동을 산초 판사가 보여주는 것입니다. 이에 대해 독일의 사회

---

63) 이는 제1편 제7장에서 돈키호테가 산초 판사를 여행에 유혹하면서 내건 것으로서 제1편에서도 산초 판사의 모든 행동의 계기가 된 것이었으나, 제2편에서는 더욱 확실한 것으로 제시되고 있다.

문화학자인 리오 로웬달(Leo Löwenthal)은 산초 판사가 "더 이상 위계질서에 있어서 자신보다 한 단계 높은 인물의 임무와 목적에 자신의 생명을 무조건 내맡기는 봉건적 농부가 아니라, 전적으로 새로운 종류의 동기에 의존하지 않을 수 없는 존재"로 변화했다고 분석합니다.[64] 그리고 그러한 사회적 변동은 그의 가족에까지 영향을 미칩니다. 총독이 될 것이라는 산초 판사의 말에 그의 아내는 다음과 같이 대꾸해요.

> "살아 계셔야 해요. 세상에 총독 자리 같은 건 모두 지옥으로 떨어져도 좋아요.
> …천주님 뜻에 따라서 총독 자리 없이 무덤으로 가시던지 떠메어 가든지 할 거
> 아니오? …배고픈 게 세상에서 제일 맛난 반찬이라우. 가난뱅이는 배고픈 건 예
> 사니까 언제나 밥이 맛나지요."(2-429)

위 대사에 대한 분석에서 로웬달은 첫째, 감정의 세속화를 지적합니다. 중세 식의 경건한 전통주의는 없고, 천주에 대한 언급도 기계적인 습관에 불과하다는 것입니다. 둘째로 그는 당시의 보수적인 역할을 지적해요. 남편의 화려한 꿈보다도 그녀에게는 가족의 생존이 더욱 중요하다는 말이지요. 물론 그녀 역시 남편의 신분상승을 희망합니다. 이는 "허지만 여보, 산초 판사, 혹시 총독 자리가 하나 굴러 들어오더라도 나하고 애들을 잊지 마세요"라는 대사에서 확인할 수 있어요. 그렇지만 산초 판사가 "자신이 총독이 되면 아이들을 높은 신분과 결혼시켜 귀하게 대접받게 하겠다"고 하자 아내는 "안 돼요, 안 돼요, 산초 판사. 어슷비슷한 사람한테 시집보내요"라고 대답합니다. 이는 혹시 남편의 꿈이 성사된다 해도 그것이 안정적으로 이루어

---

64) 리오 로웬달, 윤준 역, 『문학과 인간의 이미지』, 종로서적, 1983, 37쪽. 이하 이 책은 로웬달로 인용함.

지는 것을 중시하는 보수적 태도를 보여주지요. 셋째는, 총독으로 상징되는 정치에 대한 불신입니다. 중세까지는 전통에 의해 봉건적 위계질서가 유지되었습니다. 하지만 근대 국가는 강력한 권력에 의존하게 되었고 그 밑에서 민중은 고통을 당해야 했어요. 한편으로 그러한 고통으로 인한 불만을 다스리기 위해 출세의 기회라는 환상을 퍼트리기도 했습니다. 산초 판사가 출세에 대한 환상에 젖은 것과 마찬가지로요. 산초 판사는 출세=권력자=부자라는 막연한 환상을 품는 것과 반대로 그의 아내는 그것이 환상임을 꿰뚫어보는 현실적인 민중을 상징합니다.

산초 판사가 품은 권력에 대한 환상보다 돈키호테의 명예에 대한 환상은 더욱 심각해 보입니다. 돈키호테와 그를 말리는 가족 사이에 벌어지는 갈등도 산초 판사와 아내의 경우보다 더 심각하지요. 이는 제6장 '돈키호테와 조카딸과 가정부 사이에 벌어진 일. 이 이야기를 통틀어 가장 중대한 일 중의 하나임'에서 돈키호테의 조카딸과 가정부가 세 번째 출정을 말리는 이야기에서 재미있게 묘사됩니다. 가족들이 돈키호테에게 차라리 궁정의 기사가 되라고 하자, 그는 "오직 지도만 들여다보고는 온 세상을 여행했노라"고 떠벌이는 궁정인과 직접 정의를 위해 싸우는 편력기사는 완전히 다르다고 반박합니다(2-433). 사실 돈키호테 시대의 기사란 모두 궁정에 봉사하는 귀족이라 무인이라기보다는 도리어 문인의 기질을 지녔거든요. 앞서 제1편 제37장에서 돈키호테가 문보다 무가 우월하다고 연설한 것도 그런 현실에 대한 비판이라고 볼 수 있습니다.

그리고 제2편 제7장 '돈키호테와 그의 시종의 의논. 그 밖에 대단히 볼 만한 사건들'에서 돈키호테와 산초 판사는 보수 문제로 다툽니다. 오로지 돈에만 관심이 있는 산초 판사는 당당하게 자신의 보수를 요구해요. "내 돈은 내가 벌어 가졌으면 합니다. 한마디로 해서 저는 그게 많든 적든 간에 얼마나 될지 알고 싶습니다."(2-439) 이에 돈키호테는 "편력기사가 시종에게 일정한 보수를 주었다는 얘기를 읽은 게 생각 안 나는데"라고 대꾸하지요(2-440).

단지 시종들은 주인의 은전(恩典)[65]을 받고 도와주었다는 것만 알 수 있어. 그러다가 조금도 기대하지 않았던 때에 주인이 운수가 좋으면 섬나라나 또는 그만한 가치가 있는 것을 상으로 받거나, 최소한 무슨 작위나 대감 자리를 얻곤 했지(2-440).

여하튼 그 둘은 결국 화해하고 마침내 세 번째 출정을 떠납니다. 첫 목적지는 둘시네아가 사는 엘 토보소이고요(2-442).

산초 판사의 둘시네아 사기극

제8장 '돈키호테가 그의 애인 둘시네아 델 토보소를 찾아가는 길에 생겼던 일'에 이어 제9장 '읽으면 알 수 있는 장'에서 기사와 종자는 엘 토보소에 도착합니다. 돈키호테는 둘시네아의 성으로 길을 안내하도록 산초 판사에게 요구해요(2-448). 그녀가 어디에 사는지 알 리가 없는 산초 판사가 당황하자, 돈키호테는 자신의 편지를 그녀에게 가져다준 적이 있지 않느냐고 묻습니다.[66] 자기가 한 거짓말이 들통 날까 겁먹은 산초 판사는 자기 혼자서 그녀의 집을 찾을 테니 기다리라고 합니다(2-451).

---

65) 윗사람이 아랫사람에게 은혜로 베푸는 혜택.
66) 『돈키호테』 제1편에서 시에나 모레나 산중에서 돈키호테는 자신은 미친 짓을 하고 있을 테니 자신의 편지를 둘시네아에게 전해주고 답장을 받아오라고 산초 판사에게 시킨다. 그러나 산초 판사는 가던 길에 신부와 이발사를 만나게 되고, 둘시네아를 더 이상 찾지 않은 채 돈키호테에게 돌아간다. 그리고 둘시네아에게 편지를 전해주었다고 거짓말한다.

제3차 출정에 나서는 두 사람

제10장의 제목은 '둘시네아 아가씨를 마술에 걸려고 산초 판사가 짜낸 계교 및 그 밖에 사실이면서도 희극적인 사건들'입니다. 돈키호테는 자기가 왔다고 전해달라고 부탁하면서, 그녀를 만났을 때 취해야 할 태도를 장황하게 설명해요(2-452). 산초 판사는 알겠다고 답한 후 적당히 시간을 보내다가, 당나귀를 탄 세 농사꾼 처녀들을 보자 돈키호테에게 돌아갑니다. 그리고 세 사람 앞으로 그를 데려간 후 그중 한 명을 둘시네아, 나머지 둘을 그녀의 시종이라고 거짓말해요. 그러나 돈키호테의 눈에는 당연히 둘시네아가 보이지 않습니다. 산초 판사는 계속 고집을 부리다가 그녀들에게 가서 무릎을 꿇고 "아름다움의 여왕이시여" 운운하는 말을 늘어놓아요(2-455). 돈키호테도 그와 함께 무릎을 꿇고 그녀들을 바라보지만, 여전히 농사꾼 처녀들로만 보여 어리둥절할 뿐이지요. 한편 그보다 더욱 영문을 모르는 농사꾼 처녀들은 소리쳐요. "빌어먹을 것들이! 저리 비켜요. 우리 가게. 급해요."(2-456)

산초 판사는 계속해서 애원하고 여자들은 고함을 지르면서 길 한복판에서 승강이를 벌여요. 그러자 돈키호테는 이럴 때 언제나 해결책으로 삼는 고정관념을 소환합니다. 둘시네아가 마술에 걸렸다고 믿어버리는 것이지요. 돈키호테는 농사꾼 처녀에게 사랑을 구걸하지만, 여자들은 그에게 욕을 하고 가버립니다. 산초 판사도 "힘든 일을 해치운 게 기뻐서 얼른 비켜나서" 그녀들을 지나가게 해주고요(2-456). 이제 돈키호테에게 마술을 풀어 그녀를 구해야겠다는 목표가 생깁니다. 그는 자기가 "불운한 자의 표본으로 태어났고, 역경의 화살의 과녁이요 목표가 되려고 세상에 나"왔다고 개탄해요. 이에 산초 판사도 "그 더럽고 심술궂은 마술사놈들!"이라며 맞장구를 칩니다(2-457).

앞에서도 말했듯이 이 장면은 『돈키호테』 전체에서 중요한 전환을 초래

농사꾼 처녀들 앞에 무릎 꿇은 돈키호테와 산초.
돈키호테는 이들이 마법에 걸린 둘시네아와 그녀의 시종들이라고 오해한다.

하는 부분입니다. 그래서 많은 삽화가가 이 장면을 그렸지요. 여기서 이 장면에 대한 아우어바흐의 유명한 설명을 인용해볼게요.

> 여태껏 일상적인 현상을 접하고 그것을 자연스럽게 기사 로맨스적으로 보고 그렇게 변형시킨 것은 돈키호테였고 한편 산초 판사는 대체로 이를 의심하면서 주인의 주책없음을 반박하거나 방지하려고 노력하는 경우가 많았다. 그러나 이제 사정이 바뀌었다. 산초 판사가 기사 로맨스 식으로 한 장면을 즉흥적으로 만들어내는 것이다. 그리고 자신의 환상과 조화되게 사건을 변형시킬 수 있는 돈키호테의 능력은 농사꾼 여인들의 조잡한 모습을 목도하고 무너지고 마는 것이다. 이 모든 것은 극히 의미심장해 보인다.[67]

그러나 윗글에서 아우어바흐가 돈키호테와 산초 판사를 동일 선상에 놓는 것은 문제가 있습니다. 돈키호테는 정신착란으로 현실을 왜곡하지만, 산초 판사는 멀쩡한 정신으로 거짓말을 하고 있기 때문인데요. 아무리 망상에 빠졌어도 돈키호테는 산초 판사가 데려온 농사꾼 여인들을 둘시네아라고 오해하지 않았습니다. 그렇지만 "농사꾼 여인들의 조잡한 모습을 목도하고 무너지고 마는 것"이 아니라 도리어 그녀가 둘시네아이기는 하지만 마법에 걸려 그렇게 변했다고 왜곡한 것이지요.

아우어바흐는 위에서 말한 『돈키호테』 제2편 제10장에 나오는 산초 판사가 여인들에게 기사 로맨스에 나오는 말씨인 "인사말, 구문, 은유, 수식어, 자기 주인의 태도 묘사, 그리고 그의 호소"를 성공적으로 보여주는 말을 한다고 평합니다.[68] 그리고 돈키호테가 여인들에게 한 말에 대해, 돈호법(頓呼法)

---

67) 김우창, 유종호 역, 『미메시스』, 민음사, 1999, 40쪽.
68) 같은 책, 41쪽.

으로 시작되는 아주 아름다운 말이라고 하지요. 동시에 그는 돈키호테가 아무리 말을 길게 늘어놓아 보았자 이는 농사꾼 여성의 거친 말과의 극심한 차이에서 생기는 희극성을 돋보이게 할 뿐이라고 평가합니다.[69]

나아가 아우어바흐는 돈키호테가 마술 탓을 하는 바람에 그의 광기에 대한 해결 등 문제의 해결이 전혀 고려되지 못하고 『돈키호테』라는 작품이 희극이나 소극이 되어버렸다고 비판합니다. 그러면서도 그는 "돈키호테의 감정은 진실하고 깊다"고 여기고[70] 그 점이 독자들의 감탄을 일으킨다고 보았어요.[71] 그러나 돈키호테의 이상주의는 "현실과 마주치는" 것이 아니라 "고정관념의 이상주의"에 사로잡힌 것입니다. 따라서 아우어바흐는 "그가 하는 모든 일은 완전히 무의미하고 현존 세계와 양립할 수 없기에 그것은 그저 희극적인 혼란을 낳을 뿐이다. 그것은 성공할 가망성이 없을 뿐 아니라 현실과 접하는 바도 없고 그저 진공 속에 널려 있을 뿐이다"[72]라고 해석합니다.

아우어바흐는 나치 정권의 박해를 피해 이스탄불로 건너가 그곳에서 『돈키호테』를 위와 같이 분석한 『미메시스』를 썼는데요. 그러한 배경이 그가 돈키호테가 품은 이상주의의 성공 가능성이나 현실성을 부정적으로 평가하게 된 배경일지도 모르겠습니다. 다만 세르반테스에게는 돈키호테의 현실성이 그리 중요한 문제가 아니었던 듯합니다.

이런저런 모험과 각성

제2편 제11장 '죽음의 회합의 수레와 관련되어 용감한 돈키호테가 겪은 기

69) 같은 책, 42~43쪽.
70) 같은 책, 45쪽.
71) 같은 책, 46쪽.
72) 같은 책, 46쪽.

이한 모험'에서는 둘시네아의 일로 슬픔에 잠긴 돈키호테가 '죽음의 회합'이라는 연극을 공연하는 극단의 수레를 만나 벌이는 소동이 그려집니다.

이어 제12장 '용감한 돈키호테가 겪은 씩씩한 거울의 기사와의 기이한 모험'에서는 돈키호테가 숲속에서 슬픈 사랑에 빠진 기사를 만나는데요. 그전에 세르반테스의 인생관을 알 수 있게 해주는 대화가 등장해 흥미를 끕니다. 돈키호테는 "연극은 언제나 인간 생활의 면모를 생생하게 반사하는 거울을 보여줌으로써 국가사회에 커다란 이익을 끼치는 구실"을 한다고 말해요. 누군가는 교황이, 누군가는 바보가, 누군가는 사기꾼이 되어서요. 동시에 그는 "하지만 연극이 끝난 다음 옷을 다 벗어버리면 꼭 같은 배우들이지"라고 말합니다. "연극이 끝이 났을 때, 즉 인생이 다 지나갔을 때, 죽음이 그들을 구별했던 옷을 다 벗기면 무덤 속에선 모두들 같아"지기 때문이에요(2-464). 그러나 이런 허무주의적인 인생관을 돈키호테가 진심으로 실감하기 위해서는 작품 마지막까지 이르는 긴 여정이 필요할 것입니다. 즉 『돈키호테』는 그런 정신적 편력의 여행기인 셈이에요.[73]

여하튼 돈키호테와 산초는 숲에서 자신의 귀부인에 대한 사랑을 고통스럽게 노래하는 다른 편력기사를 만납니다. '숲의 기사'[74]는 같은 기사도를 수행하는 이들끼리 잠시 어울리자고 권해요.

제13장 '숲의 기사의 모험의 계속 및 두 시종의 똑똑하고 신기하고 유쾌한 이야기'는 두 기사의 시종들끼리 나눈 대화에 관한 장입니다. 이를 통해 독자는 '숲의 기사'와 그의 종자의 관계가 돈키호테와 산초 판사와 판박이임을 알게 되어요.

한편 숲의 기사는 제14장 '숲의 기사와의 모험의 계속'에서 자신이 돈키

---

73) 이는 그의 희곡 「사기꾼 페드로」의 주제와도 흡사하다.
74) '거울의 기사'라고도 하고 '숲의 기사'라고도 한다.

바람 넣은 고무 주머니로 로시난테를 놀라게 하는 어릿광대

연극에 대해 철학적인 대화를 나누는 돈키호테와 산초 판사

호테라는 유명한 기사를 이겼다고 자랑합니다. 게다가 자신이 모시는 귀부인이 둘시네아보다 아름답다고 돈키호테더러 고백하게 시켰다고까지 떠벌여요(2-474). 이에 깜짝 놀란 돈키호테는 자신이 바로 '슬픈 몰골의 기사' 돈키호테이며, 자신은 결코 그런 일을 한 적이 없다고 합니다. 그리고 자신이야말로 진짜라는 것을 입증하기 위해 결투를 신청하는데요. 두 기사는 날이 밝는 대로 결투를 하자고 약속합니다(2-475). 그런데 숲의 기사는 말이 움직이지 않은 탓에 바로 어이없게 패하고 맙니다. 패자의 투구를 벗긴 돈키호테는 깜짝 놀라요. 그가 삼손 카라스코의 얼굴을 하고 있었기 때문입니다. 이때 그의 시종도 변장을 벗고 자신이 마을 이웃임을 밝힙니다(2-480). 돈키호테는 이 역시 마법사의 소행이라고 믿어요. 마법이 자신의 적을 카라스코 학사의 모습으로 바꾸었다고 말입니다.

제15장 '거울의 기사와 그의 시종이 누구인지를 말하고 그들에 관한 이야기를 함'에서는 카라스코의 속내가 드러납니다. 그는 사실 신부와 이발사와 짜고 돈키호테를 집으로 돌아오도록 할 계획을 세운 터였어요. 기사로 위장해 돈키호테와 결투한 다음 보란 듯 이겨서 그를 고향에서 근신하게 하려고요(2-482). 하지만 결투에서 패배한 가짜 기사는 역시 가짜 시종을 데리고 초라하게 떠납니다. 마을 이웃이 돈키호테와 자신들 중 누가 더 미쳤냐는 농담을 던지자, 카라스코는 "미칠 수밖에 없어 미친 사람은 언제까지나 미친 그대로이고, 일부러 미친 사람은 싫으면 그만둘 수가 있다"고 하면서 자신과 돈키호테의 차이를 설명합니다. 그리고 이제부터 "내가 그자를 따라가는 건 제정신을 되찾아주려는 게 아니라 복수욕 때문"이라고 하면서 자신은 아직 돌아가지 않겠다는 뜻을 밝힙니다(2-483). 그러고는 계속 돈키호테를 쫓아가요. 우리는 여기서도 세르반테스의 지식인에 대한 비판을 볼 수 있습니다. 이후 삼손 카라스코는 『돈키호테』 제2편 제65장에서 은월의

기사로 나타나 돈키호테를 결국 결투에서 패배시킨 뒤 고향으로 돌아가게 하는데요(2-768). 이 역시 당대에 문이 무보다 득세하던 현실을 풍자한 것이 라고 할 수 있겠지요.

제16장 '돈키호테가 라만차의 어느 점잖은 신사와 만난 이야기'에서 돈키 호테는 방금 거둔 승리로 자신을 세상에서 제일 용맹한 편력기사라고 자부 하며 우쭐함에 젖습니다. 그러다가 녹색 옷을 입은 신사를 만나 대화를 나 누게 되는데요. 돈키호테는 자신을 명성 높은 '슬픈 몰골의 기사'라고 소개 하면서 이미 자신의 업적을 다룬 이야기가 널리 퍼져 있다고 자랑하지만, 신사는 "오늘날도 세상에 편력기사가 존재하고, 진짜 편력기사에 관한 실기 가 출판되다니 그럴 수 있습니까"라고 물으며 어리둥절해합니다(2-486). 돈 키호테는 신사의 가족에 관한 질문을 하는데, 신사는 자신의 외동아들이 시를 공부하는 것이 불만이라고 말해요. 그러자 돈키호테는 어떤 학문을 강요하는 것은 옳지 못하다고 대답하지요(2-488). 나아가 돈키호테는 신사 의 아들이 스페인 시를 높이 평가하지 않는 것에 대해 모든 위대한 작가들 이 자국어로 시를 썼다고 충고해요(2-489). 이는 자국어로 쓰인 문학작품 에 대한 세르반테스의 긍지를 보여주는 대목입니다. 세르반테스가 『모범소 설』 서문에서도 언급했듯이(4-7) 당시 스페인에서는 이탈리아 등의 외국소 설이 더 인기가 있었거든요.

사자의 기사

제2편 제17장 '돈키호테의 무쌍한 용기가 최고 절정에 도달함. 사자들과의 모험의 행복된 결말'에서 돈키호테는 자신의 용기를 입증하고자 우리 안에 갇힌 사자와 결투를 벌이려고 합니다. 사자를 운반하던 마부들은 처음에는 거절하지만, 돈키호테가 모든 책임을 지겠다는 말에 우리를 열어줘요. 위험

사자와 대결하는 돈키호테

천만한 상황이었지만 사자는 귀찮은 듯 아무리 불러도 우리 밖으로 나가지 않습니다. 돈키호테는 이 위대한 승리에 흡족하여 자신의 이름을 '사자의 기사'로 바꿉니다.

그런데 앞의 제1편 제8장에서 나왔던 '차단 기법'을 우리는 여기서 또 만날 수 있습니다. 긴장이 가장 고조되는 순간에 이야기가 중단되고 작가의 말이 이어져요(2-495). 그렇게 시간을 끈 후에야 작가는 다음 장면을 보여 줍니다. 그래서 독자는 사자가 돈키호테를 본 체 만 체했다는 것을 알고 긴장을 풀게 되지요.

신사는 돈키호테를 어떻게 대해야 할지 몰라 혼란에 빠집니다. 말하는 것을 들으면 지극히 정상이고 품위 있는데, 행동을 보면 영락없이 어리석은 미친놈이니 말이에요. 신사의 생각을 간파한 돈키호테는 마음대로 판단하라고 말합니다. 다만 "겉으로 보는 것만큼 미쳤다든가 모자라지는 않다는 것을 알아"주기 바란다고 덧붙여요. "단지 영광과 영원한 명예를 얻기 위하여 사막과 황무지와 갈림길과 숲과 산을 여행하며 위험한 모험을 찾아 행복한 결말로 이끌려고 애쓰는 것"이 편력기사의 미덕이니까요(2-497). 이러한 질서정연한 말에 독자 역시 돈키호테가 정말 미쳤는지 다시 한 번 의심하게 됩니다.

방금 제가 그 사자들을 공격한 것은, 지나친 만용이라는 것을 잘 알면서도 제가 응당 관여해야 할 일이었던 것입니다. 저는 용기가 무엇인지 잘 압니다. 비겁과 만용이라는 두 가지의 극단적인 악 사이에 놓여 있는 덕성이 용기이지요. 그러나 용감한 사람은 비겁의 구렁텅이에 빠져버리는 것보다는 경솔의 높은 봉우리에 솟아오르는 것이 낫습니다. 낭비벽이 있는 사람이 구두쇠보다 마음이 후하기가 쉬운 것과 마찬가지로, 비겁한 자보다 경솔한 자가 진정한 용기에 도달하기가 쉬운 것입니다(2-498).

이때부터 돈키호테는 '슬픈 기사'라는 별명을 버리고 자신을 '사자의 기사'라고 부릅니다. 이는 돈키호테의 긴 모험담에서 하나의 전환을 이루는 계기가 되는데요. 다시 말해 진정한 용기의 기사로 새롭게 태어난다는 의미를 부여한 셈이지요. 이처럼 『돈키호테』 제2편은 돈키호테 자신의 정신적 성장에 관한 기록이라고도 볼 수 있습니다. 제8장 이후 그의 광기 어린 모험이 갈수록 사라지는 것을 보면 알 수 있지요.

제18장 '궁성 즉 녹의의 기사의 집에서 돈키호테에게 일어난 일과 그 밖에 대단히 기이한 사건들'에서 돈키호테는 녹색 옷을 입은 신사의 집에 초대받습니다. 여기서 그는 신사의 아들과 대화를 나누어요. 돈키호테의 유창한 말솜씨에 신사의 아들이 무슨 학문을 전공했냐고 묻자, 돈키호테는 기사도학이라고 답합니다. 그러면서 기사도란 "세상의 모든, 또는 거의 모든 학문을 다 포함하는 학문", 즉 공정한 법, 신학, 의학, 천문학, 수학, 그리고 모든 기술과 기능을 알아야 한다고 자랑해요. 여기서 우리는 돈키호테가 당시에 이미 분화되기 시작한 근대 학문체계를 거부하고, 종합적인 학문을 닦는 교양인의 모습을 이상적인 것으로 그렸음을 알 수 있는데요. 나아가 그는 그런 종합학문이 단순히 여러 학식만이 아니라 다음과 같은 정신적 덕성까지 갖추어야 한다고 주장합니다.

편력기사는 천주와 자기 아가씨에 대한 신의를 지켜야 하고, 생각이 정결해야 하며, 말은 곧아야 하며, 일은 아낌없이 해야 하며, 행동은 용감해야 하며, 고통 중에 인내심이 있어야 하며, 곤궁한 자에게 자선을 베풀어야 하며, 목숨을 잃는 한이 있더라도 진리의 수호자가 되어야 합니다(2-501).

녹색 옷의 신사 집에 초대받은 돈키호테.
집 앞에 놓인 토보소 산 항아리를 보고 둘시네아를 떠올린다.

이에 신사의 아들이 그런 사람이 세상에 있기나 한지 의심스럽다고 하자, 돈키호테는 적어도 과거에는 있었고 지금도 필요하다고 대답합니다(2-502). 마음속으로는 돈키호테 자신이야말로 그런 사람이라고 자부했겠지만, 정신 적으로 성숙하기 시작한 돈키호테는 앞에서처럼 과장된 자기 자랑을 하지 않아요.

제19장 '연애하는 양치기와의 모험과 그 밖에 정말 재미있는 사건들'에서 돈키호테는 녹색 옷을 입은 신사의 집을 떠나 어느 마을에서 열린 결혼식 에 참석하게 됩니다. 같은 이야기가 제20장 '부자 카마쵸의 결혼식에 관한 이야기와 가난한 바실리오의 모험', 제21장 '카마쵸의 결혼식의 계속. 그 밖 에 재미있는 모험들'로 계속해서 이어집니다.

결혼식의 신랑은 마을에서 가장 부자인 카마쵸이고 신부는 마을에서 가 장 아름다운 키테리아입니다. 그런데 사실 어린 시절부터 키테리아를 사랑 하던 이가 있었으니, 재주 많지만 가난한 목동 바실리오이지요. 하지만 키테 리아의 아버지는 그를 마음에 들어 하지 않았고, 결국 자신의 딸을 부자와 결혼시키려 했던 것입니다.

제21장에서 부자에게 연인을 뺏긴 바실리오는 결혼식에 난입해 실연의 고통에 몸부림치며 자기 배에 칼을 꽂습니다. 돈키호테가 그를 구하러 달려 가지만 이미 때는 늦었어요(2-519). 바실리오는 죽기 전 마지막 소원으로 키 테리아가 자신의 아내가 되어준다면 편안하게 눈을 감을 수 있을 것이라고 합니다. 돈키호테의 권유에 따라 키테리아는 그와 결혼하겠다고 맹세해요. 그러자 바실리오가 몸에서 칼을 빼고 멀쩡하게 일어납니다. 애초에 이 소동 은 가짜 칼을 이용한 바실리오의 자작극이었던 거예요. 더욱 놀라운 것은 키테리아의 태도였습니다. 그녀는 처음부터 모든 것을 알고 있기라도 했다

결혼식 날 아침에 산초 판사를 깨우는 돈키호테

결혼식

인심 좋은 요리사

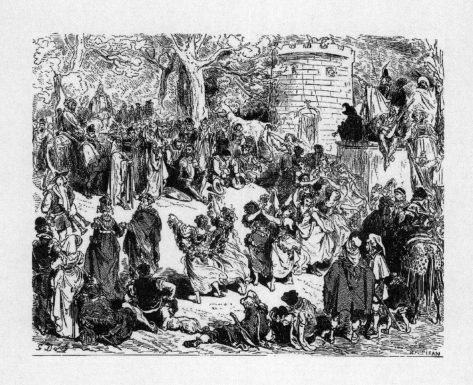

결혼식에서 춤을 추는 마을 사람들

자결을 가장하여 사람들을 놀라게 한 바실리오와 키테리아

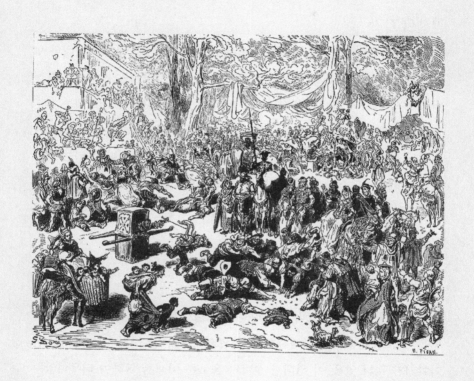

카마쵸는 결혼식이 계속되어야 하며 달라진 건 아무것도 없다고 으름장을 놓는다.

는 듯 바실리오 편에 서요. 꼼짝없이 속은 카마쵸가 복수하려 들자 돈키호테는 "사랑이 저지르는 잘못에 복수할 권리가 없"다고 주장하며 연인들을 변호합니다(2-522). 이는 기사소설이 사랑을 절대적으로 중요한 가치로 여겼음을 다시 한 번 확인하게 해주는 대목이에요.

인생의 자각

제2편 제22장 '라만차의 한복판에 있는 몬테시노스 동굴에서의 위대한 모험을 용감한 돈키호테가 행복한 결말로 이끈 이야기'에서는 돈키호테가 신랑 신부의 감사와 환대를 받으며 그들의 집에 머무릅니다. 돈키호테는 신혼부부에게 행복한 결혼을 위해 근면으로 재산을 불리라고 조언하는데요. 여기서도 건강한 초기 부르주아의 경제사상을 엿볼 수 있습니다. 우리는 이미 앞에서 세르반테스가 당대의 상인들을 싫어했음을 보았는데요. 그렇다고 해서 그가 정직하고 근면하게 일해서 재산을 벌어들이는 일마저 거부한 것은 아니었습니다.

끝없는 깊이로 악명 높은 몬테시노스의 동굴에 대해 전해들은 돈키호테는 그곳을 탐험하려는 욕망을 품습니다. 제23장 '무쌍하신 돈키호테가 몬테시노스 동굴에서 보았다는 놀라운 사실들. 그 동굴의 광대함과 불가능함은 이 모험을 위작으로 생각하게 함', 그리고 제24장 '천만 가지의 사소한 이야기가 적혀 있음. 이 위대한 실기의 올바른 이해를 위하여 터무니없는 만큼 또한 필요한 것들임'에서 돈키호테는 몸에 밧줄을 매단 채 직접 동굴 안으로 내려가요. 한참의 시간이 지나도 그가 나오지 않자 산초 판사는 밧줄을 당겨서 그를 끌어내는데요. 자고 있던 돈키호테는 눈을 뜨자마자 자신이 어마어마하게 신비로운 경험을 했다고 떠듭니다. 동굴 속에서 몬테시노스가 나타나 자신을 수정으로 만든 궁전으로 데려갔다는 거예요. 물론

신혼 부부의 집에 초대받은 돈키호테

산초 판사는 그의 말을 잠꼬대 취급하지만요. 이 장면은 『돈키호테』에서 굉장히 중요한 의미를 지닙니다. 즉 동굴 안에서의 환상을 통해 그는 인생의 몽환성을 깨닫고 인생이란 그림자이고 꿈이라는 것을 알게 된다는 뜻이지요. 돈키호테가 미치지 않았다는 관점에서 볼 때, 이는 그가 영웅적 의지로 계속해서 현실에 특별한 의미가 있는 듯이 행동하고, 최후까지 의식적 위장을 계속하는 계기가 됩니다. 즉 돈키호테의 광기에 새로운 요소가 더해져 "그러함에도 불구하고 그렇지 않은 듯이 보이고자" 하는 형태가 된다는 것이지요. 이는 그 이전까지 현실이 "그렇지 않음에도 불구하고 그런 듯이 보이고자" 하던 형태와 반대되는 것이라 할 수 있습니다. 즉 돈키호테는 자기가 읽은 책처럼 살기 위해서는 일부러 광인이 되어 현실과 반대로 미친 것처럼 행동할 수밖에 없었으나 이제는 변했다는 것입니다.

그래서 그 후 돈키호테가 여관에 도착했을 때, 그가 그곳을 궁성이라고 하지 않고 진짜 여관이라고 생각하는 것을 보고 산초 판사는 놀랍니다(2-541). 이제 적어도 유사성으로 인한 착각 현상은 사라진 것처럼 보여요. 그러나 그런 기대는 금방 깨집니다.

제25장 '노새 울음소리의 모험과 꼭두각시 노름꾼과의 해후 및 예언자 원숭이의 기억할 만한 예언'에는 상대방의 과거와 현재에 대한 모든 것을 점칠 수 있는 원숭이가 나옵니다. 원숭이는 자신의 주인인 페드로에게 돈키호테의 정체를 귀띔해주고, 그는 허둥지둥 돈키호테 앞에 무릎을 꿇은 다음, 이렇게 찬양해요. "마음 약한 자를 일으키시며 넘어지려는 자의 기둥이시며, 넘어진 자의 팔이시며, 모든 불우한 자의 지팡이요 위로가 되시는 분!"(2-546) 이 찬양은 마치 구세주를 예찬하는 듯합니다. 그래서 우나무노를 비롯한 스페인 철학자들이 돈키호테를 그리스도에 비교했는지도 모르겠어요.

까마귀와 박쥐 떼가 동굴로 내려가려는 돈키호테를 방해하고 있다.

동굴에서 끌려나온 혼수상태의 돈키호테

돈키호테는 자신이 동굴 속에서 몬테시노스를 만났다고 주장한다.

몬테시노스가 보여준, 마법에 걸린 공주와 시녀들의 행렬

돈키호테가 자신이 몬테시노스의 동굴에서 본 것이 환영인지 현실인지 원숭이에게 묻고 있다.

이야기의 중단

제26장 '꼭두각시 노름꾼의 즐거운 모험의 계속과 그 밖에 충분히 재미있는 사실들'에서 페드로는 꼭두각시 인형극을 합니다. 마치 진짜 같은 재주에 여관에 모인 관중은 긴장하며 인형극을 보지요. 그런데 돈키호테가 갑자기 난동을 부리며 인형극을 중단시킵니다. 돈키호테는 인형극 속의 무어인들이 정말로 기사와 그의 연인을 공격하는 것으로 착각한 것입니다(2-552). 울상이 된 페드로는 돈키호테가 공격하는 것이 진짜 무어인이 아니라 꼭두각시 인형일 뿐이라고 항의하나, 돈키호테는 막무가내로 그것들을 칼로 찢어발깁니다(2-552). 이러한 장면을 보면 그의 광기가 여전하다는 점을 알 수 있지요.

이 장면은 현실과 공연을 혼동한 한 관객의 천진난만한 개입으로 예술적 재현이 중단되는 것을 보여주는 매우 고전적인 예시라고 할 수 있습니다. 세르반테스는 예술의 유희적인 세계가 불러일으키는 환영이 지닌 현실성이 얼마나 얇고 위태로운지를 폭로합니다. 한편으로 작가는 자신의 주인공을 시켜 언어에 의한 꼭두각시놀음에 불과한 『돈키호테』를 중단시킨 것이기도 해요. 그럼으로써 이야기 전개를 미루어두고, 이야기의 종이 인형과도 같은 인공성을 우리에게 상기시킵니다. 물론 이 작품에서 그러한 중단이 일어난 것은 이번이 처음이 아니에요. 앞에서도 보았듯이 이는 『돈키호테』 구성의 특징을 이루며 자주 사용되는 장치 중의 하나입니다.[75]

모방에 대한 메시지를 드러내는 장치가 하나 더 있습니다. 인형극이 시작되는 제26장의 첫 문장이 "티루스 사람이나 트로이 사람이나 모두 잠잠하였다"라는 것인데요. 이는 로마에서 가장 명성 높은 시인 중 하나인 베르길

---

75) 스탬, 67쪽.

페드로의 인형극에 매료된 돈키호테

리우스(Virgil, BC 70~BC 19)가 쓴 장편 서사시 「아에네이드*Aeneide*」를 인용한 것입니다. 이 서사시는 아이네이아스의 전설에 바탕을 두는데요. 그리스군에 패하여 멸망한 트로이의 영웅 아이네이아스가 천신만고 끝에 로마 제국의 터전을 세운다는 내용입니다. 이 장의 첫 문장은 아이네이아스가 그의 연인인 카르타고 여왕 디도 및 모여든 청중에게 트로이 이야기를 들려주는 장면을 되새기게 해줍니다. 또한, 시대를 초월한 이야기의 매혹과 흥분된 기대감, 그리고 공연이 시작되기 전에 항상 생기게 마련인 침묵을 떠올리게 하죠. 나아가 이는 『돈키호테』 전체의 내러티브 구조를 암시합니다. 즉 과거로 거슬러가 모방의 기원을 밝혀줌으로써, 모방하고 있다고 하는 사실 그 자체를 드러내는 것입니다.

　나아가 페드로가 인형을 조정하는 동안 그의 조수는 앞으로 볼 이야기가 스페인 민요 등에서 비롯되었음을 설명합니다. 이는 앞에서 세르반테스가 『돈키호테』를 아랍인이 쓴 원고를 번역한 것이라고 꾸며서 말하는 것과 비슷합니다. 또한 조수는 빈약한 무대장치를 보충하기 위해 가령 "저 너머에 있는 탑으로 눈을 돌리십시오"(2-550)라고 관중들에게 요구하기도 해요. 또는 "저 회랑에 서 있는 점잖은 무어인도 보십시오. 산수에나의 마르실리오 왕입니다"라고 등장인물을 소개하기도 하지요. 또는 특정 사건이나 동작에 관해 청중의 주의를 환기하기도 합니다. 앞에서도 말했듯이 이러한 수법은 브레히트의 연극에서 특히 볼 수 있는 특징인 소외효과예요. 소외효과란 독일의 극작가 베르톨트 브레히트가 주장한 서사기법으로 연극에서 친숙한 배경이나 대상을 낯설게 보이게 함으로써 관객이 극에 몰입하는 것을 의도적으로 방해하는 것입니다. 이러한 소외효과의 목적은 관객이 무대 위의 사건에 대해 거리를 두어 객관적이고 비판적인 시각을 갖게 하는 것인데요. 돈키호테가 인형극에 몰두한 나머지 벌인 착각은 정확히 그 반대라는 점에 주목할 필요가 있습니다. 즉 돈키호테가 인형극에 완전히 빠져서 연극 속의 악당과 주인공을 실존인물로 착각하여 공격하는 것은 사실상 브레히트가 너무나도 혐오한 '거리를 두지 않는 무비판적인 관객'의 행동이기 때문이에요. 물론 돈키호테가 처음부터 그러했던 것은 아닙니다. 인형극이 막 시작했던 때에 돈키호테는 도리어 조수의 설명에 대단히 비판적으로 개입해요. 그러다가 어느 순간 그의 설명에 빠져들고, 결국에는 인형극을 현실로 오해해 발작을 일으키는 것이지요. 세르반테스는 그런 돈키호테를 비웃고 있지만, 동시에 이 장면에서 놓치지 말아야 할 점은 세르반테스가 관객과 독자들의 적극적인 역할을 요구했다는 점입니다.

제27장 '페드로와 그의 원숭이가 누구였는지가 밝혀짐. 노새 울음소리 모험에서의 돈키호테의 실패. 그가 기대했던 대로 되지 아니함'에서는 페드로의 진짜 정체가 밝혀집니다. 그는 바로 제1편에서 갤리선으로 노역을 가던 중 돈키호테에게 구원받은 도둑 히네스 데 파사몬테이자 배은망덕하게도 돈키호테를 패고 달아났다가 산초 판사의 당나귀를 훔쳤던 사람이기도 해요. 하지만 돈키호테는 끝까지 그를 알아보지 못하고 인형 값만 물어줍니다.

여관을 나간 돈키호테는 잔뜩 무장한 사람들과 마주칩니다. 이들은 이웃 마을 사람들이 자신을 당나귀 소리나 잘 흉내 내는 사람들이라고 놀리자 분해서 쳐들어가 결판을 내려고 모여 있었는데요. 돈키호테는 마을 사람들 앞에 나가 자기소개를 합니다. 그리고 그런 사소한 모욕으로 피를 보지 말라고 충고해요. 그런데 이때 분위기를 읽지 못한 산초 판사가 당나귀 소리를 내고, 또다시 자신들을 놀린다고 생각한 사람들은 분노합니다. 결국 돈키호테와 산초 판사는 돌팔매질을 당하면서 도망치지요. 책에는 "한 발자국 뗄 때마다 총알이 잔등을 꿰뚫고 들어와서 가슴을 뚫고 나갈까봐 겁이 나서 순간순간마다 아직 숨을 쉴 수 있는지 보려고 심호흡을 하였다"(2-

560)고 묘사되었는데요. 여기서 우리는 또다시 돈키호테의 변모를 볼 수 있습니다. 하지만 이 장면에서만큼은 그는 무모한 기사가 아닌, 비겁한 또는 매우 영악한 현실주의자로 바뀌어 있음을 알 수 있어요.

그리고 제28장 '독자가 주의 깊게 읽으면 알 수 있는 일들이라고 베넹헬리가 말하고 있음'에서 산초는 돈키호테가 자신을 버리고 도망간 것을 원망합니다. 그러자 돈키호테는 신중함 없는 용기는 무모한 것이며, 무모함으로 이룬 업적은 요행일 뿐이라고 변명하지요. 게다가 "보다 좋은 일을 위하여 자신을 보호하는 것은 현명한 사람의 의무다"라고 덧붙입니다(2-560).

제29장 '마술에 걸린 배에서의 유명한 모험'에서 둘은 강에 도착합니다. 여기서 배를 발견한 돈키호테는 누군가 자신에게 도움을 요청하기 위해 배를 보낸 거라 착각하고 다짜고짜 올라타요. 그렇지만 배는 물레방아의 물살에 빨려 들어갈 뻔합니다. 둘은 방앗간지기들의 도움으로 겨우 구출되어 목숨을 건져요.

무장한 사람들에게 자신을 소개하는 돈키호테

방앗간지기들이 강에 빠진 돈키호테와 산초를 끌어올리고 있다.

제5장

공작 부부와 총독 산초 판사

공작 부부의 장난

제30장 '돈키호테와 아름다운 여자 사냥꾼과의 해후'에서 돈키호테는 공작 부부를 만납니다. 기사와 종자는 장난을 좋아하는 공작 부부에게 엄청난 환영을 받아요. 공작 부부는 이미 『돈키호테』 1편을 읽어서 돈키호테가 어떤 인물인지 알고 있었거든요. "그들의 속심은 돈키호테의 미친 환상에 맞장구를 치고, 그가 하는 말은 뭐든지 다 옳다고 하"여 그를 더욱더 정신착란에 빠지게 하려는 것이었습니다(2-571).[76] 앞에서 마을의 신부와 이발사, 돈키호테의 가정부와 조카딸 같은 민중계층이 돈키호테의 광기를 치료하고자 했다면, 여기서는 공작 부부로 대표되는 귀족계층이 등장해 돈키호테의 광기를 장난거리로 삼아요. 이는 당시의 귀족계층이 여전히 중세적 기사도 놀음에 젖어 있는 것을 세르반테스가 비판한 것인지도 모릅니다.

제31장 '여러 가지 큰일들을 취급함'에서 공작 부부의 장난은 돈키호테에게 자신이 진짜 기사라는 만족감을 준다는 점에서 처음에는 서로의 욕망을 충족시키는 것처럼 보여요.[77] 여하튼 공작 부부의 장난은 제32장 '비난

---

76) 이후 공작 부부는 『돈키호테』의 마지막까지 중요한 등장인물로 계속 등장한다.

77) 그런데 여기서 신경 쓰이는 구절이 있다. "그는 자기가 가짜가 아닌 진짜 편력기사라는 것을 처음으로 확신하게 되었다"(2-573)라는 문장이다. 이는 다음과 같은 의문을 불러일으킨다. 그렇다면 지금까지 돈키호테는 자신이 진짜가 아닌 가짜라고 생각했단 말인가? 그렇다면 지금까지는 자신이 흉내 내는 망상들이 가짜인 것을 알고 있었으니 사실은 미친 것이 아니었고, 지금부터는 눈앞에 벌어지는 일들이 정말로 진짜라고 착각하게 되었으니 진짜로 미친 자가 되는가?

사냥 중인 귀족들을 보게 된 돈키호테와 산초 판사

돈키호테는 공작 부부에게 환대를 받는다.

자에 대한 돈키호테의 답변. 기타 중대하고 재미있는 사건들'로 이어집니다. 여기서 산초 판사는 공작의 명으로 어느 섬의 신임 총독으로 임명되는데요. 그 전에 공작 부부의 의도를 파악하지 못한 성직자가 돈키호테를 제정신이 아닌 자라고 비난하자, 돈키호테가 그에게 되받아친 말이 흥미롭습니다.

> 내가 가족이 있는지 없는지도 알지 못하면서 그래 갈고리나 꼬부랑 지팡이로 남
> 의 집에 기어들어와 가지고 그 집 주인을 이래라 저래라 하고, 우물 안 개구리식
> 의 교육을 받고서—6, 70마일 정도의 주위 지방만 알고 세상은 도무지 알지 못하
> 고— 뻔뻔스레 기사도의 법은 이렇다, 편력기사는 저렇다고 멋대로 판단을 하면서
> 도 성이 차지 않는단 말요?(2-580)

제33장 '공작부인과 하녀들과 산초 판사 사이에 벌어진 재미있는 대화. 읽고 주목할 만한 것임'에서는 공작부인이 산초 판사를 몰래 불러 주인에 대한 솔직한 생각을 말해달라고 부탁합니다. 산초 판사는 듣는 이가 없으니 정직하게 말하건대 자기 주인은 완전히 미쳤다고 답해요. 그가 들려주는 돈키호테의 광기 어린 모험담을 재미있어 하던 공작부인이 그런 사실을 알면서도 따르는 당신은 더한 미치광이요 바보가 아니냐고 묻자, 산초 판사는 어쨌거나 자긴 그런 주인님을 좋아한다고 답하지요(2-591). 이때 산초 판사는 자신이 시골에서 농사짓는 아가씨를 둘시네아로 속였던 일화를 공작부인에게 털어놓는데요. 이 이야기를 들은 공작 부부는 다른 장난을 계획합니다.

제34장 '비할 데 없는 둘시네아 델 토보소의 마술을 풀어주기 위한 지시. 이 책에서 가장 유명한 모험 가운데 하나임'에서 공작 부부는 돈키호테와 산초를 산돼지 사냥에 데려갑니다. 아슬아슬한 사냥에 겁을 먹은 산초 판

사는 "공작과 임금님들이 기쁨을 얻으려 그따위 위험한 짓을 하는 게 안 됐다"고 말하면서 지배자들을 풍자해요. "사실 그건 죄도 짓지 않은 짐승을 죽이는 것이니 진짜로 기쁠 것도 없죠"라고 말입니다. 이에 공작이 사냥을 고상한 운동이라고 일컫고 산초 판사도 총독이 되면 당연히 하게 될 것이라고 하자, 산초 판사는 다시 "사냥이나 오락 장난은 총독보다는 할 일 없는 사람에게 알맞은 짓"이라고 반박합니다(2-598). 그날 저녁 다음날 사냥을 준비하며 숲에 들어가 있던 일행 앞에 악마가 등장해요. 물론 이 역시 공작 부부가 준비한 연극이었지요. 곧이어 등장한 메를린[78]이 둘시네아에게 걸린 마법을 풀고 시골 촌년에서 귀부인으로 되돌릴 조건을 알려줍니다. 그러면서 이야기는 제35장 '둘시네아의 마술을 풀어주기 위하여 돈키호테에게 내린 지시의 계속과 그 밖에 놀라운 사실들'로 이어지는데요. 그 조건이란 놀랍게도 산초 판사가 자기 엉덩이를 채찍으로 삼천 삼백 대를 고통스럽게 때리는 것입니다. 산초 판사는 당연히 이에 거세게 반발하지만, 무정한 이에게는 섬의 총독을 맡길 수 없다는 공작의 말을 포함한 주변의 권유로 결국 받아들이지요. 다만 당장 매질을 시행하지는 않고 자기가 내킬 때 하겠다는 조건을 붙여서요.

다음 장에서도 공작부인의 새로운 장난들이 이어집니다. 이는 제36장 ''고난 중의 시녀', 일명 트리발디 백작 부인과 관련된 기이하고도 불가사의한 모험 및 산초 판사가 그의 아내 테레사 판사에게 보낸 편지', 제37장 '유명한 '고난 중의 시녀'의 모험 계속', 제38장 '유명한 '고난 중의 시녀'가 자기의 불행을 이야기 함', 제39장 '트리발디가 그 엄청나고도 기억할 만한 이야기를 계속함', 제40장 '이 모험과 이 기억할 만한 실기에 관련되고 속하는

---

78) 멀린(Merlin)이라고도 한다. 아서왕 전설에 등장하는 마법사로서 아서왕을 보좌하며 충성을 바쳤다.

공작부인에게 가짜 둘시네아 사건을 들려주는 산초 판사

메를린이 돈키호테에게 둘시네아의 마법을 푸는 방법을 설명하고 있다.

메릴린과 만나 이야기하는 동안 새벽이 밝아오다.

일들', 제41장 '클라빌레뇨의 도착과 이 길게 끈 모험의 종결'까지 계속되어요. 여기서 제38~41장에 나오는 시녀의 이야기는 제1편의 여러 삽입소설처럼 별도의 이야기로 구성되어 있는데(2-616~632), 이는 다시금 이야기를 차단시키는 효과를 자아냅니다.

총독 산초 판사

제2편 제42장부터 시작되어 제53장까지 이어지는, 총독으로 활약하는 산초 판사 이야기는 사실 공작 부부가 꾸미는 장난 중 일부입니다. 즉 산초 판사와 돈키호테는 그들의 장난에 놀아난다고 할 수 있어요(2-633). 그런데 우리가 이 장을 주목해서 봐야 할 이유는 여기서 세르반테스의 정치철학을 읽을 수 있기 때문입니다.

먼저 제42장 '산초 판사가 섬나라를 다스리러 가기 전에 돈키호테가 준 충고 및 기타 심각한 사건들'에서 돈키호테는 드디어 총독이 되어 섬을 통치하러 가는 종자에게 이렇게 충고합니다. "자네의 비천한 혈통을 기뻐하고 농부의 집안에서 태어났다고 하는 것을 수치로 여기지 말게. …유덕하고도 가난한 것이, 지체 높고도 죄를 짓는 것보다 훌륭하다고 생각하게", 따라서 "덕을 수단으로 삼고, 유덕한 일을 행하는 것을 자랑으로 삼을진대 왕자와 대공으로 태어난 사람들을 부러워할 하등의 이유가 없다는 것을 알게. 혈통은 상속하는 것이나 덕은 습득하는 것이며, 덕은 혈통이 갖지 못하는 본질적인 가치를 가지고 있네."(2-635) 두말할 필요도 없이 여기에는 인간에 대한 평등사상이 담겨 있어요. 비록 잘난 집안 출신도 아니고 제대로 교육을 받지도 못한 산초 판사라 하더라도 훌륭한 통치자가 될 수 있다고 강조하는 것입니다.

더욱 주의할 점은 여기서 돈키호테가 통치에 있어서는 지배보다 덕성이 중요하다고 강조한 점입니다. 그런데 주의할 게 있어요. 세르반테스가 말하는 덕성이란 도덕이나 윤리와 같은 개념이지만, 똑같은 덕성이라는 말을 마키아벨리는 사람들을 조종하고 길들이며 강제로 굴복시키기 위한 규칙의 합리적인 효율성과 숙련된 응용을 나타내기 위해 사용했다는 것입니다. 따라서 세르반테스의 정치사상은 르네상스 정치철학을 대표하고 오늘날까지도 정치학에서 흔히 인용되는 마키아벨리와는 전혀 다른 것입니다. 다음 주장에서 보듯이 세르반테스는 가장 민주적인 통치 지도자의 덕성을 강조했으니까요. 앞에서 이미 인용했지만, 다시 한 번 볼게요.

> 독단적인 법으로 움직이지 말게. 그것은 스스로 똑똑한 체하는 자들의 짓일세. 부자의 약속과 선물 배후에 있는 진상을 알아내려고 노력하게. 가난한 자의 울음과 애원의 배후도 마찬가지일세. 공정성이 냉혹한 법률을 온당하게 완화시킬 수 있는 경우에는 법률의 모든 세력을 죄인에게 덮어씌우지 말게. 냉혹한 재판관은 자비로운 재판관보다 높은 명성을 가지지 못하네(2-636).

위 주장에서 로웬달은 진실, 자비, 감정이라는 세 가지를 발견할 수 있다고 합니다.[79] 즉 산초 판사가 행동해야 하는 세계는 "부유하거나 가난한, 아름답거나 추한, 눈물이 헤프거나 완고한, 그리고 무지하거나 명석한 사람들로 이루어진 것으로 여겨지고 있"는데요. 그 속에서 산초 판사는 "진실을 찾아내고 적정한 행동에 의해 새로운 통찰력을 끝까지 따르는, 서로 떼어낼 수 없는 임무"를 이성적으로 수행해야 한다는 거예요.[80] 이렇듯 근대의 특성인 합리주의와 함께 세르반테스는 돈키호테의 입을 빌어 자비를 강조합니

79) 로웬달, 63쪽.
80) 로웬달, 64쪽.

다. 이에 대한 로웬달의 설명을 들어볼까요?

> 이제 그것은 내세가 아니라 현세에서의 위안의 특질을 획득한다. 인간은 혼자이
> 며, 자율적이고 이성적인 개인으로서 자신의 유한한 운명과 다른 사람들의 복지
> 에 대한 책임을 떠맡아야 한다. 혼자라는 느낌을 극복하려면 사람은 자신이 혼
> 자임이라는 공유된 경험에 있어서 전 인류와 동일하다는 것을 깨닫기만 하면 된
> 다. 가장 고귀한 인간적 속성으로서의 자비로움에 대한 권고는 어떤 점에서는 실
> 존주의적 관점의 초기적 국면으로 간주될 수도 있다. 다시 말해서 인간의 영역을
> 넘어서는 것은 정말로 아무 것도 없으며, 이성은 결코 절대적인 것이 될 수 없을
> 뿐더러 기껏해야 끊임없이 위협받고 있으며 변덕스러운 풍향계로서의 구실만 할
> 뿐이라는 것이다.[81]

다시 말하자면 인간은 이성적인 존재이긴 하지만, 동시에 여러 가지 파국의 가능성도 갖는 유한한 존재이기에 자비가 필요하다는 것입니다. 여기서 자비란 이성과 대립하는 것이 아니라 상호보완적인 관계에 있어요. 세르반테스는 인간은 이성의 독재를 막을 자비를 지녀야 한다고 주장합니다. 돈키호테는 산초에게 통치자의 덕목에 대해 충고를 계속하는데요. 제43장 '돈키호테가 산초 판사에게 제2차로 한 충고'에서 그는 통치자로서 지녀야 할 일상생활에서의 몸가짐에 대해 조언합니다. 제44장 '산초 판사가 총독의 임지로 인도되어 간 이야기 및 궁성에서 돈키호테에게 생긴 이상한 모험'에서 드디어 산초 판사는 자신의 통치를 기다리는 섬을 향해 출발해요.

---

81) 로웬달, 65쪽.

돈키호테가 총독 임무를 수행하러 떠나는 산초 판사를 축복하다.

산초 판사의 재판

제44장의 도입부에서는 작가적 서술의 개입으로 이야기가 다시 중단됩니다. 즉 제1의 저자인 무어인 시데 아메테가 말하기를 작품을 "동일한 주제와 소수의 인물들에게만 국한하는 것은 참을 수 없는 괴로움이고 저자에게도 아무런 성과가 없는 일"(2-641)이어서 제1편에는 단편소설을 몇 개 삽입했는데, 독자들이 그러한 작가의 의도를 제대로 알아주지 않아 제2편에서는 그런 것을 넣지 않았다는 것입니다(2-642).

제45장 '위대한 산초 판사가 섬나라를 차지한 이야기 및 총독 일을 보기 시작한 이야기'에서 산초 판사는 한 마을에 영주로서 부임하는데요. 마을 주민들은 그곳을 바라타리아 섬이라고 소개합니다. 산초 판사의 이름 앞에 집사가 귀족의 호칭인 '돈'을 붙여 정중하게 부르자 산초는 화를 내요. "내가 '돈'이 아니란 걸 잘 알아두게", "이 섬엔 '돈'이 돌멩이보다 많은가 보다", "혹시 내 총독 자리가 나흘밖에 못 간대도 그놈의 '돈'들을 다 뽑아버릴 수 있겠지"(2-650)라면서요. 이러한 대사에도 역시 평등주의가 반영되어 있습니다.

이어서 산초 판사에게 최초의 임무가 주어집니다. 마을에서 벌어진 골치 아픈 사건들을 재판하는 것인데요. 첫 사건은 어떤 농부가 양복장이를 고소한 것입니다. 농부가 양복장이에게 모자를 만들어달라고 주문을 넣었는데, 양복장이가 천을 남겨 먹을지도 모른다는 의심 탓에 천 하나로 모자를 다섯 개나 만들어 달라고 했던 거예요. 그러자 양복장이는 손가락만 한 모자 다섯 개를 만들어주었고 당연히 다툼이 벌어집니다. 당시 스페인에서는 양복장이가 일부러 천을 남겨서 주머니에 슬쩍한다는 편견이 있었고, 하도 평판이 나쁘다 보니 거의 도둑으로 취급되기도 했는데, 여기서 그러한 시대적 현실이 반영된 것이지요. 여하튼 산초 판사는 다음과 같이 판결합니다. 농부는 양복천을 포기하고, 양복장이는 품삯을 포기하고, 모자는 죄수들에게 나누어주라고요. 이런 기발한 판결에 신하들은 웃음을 터트리면서도 감탄합니다(2-651). 그 외에도 여러 까다로운 사건들에 대해 산초 판사는 재치 있는 판결을 내립니다.

이후의 이야기는 공작 부부의 성에 남은 돈키호테와 총독이 된 산초 판사를 번갈아 보여주며 전개됩니다. 제46장 '사랑에 빠진 알티시도라의 구애를 받는 도중에 돈키호테가 고양이와 방울들에 무섭게 놀란 이야기'에서 돈키호테는 또다시 공작 부부의 장난에 휘말려요. 앞의 제44장 끝부분에서 그는 창문 너머에서 공작부인의 시녀 알티시도라의 노래를 듣게 되는데, 내용인즉 자신이 용감한 편력기사를 향한 짝사랑에 빠졌는데, 정작 그분은 둘시네아만을 사모하니 가슴이 찢어진다는 것이었습니다. 돈키호테는 으스대려는 마음을 애써 감추고, 다음날 자기 방의 창문을 활짝 열어놓고 답가를 부릅니다. 물론 자신은 끝까지 둘시네아에 대한 정절을 지키겠다는 내용이지요. 그런데 열린 창문으로 목에 방울을 단 고양이 한 부대가 쏟아져 들어옵니다. 돈키호테가 그들을 악마로 알고 선전포고를 하자, 그중 한 마리가 그의 얼굴을 마구잡이로 할퀴고 도망쳐요.

이어 제47장 '총독 직무에 있어서 산초 판사의 행동 계속'에서 식사시간이 되자 산초 판사는 총독을 위해 차려진 진수성찬을 보고 입맛을 다십니다. 하지만 의사는 건강에 해롭다며 아무것도 먹지 못하게 해요.

제48장 '공작의 시녀인 도냐 로드리게즈와 관련되어 돈키호테에게 생긴 모험 및 기타 기록하여 영원히 기억할 가치가 있는 사건들'은 다시 돈키호테의 이야기로 돌아와요. 돈키호테의 방에 한 여인이 들어옵니다. 그녀는 공작부인의 늙은 시녀장인 로드리게스예요. 그녀는 결혼을 빌미로 자신의 딸을 꼬여내 처녀성을 빼앗은 남자가 약속을 어기고 도망쳤다면서 이 일을 해결해달라고 그에게 부탁합니다. 그런데 이번만큼은 공작 부부의 장난이 아

알티시도라의 거짓 사랑 고백에 놀라는 돈키호테

재판하는 산초 판사

돈키호테와 마주치자 기절하는 척하는 알티시도라

주치의가 산초 판사에게 절식을 권유하고 있다.

고양이들과 싸워 부상당한 채 누워 있는 돈키호테

돈키호테의 기이한 모습에 깜짝 놀라는 시녀장 로드리게스

니었어요. 그녀는 자신의 딸에 비하면 알티시도라의 아름다움은 보잘것없다고 험담하면서 공작부인의 은밀한 비밀까지 말해주려고 해요. 그런데 갑자기 방에 불이 꺼져버립니다. 시녀장은 어둠 속에서 쳐들어온 누군가에게 봉변을 당하고요. 게다가 듣고 있던 죄밖에 없던 돈키호테마저도 호되게 꼬집힙니다. 돈키호테는 이 역시 사악한 마법사의 짓으로 간주하지요.

제49장인 '산초 판사가 섬을 순시할 때 생긴 일'은 다시 산초 판사의 이야기입니다. 여기서도 산초 판사의 재치 있는 판결이 이어지는데요. 정작 그는 소박한 꿈 하나만을 품고 있습니다. 바로 "우리 모두 같이 평화롭고 화목하게 먹고살자"(2-672)는 것이지요.

이어 제50장 '시녀를 때리고, 돈키호테를 꼬집고 할퀸 마술사와 형리들이 누구인가를 말함. 동시에 산초 판사의 아내인 테레사 판사에게 편지를 가져간 시종의 모험'에서는 돈키호테와 시녀장을 공격한 이들이 누구인지 밝혀집니다. 바로 돈키호테의 방문 밖에서 알티시도라와 함께 엿듣고 있던 공작부인이었지요. 이들은 자신들을 험담하는 것을 듣고 화가 나 복수를 한 것입니다. 한편 공작부인은 남편과 함께 돈키호테를 놀릴 다른 계책을 세워요. 이는 앞으로 볼 장에서 계속 이어지지요.

공작부인은 산초 판사의 아내인 테레사 판사에게 시동을 보냅니다. 시동은 그녀의 남편이 섬의 총독이 되었다고 알리고 산초 판사의 편지와 공작부인의 편지를 전해줍니다. 게다가 공작부인의 선물인 값비싼 산호 묵주도 건네지요. 깜짝 놀라고 환희에 찬 테레사 판사는 그 소식을 마을 신부에게 알립니다. 이 믿지 못할 소식에 신부와 삼손은 시동을 만나 그것이 진실인지 확인하려 하지만, 의심을 버리지 못해요. 테레사 판사는 남편에게 보낼 편지를 씁니다.

제51장 '산초 판사의 다스림의 계속과 기타의 사실들을 있는 그대로 이야

기함'은 산초 판사와 돈키호테가 주고받은 편지에 관한 장입니다. 돈키호테는 산초 판사가 훌륭하게 섬을 다스리고 있다는 소식에 감사하면서 통치자가 지녀야 할 덕목과 몸가짐들에 대해 다시 설교해요. 물론 여기서도 세르반테스의 정치철학이 드러납니다. 이에 산초 판사는 답장으로 통치자로서의 자기 근황을 써서 보내는데, 과연 산초 판사답게 입담이 좋고 우스운 내용으로 채워져 있답니다.

제52장 '제2의 구슬픈, 또는 고난당한 시녀, 일명 도냐 로드리게즈의 모험이 기록되어 있음'에서 돈키호테는 시녀장 도냐 로드리게즈를 위해 그녀의 딸을 농락한 청년과 결투를 벌이기로 약속합니다. 한편 같은 장에서 테레사 판사가 산초 판사와 공작부인에게 보내는 편지가 소개되는데요. 그녀의 편지 역시 남편의 것만큼이나 사람들의 웃음을 자아냅니다.

제53장 '산초 판사의 총독 노릇의 험난한 종말'에서는 제목 그대로 산초 판사의 총독 노릇이 끝납니다. 신하들은 적이 침략해왔다는 거짓말을 하며 소란을 피워요. 그리고 산초 판사를 무장시켜 난리 한가운데로 내보냅니다. 고함과 칼질 소리에 벌벌 떨던 산초 판사는 적들이 물러간다는 소리를 듣자마자 기절해버려요. 그리고 깨어나자마자 자기 당나귀 위에 올라타고 신하들에게 작별을 고합니다. 마음대로 먹지도 못하고 온종일 고된 업무에 시달려야 하는 통치자보다는 자유롭게 사는 평민이 낫다고 생각하게 된 것이지요. 특히 그는 총독이 된 후로 당나귀를 제대로 돌보지 못했음을 후회해요. 이런 식으로 드러나는 순진하고 소박한 인품이 독자가 그를 미워할 수 없게 만드는 요소일 것입니다. 신하들은 그가 떠나는 것을 안타까워하면서도, 평소의 바보스러운 모습에서는 찾아볼 수 없던 단호함에 감동해 진심을 담아 작별인사를 나눕니다.

제54장 '다름 아닌 이 실기에만 관련된 사건들을 취급함'에서 산초 판사

는 주인이 있는 공작의 성으로 향하다가 한때 이웃에 살던 무어인 친구 리코테를 만나 담소를 나누고 헤어집니다. 그는 왕이 내린 무어인 추방령에 쫓겨났다가 가족을 데리러 돌아온 사람이에요. 여기서 리코테가 들려준 이야기는 당시의 이단 심문이 얼마나 혹독했는가를 잘 보여줍니다.

제55장 '도중에 산초 판사에게 생긴 일 및 기타 사건들-유례없이 멋진 일들임'을 볼까요? 밤이 되어 잠시 쉬어갈 곳을 찾던 산초 판사는 그만 당나귀와 함께 거대한 구덩이에 빠지고 맙니다. 산초 판사는 꼼짝없이 죽었구나 생각했지만, 다행히 구덩이가 공작 부부의 성까지 이어져 있었기에 무사히 구출됩니다.

제56장 '시녀 도냐 로드리게즈의 딸을 보호하기 위하여 라만차의 돈키호테와 마부 토실로스 사이에 벌어진 전대미문의 굉장한 전투'에서 돈키호테는 시녀장 로드리게즈의 딸을 위해 난봉꾼과 결투합니다. 만약 돈키호테가 이기면 상대는 로드리게즈의 딸과 결혼해야만 해요. 이 사연을 엿들은 공작 부인은 공작과 함께 다시 한 번 연극을 꾸몄습니다. 즉 자신의 마부인 토실로스를 난봉꾼으로 변장시켜 내보낸 거예요. 그런데 이게 웬일입니까? 토실로스가 로드리게즈의 딸을 보자마자 한눈에 반해 기권을 한 거예요. 결투는 돈키호테의 승리로 끝나고요.

제57장 '돈키호테가 공작에게 작별을 고한 이야기와 공작부인의 하녀인 꾀 많고 얌전치 못한 알티시도라와의 모험'에서 돈키호테와 산초는 공작 부부에게 작별을 고합니다. 편력기사로서 게으르게 "안일 속에 파묻혀 있다는 것은 큰 잘못을 저지른 것"(2-718)이라고 판단했기 때문이지요. 돈키호테는 다시 모험을 찾아 사라고사로 향합니다.

이어지는 제58장 '서로 발뒤축을 짓밟으면서 돈키호테에게 빽빽이 밀어닥친 모험들'에서 돈키호테는 산초 판사에게 다음과 같이 말합니다.

자유는 천주가 인간에게 주신 가장 귀중한 선물 중의 하나야. 땅 속에 파묻혀 있는 보물이나 바다 밑에 숨겨져 있는 보배나 어떤 것으로도 자유와는 비교할 수 없어. 명예와 마찬가지로, 자유를 위해서는 마땅히 목숨을 내걸 수도 있지. 한편 속박은 인간에게 있을 수 있는 최대의 악이야. 산초, 내가 이 말을 하는 까닭은, 우리가 방금 떠나온 저 궁성에서 누린 사치와 풍부를 자네도 목격한 때문일세. 그러나 그 향내 나는 진수성찬과 눈처럼 찬 술 가운데서도 나는 그것들을 내 것인 양 자유롭게 즐길 수 없었으므로 굶주림의 속박 속에 갇혀 있는 것 같았어. 은덕과 신세진 것을 보답해야 할 의무는 자유로운 정신을 붙들어 매는 멍에지. 하늘로부터 빵 한 조각을 얻은 자, 그래서 하늘밖에는 감사를 드릴 의무가 없는 자는, 행복한 자일세!(2-722)

그러나 이렇게 호언장담하며 길을 떠난 돈키호테는 숲에 들어갔다가 그물에 걸리고 맙니다. 돈키호테는 나쁜 마술사가 다시 마법을 부렸다고 확신해요. 하지만 곧 여자 목동들이 장난을 친 것이었음이 드러납니다. 그들은 돈키호테를 풀어줍니다. 이어서 돈키호테는 투우장으로 가는 소 떼들을 마주치는데요. 투우사에게 결투를 신청하다가 미처 소 떼를 피하지 못한 편력기사와 그의 종자는 소 떼에게 쫓기는 신세가 되고 맙니다.

제59장 '돈키호테에게 일어난, 모험이라고 할 만한 이상한 일'에서 돈키호테는 짐승들에게 당한 굴욕 탓에 삶의 의욕을 잃습니다. 그러자 산초 판사는 "나으리처럼 낙심해서 죽을 생각을 하는 것보다 더 미친 생각은 없습니다"(2-732)라고 하며 그를 격려해요.

이윽고 그들은 여관에서 묵게 되는데요. 여기서 작가는 돈키호테가 여관을 성이라고 착각하지 않고 여관으로 인정하는 것을 강조합니다(2-732). 여관에서 식사하던 중 돈키호테는『돈키호테』의 속편에 대해 다른 손님들이

자신이 통치하는 섬이 공격받은 줄 알고 무장한 채 나선 산초 판사

산초 판사가 총독이 된 뒤 당나귀를 돌보지 못했음을 후회하고 있다.

구덩이에 떨어진 산초 판사와 당나귀

공작 부부에게 작별을 고하는 돈키호테

여자 양치기 두 명이 그물에 걸린 돈키호테에게 마을 축제에 함께 가자며 조르고 있다.

소 떼에 쫓기는 돈키호테와 산초 판사

의욕을 잃은 돈키호테에게 산초가 먹을 것을 권하고 있다.

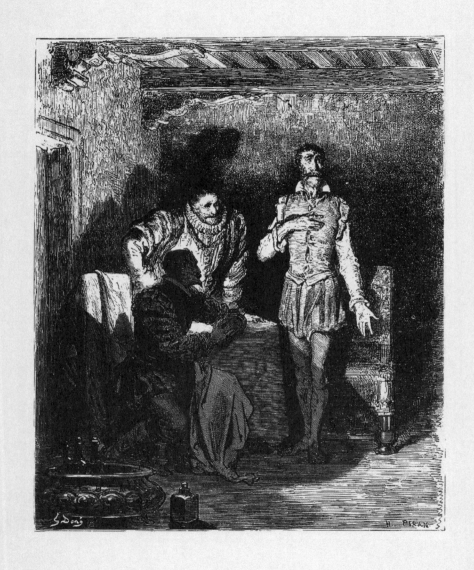

여관에서 만난 사람들에게 자신이 '진짜' 돈키호테임을 밝히는 우리의 편력기사

떠드는 것을 엿듣게 되는데요. 그 속편에서 돈키호테가 더는 둘시네아를 사랑하지 않는다는 말에 그는 단단히 화가 나서 끼어듭니다. 그들의 대화를 통해 세르반테스는 위작작가가 쓴 『돈키호테』의 가짜 후속편들이 얼마나 엉터리인지를 신랄하게 조소해요. 돈키호테는 『돈키호테』의 가짜 후속편에서 가짜 돈키호테가 사라고사의 무술대회에 참가했다는 사실만으로 모욕을 느낀 나머지 가던 길의 방향을 바꾸어 바르셀로나로 향합니다.

도둑 이야기

제60장 '바르셀로나로 가는 길에 돈키호테가 겪은 모험'은 돈키호테와 산초가 도둑 무리에게 사로잡히는 이야기입니다. 도둑떼의 두목인 로크 기나르는 소문으로만 듣던 편력기사 돈키호테를 알아보고 그를 환영해요. 그리고 부하들이 뺏은 물건들도 전부 돌려줍니다. 돈키호테는 그에게 감사를 표하는 한편, 로크와 그 부하들의 "생활방식은 영혼과 육체에 위험한 것"(2-742)이라며 도둑질을 그만두라고 설득합니다. 물론 소용없었지만요.

돈키호테는 로크가 부하들에게 노획물을 공정히 분배하는 것을 보고 감탄합니다. 또한, 치욕적인 삶에 대한 복수심으로 도둑이 되었다는 그의 말에 공감을 표해요(2-743). 돈키호테는 로크에게 도둑을 그만두고 차라리 자신 같은 편력기사가 되라고 권하지만(2-744), 로크는 그저 크게 웃는 것으로 답합니다.

로크는 돈만 빼앗을 뿐, 군인이나 귀부인을 해치지 않는 도둑이었어요. 게다가 약자에게는 빼앗을 금액을 깎아주기도 하고요. 덕분에 로크의 자비로움에 감동한 희생자들이 그를 강도가 아니라 관대함의 상징 알렉산더 대왕이라고 칭송하기도 합니다(2-746). 그런데 그런 로크의 방식에 부하 중 한명이 불평을 내뱉어요. 그러자 로크는 함부로 입을 놀린 부하의 목을 베어버립니다. 그는 부하들이 자신에게 절대적으로 복종하기를 원했거든요.

제61장 '돈키호테가 바르셀로나에 입성했을 때 생긴 일 및 지혜보다는 진실이 더 많이 내포된 기타 사건들'에서 돈키호테는 로크와 사흘을 같이 보냅니다. 그 후 로크는 돈키호테와 산초를 바르셀로나로 데려다줘요. 둘은 "서로 도와주겠다는 말을 무수히 나누고 헤어"집니다(2-747). 그리고 돈키호테는 미리 로크의 연락을 받은 친구들의 환영을 받아요. 『돈키호테』에서 도둑 이야기는 이 정도에 그치고 있지만, 세르반테스는 자신의 단편집 『모범소설집』에 실린 작품 중 하나인 「린코네테와 코르타딜로」(5-159)에서 도둑사회를 진정한 인간적 결속의 모범으로 그리기도 했습니다.

바르셀로나

제62장 '마술 걸린 두상의 모험 및 기타 빼놓지 못할 유치한 사건들'에서는 돈키호테가 로크의 친구 모레노로부터 "진짜 편력기사로 대접"을 받습니다. 생각지도 못했던 환대에 그는 "허영으로 잔뜩 배가 나와 가지고 어쩔 줄 몰랐다"고 해요(2-749). 물론 모레노 역시 돈키호테의 광기를 알고 그에게 장난을 치고자 한 것이었지요. 저녁식사 시간에 모레노는 산초 판사를 『돈키호테』의 가짜 후속편에 나오는 산초 판사와 비교하며 그를 슬쩍 떠봅니다. 물론 산초 판사는 절대 자신은 그런 사람이 아니라고 해요. 이를 통해 저자는 다시금 가짜 후속편을 비판합니다.

식사 후 모레노는 비밀을 알려주겠다며 몰래 돈키호테를 어느 방으로 데려갑니다. 그리고 청동으로 된 두상(頭狀)을 보여주지요. 그러면서 이것은 마술에 걸린 두상이며 무슨 질문이든 대답해주는 능력이 있다고 허풍을 떨어요. 이를 통해 모레노는 돈키호테와 산초 판사를 비롯한 손님들을 놀립니다.

며칠 후 돈키호테는 시내를 산책하다가 문득 한 인쇄소로 들어갑니다. 여

교수형 당한 도둑들의 시체를 발견하고 겁에 질리는 산초 판사

도둑질을 그만두라고 설득하는 돈키호테

로크가 돈키호테와 산초 판사에게 무법자의 존재방식에 대해 이야기를 들려주다.

불평하는 부하의 목을 친 로크

밤이 지나가기를 기다리는 해변의 두 사람

돈키호테와 산초, 바르셀로나에 입성하다.

모레노의 집에 초대받은 돈키호테가 귀부인들에 둘러싸이다.

돈키호테가 지칠 때까지 함께 춤을 추는 두 여인

'말하는 두상'에게 질문하는 돈키호테

기서 그는 책을 만드는 과정을 상세하게 보게 되는데요. 이는 『돈키호테』 제 2편에서 제1편이 계속해서 언급되는 것과 마찬가지로, 독자들에게 소설이 라는 것이 무엇인지 객관적으로 보여주는 역할을 합니다. 여러 책을 둘러보 던 돈키호테는 『돈키호테』의 가짜 후속편을 보게 됩니다. 그는 얼굴을 찡그 리며, 하지만 고상한 태도로 "언젠가 저 위작은 잊혀서 사라질 것"이라 저주 하고서 인쇄소를 나가요(2-757).

백월의 기사에게 패하다

제63장 '산초 판사가 군함을 방문했을 때 당한 불행과 아름다운 무어 소녀 의 기이한 모험'에서는 해적들 사이에 있다가 잡힌 소녀 안나 펠릭스의 이 야기가 다루어지는데요. 알고 보니 그녀는 무어인 리코테의 딸이었고, 산초 판사도 자신이 리코테의 오랜 친구이며 통치를 그만두고 나오는 길에 그의 사연을 들었다고 증언합니다. 덕분에 딸은 해적 혐의를 벗고 아버지와 재회 해요.

제64장 '전에 일어났던 어떤 모험보다도 더 큰 괴로움을 돈키호테에게 준 모험'에서 돈키호테는 바닷가로 갔다가 한 기사의 도전을 받습니다. 그는 자 신을 '백월의 기사'라고 소개하면서, 자신이 따르는 귀부인이 둘시네아 델 토보소보다 더욱 아름다우니 이를 부정하고 싶다면 자신과 결투를 벌여야 한다고 주장해요. 돈키호테는 그의 도전을 받아들이지만 패하고 맙니다. 결 투의 조건을 인정하라는 '백월의 기사'에게 돈키호테는 차라리 자신을 죽 이라고 해요. 그러자 '백월의 기사'는 고향에 돌아가 앞으로 1년간 나오지 말라고 돈키호테에게 다시 조건을 내걸고, 돈키호테는 이를 승낙합니다(2-766, 768).

이어 제65장 '백월의 기사가 누구인지를 밝혀줌. 돈 그레고리오의 구출과 기타 사건들'에서는 '백월의 기사'의 정체가 독자들에게 드러납니다. 그는 바로 설욕에 이를 갈던 삼손 카라스코였어요(2-769).

제66장 '독자는 읽을 것이며, 청자는 들을 사실들을 취급함'에서 돈키호테는 자신이 패배했던 바닷가를 찾아가 한탄합니다.

> 여기에 트로이가 서 있었더니라.[82] 여기서 내 비겁이 아니라 비운이 내가 성취한 모든 영광을 앗아갔도다. 여기서 운명의 여신은 나에게 변덕과 변심을 보이었도다. 여기서 나의 공적들은 쇠퇴하였도다(2-773).

그러자 산초 판사가 다음과 같이 충고해요.

> 너른 마음씨는 승리할 때 기뻐할 뿐 아니라 불행을 당해서 참을 줄 알아야 합니다. 이것은 제 자신을 보아도 알아요. 제가 총독 노릇을 할 때가 즐거웠다면 지금은 걸어가는 신세의 시종이지만 슬프지 않아요. 이른바 운명의 여신은 술주정뱅이에다 변덕스러운 여자인데, 한술 더 떠서 눈까지 멀었대요(2-773).

여기서 우리는 운명을 강력하게 부인하는 근대적인 인물인 산초 판사의 사고방식을 볼 수 있어요. 평소의 산초 판사답지 않은 조리 있고 철학적인 위로에 돈키호테도 그를 칭찬합니다. 돈키호테는 세상에 정해진 운명이란 없고 "각자는 각자의 운명의 건설자"라고 선언하며 이 쓰라린 패배를 극복해내리라 다짐해요. 그리고 자신이 패배한 이유를 객관적인 태도로 분석합

---

82) 호메로스의 서사시 「일리아드」에서 노래한 아름답고 장엄한 고대 유적. 그러나 트로이 전쟁으로 인해 그리스 군대에 철저하게 파괴되었다. 그 후로 한때는 찬란했으나 붕괴해 과거의 영광을 되살리지 못하는 것을 보고 스페인 사람들은 트로이에 빗대고는 했다.

백월의 기사에게 패한 돈키호테

자신이 패배했던 바닷가를 찾아 개탄하는 돈키호테

힘없이 고향으로 돌아가는 두 사람

니다.

> 그러나 필요한 지혜를 갖지 못하여 그만 자만심이 나에게 불행을 가져다주었지. 연약한 로시난테가 백월의 기사의 큼직한 말을 대항할 수 없다는 것을 생각했어야 될 것인데(2-773).

그리고 산초 판사에게 고향으로 돌아가자고 합니다. 이 시점을 기준으로 돈키호테는 망상에서 벗어나 정상인으로 돌아오기 시작합니다.

귀향

제67장 '약속한 한 해가 다 지나기까지 양치기가 되어서 전원생활을 하겠다는 돈키호테의 결심. 기타 진정 훌륭하고 재미있는 사건들'에서 돈키호테와 산초 판사는 고향으로 가는 여행을 계속하는데요. 돈키호테는 자신이 고향에 틀어박혀 있어야 하는 1년 동안 차라리 목동이 되어 자유롭게 사는 것이 어떨까 하는 대화를 산초와 나눕니다.

제68장 '돈키호테에게 생긴 소름끼치는 모험'에 나오는 돈키호테와 산초는 돼지 떼를 만나 짓밟힙니다. 돈키호테는 이 역시 자신의 패배에 대한 벌이라고 여기지요. 돈키호테는 그날 밤 잠을 이루지 못하고 나무둥치에 앉아 사랑의 노래를 부르는데, 이는 그의 심정을 잘 전해줍니다.

> 사랑아, 네가 주는 무서운 상처를 생각하고서, 괴로움 떨쳐버리려 죽음으로 나는 급히 달려간다. 죽음에 도착하면 그곳은 슬픔의 바다의 항구 가슴에 기쁨이 차서 생명은 소생하여 죽을 수 없구나. 생명이 날 죽이니 생과 사가 한데 섞인 괴로움이여, 살면서 나는 죽고 호흡이 끊기면 죽음이 날 되살려(2-783).

제69장 '이 위대한 실기의 전편에 있어서, 돈키호테가 당한 최고로 희귀하고 기이한 모험'에서 돈키호테와 산초는 갑자기 나타난 괴한들에게 붙잡혀 공작 부부의 성으로 끌려가는데요. 그곳에서는 시녀 알티시도라의 장례식이 열리고 있었습니다. 돈키호테를 짝사랑하던 끝에 상사병으로 죽어버렸다는 것이지요. 장례식에 등장한 지옥의 재판관들은 그녀를 되살리기 위해서는 산초 판사가 꼬집히고 바늘로 찔리는 등의 괴롭힘을 당해야 한다고 해요. 결국 산초 판사의 고통스런 희생으로 알티시도라는 되살아납니다.

이어 제70장 '제69장에 뒤따라서 이 실기의 확실한 이해를 위하여 빼놓지 못할 사건들을 취급함'에서는 공작 부부가 어떻게 이 장례식 연극을 꾸몄는지가 설명됩니다. 시데 아메테 베넹헬리는 고작 장난에 이렇게까지 공을 들이는 공작 부부 역시 돈키호테나 산초 판사와 다를 바 없는 미치광이라고 덧붙여요.

제71장 '고향 마을로 가는 도중에 돈키호테와 산초 판사에게 생긴 일'에서는 산초 판사는 자신이 꼬집히고 바늘로 찔리기까지 하면서 다른 이를 죽음에서 구해냈는데도 아무런 대가를 받지 못한 것을 불평합니다. 그러면서 자신에 비하면 다른 의사들은 얼마나 형편없는지 비판하지요.

> 환자를 죽이고도 수고했다고 돈을 받는 의사도 있는데요. 약을 청구하는 종잇조각에다 서명만 해주고 약제사가 그대로 만들어주면, 그거로 사기는 끝나거든요 (2-794).

그의 말에 돈키호테는 만약 산초 판사가 둘시네아를 마법에서 풀어주기 위해 자기 자신을 매질한다면 품삯을 주겠다고 합니다. 밤이 되어 산초 판사는 자기 엉덩이에 채찍질을 시작해요. 채찍질 소리가 너무 커지자 돈키호테는 그래도 조심해 매질하기를 당부하다가 결국은 산초 판사가 죽을까 걱정되어 멈추라고 합니다(2-796). 사실 산초 판사는 어둠을 틈타 애꿎은 나무에다 마구 채찍질을 하고 있었는데 말이지요.

이어 제72장 '돈키호테와 산초 판사가 마을에 도착하다'에서 둘은 '돈 알바로 타르페'라는 사람과 마주치는데요. 그는 『돈키호테』의 가짜 후속편에 나오는 인물입니다. 그는 자신이 알고 있던 가짜 돈키호테와 가짜 산초와는 전혀 다른 돈키호테와 산초를 보고는 깜짝 놀라요. 그리고 자신이 보았던 돈키호테와 산초는 지루하고 멍청한 작자들이었는데 지금 보고 있는 이들 이야말로 진짜가 틀림없다고 인정해요. 그리고 마침내, 두 사람은 고향 땅을 밟습니다. 산초 판사는 마을을 향해 이렇게 외쳐요.

> 그분은 남에게는 졌지만 자기 자신을 정복하셨단다. 그분 말씀을 들으면 자기를 정복하는 게 승리 중에서도 제일가는 승리란다. 하지만 나는 돈을 가져왔다. 실컷 얻어맞았다만 지금은 운수가 좀 텄다(2-802).

제73장 '마을에 들어설 때 돈키호테가 만난 징조들. 그 밖에 이 위대한 실기를 장식하고 확증하는 사실들'에서 산초 판사는 아내와 재회합니다. 그가 자신이 돈을 가져왔으며 남에게 폐를 끼치지 않고 자기 재주로 벌었다고 하자, 아내는 "돈을 벌어왔음 그만이지, 어디서 벌었는지 내가 알게 뭐람?" 이라고 답해요(2-803).

마지막 장면

『돈키호테』 제2편 제74장의 제목은 '돈키호테가 병이 든 이야기와 그가 작성한 유언장과 그의 죽음'이에요. 이로써 돈키호테의 기나긴 모험담도 막을

돈키호테가 사랑과 삶, 그리고 죽음에 대한 시를 읊조리고 있다.

둘시네아에게 걸린 저주를 풀기 위해 자신을 매질하는 산초 판사

고향 땅을 바라보며 기쁨에 겨워 소리치는 산초 판사

내리게 되지요. 마지막 장은 이 소설의 전체 장들은 물론 세계문학 중에서도 가장 감동적이라고 꼽힙니다. 그만큼 유명하지요. "모든 인간사, 특히 인간의 생명은 마지막 종말에 도달할 때까지 처음부터 쭉 시들어가는 무상한 것"(2-806)이라는 문장으로 시작되는 이 장은 작품이 시작했을 때부터 지금까지 독자가 느껴온 재미를 부정하는 듯이 보입니다.

우선 돈키호테가 그동안 1,500쪽에 걸쳐 행한 기사도에 대한 망상에서 깨어납니다. 그는 고향에 돌아오자마자 마음의 병을 얻어 앓아눕는데, 정신이 들자 다음과 같이 말해요.

> 나는 불행하게도 그 구역나는 기사담을 줄곧 읽어서 그만 그런 무지가 생겼던 거지. 이제야 나는 그것들이 무의미하고 거짓말이라는 걸 알게 되었는데, 단지 슬픈 것은 너무나도 뒤늦게 그것을 알았기 때문에, 내 영혼을 밝혀줄 다른 책을 읽어서 보충할 시간이 없다는 것이다(2-807).

그의 죽음을 예감한 가정부와 조카딸은 슬퍼하고, 그가 깨어났다는 소식을 듣고 달려온 산초 판사도 눈물을 흘립니다. 이어 유언이 낭독되는데 약간의 유산이 산초 판사에게 주어져요. 돈키호테는 미친 자신을 따라준 산초 판사의 순박함과 충성심에 감사하며 그를 멋대로 끌고 다닌 데에 용서를 구합니다. 그러자 산초 판사는 울며 말해요.

> 이것 보십쇼. 그렇게 게으름을 피우지 마시고 자리에서 일어나 우리가 결정한대로 양치기처럼 차리고 들판으로 나가십시다. 혹시 어떤 생울타리 뒤에서, 마술에서 풀린 그림처럼 예쁜 둘시네아 아가씨를 볼지도 몰라요(2-808).

위 두 장면은 흔히 이상에서 현실로 돌아온 돈키호테와 현실에서 이상으로 돌아간 산초 판사가 대조되는 것으로 이해되었습니다. 특히 우나무노는 이제 산초 판사는 돈키호테를 완전히 계승하였다고 하면서, 그렇기에 그가 돈키호테를 환상에 빠진 채로 죽도록 하려는 것이라고 여겼어요. 그렇지만 저는 산초 판사의 가치관이 종래의 현실주의에서 이상주의로 완전히 바뀌었다고는 생각하지 않습니다. 이는 이어지는 장면에서 증명되는데요. 그 후 사흘간 돈키호테는 "자주 의식을 잃었"으나 가족들은 여전히 일상을 이어나갔고 산초 판사 역시 "기분이 명랑했다. 유산을 받은 상속자는 죽은 사람에 대하여 인정상 생기게 마련인 슬픔이 무감각하게 되든지 줄어드는 법이다"(2-809)라는 서술대로 행동하거든요. 사실 산초 판사는 그런 단순한 인물일 뿐이라고 보면 됩니다. 그렇지만 산초 판사는 농민으로서의 자기 현실에 머무는 대신, 자신의 운명을 조금이라도 극복하고자 돈키호테의 유혹에 빠져 그를 따라 모험에 나선 인물이기도 해요. 또한, 그가 그 결과로 자유롭게 다른 세상을 보고 그 속에서 새로운 자유와 자기해방을 맛보았다는 것 역시 부정할 수 없지요.

돈키호테의 죽음

하늘로부터 빵 한 조각을 얻은 자,

그래서 하늘밖에는 감사를 드릴 의무가 없는 자는,

행복한 자일세!

· 제 3 부 ·

돈키호테, 그 이후

세르반테스 사후의

『돈키호테』

내가 『돈키호테』를 좋아하는 몇 가지 이유

『돈키호테』에서 제가 가장 좋아하는 부분은 제1편 1부 1장의 첫 번째 장면입니다. 즉 주인공이 자기 자신을 이제부터 돈키호테라고 부르기로 하고, 자기 말 이름은 로시난테, 사랑하는 여인 이름은 둘시네아로 명명하는 장면이지요. 소설이 시작할 때 주인공이 이렇게 완전히 새 출발을 한다는 것이 제겐 너무나도 재미있게 느껴졌습니다. 등장인물의 이름부터 정하면서 막을 여는 소설은 세상에 『돈키호테』밖에 없으니까요.

그다음으로 좋아하는 부분은 마지막 장면입니다. 바로 돈키호테가 광기에서 깨어나 죽음에 이르기까지의 장면이죠. 흔히 인생의 덧없음을 두고 일장춘몽이라고는 하지만, 죽기 전이라도 꿈이었음을 깨닫는 것이 좀 더 의미 있는 삶 아니겠어요? 이는 마치 인사불성으로 취했다가 다음날 차차 현실로 돌아올 때 느끼게 되는 쓰라린 공허감과도 같습니다. 그런 경험 속에서 우리는 인생이라는 것을 다시 느끼게 되지요. 어쩌면 우리가 매일 현실이라고 믿는 일상 역시 돈키호테의 꿈처럼 공허한 것은 아닐까요?

이러한 첫 장면과 마지막 장면 사이를 채우는 과정 역시 저는 좋아합니다. 즉 『돈키호테』 대부분을 차지하는 그의 광적인 모험담 말이에요. 요즘 출간된 책으로 보면 거의 1,500쪽이 넘는 어마어마한 장편소설이지만 읽다 보면 기발한 공상들에 몰입하게 되지요. 또한, 처음에는 가볍고 미치광이 같은 신나는 모험담이지만, 전개가 진행될수록 점차 정신을 차리게 하는 심각한 모험담으로 변하는 것도 『돈키호테』의 문학성에서 높게 평가되는 점입니다. 즉 돈키호테는 처음에는 잔뜩 잘난 척에 부풀어 있지만, 뒤로 갈수록 자신도 무슨 짓에 휘말린 건지 알 수 없어 정신을 차리게 되는데요. 이는 마치 우리가 살아가는 인생과도 같아 공감을 자아내지요.

게다가 돈키호테는 나이가 50세를 넘어가는 형편없는 몰골의 남자이자 광인이고 다른 주인공들도 대체로 작은 일에 전전긍긍하는 소시민인데요. 세상에 주인공들이 하나같이 그렇게 못난 사람들인 경우가 또 어떤 소설에 있을까요? 특히 당시 기사도 문학에 비하면 보잘것없기 그지없지요. 그러나 자신의 이익이 아닌 공익을 위해 인생을 바쳤다는 점에서, 돈키호테의 기사도는 어느 기사의 것에 못지않게 순수하다고 할 만합니다. 남들은 미쳤다고 손가락질할지언정 자기 딴에는 세상에서 가장 고귀한 기사도를 품은 귀족이지요. 기사도가 이미 사라진 시대라 할지라도 그는 정신적인 도리를 지키며 노블리제 오블리주를 실현하려고 합니다. 사실 돈키호테는 기사도에 관한 얘기만 나오면 미친 짓을 벌이는 것이지, 그 밖에는 중용의 미덕을 보여주는 지식인이에요.

돈키호테의 모험에는 언제나 산초 판사가 함께합니다. 주인공 두 사람은 외모만큼이나 가치관과 성격이 완전히 딴판이에요. 이 두 사람을 이상과 현실, 정신과 물질, 영혼과 육체라는 기준으로 대조하는 것이 독일 낭만주의 이후로 상투적으로 진행되어온 해석입니다. 또한, 그중 어느 한 가치에 치중하지 말고 두 가치가 서로를 보충해야 한다는 것이 『돈키호테』의 교훈이라고 말하지요. 이처럼 주연 두 사람의 결합으로 이상적인 하나의 인간상이 창조된다는 점도 이 책의 매력이라고 할 수 있습니다.

그런데 저는 이러한 해석에 의문이 있습니다. 앞에서도 말했듯이 산초 판사는 현실주의, 돈키호테는 이상주의라는 대비는 너무나 단순하게 이 작품을 바라본 것이거든요. 돈키호테는 기사도에 빠진 장면 외에는 정상적으로 말하고 행동합니다. 한편 돈키호테가 들려준 허무맹랑한 약속에 홀랑 넘어간 산초 판사 역시 완전히 정상인이라고는 할 수 없지요. 따라서 둘 다 정신분열적인 세계를 품고 있다고 보는 편이 나을 듯합니다. 두 사람은 현실세계와 가상세계 양쪽에 각각 다른 수준으로 참여해요. 사실 산초 판사의 현실은 단 하나, 그가 살았던 고향뿐입니다. 고향에 돌아온 후 그는 주인의 기사 행세를 도운 대가로 자신이 얻은 것이라고는 딱딱한 혹과 타박상밖에 없다는 것을 알게 되지만, 그 전까지 섬을 통치하는 부자가 될 것이라는 꿈속에서 헤매는 모습은 산초 판사도 돈키호테와 크게 다르지 않습니다.

돈키호테는 작가 세르반테스의 분신이라고 볼 수 있어요. 그는 돈키호테보다 더 늙은 나이인 58세에 이 불후의 명작을 출간했는데요. 당시까지 그는 정말 별 볼 일없이 가난하게 산 작자에 불과했습니다. 게다가 갖은 고생 끝에 겨우 소설을 써냈지만 69세로 죽기까지 가난에서 벗어나지 못했어요. 당시의 스페인도 지금의 한국처럼 좋은 대학 출신 작가들이 문단을 장악하고 있었기 때문입니다. 세르반테스는 문단의 어떤 패거리에도 들지 못했고, 어느 파벌도 만들지 못했어요. 따라서 스승이든 제자든 선배든 후배든 어떤 인맥도 그에게는 없었습니다. 한마디로 그는 혼자서 자기 길을 걸어갔어요. 이 역시 제가 그에게 애정을 품게 되는 이유 중 하나입니다.

『돈키호테』는 아이로부터 러시아의 대문호 도스토옙스키까지 읽고 공감할 수 있는 책입니다. 아이를 깔깔거리고 웃게 하는 재미도 있지만, 절망한 도스토옙스키를 더욱 우울증에 빠트리는 냉정한 현실 풍자도 들어 있거든요. 이처럼 누구나 읽을 수 있는 폭과 깊이를 갖추었기에 위대한 고전으로 남았을 터입니다. 따라서 『돈키호테』를 단순히 재미만을 추구하는 모험소설로 읽을 수는 없어요. 도스토옙스키의 우울한 소설에서 재미만을 얻어갈 수는 없는 것과 마찬가지입니다. 인간에 대해 가장 깊은 통찰력을 갖추었다고 평해지는 도스토옙스키는 세상에서 가장 위대하면서도 가장 우울한 소설이 『돈키호테』라는 말을 남겼는데요. 개인적으로 저는 너무나도 심각한 도스토옙스키의 작품들보다는 『돈키호테』가 더욱 재미있었습니다. 『돈키호테』는 유머로 가득한 소설이지만 이는 독자에게 죽음보다 더 슬픈 웃음을 자아내니까요.

유머와 아이러니

멕시코의 작가이자 비평가인 옥타비오 파스(Octavio Paz, 1914~)는 "유머 덕분에 세르반테스는 근대사회의 호메로스가 되었다"고 말한 적이 있습니다. 그는 "풍차는 일순간 거인이 되고, 그 뒤 다시 힘차고 무거운 풍차로 돌아"가듯이 작중 드러난 "유머는 그것이 가서 닿는 것을 모호하게 만든다. 그것은 현실과 그 가치에 대한 암묵적인 판단"이라고 평해요. 그의 이야기를 좀 더 들어볼게요.

> 세르반테스의 작품에서는 현실과 환상, 광기와 상식 사이의 지속적인 교류가 있다. 카스티야 라만차 지방의 현실과 겉모습 그대로 돈키호테를 도깨비로, 비현실적인 인물로 만든다. 하지만 곧이어 산초 판사도 의심하기 시작하여 알돈사가 둘시네아인지 아니면 그가 이미 알고 있는 세탁부인지 모르게 되고, 클라빌레뇨가 준마인지 아니면 나무토막인지 헷갈리게 된다. 카스티야의 현실은 이제 불확실해지면서 어쩌면 존재치 않는 것처럼 보인다. 돈키호테와 그가 속한 세계와의 부조화는 전통적인 서사시에서처럼 하나의 원칙이 승리를 거둠으로써 해결되는 게 아니라, 오히려 그 둘이 서로 결합하면서 해결된다. 그 결합이 유머이며, 아이러니다.

아이러니와 유머는 근대정신의 위대한 발명품이다.[1]

　말했듯이 돈키호테는 아마도 소설의 주인공치고는 가장 못난 인물 중 하나에 속할 것입니다. 20세기 초에 활동한 스페인의 극작가 바예 인클란(Ramon del Valle-Inclan, 1866~1936)은 예술을 통해 세상을 투시하는 데는 세 가지 접근법이 있다고 했는데요. 첫째는 작가가 무릎을 꿇은 상태에서 접근하는 것으로 『돈키호테』에서 풍자하는 기사소설이나 서사시가 그 대표적인 것이라고 할 수 있습니다. 둘째는 작가가 선 자세로 사실적인 인간의 모습을 묘사하는 것으로 대부분의 리얼리즘 소설이 이에 속해요. 셋째는 작가가 우뚝 솟은 자세로 작품 속 인물들을 작가보다 훨씬 열등한 위치에 두는 것입니다. 이러한 작품들은 대개 아이러니[2]를 지어내는 것을 목표로 하며, 『돈키호테』를 비롯한 스페인 문학의 전통이기도 해요.[3]

　유사한 관점에서 캐나다의 문학이론가 노스럽 프라이(Herman Northrop Frye, 1912~1991)는 『비평의 해부Anatomy of Criticism』(1957)에서 주인공의 행동 능력에 따라 문학작품을 신화, 전형적인 로맨스, 비극 및 서사시, 희극 및 리얼리즘 소설과 함께 아이러니 양식의 문학으로 나누었습니다. 그리고 주인공이 정신적으로도 육체적으로도 열등한 존재이고, 그 결과 마치 좌절·굴욕·부조리의 삶을 보는 듯한 느낌을 주는 것이야말로 아이러니 문학의 특징이라고 했지요. 따라서 『돈키호테』는 전형적인 아이러니 작품이라고 할 수 있습니다. 이러한 아이러니에 대해 그동안 다양하고 복잡한 문학적 논의가 있었지만, 이 책에서 우리가 그 모든 것을 고려할 필요는 없으니 앞

1) 옥타비오 파스, 김홍근 김은중 역, 『활과 리라』, 솔, 1998, 296쪽.
2) 아이러니(irony)라는 단어는 반어(反語)라고도 번역되지만, 이는 "예상 밖의 결과가 빚은 모순이나 부조화"라는 원래 뜻을 충분히 반영하지 못한다. 그러니 이 글에서는 아이러니라는 단어를 그대로 사용하도록 한다.
3) 김현창, 『스페인 문학사』, 범우사, 2004, 497쪽.

으로 『돈키호테』를 이해하려는 차원에서만 고려하도록 할게요.

우리는 이미 『돈키호테』의 첫 장에서 돈키호테가 기사도 이야기를 너무 많이 읽어 광기에 빠졌다는 것을 알게 되었습니다. 이렇듯 독자가 돈키호테의 착오, 즉 주위 현실에 대한 무지를 알고 있다고 하는 의미에서 구조적으로 '연극적인 아이러니'가 행해지고 있는데요. 이는 독자는 이미 알고 있음에도 불구하고, 등장인물은 아직 알지 못하는 상황에서 나오는 아이러니를 뜻합니다. 이러한 연극적 아이러니는 독자만이 아니라, 소설 중의 누군가가 희생자(돈키호테)의 무지를 알고 있다면 더욱 효과적인 것이 되지요. 『돈키호테』에서는 산초 판사만이 아니라 제2편에서 중요한 역할을 하는 공작 부부를 비롯하여 수많은 등장인물이 돈키호테의 무지와 광기를 알고 있습니다.

그런데 여기서 주의할 점이 있어요. 돈키호테의 광기는 그가 기사도 이야기에 사로잡혀 있는 경우에만 드러난다는 것입니다. 그렇지 않은 때에 그는 정상적으로 말하고 행동하므로, 연극적 아이러니는 그가 광기에 젖어 있는 경우에만 기능하다고 볼 수 있어요. 나아가 주인공의 무지를 알고 있는 인물이 돈키호테와 대화를 나누면서 그에 대한 평가가 달라진다는 점도 특기할 점입니다.

작중 드러난 또 하나의 아이러니는 '상황의 아이러니'입니다. 이는 아이러니를 구성하는 작가의 의도보다도 독자에 의한 의미 부여에 중점을 두는 것이에요.[4] 가령 주인공의 행동이 주위의 상황에 들어맞지 않음을 인식한 독자가 그 틈에서 유머를 느낌에 따라 성립하는 아이러니이지요. 가령 돈키호테는 제 딴에 기사도 정신을 발휘해 멋진 일을 했다고 우쭐대지만 언제나 그 의도에 반대되는 결과를 초래하곤 합니다.

---

4) 따라서 언어에 의한 즉각적인 의미의 전달로 아이러니를 드러내는 '언어의 아이러니'와는 구별된다.

언어의 아이러니-풍자

『돈키호테』에서 위의 두 아이러니보다 더욱 중요하게 사용된 아이러니는 작가의 의도에 의한 '언어의 아이러니'입니다. 가령 돈키호테가 망상에 빠져 제1편 제2장에서 주막을 성으로, 제1편 제8장에서 풍차를 거인으로, 제1편 제18장에서 양 떼를 군대로 부르는 장면이 여기에 해당하지요. 그 밖에도 『돈키호테』에는 다른 문학작품에 대한 패러디, 과장, 말장난 등 풍자적인 요소가 수없이 많습니다. 그런데 이보다 더욱 중요한 것은 권력, 종교, 사회적 편견에 대한 풍자예요. 당시의 엄격한 검열 탓에 작품 내에서 이러한 풍자는 대단히 우회적이고 약하게 드러나지만 그렇다고 무시할 수 있을 정도도 아닙니다. 이는 당시 상황과 연관하여 이해되어야 해요.

세르반테스 시대에 예술가란 경제적 독립이 가능한 직업으로 인정받지 못했습니다. 따라서 음악가나 미술가와 마찬가지로 작가나 시인도 자신들의 작품을 후원자에게 헌정하는 것이 보통이었지요. 『돈키호테』 역시 제1편은 베하르 공작(1~8), 제2편은 레모스 백작에게 각각 헌정되었습니다. 그러나 사실 그들의 원조는 거의 없는 것이나 다름없었어요. 이런 현실을 세르반테스는 『돈키호테』 제2편 제16장에서 녹색 외투의 신사가 자기 아들에게 법학이나 신학을 공부하게 하도록 하면서 그 이유를 "우리가 처한 이 시대는 군주들이 유덕하고 자질이 구비된 학자에게 높은 보답을 하니까요"라고 대답하는 것으로 풍자했습니다.[5]

또한 학력 과시에 대한 풍자도 자주 나타납니다. 가령 제2편 제32장에서 산초 판사가 하는 대사 등이 그렇지요. "삼손 카라스코로 말하면 적어도 살라만카에서 학사가 된 사람으로, 무슨 꿍꿍이가 있든가 특별히 수지가 맞

---

5) 이에 대해 돈키호테는 "그들에게 이 학문을 해라, 저 학문을 해라 하고 강요하는 것은 옳지 않다고 봅니다"라고 반박한다(2-488).

는 일이 있으면 몰라도, 그런 분은 거짓말은 안 합니다."(2-594)

나아가 가톨릭이 지나치게 형식에 치중하는 것과 성직자의 퇴폐도 풍자의 대상이 되는데, 이는 종교재판을 주장한 에라스뮈스의 영향을 받은 것이기도 합니다. 가령 제1편 제17장에서 돈키호테가 피에라브라스의 향유를 만드는 장면에서 "그것들을 향해서 80번 이상 주기도문을 올리고, 또다시 그만큼 성모찬가와 사도신경을 올리면서 축복의 의미로 한 구절 외울 때마다 성호를 그었다"는 부분은 1624년에 포르투갈 종교법원의 검열에 걸리기도 했어요. 또한 제1편 제19장에서 성직자들이 남기고 간 도시락을 돈키호테와 산초 판사가 먹는 부분에서 그 도시락이 "통상 잘 차려 가지고 다녔다"(1-233)는 묘사 역시 당시 성직자들이 일반 사람들보다 훨씬 경제적으로 나은 삶을 유지했음을 비꼬지요. 종교에 대한 풍자는 제1편 제25장과 제52장, 또한 제2편 제8장의 육체적 고행 장면에서도 찾아볼 수 있습니다.

세르반테스는 종교적 광신에 대해서도 풍자합니다. 가령 제2편 제25장에서 점치는 원숭이를 본 돈키호테는 다음과 같이 말해요. "저 원숭이가 악마처럼 말한다는 것은 분명한데, 아직도 교회 당국이 금지를 하고 조사를 해서 알아맞히는 그 악마의 능력을 뽑아버리지 않는 것이 이상한 걸."(2-547) 이러한 종교적 광신과 함께 당시 스페인에는 순수한 피, 체면, 용기 등을 핵심으로 하는 배타적인 민족주의와 국수주의가 존재했습니다. 이에 대해 작가는 무모할 정도로 용감한 돈키호테에 비해 겁쟁이인 산초 판사가 주인에 대해 울음을 터뜨리는 것을 두고 "그가 좋은 가문 태생이거나 최소한 순수 혈통의 기독교인이라고 생각했다"고 풍자합니다(1-245).

돈키호테 전통

소설이라는 장르가 탄생한 시기가 언제인지는 의견이 분분합니다. 누군가는 3백 년 전이라 하고, 누군가는 4백 년 전이라고 해요. 앞의 견해를 대표하는 사람으로 영국 태생인 문학비평가 이완 와트(Ian Watt, 1917~1999)가 있는데, 그는 소설이란 부르주아적 사실의 세계에 뿌리를 내리고 있다고 보고, 다니엘 데포를 그 시조로 삼았습니다. 그러나 우리는 후자의 입장에 서서 소설 장르의 시조로 세르반테스를 꼽는 데 주저할 필요가 없겠죠.

중요한 것은 『돈키호테』가 문학사적으로 이미 하나의 전통을 형성하고 있다는 점입니다. 이를 해석하는 데 있어 가장 중요한 점은 돈키호테가 비록 어리석고 편집광적이어서 현실을 제대로 파악하지 못하고 그 결과 고통을 당하게 되지만, 동시에 그는 세상 사람들과 비교하면 정신적으로 더욱 위대한 존재라는 것입니다. 한마디로 그는 성스러운 바보라고 볼 수 있어요. 반면 현실을 잘 알고 그것을 교묘하게 이용하는 사람들은 타락한 존재입니다. 무수한 죄를 범하지 않고서야 어떻게 이 저주받을 세상의 주인이 될 수 있겠어요? 반면 돈키호테는 현실이 요구하는 가장 단순한 일에도 타협할 수 없습니다.

이처럼 성스러운 바보, 고귀한 백치는 세르반테스 이후 소설 주인공의 한 유형으로 자리를 잡습니다. 그 최초의 변형은 헨리 필딩의 『조지프 앤드루스*Joseph Andrews*』(1742)에 나오는 에이브러햄 아담스 목사일 것이에요. 그는 돈키호테처럼 고전문학에 탐닉하여 도저히 헤어 나올 수 없을 정도로 그 세계에 깊이 빠져듭니다. 그러나 동시에 돈키호테처럼 이기심이 전혀 없는 애타적인 인물이기도 해요.

그 뒤 토비아스 스몰렛(Tobias Smollett, 1721~1771)[6]과 올리버 골드스미

---

6) 스코틀랜드 출신의 영국 소설가로 우리나라에 거의 알려져 있지 않다. 『돈키호테』(1755)를 번역하기도 한 그의 여러 작품은 우리말로 번역된 적이 없다.

스(Oliver Goldsmith, 1728~1774)[7]의 작품에도 돈키호테적 주인공이 등장하지만, 돈키호테의 영향을 가장 두드러지게 보여주는 것은 영국의 대문호 찰스 디킨즈(Charles Dickens, 1812~1870)의 소설 『피크위크 페이퍼스*Pickwick Papers*』(1837)의 주인공 피크위크(Pickwick)일 것입니다. 그는 이기적인 정치가와 법률가 같은 속물들이 우글거리던 19세기 영국사회에 사는 착하고 익살스러운 노인이에요. 이러한 돈키호테적 주인공은 풍자 수단으로써 세상을 비추는 순수한 눈이자, 경쟁에 치인 문명사회의 복잡한 틀과 이기주의를 공격하기 위한 무기로도 기능합니다.

여기서 돈키호테 전통과 함께 풍자문학을 대표하는 '피카레스크 전통'에 대해 간단히 언급할까요? 피카레스크는 보통 '악한(惡漢)소설'로 번역됩니다. 피카레스크의 피카로가 바로 악한을 뜻하기 때문이죠. 따라서 성스러운 바보인 돈키호테와는 근본적으로 다릅니다. 아웃사이더나 예외자인 악한이 도덕을 존중할 리 없다는 점부터가 그래요. 계층과 서열이 정해진 사회 속에서 일정한 직업이나 주거에 정착하는 일반인들과 달리, 악한은 인생이 정해준 역할에 머무르기에는 너무나도 머리가 좋습니다. 악한소설의 일반적인 줄거리는 보통 사생아나 소년으로 묘사되는 이러한 악한이 가혹한 운명을 이기고 상대의 악을 악으로 이겨내 성공하는 것입니다.

악한소설의 시초는 스페인 소설인 작자 미상의 『라사리요 데 토르메스 *Lazarillo de Tormes*』(1554)입니다. 『돈키호테』가 당대 사회상을 우회적이고 조심스럽게 비판한 데 비해 이 소설은 더욱 분명하고 직접적인 비판적 태도를 지닙니다. 특히 당시의 교회와 봉건질서가 신랄한 풍자의 대상이 되었는데요. 세르반테스도 『모범소설』에서 이를 모방한 단편소설을 썼습니다. 이

7) 아일랜드 출신의 영국 소설가 올리버 골드스미스 역시 우리에게는 그다지 알려져 있지 않다.

후 독일에서 30년 전쟁을 풍자한 『바보 배』(1669)가 출간된 데 이어서 영국 작가 토비아스 스몰렛의 『로더릭 랜덤의 모험The Adventure of Roderick Random』(1748)과 마크 트웨인(Mark Twain, 1835~1910)의 『허클베리 핀의 모험The Adventure of Huckleberry Finn』(1884)이 등장했습니다. 허클베리 핀은 10대 소년이라는 점에서 돈키호테와는 다르지만, 순수한 시각을 통해 세상을 비춘다는 점에서는 같아요. 그 밖에도 풍자의 걸작은 많습니다. 가령 프랑스의 계몽주의 철학자 볼테르(Francois M. A. de Voltaire, 1694~1778)의 「캉디드Candid」라는 희극에도 파멸적 세계를 배경으로 하여 순수한 눈을 지닌 인물과 악한의 동거가 그려져요. 또한, 조너선 스위프트의 『걸리버 여행기』도 풍자라고 하면 빼놓을 수 없는 작품이지요.

자의식소설로서의 『돈키호테』

독자 대부분에게는 '자의식소설'이란 말이 익숙하지 않을 것입니다. 이는 역사적으로 평가절하당한 형식 중 하나로, 이 장르의 계보는 세르반테스를 시초로 영국의 헨리 필딩(Henry Fielding, 1707~1754)과 로렌스 스턴(Laurence Sterne, 1713~1768), 그리고 프랑스의 드니 디드로(Denis Diderot, 1713~1784)를 거쳐 20세기에 와서는 프랑스의 앙드레 지드(Andre Gide, 1869~1951), 아르헨티나의 호르헤 루이스 보르헤스(Jorge Luis Borges, 1899~), 러시아의 블라디미르 나보코프(Vladimir Nabokov, 1899~1977), 영국의 존 파울즈(John Powles, 1926~2005) 등으로 이어집니다. 작품에서 장난기가 느껴지는 필딩과 스턴은 문예평론가 프랭크 리비스(Frank Raymond Leavis, 1895~1978)를 주축으로 한 같은 영국의 정통 문학이론에서는 배제되었는데요. 이를 보면 코믹한 양식에 대한 청교도적인 적대감을 느낄 수 있지요.

자의식소설은 잡식성 패러디인 『돈키호테』와 함께 시작되었습니다. 여기서 잡식성이란 당대의 서사시, 목가소설, 로맨스, 희극, 그리고 종교문학 등을 가리지 않고 닥치는 대로 조롱한다는 것을 뜻해요. 또한, 돈키호테의 상상과 산초 판사가 시도 때도 없이 늘어놓는 속담 등, 고급 및 저급의 모든 범위에 걸친 출처들을 자유자재로 사용하여 희롱하듯 글을 쓴다는 뜻입니다. 그 결과 작가는 하찮은 장르인 기사소설을 눈부신 새로움으로 바꾸어놓는 데 성공했습니다. 이로 인해 패러디는 진부해진 문학적 도식 위에 스스로를 새롭게 건설하게 되었어요. 세르반테스는 영웅이 통하지 않는 세계에서 영웅이 만드는 코미디를 보여준 것입니다. 이는 전통적인 기사소설이라는 낭만적 거짓을 광인의 모험이라는 소설적 진실과 대립시켰다고도 볼 수 있지요. 돈키호테는 더는 봉건사회가 아닌 스페인에서 기사도라는 봉건적 이상을 실현하고자 노력하지만, 이미 기사도와 철저히 어긋난 현실과 항상 부딪힐 수밖에 없습니다. 가령 그의 이상에는 기사가 종자에게 금전적으로 보상한다는 선례가 없으므로 그는 산초 판사에게 봉급을 지급하는 것을 거부하지만, 산초 판사는 오직 자신이 모험에 따라나섰을 때 얻게 될 금전적인 대가만을 생각하며 돈키호테에게 봉사해요. 결국 돈키호테는 기사도 문학에서 기사가 시종에게 대가로 주었다는 총독 자리를 약속하면서 산초 판사를 시종으로 고용합니다.

　이처럼 모든 패러디는 현실에 대한 환멸 위에 비로소 세워집니다. 『돈키호테』뿐만 아니라 스탕달의 『적과 흑』, 오노레 드 발자크의 『환멸』, 귀스타브 플로베르의 『보바리 부인』도 그렇지요. 이 소설들에서는 주인공이 성장기에 독서를 통해 품은 환상이 현실에서 철저히 무너집니다. 또한, 주인공이 해온 독서는 작품 속에서 패러디로 철저히 조롱받아 아무런 소용이 없게 되지요.

자의식소설은 자신의 작위성과 작동 원리를 과감하게 드러냅니다. 한편으로는 기존의 다른 문학작품에서 볼 수 있는—차분하게 세계를 반영하는 투명하고 개성 없는— 언어를 철저히 거부해요. 그 좋은 예로는 앞에서 이미 보았던『돈키호테』제1편 제9장의 '정지 프레임' 장면을 들 수 있습니다. 전투 장면을 묘사하다가 별안간 중단하고서는 그것이 자신이 가진 원고의 전부라고 하고는, 다음 장에서 새로운 원고를 발견했으니 이야기를 이어나가겠다고 천연덕스럽게 거짓말을 하는 것이지요. 여기서 작가는 자신의 이야기가 만들어내는 환영을 의도적으로 파괴했습니다. 헨리 필딩 역시 이야기의 흐름을 중단시킨 뒤, 소설가의 작업에 대해 장황하게 설명하면서 소설 작업이라는 것이 얼마나 작위적인 것인지를 독자에게 상기시켜요. 이처럼 작가는 자연의 노예가 아니라 허구의 주인으로 자처하며, 예술작품이 기존의 현실을 토대로 한다는 생각에 의문을 던집니다. 이런 태도는 영화의 카메오 출연처럼 작가가 소설에 직접 등장하는 경우에서도 나타나요. 가령『돈키호테』에서 세르반테스는 붙잡힌 포로 중 한 사람으로 자신과 똑같은 인물을 소설에 등장시키기도 하고(1-553), 자기 소설을 비평까지 한다(2-421)는 것을 우리는 이미 앞에서 보았지요.

세르반테스는 제국주의자인가?

저는『셰익스피어는 제국주의자다』라는 책을 낸 뒤 또 한 번 돈키호테라는 소리를 들었는데요. 셰익스피어 전문가나 영문학자이기는커녕 영문과를 졸업하지도 않은 주제에 남들은 별로 꺼내지 않는 부분을 건드리는 것이 평론가들의 심기를 거슬렸나 봅니다(만약 셰익스피어가 어째서 제국주의와 관련되는지 궁금한 독자가 있다면 그 책을 참조하시길 바랍니다).

영국의 셰익스피어와 거의 같은 시대를 살았던 스페인의 세르반테스도 제국주의자라는 혐의에서 벗어나지 못합니다. 당시 유럽은 제국주의에 물들어 있었거든요. 물론 셰익스피어가 자신의 작품 속에서 직접적으로 대영제국주의를 찬양한 것과 달리, 세르반테스의 『돈키호테』는 제국주의에 따라 쓰인 영웅적 기사도를 풍자한 작품이라는 차이가 있지만요. 그런데도 이작품 역시 여전히 제국주의적 요소를 지닙니다. 사실 『돈키호테』는 작중 시데 아메테 베넹헬리라는 이슬람 사람이 쓴 이야기라고 소개되는데, 이에 세르반테스가 이슬람 사람은 천성적으로 거짓말쟁이라며 이 허무맹랑한 이야기의 신빙성을 의심하는(1-117) 구절이 몇 번이나 등장합니다. 이는 세르반테스의 편견이 드러나는 부분인 동시에 당시의 일반적인 생각이기도 했지요.

여하튼 세르반테스는 왜 하필 거짓말쟁이 무어인을 작가로 설정했을까요? 첫 번째 이유는 아마도 당시의 엄격했던 검열을 의식한 탓일 것입니다. 또는 도무지 믿을 수 없는 모험담이 반복되는 『돈키호테』를 쓰면서 이는 천성적인 거짓말쟁이인 이슬람 사람들이 지어낸 것이니 황당한 것이 당연하지 않겠느냐고 독자를 달래려는 의도로 볼 수도 있고요. 물론 그렇다고 해서 스페인이나 다른 유럽 독자 중 이 작품을 이슬람 사람이 지었다고 진지하게 믿는 사람은 없겠지만 말입니다.

그렇다면 이처럼 터무니없는 날조를 당하는 이슬람 사람들은 어떤 기분일까요? 『돈키호테』에는 이슬람 처녀가 기독교로 개종하고자 기독교인 포로를 도와 탈출한다는 이야기 등이 포함되어 있으니 당연히 이슬람에서는 환영받을 리 없겠지요. 하지만 세르반테스 연구자라면 누구나 동의하듯이 사실 그는 당대의 스페인을 비롯한 서양문명에 실망한 한편 이슬람 문명을 높게 평가했습니다. 비록 당시 이슬람이 서양의 적이자 세르반테스 자신도 오랫동안 이슬람에 맞선 전투에 참여하기도 했지만요. 최근에는 세르반테스가 이슬람의 고위직 남성과 동성애 관계를 맺었다고 보는 견해도 등장하고 있습니다. 물론 이에 대해서는 근거가 충분하지 않은 데다 동성애라는 개인적인 성적 지향성과 문명에 대한 평가는 서로 다른 문제이지만요. 어쨌 건 그의 작품에는 당대의 일반적 견해를 따라 이슬람에 대해 비판적인 태도를 보이는 부분이 있지만, 대단히 호의적인 태도도 드러난다는 점에서 셰익스피어와는 근본적으로 다른 측면이 있다고 생각합니다.

예술 속의 돈키호테

돈키호테는 귀스타브 도레, 오노레 도미에, 파블로 피카소 등에 의해 일찍부터 그림으로 표현되었습니다. 프랑스의 화가 귀스타브 도레(Paul Gustave Dore, 1832~1883)가 남긴 『돈키호테』 연작 판화 120점은 이 책에서 전부 소개했지요. 그는 19세기에 유행한 인상주의에 등을 돌린 대신 정확한 소묘력과 극적인 구도를 통해 독특한 환상과 풍자의 세계를 창조했습니다. 대표작으로는 「돈키호테」, 「신곡」, 「가르강튀아 이야기」, 「실락원」, 「라퐁텐 우화」 등이 있어요.

프랑스의 오노레 도미에 역시 풍자 판화가로서 수많은 시사풍자 만화를 그렸는데요. 그는 돈키호테를 주제로 한 유화와 조각도 남겼습니다. 위의 화가 중 독자들에게 가장 친숙한 파블로 피카소 또한 돈키호테와 산초 판사를 주인공으로 한 삽화를 그렸고요.

그렇다면 돈키호테를 주인공으로 한 영화에는 어떤 것들이 있을까요? 『돈키호테』는 1902년 프랑스에서 처음으로 영화로 제작된 뒤 스페인, 이탈리아, 미국, 영국, 러시아 등에서 여러 번 영화와 만화 그리고 다큐멘터리로 상영되었습니다. 우리나라에서도 쉽게 구할 수 있는 영화로는 피터 오툴 주연의 「라만차의 사나이」(1972)가 있어요. 이는 아더 힐러의 뮤지컬 코미디를 각색한 것인데 돈키호테에 특별한 개성을 부여하지는 않았습니다. 한편

구하기는 어려워도 비교적 최근의 걸작으로 평가되는 작품으로 스페인의 에레스 아라곤이 감독하고 페르난도 레이와 알프레도 란다가 주연한 「엘 키호테」(1991), 그리고 헤수스 프랑코가 감독하고 프란시스코 레이게라와 아킴 타미로프가 주연한 「돈키호테」(1992)가 있어요. 특히 후자는 원전에 충실하면서도 그대로 따르지 않는 창작성으로 돈키호테를 재창조했다는 평가를 받았습니다.[8]

돈키호테에 대한 논의

우리나라에서도 일찍부터 『대중의 반역』이라는 책으로 유명한 오르테가 이 가세트[9]는 17세기 이래 스페인의 최고 철학자라고 불립니다. 그는 『돈키호테 성찰』(1914)에서 각각 독일의 철학자와 시인인 프리드리히 셸링과 하인리히 하이네, 그리고 러시아 작가인 이반 투르게네프와 같은 외국인들에게 『돈키호테』는 호기심의 대상이지만, 스페인 사람들에게는 운명의 문제라고 발언한 적 있어요. 그러면서 이 고전으로부터 현 스페인의 모든 문제에 대한 처방을 구하려고 했지요.[10]

이러한 태도는 그보다 앞서 1898년 미국과의 전쟁에서 패한 뒤, 스페인을 다시 일으키기 위해 전통으로 회귀해야 하느냐 아니면 전통을 버리고 유럽을 따라야 하느냐를 두고 고뇌한 이른바 '1898년 세대'에 의해서도 나타난 바 있습니다. 1898년 당시 오르테가는 15세로서 마드리드 대학을 다니고 있었으므로 '1898년 세대'의 영향을 받았을 가능성이 커요.

'1898년 세대' 중에서 우리에게 가장 유명한 사람은 미겔 데 우나무노일

---

8) 장 클로드 스갱, 정동섭 역, 『스페인 영화사』, 동문선, 2002, 68~70쪽.

9) 그의 이름 가운데 오르테가는 아버지 성이고 가세트는 어머니 성인데, 이 책에서는 일반적인 호칭법에 따라 아버지 성으로 부르도록 한다.

10) 오르테가 이 가세트, 『돈키호테의 성찰 (외)』, 을유문화사, 1976, 131쪽.

것입니다. 그는 『돈키호테와 산초 판사의 삶』(1905)에서 『돈키호테』를 본격적으로 분석했습니다. 또한, 그의 저서 중 가장 유명한 『생의 비극적 의미』(1913)[11]에서도 결론의 장을 '현대 유럽 희비극에서의 돈키호테'로 맺고 있어요. 그러나 우나무노의 돈키호테 이론은 사실 자신의 사상인 '영원한 삶'이라는 것을 『돈키호테』를 빌어 주장한 것에 불과합니다. 따라서 정작 세르반테스의 의도는 우나무노의 사상 뒤에 가려졌지요. 심지어 우나무노는 위의 저서에서 "돈키호테를 죽여라" 하는 발언을 남기기도 했습니다.[12]

'1898년 세대' 중에서 우리에게 더욱 흥미로운 돈키호테 이론을 제공하는 사람은, 투르게네프의 『햄릿과 돈키호테』에 근거한 논의를 펼친 라미로 데 마에스투(Ramiro de Maeztu)입니다. 그에 의하면 셰익스피어의 희곡은 비극적 감흥을 불러일으켜 내면의 에너지를 고양하고 행동으로 이끄는 반면, 세르반테스의 소설의 희극적 요소는 사람을 이완시키고 휴식으로 이끈다고 해요. 즉 회의적인 햄릿은 돈키호테를, 저돌적인 돈키호테는 햄릿을 불러낸다는 것입니다. 이는 당시 영국인은 대영제국의 부흥기를 맞아 적극적이었으나, 스페인인은 스페인제국의 쇠퇴기를 맞아 소극적이었다는 점과도 관련이 있어요.

오르테가의 돈키호테

오르테가의 『돈키호테 성찰』은 '서론'과 '예비적 성찰' 그리고 '제1성찰(소설에 관한 소론)'로 구성됩니다. 그런데 그 책을 읽고 나면 본론이 제1성찰만으로 끝나기 때문에 어딘지 아쉽다는 느낌을 받게 되지요. 오르테가 자신도 생전에 제2, 제3의 성찰을 집필하겠다고 말했지만 아쉽게도 성사되지 못했

11) 장선영 역, 삼성출판사, 1976.
12) 같은 책, 289쪽.

습니다. 이 책에서 오르테가는 이후 그의 모든 작품을 지배한 원리인 "나는 나와 나의 환경이다"라는 명제를 밝힙니다. 이는 즉 '나는 내가 사는 환경과의 상호작용 속에서만 존재한다'는 뜻이에요.[13] 여기서 그는 자신의 환경을 지배하려는 용기를 갖는 자만이 자신의 운명을 지배한다고 선언하고, 그 본보기로 돈키호테를 들었습니다.

> 돈키호테는 현대적 고뇌에 싸여 괴로워하는 고딕풍의 그리스도이다. 순진성과 의지를 잃고 다른 새로운 순진성과 의지를 찾아 헤매는 그 어떤 고뇌적인 상상에 의해 창조된 우리 지역의 우스꽝스러운 그리스도이다. 과거의 사상적 빈곤과 현재의 답답함과 미래의 쓰라린 적대감정에 대해 예민한 감각을 지닌 몇몇 스페인 사람들이 한데 모일 때마다 돈키호테는 그들 사이로 하강한다. 그리하여 돈키호테의 우스꽝스러운 용모에서 발하는 용해적인 열이 산산이 흩어져 있는 그들의 마음을 통합해서 하나의 정신적인 실처럼 그들을 꿰매서 국수주의로 만들어버린다. 이렇게 됨으로써 그들의 개인적인 쓰라림을 초월한 공통의 민족적 고통이 나타난다.[14]

그러나 오르테가는 "돈키호테만을 따로 떼어서 생각한 탓으로 생겨난 오류들은 정말이지 황당무계한 것들이다"[15]라고 비판했습니다. 즉 그러한 시각을 지닌 이들 중 누군가는 돈키호테가 되지 말라 하고, 누군가는 돈키호테의 불합리한 생존을 닮으라고 한다는 것이죠. 반면 오르테가는 세르반테스가 그러한 이원론을 초월한다고 보았습니다.

---

13) 오르테가, 50쪽.
14) 오르테가, 59쪽.
15) 오르테가, 59쪽.

세르반테스는 비웃고 있는 것일까? 비웃고 있는 것이라면 무엇에 대해서 비웃고 있는 것일까? 라만차의 활짝 트인 평원에 돈키호테의 기다란 얼굴이 홀로 멀리 떨어진 채 마치 의문부호처럼 구부러진 모양을 하고 있다. 그러니까 그것은 스페인 비밀의 감시자, 즉 스페인 문화가 지니고 있는 모호한 것의 감시자와도 같다. 저 가엾은 세금 징수원은 감방 속의 한쪽 구석에서 그 무엇을 조소하였던 것일까? 그런데 조소한다는 것은 도대체 무엇을 일컬음이냐? 하나의 부정도 꼼짝없이 조소이런가?[16]

오르테가는 '제1성찰'에서 『돈키호테』를 최초의 소설이라고 칭합니다. 근대문학의 거장들인 오노레 발자크, 찰스 디킨즈, 귀스타브 플로베르, 도스토옙스키의 여러 작품에서 받는 느낌과 비교해도 손색이 없다면서요.[17] 이 책에서 오르테가의 문학 장르론을 깊게 다룰 생각은 없습니다. 그러나 오르테가가 서사시와 기사소설이 유사하다는 전제하에, 그러한 작품들과 근대소설, 특히 『돈키호테』의 차이를 영웅상에서 찾는 것은 주목할 만해요.

영웅이라는 것은 바로 자신이 되려고 원하는 자를 가리킨 것이다. 그러니까 영웅적인 것의 근원은 의지의 실재적 행위 속에서 발견되는 것이다. 서사시에서는 이와 비슷한 것도 없다. 그러므로 돈키호테는 서사시적 인물이 아니라 그 자신이 곧 영웅인 것이다. …의지─실재에서 시작되어 관념적인 것에서 끝나는 역설적인 대상이다. 그도 그럴 것이 실재하지 않는 것만을 희구하니까 말이다─는 비극적 주제이다. 그러니까 의지가 존재하지 않았던 시대, 결정론 시대, 예를 들어 말한다면

16) 오르테가, 132쪽.
17) 오르테가, 141쪽.

다윈의 시대는 비극에 관해서는 관심을 가질 수가 없는 것이다.[18]

오르테가는 영웅에게 "숙명의 개입은 필요한 것이 아니"라고 말합니다. 또한 "영웅은 노상 패배를 당한다 할지라도 영웅성이 그에게로 도달하면 그 누구도 그로부터 승리를 탈취하지를 못한다"[19]고 해요.

푸코의 돈키호테

앞에서도 소개했듯이 미셸 푸코는 『말과 사물』(1966)에서 르네상스 시대의 사고의 특징을 '유사성'이라고 보았습니다. 가령 당시 머리의 병을 예방하기 위해 호두가 사용되었는데, 이는 호두의 단단한 껍질이 두개골과 유사하며, 또한 호두의 안이 뇌를 연상시킨다는 이유에서였어요.

> 16세기말에 이르기까지 유사성은 서구문화에서 지식을 구성하는 역할을 했다. 원전들에 대한 주석과 해석은 거의 유사성에 의해 이루어졌으며, 상징들의 활동을 조직화한 것도, 가시적이나 비가시적인 사물에 대한 지식을 가능하게 한 것도, 사물들을 표상하는 기술의 지침이 된 것도 바로 유사성이었다.[20]

이처럼 르네상스 시대의 사고방식에서 사물의 유사성으로 인한 관련성은 무한하게 찾아볼 수 있습니다. 당시에는 언어 역시 자연에 존재하는 사물과 같은 것으로 취급했고, 언어가 지니는 의미도 '유사성'을 상기하기 위한 것에 불과했어요. 이를 보여주는 작품이 『돈키호테』라고 푸코는 주장합니다.

---

18) 오르테가, 198~199쪽.

19) 오르테가, 201쪽.

20) 미셸 푸코, 이광래 역, 『말과 사물』, 민음사, 1987, 41쪽.

즉 돈키호테가 풍차를 거인으로, 가축을 군대로, 여관을 성으로, 창녀를 귀부인으로 착각하는 것은 그가 르네상스 시기의 세계관인 유사성의 세계에 살고 있음을 드러내는 것이지요. 또한 돈키호테가 현실을 분간하지 못하는 원인이 기사소설에 미쳤기 때문이라는 것은 그가 언어와 사물이 같은 차원에서 뒤엉킨 연관 속에 살고 있음을 보여준다는 거예요. 그런데 그렇게 유사성에 의해 사물을 관련짓는 세계가 어느 시기에 돌연히 붕괴하기 시작합니다. 기존의 관념이 착각에 불과하다는 것을 명백하게 보여주는 소설『돈키호테』의 출판은 이미 르네상스 시기의 사고가 끝나고 세계가 새로운 질서에 의해 지배되고 있음을 상징해요. 따라서 돈키호테의 행동은 당연히 새로운 시대의 사람들에게는 웃음을 자아내기 마련이라는 것이지요.[21]

> 돈키호테의 모험은 매우 획기적인 전환을 이루면서 경계선을 형성한다. 즉 그것은 유사성과 기호 사이에서 이루어졌던 상호작용의 종식을 보여주는 동시에 새로운 관계의 시작을 내포하고 있다. 돈키호테는 무절제한 인간이라기보다 유사성이라는 표식 앞에서 멈추어버린 소심한 순례자이다.[22]
> 유사성과 기호는 예전의 동맹관계를 해체했다. 유사성은 기만적으로 되어 거의 환상이나 광기에 가까워졌다. 그렇지만 사물들은 아직 끈질기게 그것들의 아이러니한 동일성 속에 머물러 있다.[23]

　그런데 『돈키호테』 제2편에는 제1편을 읽은 인물들이 등장합니다. 이렇듯 작품이 작품 안에 포함되는 것은, 현실 세계와는 단절된 순수한 이야기의

21) 같은 책, 78쪽.
22) 같은 책, 75쪽.
23) 같은 책, 77쪽.

공간이 형성되었음을 뜻해요. 이는 자연에 존재하는 사물과 언어의 공간이, 르네상스 시기에는 같은 차원에 평면적으로 존재하고 있다가, 이제는 분리되어 서로 다른 역할을 담당하게 된 세계관이 도래했음을 상징합니다. 쉽게 말해 사물과 언어가 분리되었다는 것이에요. 이처럼 언어와 세계의 관계에 있어, 언어가 독자적인 공간에서 세계를 표상하게 되는 시대가 바로 17~18세기인데요. 이때를 푸코는 고전주의 시대라고 불렀습니다. 고전주의 시기의 대표적인 철학자 데카르트는 르네상스 시기의 사고인 유사성을 비판했어요. 그것이 사물을 명석하게 판독하고자 하는 고전주의적 사고[24]를 저해한다는 이유에서였지요. 이러한 고전주의 시대에는 박물학[25]처럼 분류를 중시하는 학문이 주류였고, 반면에 인간은 벨라스케스의 「시녀들」에 그려진 왕처럼 공허한 위치만을 차지하게 되었습니다. 이후 19세기의 근대적인 인간주의 시대에 오면 세계와 언어 사이에 인간이 등장합니다. 또한, 과학이 철학과 분리되어 독자적인 학문으로 인정받게 되지요.

블로흐의 돈키호테

독일의 철학가 에른스트 블로흐는 『돈키호테』를 유토피아 소설로 해석했습니다. 동시에 돈키호테를 유토피아주의자로 보았어요. 그는 "돈키호테는 세상과는 전혀 낯선, 시대에 뒤떨어진 그리고 유토피아를 꿈꾸는 인간이었다"라고 평했습니다.[26] 또한, 자신의 이상에 적극적인 믿음을 품은 것과 동시에 "적어도 그러한 믿음을 철저하게 고수하고 있기 때문에, 그는 수많은 기사

---

24) 고전주의 시대에는 동일성과 상위성, 계량과 질서를 통해 대상을 객관적으로 파악하고자 하였다.

25) 동물·식물·광물 등 자연물의 종류·성질·분포·생태 등을 연구하는 학문. 모든 자연물을 체계적으로 분류하는 것을 목적으로 한다.

26) 블로흐, 2172쪽.

소설에 등장하는 인물 가운데, 가장 정직한 영웅"이라고 했지요.[27] 그러면서도 돈키호테에게는 "마력적이고 유토피아적인 상상의 현실만이 중요하며, 주인공의 의식 속에서 유일하게 진리로 작용할 뿐이다"라고 보았습니다.[28]

블로흐에 의하면 "이상적 사회 유토피아를 부르짖던 사람들은 지금까지 돈키호테의 유형에서 어떤 추상적 특성을 끌어내었다"고 합니다.[29] 그는 그 보기로 독일의 시인이자 극작가인 프리드리히 실러의 희곡 「돈 카를로스」에 나오는 마르키스 포자를 들어요. 포자는 주인공 카를로스의 친구인데요. 그는 고향인 네덜란드의 독립을 위해 스페인의 폭정에 항거해야 한다고 카를로스를 설득하고, 결국에는 대의를 위해 친구의 죄를 뒤집어쓰고 죽는 인물입니다. 또 하나의 보기는 입센의 「들오리」에 나오는 그레거스 베를레입니다. 그는 지불 능력이 없어서 도망친 채무자의 구체적인 정황을 전혀 고려하지 않고 이상적인 요구만을 하는 인물이에요.

그러나 블로흐가 돈키호테라고 칭한 인물 중 더욱 눈여겨봐야 할 자들은 프랑스의 샤를 푸리에(Francois Marie Charles Fourier, 1772~1837)나 영국의 로버트 오언(Robert Owen, 1771~1858) 같은 유토피아주의자들입니다. 푸리에와 오언은 사회주의를 지지했는데요. 푸리에는 사회적 부의 증대에도 불구하고 수많은 노동자가 가난에 시달리는 것을 보고 이를 자본주의적 상업 탓이라고 생각했습니다. 따라서 상업이 없는 자유로운 생산자의 협동사회인 팔랑주(phalange)를 추구했어요. 한편 오언은 미국에 공상적 이상향을 만들고자 했습니다. 이후 카를 마르크스는 두 사람을 포함한 유토피아 사회주의자들을 부정적으로 평가하였는데요. 블로흐는 이러한 유토피아주의

---

27) 블로흐, 2177쪽.
28) 블로흐, 2178쪽.
29) 블로흐, 2191쪽.

자들에 대한 비판적 시각이 마르크스가 돈키호테에게 민감하게 반응한 이유라고 여겼습니다. 마르크스는 돈키호테를 "추상적 원칙에 의해서 세계를 해석"한[30] "잘못된 의식의 화신"[31]으로 보았거든요.

블로흐는 돈키호테를 파우스트[32]와 비교하여 해석하기도 했습니다. 파우스트가 자신이 지나치는 영역과 화해하려고 하고, 자신의 주체적 능력을 그곳에 부여하려고 했던 반면, 돈키호테는 "거의 어디서나 이전 세계 속에 그대로 머무르고 있다"는 점에서 차이를 보이지요. "이전의 세계가 집시 내지는 유한계급[33]이든, 정치적 낭만주의든, 이상적 유토피아든 간에" 말입니다.[34]

> 파우스트가 이 세상에서 영리한 자들 가운데 가장 영특한 자가 되었다면, 돈키호테는 이러한 영리함에 반대하여 행동하지 말도록 우리에게 경고하고 있다. 영원히 방황하는 귀족의 경고에 의하면 우리는 주어진 현실을 절대로 어떤 완성된 천국으로 성급하게 단정 짓지 말아야 할 것이다.[35]

블로흐는 돈키호테가 "구원을 위한 강령 내지 정치적 낭만주의들이 언급

---

30) 블로흐, 2192쪽.

31) 마르크스가 주장한 유물론(唯物論)은 물질적으로 존재하는 것만을 실재라고 여기고, 영혼이나 정신과 같은 비물질적인 것을 인정하지 않는다.

32) 독일의 시인 괴테의 희곡. 악마 메피스토펠레스는 신과의 내기를 위해 인간에 불과한 파우스트의 영혼을 타락시키기로 한다. 이를 위해 그는 파우스트에게 너의 종이 되어줄 테니 영혼을 팔라고 꼬드기고, 지식에 한계를 느끼고 있던 파우스트는 악마와의 계약에 응한다. 악마는 개로 변해 파우스트가 원하는 모든 것을 들어준다. 대신 파우스트가 현실에 안주하는 순간 그의 영혼은 자신의 것이 되어 지옥에 떨어질 것이라고 한다. 괴테가 60여 년에 걸쳐 완성해낸 이 작품은 인간의 구원이라는 주제에 대한 깊이 있는 고찰로서 작가뿐만 아니라 독일 문학 전체에 커다란 영예를 안겨주었다.

33) 미국의 경제학자 소스타인 베블런이 『유한계급론』을 통해 이름 붙인 계급. 이들은 생산적인 노동을 하지 않는 대신 과시적으로 소비를 일삼으며 자신의 사회적 지위를 과시한다. 주로 귀족이나 재벌 등이 유한계급에 해당하는데, 『돈키호테』에서는 공작 부부 등이 이에 속한다.

34) 블로흐, 2193쪽.

35) 블로흐, 2207쪽.

하는 이데올로기 등을 봉건 시대로부터 끄집어내지는 않았"다는 점을 진취적으로 평가했습니다. 또한 "싹트는 부르주아보다도 오히려 편력기사의 삶 속에서 하나의 고결한 상을 바라보았"다고 하면서 세르반테스가 오로지 기사소설을 쓰러트리기 위해 『돈키호테』를 썼다는 일반적인 통념에 반대합니다.[36]

블로흐는 돈키호테를 예수와도 비교했습니다. "예수 역시 동시대인들로부터 심하게 조롱당했지만, 고결한 이상을 급작스럽게 실천하려고 애쓰지 않았는가?(…)돈키호테 역시 순수한 이상을 지녔지만, 주위로부터 조소당했다."[37] "돈키호테는 모든 위험에도 불구하고 이를 무조건적으로 추월하고 극복하는 인간형이다." 따라서 블로흐는 돈키호테를 미쳤다고 보는 대신 그가 "수미일관 무언가에 대해서 대항하고 무언가를 얻으려고 끊임없이 노력했다는 사실"을 인정하는 것이 중요하다고 주장했습니다.[38]

무언가 나사 빠진 인간이, 늙은 말을 타고, 과거의 이데올로기 그리고 기괴한 광기 등에 사로잡혀 어디론가 떠나는 모습을 생각해보라. 이는 분명 우스꽝스럽다. 그러나 주체가 결연한 마음으로 무언가를 실천하려는 의지는 마치 세계의 반응이 거칠고 저열한 것만큼 그야말로 위대하지 않은가? '자신의 손아귀를 통해서 모든 세계를 불법으로부터 해방시키려는' 돈키호테의 의지는 정말로 위대한 것이었다. 갤리선의 노예도, 저열함도 없는 어떤 이상적 질서가 바로 돈키호테의 진지한 목표였다.[39]

36) 블로흐, 2197~2198쪽.
37) 블로흐, 2200~2201쪽.
38) 블로흐, 2202쪽.
39) 블로흐, 2206~2207쪽.

젊은 돈키호테에게

한 젊은 독자가 먼 길을 와서 물은 적이 있습니다. 현실이 너무 무거워서 감당하기 어려우면 어떻게 살아야 하느냐고요. 그 순간 글 쓰는 사람으로서 나이를 먹는다는 것은 이런 물음에 답할 정도의 지혜를 가질 책임을 동반한다는 생각이 들었습니다. 하지만 미숙한 저로서는 나이가 들어도 여전히 삶은 고통스럽고 나 역시 어떻게 살아야 하는지를 모른다고 답할 수밖에 없었지요. 서로의 삶에 대해 몇 시간 동안 대화를 나눈 끝에 저는 그 젊은 독자가 걸어온 삶에 대해 좀 더 알 수 있었습니다. 그것은 열정적인 이상에 가득 찬 것이었지만 동시에 불순하고 냉정한 현실에 지친 것이기도 했어요. 아마도 우리의 삶이란 대부분 그런 것이 아닐까 싶습니다. 물론 처음부터 이상이란 것은 아예 모르고 현실만을 좇는 사람들도 있겠지만, 그런 이들은 역시 소수에 불과할 거예요. 현실이 아무리 냉혹해도 인간은 이상을 쉽게 포기하지 못하는 법이니까요. 결국, 인간이란 그런 존재가 아닐까요? 이상과 현실 속에서 평생 방황하다가 생을 마감하는 약하고 덧없는 존재 말이에요.

독자가 다녀간 뒤로 저는 며칠간 갈등에서 빠져나오지 못했습니다. 그러다 저는 불현듯 『돈키호테』를 다시 책장에서 꺼내 읽었어요. 딱히 뚜렷한 목적의식이 있었던 것은 아니었습니다. 어쩌면 그 독자나 저나 돈키호테 같다는 생각이 들었던 것일지도 모르겠지요. 아니면 그 책에서 뭔가 해답을 찾을 수 있다고 기대해서였을지도 모르고요. 종교인이라면 그런 순간에 『성경』이나 『불경』을 찾았을 것입니다. 그렇지만 종교인이 아닌 저로서는 다른 책에서 답을 구할 수밖에 없었어요. 전 세계에서 『성경』 다음으로 많이 팔린 책이 『돈키호테』라는 말도 있는 것을 보면, 지난 2천 년간 기독교적 사고방식을 기본적인 진리로 여기던 서양에도 저처럼 『돈키호테』를 찾은 사람이 많았나 봅니다.

그렇다면 돈키호테는 저의 질문들에 뭐라고 답했을까요? 저 또한 젊은 독자처럼 어떻게 살아야 하는지를 『돈키호테』에게 물었으나, 저자인 세르반테스는 자신의 고통스러운 삶을 들려줄 뿐이었습니다. 그는 평생 돈키호테처럼 이상을 추구했으나 현실은 언제나 불운할 뿐이었어요. 그러나 그는 자신의 고되고 굴욕적인 삶을 긍정도 부정도 하지 않았습니다. 다만 그러한 모든 부조리를 솔직하게 기록해 우스우면서도 비극적인 이야기로 풀어내었어요. 그는 독자에게 삶과 역사에 대한 낙관도, 비관도 기대하지 않습니다. 대신 이 모든 아이러니도 삶의 한 부분이라며, 씁쓸한 미소를 지을 수 있게 해주지요. 그러다가 어느 순간 울면서도 웃고 있는 자기 자신을 발견하게 하는 겁니다. 바로 그런 게 사는 거라고 돈키호테는 한쪽 눈을 웃음으로 찡그리고, 한쪽 눈을 눈물로 가득히 채우며 말하고 있습니다. 혹자는 이를 의식적으로 가면을 쓰는 것이라고 평해요. 다시 말해 이는 현실과의 갈등을 넘어 그 갈등에 대해 의식적으로 생각하는 것입니다. 즉 현실과 대립하여 절망하는 자신을 외부 현실과 함께 객관적으로 대상화하고, 거리를 두면서 바라보는 일을 통해 반성하는 것이에요. 여기서 가면을 쓴다는 것은 자신을 완전히 숨기는 것이 아닙니다. 오히려 성찰을 통해 현실을 의식적으로 재치와 풍자, 아이러니와 유머로 새롭게 재창조하는 것이지요.

이러한 태도를 어중간하고 애매하다고 하며 싫어하는 사람도 있을지 모릅니다. 그렇지만 이는 현실의 부조리로부터 도망가는 것이 아니에요. 오히려 겹눈의 지혜를 통해 서로 다른 감정을 복합적으로 융화할 수 있는 능력을 키우는 것이지요. 교회가 모든 것을 지배하던 중세에 르네상스를 탄생시킨 기본정신은 이러한 겹눈의 정신이었습니다. 그리고 이야말로 획일화된 사회 속에서 진정한 르네상스를 낳을 수 있는 정신이자 오늘날 우리에게 가장 부족한 점이기도 합니다. 이는 달리 말해 자유로운 정신이라고도 부를 수 있어요. 자유로운 정신은 언제나 새롭게 시작할 수 있는 마음가짐입니다. 그 어떤 굴레도 다 벗어버리고, 어떤 허식도 없이, 모든 것을 새롭게 시작하는 것이지요.

『돈키호테』는 주인공이 자기 이름을 새로 짓고, 자신의 연인과 말에게도 이름을 붙이는 것으로 시작합니다. 이는 자신의 운명을 스스로 만들어간다는 의지를 보이는 것이에요. 그리고 돈키호테는 비록 다른 이들에게는 미친 사람이라고 비난을 받는다 해도 평생 자신의 이상을 좇으며 살아갑니다. 그렇기에 현실에서 실패를 거듭해도 매번 당당한 삶을 시작할 수 있지요. 그러니 이 세상의 수많은 돈키호테에게 저는 이런 말을 전하고 싶습니다. 조금도 실망하지 말라. 그대들의 삶은 비록 고달파도 너무나 아름다우며 당당한 것이다. 제가 써낸 이 책을 계기로 그들이 『돈키호테』를 친구 삼아 조금이라도 현실을 헤치고 나아가 자유롭게 살아간다면 좋겠습니다. 아니 최소한 마음의 위안이라도 되어준다면 기쁠 거예요.

돈키호테는 아나키스트

앞에서 여러 번 말했듯이 돈키호테는 아나키스트입니다. 자신의 삶을 조종하려 드는 어떤 권력이나 권위도 거부하고 자기 생각과 의지로만 살아가지요. 그는 제도도 관행도 거부합니다. 따라서 가정이나 학교나 군대나 회사나 종교도, 그리고 사회가 규범으로 정해놓은 관혼상제도, 가정의례도, 에

티켓도, 매너도, 예의도, 물질도, 부도 모두 거부해요. 심지어 친절이나 사랑도 자유를 구속한다면 거부합니다. 스스로 결정하는 사랑, 누구도 강요하지 않는 사랑, 서로 나누지 않는 절대적인 사랑만이 참된 사랑이라는 것이죠. 사랑이라는 말로 상대방의 의지를 굴복시키고자 강요하는 것은 사랑이 아닙니다.

세르반테스의 시대에 가장 자유롭지 못한 인간은 죄수였습니다. 돈키호테는 죄수가 왕을 위해 노역에 끌려가는 것을 비판해요. 다시 말해 그러한 명령을 내린 왕을 비판한 것입니다. 이는 지금 생각해도 대단히 반체제적인 주장이에요. 이는 공권력을 인간의 자유를 구속한다는 점에서 비판하는 것과 같기 때문입니다. 돈키호테는 자유를 상실한 자들을 구출하기 위해, 풍차를 향해 돌격했듯이 권력에 덤벼들어 죄수들을 석방합니다. 이러한 장면들을 보면 어쩌면 풍차 등의 에피소드는 왕과 국가 체제를 향한 신랄한 조소를 미친 자의 짓으로 위장하기 위한 장치였을지도 모른다는 생각마저 듭니다. 돈키호테는 죄수들의 사연을 듣고 이들이 고문에 의해 자백을 강요받거나 돈이 없어서, 또는 재판관의 잘못된 판단으로 억울하게 감옥살이를 한다는 것을 알게 됩니다. 그리고 그들을 사랑하는 형제들이라고 불러요. 이는 부당한 사법에 대한 고발입니다. 유죄 판결을 받아야 할 것은 당대의 사법제도 자체라는 것이지요.

위 장면에서 볼 수 있듯이 당시의 사법제도는 악한 자보다는 약한 자를 구속하는 일이 잦았습니다. 그러니 돈키호테가 재판도 재판관도 없는 세상을 유토피아로 그린 것은 당연해요. 그곳에는 범죄 자체가 없습니다. 남의 것을 빼앗거나 애써 일할 필요도 없이 열매를 따 먹으면 되지요. 이렇듯 불가능한 곳을 꿈꾸는 것을 보면 돈키호테는 역시 미쳤다고 해야 할까요? 그런데 그런 유토피아에 가까운 세상이 있습니다. 바로 목동들이 관대하고 단순하게 살아가는 깊은 산 속이지요. 제2편에서 고향에 돌아가는 길에 돈키호테는 도시를 도망쳐 목동이 되는 것을 꿈꿉니다. 산으로 들어가 자급자족과 공동소유의 삶을 추구하겠다는 것이죠. 문명이 아니라 자연을 찾아가는 것입니다. 그는 참된 자유와 평등을 누릴 수 있는 곳이 유토피아라고 여겼으니까요.

그러나 현실에서 과연 그것이 가능한가요? 불가능합니다. 실제로 돈키호테 같은 일들을 벌이면 감옥이나 정신병원으로 끌려가겠지요. 그러니 아나키스트는 미치기 마련입니다. 이 세상에서 그 모든 것을 무시하고 제 생각만으로 살아갈 수 없기 때문입니다. 그렇기에 돈키호테는 미쳐요. 자유롭기 때문에 미칩니다. 그것도 스스로 광기를 선택하지요. 그러니 일반적인 미친 사람과는 다를지도 모릅니다. 물론 저는 미쳐보지 않았기 때문에 남들이 어째서 정신을 놓는지 모르므로 함부로 단정할 말은 아니지요. 어쩌면 모든 광인은 돈키호테처럼 이 세상을 거부하기 때문에 미치는 것인지도 모르니까요.

어쨌거나 돈키호테는 미쳤습니다. 그처럼 아나키스트로서 자기 신념을 지키며 살려면 미쳐야만 할지도 몰라요. 어쩌면 젊은이들에게 미치라고 이야기하는 것이 정직한 것일지도 모르겠습니다. 저 역시 미쳤다는 소리를 듣고 살고요. 물론 로시난테에 올라타고 떠난 돈키호테에 비하면 적당히 미친 체하고 사는 것에 불과하지만 말입니다. 이러한 삶의 방식을 따르라고 할 생각은 없습니다. 『돈키호테』를 쓴 세르반테스나 『부활』을 쓴 톨스토이처럼 살아가라고 말하는 것이 옳을지 그를지도 알지 못해요. 그러나 최대한 관대하고 단순하게 살아가도록 노력해야 한다는 것만은 분명한 진실이라고 생각합니다.

더 많은 돈키호테를 기다리며

앞에서 저는 『돈키호테』에는 제국주의적인 요소도 존재한다고 했습니다. 이처럼 서양의 고전이란 모두 비판적으로 재조명될 필요가 있어요. 하지만 그렇다고 해서 그 고전이 지니는 보편적 가치까지 부정할 필요는 없습니다. 돈키호테는 특권을 지닌 유한계급이나 패거리 귀족에 속한 자가 아니라 자유로운 정신의 고독한 귀족이에요. 그는 타산적인 이성이 아니라 조건 없는 순수의지로, 개인적 이익이 아니라 사회적 공익을 위해 살았습니다. 그러면서도 끝없이 자신을 회의하는 인간이라는 보편적인 인간상을 보여주지요. 그러므로 『돈키호테』를 읽을 때는 작품 속에 드러난 제국주의적인 요소를 솔직히 비판하면서, 인간의 자유라는 보편적 주제를 솔직히 인정하는 자유로운 겹눈의 자세가 필요합니다.

세르반테스는 『돈키호테』를 통해 그런 자유로운 겹눈으로 읽을 수 있는 다양성, 복합성, 종합성을 보여준다는 점에서 셰익스피어보다 위대한 작가입니다. 그러나 셰익스피어에 비하면 세르반테스는 우리나라에서 형편없이 무시되고 있어요. 영어와 스페인어의 차이 탓일까요? 영국과 스페인의 국력 차이 탓일까요? 그래서인지 스페인은 자주 오해를 받기도 합니다. 가령 스페인을 태양과 투우의 나라라고 여기면서, 스페인의 정신을 격정적이고 비이성적인 광적 환상으로 보고 그 대표적인 예로 돈키호테를 꼽는 경향이 있지요. 하지만 저는 『돈키호테』를 읽을 때마다 그러한 격정적인 비이성과 동시에 냉정한 이성으로 직시한 현실을 함께 읽게 됩니다. 『돈키호테』나 다른 스페인 작품뿐만 아니라, 어느 나라의 작품을 읽든지 간에 그런 겹눈의 시각을 갖춰야 하지 않을까요?

또한, 일반적인 평론을 보면 돈키호테와 산초 판사는 각자 이상과 현실, 또는 선과 악을 대변한다고 합니다. 하지만, 사실 둘의 역할은 작품 속에서 그런 식으로 고정되어 있지 않아요. 두 사람은 이야기가 진행될 때마다 두 개의 가치 사이에서 끊임없이 변화합니다. 한 인물을 해석할 때 요구되는 것은 하나의 고정된 가치판단이 아니에요. 그보다는 그가 사람과 사람 사이의 상호의존이라는 관계 속에서 어떻게 변화하는가를 보아야 하지요. 따라서 중요한 것은 관계의 흐름을 읽을 줄 아는 자유로운 눈과 자유로운 정서입니다.

앞에서도 몇 번 언급한 19세기 말의 러시아 작가 투르게네프는 햄릿과 돈키호테를 비교하면서 당시의 러시아에서는 우유부단한 회의주의자 햄릿보다는 정의를 향해 저돌적으로 나아가는 이상주의자 돈키호테가 더욱 필요하다고 했습니다. 그러나 이러한 대비도 단순한 것일지 몰라요. 사실 돈키호테에게는 햄릿처럼 회의적인 성격도 있거든요. 여하튼 투르게네프가 말하는 것과 정확하게 같은 이유에서는 아니지만, 저 역시 21세기 한국에 오로지 고뇌하기만 하는 햄릿보다는 고뇌하면서도 행동하는 돈키호테가 더욱 필요하다고 생각합니다. 즉 자유인으로서 정의감, 정신성, 인류애에 충실한 인간상 말이에요. 그러한 젊은 돈키호테가 많이 나오기를 진심으로 기대합니다.

세르반테스 연보 *

1547년 9~10월경, 마드리드 근교에서 출생.

1569년 이탈리아로 가서 스페인 보병대에 입대.

1571년 오스만 튀르크와의 레판토 해전에 참가하여 부상을 입어 왼쪽 팔을 쓰지 못하게 됨.

1575년 스페인으로 돌아오다가 알제리에서 포로로 잡힘.

1580년 네 번째 탈출 시도 끝에 석방됨.

1582년 첫 희곡 「알제리에서의 대우」 집필.

1583년 유부녀와 사랑에 빠져 유일한 자녀인 딸을 얻음. 희곡 「누만시아」 집필.

1584년 18세 연하인 19세의 카탈리나 팔라시오스와 결혼.

1585년 목가소설 『라 갈라테아』 출판. 몇 편의 희곡 집필.

1587년 무적함대 조달관 및 징세관으로 1594년까지 근무.

1597년 징세관 시절의 회계 문제로 3개월 투옥.

1602년 다시 투옥.

1604년 『돈키호테』 제1편 완성. 『모범소설』 및 희곡 집필.

1605년 『돈키호테』 제1편 출판. 크게 성공함.

1613년 12편의 단편소설로 구성된 『모범소설』 출판.

1614년 시집 『파르나소로에의 여행』 출판.

1615년 『돈키호테』 제2편과 『8편의 연극과 8편의 막간극』 출판.

1616년 4월 2일 사망.

1617년 유작 『페르실레스와 시히스문다의 모험』 출판.

＊ 앞에서 설명했듯이 세르반테스의 생애에는 분명하게 알려지지 않은 점이 많다. 추측되는 점에 대해서는 앞
  에서 상세히 보았으므로 여기 연보에는 확인된 사실만 기록한다.

돈키호테를 따라서

La del alba seria cuando
Don Quijote salio de l'venta,
tan comtento, tan gallardo, tan
alborozado por verse ya ar—
mado caballero que el gozo
le reventaba por las cinchas
del caballo.

(Don Quijote de la Mancha, cap. IV)

Niveiro   ·Talavera·